U0114464

訓詁學（上冊）

陳新雄著

臺灣學生書局印行

自 序

　　明末學術，肆談心性，甚至束書不觀，空談性命之旨；游言
無根，相爭口舌之間。馴至神州蕩覆，宗社丘墟。清初諸大師，
眷戀故國，悲此淪胥。故力矯其弊端，欲振民族人心於既亡；闢
空談之誤國，首倡經世致用之實學。蓋不習六藝之文，不考百王
之典，不綜當代之務，不明後學之弊，則無以救世而振人心，無
以經世而致實用。崑山顧氏炎武首倡「舍經學無理學」之說，欲
教學者脫宋儒之羈勒，直接反求之於古經。盡闢不切時務之空談，
而歸諸實事求是之鵠的。一反浮虛之習，遂立清代學術徵實之基
礎。所謂徵實者，徵之於今，求實事於當時；徵之於古，求實證
於典籍。清初諸大師，發憤慷慨，期光復故國，故或徵於實事，
或徵於古籍，其實皆所以求經世而致用也。

　　通經致用，乃清代經學正統派之所倡，而亦以顧氏為之首也，
顧氏嘗言：「讀九經自考文始，考文自知音始。」婺源江永，好
學深思，繼顧氏而後，於音韻訓詁，多所發皇。其弟子休寧戴震，
治學方法最有條理，發明原則，精銳分析，遂開皖派一代學風。
震教於京師，興化任大椿，仁和盧文弨，曲阜孔廣森皆從問業，
各有建樹。弟子最知名者，金壇段玉裁，高郵王念孫，玉裁為《六
書音均表》，《說文》因之以明；　念孫疏《廣雅》，以經傳諸

子，轉相證明，諸古書文義詁詘者，皆得理解。念孫授子引之，為《經傳釋詞》，明古代詞氣，其小學訓詁之精，自魏以來，未嘗有也。德清俞樾，瑞安孫詒讓，皆承念孫之學，有所發明。番禺陳澧，亦精考據，近於戴學。餘杭章炳麟，受業俞樾之門，尤能發揚貫通，而集其大成；與弟子蘄春黃侃，同為民初言學術者所宗。

　　黃侃於民國初年，教授北京大學，著《訓詁述略》，是大學有訓詁課程之始，訓詁一科，綜合音義，以為解釋，凡與中國文字與古書典籍有關之學術研究，於他科目不便討論者，皆可於訓詁範疇以尋究之者也。以是言之，則所謂訓詁者，非僅語言文字之專門學科，實凡與中國典籍有關之學科，舉凡學術思想、文學欣賞、歷史文化，甚至於巫醫佛道之書，欲求其正解，皆宜略通訓詁者也。本師婺源潘重規石禪、瑞安先師林尹景伊，又皆受業於蘄春黃君，而發揚其學術於臺灣者也。

　　民國四十三年，余方就讀於臺灣省立臺北建國中學，時羅家倫先生於臺北各大報刊發表〈簡體字之提倡甚為必要〉一文，洋洋灑灑，近萬餘言，余讀其文，初亦為之折服。旋讀《臺灣新生報》載潘重規先生〈論羅家倫所提倡之簡體字〉一文，於羅氏所主張之理由，多所反駁。予余印象最深刻者，潘先生質問羅氏以“迁”為“遷”之古文，而《說文》“遷”下所載古文為“拪”，而非羅氏所謂之“迁”。因請羅氏說明其引證之張本。羅氏無言以答，竟謂“有說話之自由，亦有不說話之自由。”因心有所疑，乃請當時國文教師李福祥先生分析羅潘二家之文，始知潘重規先生乃民國國學大師黃季剛先生之女婿，於中國文字，學有本源，

非羅氏可比，余聞而歆喜其學，故翌年大專聯考，乃毅然以師大
國文系爲余第一志願，因其時潘先生正任師大國文系主任也。

及入國文系肄業，潘先生有南洋之役，因轉介於先師林景伊
先生門下受教，先生初次見余，即謂余性沈穩篤實，宜從小學訓
詁入手，並語余「讀書必先識字，識字必先明音」之理。余聞而
好之，亟請從學，先生見其志篤意誠，乃欣然贈以《廣韻》一冊，
並題識相勉云：「中華民國四十六年，歲次丁酉三月廿五日，即
夏正二月廿四日，持贈新雄，願新雄其善讀之。」余謹受教，退
而循師指示，披尋《廣韻》，逐韻逐字，析其聲韻，勒其部居。
初明義例，興味盎然，習之漸久，艱難時見，而志亦稍怠惰。師
每察其情，必諄諄告誡，再三激勵；並爲剖析疑滯，必令盡釋而
後已。因能終始其事，未曾中道而廢。及今思之，設非吾師之苦
心孤詣，誨之不倦，又曷克臻此者乎！

戊戌之夏，蒙本師林先生之招，寄寓先生之家，更得日親謦
欬，時聞要旨。先生性豪於飲，酒酣耳熱，舌轉粲華，妙義時出，
漸漬日久，治學之道，聞之益稔。乃由《廣韻》進稽《說文》、
《爾雅》，上窮三古遺音。舉凡《詩》韻、諧聲、讀若、音訓諸
端，莫不探源究委，逐字翻檢《廣韻》，對勘《說文》、《爾雅》，
一一推迹其根源，考究其流變，如是者歲餘，於音韻訓詁之學，
雖尚未盡窺奧窔，亦已略識端緒矣。

及入研究所，又從景伊師習《廣韻》研究，古音研究；紹興
許詩英（世瑛）師習高等語音學，高等國文法。昔之疑而未明曉
者，乃得盡析；散而未聯貫者，亦得溝通。更由於詩英師之啓導，
得窺王力了一先生之語法、音韻、訓詁、詞源、詞彙諸端，與蘄

春黃君之學彙整以觀，截長補短，更得融會貫通之趣。

民國四十八年秋，初承林先生之介，任東吳大學中文系聲韻學講席，三年之後，復兼授訓詁之學，邇來已二十餘年矣。深感師恩難忘，自應拳拳服膺；欲期師學不墜，尤宜發揚光大。竊維中國語言學中之聲韻、文字、校勘、詞匯、詞源、語法諸科，其最終作用，莫不求訓詁之貫通，貫通訓詁，不但令古今如旦暮，且可使南北如鄉鄰，顧不偉歟！戴震嘗云：「經之至者道也，所以明道者其詞也，所以成詞者，未能外小學文字者也。由文字以通乎語言，由語言以通乎古聖賢之心志，譬之適堂壇之必循其階，而不可以躐等。」善乎其言也，語言文字者，即所謂中國語言學之諸科也，以此諸科爲工具，而求達古聖賢之心志，則亦可以廉得其情者矣。故阮元之序《經義述聞》曰：「凡古儒所誤解者，無不旁徵曲喻，而得其本義之所在，使古聖賢見之，必解頤曰：“吾言固如是，數千年誤解之，今得明矣。”」本書之作，秉承師之所授，亦冀能將師長所授之方，提供後學，俾得其方法，而能求得訓詁之確解。故於師說，徵引不厭其詳，凡聞之於師者，縱不能引證之於本文，亦必錄之於附篇。

本書計分十二章，曰訓詁之意義、訓詁與文字之關係、訓詁與聲韻之關係、訓詁之方式、訓詁之次序、訓詁之條例、訓詁之術語、古書之體例、古書之註解、古書之句讀、訓詁之基本要籍以及工具書之用法。悉本之師說，參以前哲近賢諸著，擇要取華，俾求精當。惟限於本身學識，倘所述不當，徵引錯誤，尚祈海內方家，不吝賜正，實所至盼。本書共分上下二冊，今爲教學需要，先出上冊；至於下冊，亦將於最短期間，賡續出版，以就正當世，特為說明。

　　今人於文字之要求，每謂宜語文一致，斯固然矣。然本書徵引材料，至為繁富，有文言之著，有語體之文，彼此來源不一，為討論方便，則行文體例勢難一致，其有語文參雜，尚祈讀者諒之，勿予苛求，則不勝其厚望焉。

中華民國八十三年九月十八日

陳新雄　謹序於臺北市和平東路鍥不舍齋

目　錄

（上冊）

第一章　訓詁之意義

一、訓　詁：

先師瑞安林景伊先生《訓詁學講授大綱》中，引《說文》曰：「訓、說教也；從言、川聲。」「詁、訓故言也；從言、古聲。」先生釋之云：「所謂說教者，蓋說其知者而教之，使其能知所不知者也；所謂訓故言者，故者古也，古者之言，或與今殊，以今釋古而通其義也，古今異言解之使人知；方國異語，釋之使之喻；此訓詁之事也。語言緣起，必有其根；文字創造，必有其形；究語言之根原，明文字之形義，此亦訓詁之事也。故訓詁者，以語言解釋語言之謂也；訓詁學者，非僅解釋語言，且溝通文字而求明義理者也。」

訓詁二字連稱，始見於《漢書・揚雄傳》「雄少而好學，不爲章句，訓詁通而已。」然《爾雅》有〈釋訓〉之篇，《毛詩》有〈詁訓〉之傳，而何休注《公羊》，則自稱解詁，以詁與故通，故或作故訓，或作訓故，或作解故，以故與古通，故亦作古訓，亦作解古。雖名稱不同，而含義則一。

陸宗達先生《訓詁學簡論》引述蘄春黃君之說，詁即故，『本來』之意；訓即順，『引申』之意。黃君對訓詁之解釋，說明已有詞義系統之觀點，解釋詞義時，首先宜推詞之本義，即推溯其最原始、最核心之意義，然後沿其詞義發展之線索，以找尋其不同之引申義，如此方能完成對一多義詞詞義系統之解釋。殷孟倫說：「訓詁，就是解釋，用語言解釋語言，古代就叫作訓詁。」（見楊端志著《訓詁學·上》所稱引。）王寧〈訓詁原理概說〉云：「訓詁工作是用易懂的語言來解釋古代難知難懂的文獻語言綜合性的語文工作。」

二、訓詁學：

黃焯《訓詁叢說》引蘄春黃季剛先生說曰：「真正之訓詁學，即以語言解釋語言，初無時地之限域，且論其方式，明其義例，以求語言文字之系統與根源是也。」

周祖謨先生〈清代的訓詁學〉一文，歸納傳統訓詁學研究之主要內容為：

(1) 研究文字的確切的訓解。

(2) 探討字義的本源。

(3) 考察詞義的引申和改變。

(4) 歸納語詞聲音與意義的關係。

(5) 研究虛詞在句法中的作用。

(6) 編寫詞典的辦法。

周先生於〈中國訓詁學發展的歷史〉一文中說，"訓詁學"就是解釋語詞和研究語詞的學問。訓詁學既然是研究詞義的學問，其研究的對象主體即是古代的書面上的語言材料，而現代方言的口語資料也在參考之列。要研究古代的書面語，應當具備文字、詞彙、語法以及語音史的基本學識，掌握語言文字一般的發展規律，才能從事整理研究前代的訓詁資料，總結前人研究詞義的理論和方法，並進一步開創新的途徑，作深入廣泛的研究。

陸宗達先生與王寧女士合著《訓詁方法論》一書，根據黃季剛先生〈訓詁之意義〉一文所說：「詁者、故也，即本來之謂；訓者，順也，即引申之謂。訓詁者，用語言解釋語言之謂。若以此地之語言釋彼地之語言，或以今時之語釋昔時之語，雖屬訓詁之所有事，而非構成之原理，眞正之訓詁學，即以語言解釋語言，初無時地之限域也。」陸王二氏說：「按黃季剛先生的說法，訓詁即是詞義解釋之學，是用易懂的衆所週知的語言來解釋難懂的或只有少數人能懂的語言。」陸王二氏並根據黃先生之言，加以剖析，以爲黃先生列舉訓詁之具體內容，即：

> 本有之訓詁與後起之訓詁。
> 獨立之訓詁與隸屬之訓詁。
> 義訓與聲訓。
> 說字之訓詁與解文之訓詁。

二氏並加以引申云：

> "本有之訓詁"是講本義的，"後起之訓詁"則講引申義。
> "獨立之訓詁"即"綜合釋義"，是講詞的概括意義的；

　　"隸屬之訓詁"即"隨文釋義"，也就是講詞在一定的語言環境中的具體意義的。而訓詁之方式，除解文的義訓與求源的聲訓外，還有一種需要與字形貼切的訓詁，也就是所謂的形訓。

　　陸王二氏更據黃先生之說，整理出其系統如下：

```
          ┌ 形與義之關係      說字之訓詁：        形訓 ┐
          │  （詞的書面形                             │
          │  式和內容的關                             │
          │  係）                                     │
  訓詁 ┤  音與義之關係      求源之訓詁：        聲訓 │
  內容    │  （詞與口頭形                             │
          │  式和內容的關                             │
          │  係）                                     │
          └ 義與義之關係      運動規律：本有與後起        │
             （詞義本身的      （即本義與引申義）           │
             內在規律）        應用規律：獨立與隸屬   義訓 ┘
                              （即概括義與具體義）
                              訓釋規律：略
                              （即訓釋方法及條例）
```

　　陸王二氏以為，訓詁學照此發展，便會成為這樣的一門科學：

　　對象：古代文獻學（即古代書面漢語）的詞義。
　　材料：古代文獻語言及用語言解釋語言的注釋書，訓詁專
　　　　　書。

> 任務：研究古代漢語詞的形式（形、音）與內容（義）結
> 　　　合的規律以及詞義本身的內在規律。
>
> 目的：準確地探求和詮釋古代文獻的詞義。

　　所以訓詁學實際上就是古漢語詞義學，如果將其研究對象範圍擴大到各個時期之漢語，包括現代方言口語詞義，則訓詁學即漢語詞義學。

　　殷孟倫〈訓詁學的回顧與前瞻〉說：「訓詁學是漢語語言學的一個部門，它是以語義為核心，用語言來解釋語言而正確的理解語言，運用語言的科學。同時它是兼有解釋、翻譯（對應）和關涉到各方面知識的綜合性學科。其任務就是研究語言的訓釋方式，掌握其系統條貫，說明其表達情狀，進一步探求語言的發展規律、本原和演變，從而促進語言的豐富和發展。」楊端志《訓詁學》云：「廣義的訓詁學，內容極為繁庶，包括解釋某詞某語，典制名物，直至給某部書作出注解，或者編成字典、詞典等。甚至後代的文獻學、校勘學也是它研究的對象。實在說，它的涵義與訓詁差不多，包括一切解釋現象，由于它研究的內容繁蕪，且語言本身字、詞、句的界限不清，詞匯、語法、修辭的界限不清，所以它的系統性、科學性較差。我們所說"傳統訓詁學"當屬于這一種。狹義的訓詁學，則是研究解釋的一般規律和方法的科學。它的任務是：第一、研究訓詁的產生、發展和今後的方向；第二、研究古代的訓詁著作，批判地繼承古代訓詁的理論、方法和成果；第三、吸取語言學其他部門研究的最新成就，不斷豐富訓詁理論和方法，使它走向科學化。它解釋的主要對象是詞義，與語義學

相仿，當是漢語史研究的一個部門。」我們這部書中所講的訓詁學，實則是二者兼而有之，既有傳統學的介紹，又有一些站在比較新的角度的評論。

王寧〈訓詁原理概說〉云：「訓詁學範圍的確定經過三個時期：㈠早期訓詁學。包括一切語言單位和各種語言要素的規律。不但文字、音韻雜糅其中，語法、修辭、邏輯、篇章等等都包含在其中，它幾乎就是文獻學或古代漢語言學的全部。這段時期從漢開始，一直延續到明代；㈡晚期訓詁學。訓詁與文字、音韻分立，偏重研究語義，範圍進一步確定了。但字、詞、句、段、章都有詞義問題，語法、邏輯、修辭、章句仍包含在其中。不過，它已把詞義當成重點和基礎來研究了，這一時期主要是清代到近代；㈢現代訓詁學。隨著現代漢語科學的發展，語法學、修辭學、文章學都已發展成獨立的語言學部門或其他獨立的科學。因此，訓詁學如果不滿足于它在科學史上的地位，而還要在發展中躋身于獨立的現代科學的行，那麼，它必須把自己的研究範圍確定在古代文獻語言的詞匯而且偏重詞義方面。現代訓詁學的發展趨勢應是文獻詞義學，也就是古漢語詞義學。」

先師林景伊先生《訓詁學概要》以爲凡是研究前人的注疏、古時的解釋，加以分析、歸納，以明白其源流，辨析其要旨，瞭解其術語，進而說明其方法，演繹其系統，提取其理論，闡釋其條理，使人能根據文字之形體與聲音，進而確切明瞭、解釋古代詞義的學問，就是我們所講的訓詁學。

三、訓詁之起因：

戴震〈爾雅文字考序〉云：「士生三古後，時之相去，千百年之久，視天地之相隔千百里之遠無以異。昔之婦孺聞而輒曉者，更經學大師轉相講授，仍留疑義，則時爲之矣。」

陳澧《東塾讀書記》云：「蓋時有古今，猶地之有東西、南北，相隔遠則言語不通矣。地遠則有翻譯，時遠則有訓詁，有翻譯則能使別國如鄉鄰，有訓詁則能使古今如旦暮，訓詁之功大矣哉！」

劉師培《中國文學教科書·周代訓詁學釋例》云：「三代以前，以字音表字義，無俟訓詁。然言語之遷變，略有數端。有隨時代而殊者，如《爾雅》："夏曰歲，商曰祀，周曰年，唐虞曰載。"《孟子》："夏曰校，商曰序，周曰庠"是也。同一事物而歷代之稱謂各殊，則生於後世，必有不能識古義者，若欲通古言，必須以今語釋古語；同一名義而四方之稱謂各殊，則生於此地，必有不能識彼地之言者，若欲通方言，必須以雅言證方言。且語言既與文字分離，凡通俗之文必與文言之文有別，則書籍所用之文，又必以通俗之文解之，綜斯三故，而訓詁之學以興。」

四、訓詁之用途：

㈠　用之以注釋古代文獻。

古籍所以難讀，主要在古義與今義之差異，不容易使人正確掌握。

① 例如《詩·周南·關雎》次章：

參差荇菜，左右流之。窈窕淑女，寤寐求之。

　　毛傳：「流、求也。」毛傳所釋，本來正確，而未有錯誤。但後人不解流何以可以釋作求之道理，乃有謂照字面釋作「流動」亦可之說。但參考四章「左右采之」、五章「左右芼之」之句，皆指人之採擇，則此亦當爲指人之尋求，非水之自流，否則下「之」字就難以解釋矣。流本訓水行，何以可訓爲求？高本漢《詩經注釋》以爲乃罶之假借字，《說文》：「罶、曲梁寡婦之笱，魚所留也。」罶本爲捕魚器，引申而有求取之義。罶從留得聲，流、留相通之例，古書甚多，《詩・邶風・旄丘》「流離」即「留離」、「鶹離」；《莊子・天地》「留動」，別本作「流動」。流、留上古音同爲 *lieu。

　　②　又例如《詩・召南・草蟲》首、二、三章：

　　「亦既見止，亦既覯止」兩句中之「止」字當作何解？金守拙說「止」爲「之矣」二字之合音，但王力〈關於漢語有無詞類的問題〉一文強力反對此種說法，王氏云：「有人說 “止” 是 “之矣” 的合音，那是靠不住的，“歸止” 不能解釋爲 “歸之矣”！」然而龍宇純兄〈析詩經止字用義〉一文，則將王氏所疑予以解決。龍兄以爲止與之雙聲，止與矣同韻，且同聲調，以止爲「之矣」的合音，沒有絲毫問題。且〈草蟲〉「亦既見止，我心則降」，又見於〈小雅・出車〉五章作「既見君子，我心則降」在字句的變動中，可知原先的 “止” 字，必定具有相當於 “之” 字的作用。在「既見君子」的句子裡，“君子” 是 “見” 的受詞，便無異揭開了 “止” 字具有代詞的身分，那就非 “之” 莫屬了。而〈草蟲〉「亦既見止」的 “既” 字，屬於完成式句型，完成式句型通常在結尾加 “矣” 字。於是可說 “止” 字具有表完成的 “矣” 字的身分。我們現在說「亦既見止」的“止”是“之矣”的合音，便不僅是最好的解釋，而是信而有徵了。若然，《詩》何以不說「亦既見之矣」，他書何以不見“止”爲“之矣”合音之例？詩經基本句型是四言，大概是造成詩與他書的差異。在「齊子歸止」「君子至止」「薇亦柔止」「心亦憂止」等句，歸意爲嫁，至意爲到，皆爲不及物動詞，其下不應有受詞。憂字說成動詞，必爲不及物，柔字只是狀詞，其下更不得接受詞。但〈齊風・南山〉篇：

> 南山崔崔，雄狐綏綏。魯道有蕩，齊子由歸。既曰歸止，
> 曷又懷止？
> 葛屨五兩，冠緌雙止。魯道有蕩，齊子庸止。既曰庸止，
> 曷又從止？
> 藝麻如之何？衡從其畝。取妻如之何？必告父母。既曰告
> 止，曷又鞠止？
> 析薪如之何？匪斧不得。取妻如之何？匪媒不得。既曰得
> 止，曷又極止？

此詩歸止與庸止、告止、得止以及懷止、從止、鞠止、極止句法相同，庸、告、得、懷、從、鞠、極皆爲及物動詞，其下“止”字有“之”之成分，歸止之“止”，自不例外。我們不可說“庸止”等之“止”爲“之矣”合音，而“歸止”之“止”只是“矣”。況且說“止”等於“之矣”合音，可從語音上交代，如只是“矣”，則不好交代矣。從“庸止”等類推，亦可接受“歸止”爲“歸之矣”之說法。《孟子・梁惠王上》云：

> 七八月之間旱，則苗稿矣。天油然作雲，沛然下雨，則苗勃然興之矣。

居然以"興之矣"與"稿矣"相對，興是不及物動詞，而下接"之"字，"興之矣"其實與"興矣"不異，實爲主張"歸止"爲"歸之矣"，而非"歸矣"之說法，作一最有力之見證。

龍兄此說，證之於《詩經》全書，皆能解釋得通，應爲《詩經》"止"字此種用法之達詁。

③ 又如《詩•秦風•無衣》一篇：

> 豈曰無衣，與子同袍。王于興師，脩我戈矛。與子同仇。
> 豈曰無衣，與子同澤。王于興師，脩我矛戟。與子偕作。
> 豈曰無衣，與子同裳。王于興師，脩我甲兵。與子偕行。

二章與子同澤之"澤"，毛傳訓爲"潤澤"，與首章同袍，三章同裳不相應，袍、裳皆爲衣類，因此澤絕不能釋爲"潤澤"，亦應爲衣類方是。《齊詩》"澤"作"襗"是矣。"襗"《說文》訓褲，褲是脛衣，亦爲衣類，今云"袍襗"，取義於此。澤原是襗之同音假借字。

④ 復如《詩•秦風•終南》一篇：

> 終南何有？有條有梅。君子至止，錦衣狐裘。顏如渥丹，其君也哉！
> 終南何有？有紀有堂。君子至止，黻衣繡裳。佩玉將將。

壽考不忘。

王引之《經義述聞》第五：「《毛傳》曰：“紀、基也；堂、畢道平如堂也。”」引之謹案：「“終南何有？”設問山所有之物耳，“山基”與“畢道”仍是山，非山之所有也。今以全詩之例考之，如“山有榛”，“山有扶蘇”，“山有樞”，“山有包櫟”，“山有嘉卉，侯栗侯梅”，“山有蕨薇”，“南山有臺，北山有萊”。凡云山有某物者，皆指山中之草木而言。

又如“丘中有麻”，“丘中有麥”，“丘中有李”，“山有扶蘇，隰有荷華”，“山有喬松，隰有游龍”，“園有桃”，“園有棘”，“山有樞，隰有榆”，“山有栲，隰有杻”，“山有漆，隰有栗”，“阪有漆，隰有栗”，“阪有桑，隰有楊”，“山有苞櫟，隰有六駁”，“山有苞棣，隰有樹檖”，“墓門有棘”，“墓門有梅”，“南山有臺，北山有萊”，“南山有桑，北山有楊”，南山有杞，北山有李”，“南山有栲，北山有杻”，“南山有枸，北山有楰”。凡首章言草木者，二章、三章、四章、五章亦皆言草木。此不易之例也。今首章言木，而二章乃言山，則既與首章不合，又與全詩之例不合矣。

今案：“紀”讀爲“杞”，“堂”讀爲“棠”。“條”“梅”“杞”“棠”皆木名也。“紀”“棠”假借字耳。《左氏春秋》桓二年，“杞侯來朝”，公羊、穀梁並作“紀侯”，三年“公會杞侯于郕”，公羊作“紀侯”。《廣韻》“堂”字注引《風俗通》曰：“堂，楚邑大夫伍尚爲之宰，其後氏焉。”即昭二十年“棠君尚”也。“棠”字注曰：“吳士闔閭弟夫溉奔楚，爲棠谿氏。”

定四年《左傳》作"堂谿"。《楚辭·九嘆》"執棠谿以刜蓬兮"，王注曰："棠谿，利劍也。"《廣雅》作"堂谿"。《史記·齊世家》索隱引《管子·小稱篇》作"堂巫"。是"杞""紀""棠""堂"古字並通也。

考《白帖》"終南山類"引《詩》正作"有杞有棠"，唐時齊、魯詩皆亡，唯韓詩尚存，則所引蓋韓詩也。

柳宗元〈終南山祠堂碑〉曰："其物產之厚，器用之出，則璆琳琅玕，夏書載焉；紀堂條梅，秦風詠焉。"宗元以"紀""堂"爲終南之物產，則是讀"紀"爲"杞"，讀"堂"爲"棠"，蓋亦本韓詩也。且首章言"有條有梅"，二章言"有紀有堂"，首章言"錦衣狐裘"二章言"黻衣繡裳"，"條""梅""紀""堂"之皆爲木，亦猶"錦衣""黻衣"之皆爲衣也。自毛公誤釋"紀""堂"爲山，而崔靈恩本"紀"遂作"屺"此眞所謂說誤于前，文變于後矣。」

（二）　**用之以推究詞義演變。**

詞義之演變，固屬多途，然亦有徑路可尋。約而言之，殆有九途，茲分述之：

①　擴大：概念外延之擴大，即縮小其特徵，擴大其應用範圍。擴大爲自偏至全，即將指示特殊事物之詞，應用於此事物所屬之一類事物上。

例如「臉」字，《韻會》云：「目下頰上也。」實際上是指面上搽胭脂處，所以古人稱「臉」僅限於婦女。例如：

紅臉桃花色，客別重羞眉。　　陳後主〈紫騮馬樂府〉

滿面胡沙滿鬢風，眉消殘黛臉消紅。　　白居易〈昭君怨〉

爲我轉回紅臉面，向誰分付紫檀心。　　晏殊〈浣溪沙〉

天意與臉紅眉綠。　　晏殊〈紅窗聽〉

臉霞輕，眉翠重。　　晏殊〈喜遷鶯〉

露蓮雙臉遠山眉。偏與淡妝宜。　　晏殊〈訴衷情〉

楚國細腰元自瘦。文君膩臉誰描就。　　晏殊〈漁家傲〉

芳蓮九蕊開新艷。輕紅淡白勻雙臉。　　晏殊〈菩薩蠻〉

靚妝眉心綠，羞臉粉生紅。　　晏幾道〈臨江仙〉

脈脈荷花，淚臉紅相向。　　晏幾道〈蝶戀花〉

笑艷秋蓮生綠浦。紅臉青要，舊識凌波女。　　晏幾道〈蝶戀花〉

輕勻兩臉花，淡掃雙眉柳。　　晏幾道〈生查子〉

腮粉月痕妝罷後，臉紅蓮艷酒醒前。　　晏幾道〈浣溪沙〉

麗曲醉思仙。十二哀絃。穠蛾疊柳臉紅蓮。　　晏幾道〈浪淘沙〉

日日春慵。閒倚庭花暈臉紅。　　晏幾道〈醜奴兒〉

淨揩妝臉淺勻眉。　　晏幾道〈訴衷情〉

西溪丹杏，波前媚臉，珠露與深。　　晏幾道〈少年遊〉

聞道春慵。方倚庭花暈臉紅。　　晏幾道〈采桑子〉

　　所謂“紅臉”“臉消紅”，可見“臉”是搽胭脂之處；所謂“雙臉”“兩臉”，可見當時一人有兩臉，不像今時之人僅有一張臉。現今“臉”之意義已由面之一部分，擴大爲面之全部之稱，此即所謂擴大式。再如：《說文》「薰、香草也。」本爲香草之名，後因香氣可以薰物，乃由草名擴展爲「香氣」之意義，《文選‧江淹‧別賦》「閨中風暖，陌上草薰。」李善注：「薰、香氣也。」又因香氣可漸浸他物，似風之拂人，乃有《文選‧左思‧吳都賦》「蕙風如薰」之“薰”，謂風之拂人也。後僅著重於“漸”義，不論何種氣味能傳染於他物者皆曰“薰”，如云「薰人欲嘔」是也。更後“薰”又擴大為“感染”之義，如云「薰陶」是也。

②　縮小：概念外延之縮小，即擴大其特徵，縮小其應用範圍。縮小說明意義範圍如何縮小之一般規律。初指廣泛之範圍，而變為指明其中某一特殊分子，即自全而至偏。例如：

《說文》「瓦、土器已燒之總名也。」故《詩‧小雅‧斯干》「乃生女子，載寢之地。載衣之裼。載弄之瓦。」傳：「瓦、紡磚也。」《禮記‧檀弓上》「有虞氏瓦棺。」《莊子‧達生》「以瓦注者巧。」疏：「注、射也。瓦器賤物，而戲賭射者既心無矜惜，故巧而中也。」《楚辭‧卜居》「黃鍾毀棄，瓦釜雷鳴。」此等皆為土器已燒之總名之義。至若《莊子‧達生》「雖有忮心者不怨飄瓦。」則已縮小為今屋瓦之義矣。

《小爾雅》「凡無夫無妻者通謂之寡。」故《墨子‧辭過》有「內無拘女，外無寡夫。」後來意義縮小為專指無夫者之稱，如《孟子》所云「老而無夫曰寡。」，無夫曰寡，有夫而獨守空闈亦曰寡。故陳琳詩云：「邊城多健少，內舍多寡婦。」今人“守活寡”之語，即由此而來。

③　引申：由於意義之加強或減弱，而與原義仍有相當之關

聯者，稱之爲引申。引申往往新舊二義並存。例如：《說文》「誅、討也。」誅字從言，本指言語之責備，《論語・公冶長》「於予與何誅」，《左傳・襄公三十一年》「誅求無厭。」皆指言語之責備。後來加重其責備之分量，即成爲刑罰上之"殺戮"，《韓非子・主道》「疏賤必賞，近愛必誅。」即爲殺戮之意。

《說文》「賞、賜有功也。」賞字從貝，本指財物之賞賜。《周禮・載師》「賞田司農。」即指財物之賞賜。後來減輕其分量，乃轉爲言語之讚賞。《左傳・襄公十四年》「善則賞之。」杜注：「賞謂宣揚。」陶潛〈移居二首〉之一詩：「奇文共欣賞，疑義相與析。」皆屬此義。

④　轉移：某一新義取代舊義，或某一部分，轉移爲另一部分之稱。例如：

《說文》「腳、脛也。」脛是膝下踝上，本來指小腿。《墨子・明鬼下》「羊起而觸之，折其腳。」《文選・司馬遷・報任安書》「孫子臏腳，兵法修列。」臏腳乃除去膝蓋以下部分。後來乃專指足，《晉書・陶潛傳》「潛無履，王弘顧左右爲之造履。左右請履度，潛便于坐伸腳令度焉。」

轉移與引申略有不同，轉移乃新義代替舊義，引申則新舊義並存。

⑤　交替：語義可以因因果交替而改變其意義，即所容與所容物之交替，如畫本動作，而所畫亦謂之畫，此爲因果關係；睏本意爲睡覺，今云「我睏了。」則爲溯果爲因。亦有止反交替，

《小爾雅・廣言》「廢、置也。」「廢」「置」爲相反之意義。而《小爾雅》以置釋廢。《公羊傳・宣八年》「去其有聲者，廢其無聲者」。廢即訓置，置在《說文》爲「赦」義，《史記・吳王濞傳》「無有所置」張守節正義「放釋也。」《國語・周語》「是以小怨置大德也。」韋昭注：「猶廢也。」放釋與廢皆赦置義，由此可知「廢」「置」二者之意義可在歷史發展中交替。語義演變之交替作用有一限制條件，即兩詞應屬於同類或對立。如畫晝即屬同類；廢置則屬對立。由此可知「廢」「置」二者之意義，可在歷史發展中而起交替。

⑥　避諱：概念變更名稱原因之一是因爲避諱，避諱在中國古代是一件大事，犯諱可能遭受徒刑，甚至處死。漢明帝名莊，避莊爲嚴，於是莊光成爲嚴光，妝具亦成嚴具，化妝亦成化嚴。上古時期，代只是朝代，而無世代之意，三代爲夏、商、周三朝代；例如：

> 《論語・八佾》：「周監於二代，郁郁乎文哉。」
> 《論語・衛靈公》「斯民也，三代之所以直道而行也。」
> 《左傳・成八年》「三代之令王，皆數百年保天之祿。」
> 《孟子・離婁上》「三代之得天下也仁。」

以上代均指朝代。
三世爲祖、父、身三世。例如：

《論語•季氏》「祿之去公室，五世矣。」

《左傳•莊二十二年》「五世其昌，並于正卿；八世之後，莫之與京。」

《孟子•離婁上》「雖孝子慈孫百世不能改也。」

《孟子•離婁下》「君子之澤五世而斬。」

以上均指世代。

唐太宗名世民，因避諱之故，世遂改作代矣。杜甫〈承聞河北諸道節度入朝歡喜口號絕句〉詩：

周宣漢武今王是，孝子忠臣後代看。

⑦　忌諱：忌諱可引起事物名稱改變，古人忌虎，因稱虎為大蟲；今人忌蛇，因稱蛇為長蟲。廣東人諱肝（因與乾同音），因稱豬肝為豬潤；諱舌（因與蝕同音），因稱豬舌為豬利。閩南語四死二字音近，故醫院忌諱，多不設四樓，四號病房，四號床。國民政府初遷臺灣，由於剿共失敗，諱言八路，故今臺灣各地公車，均缺八路車。

⑧　求雅：避藝以求雅，亦可使詞義改易。為求避藝求雅，古書「尿」字，多改以其它詞代替。例如：

《史記•扁鵲倉公列傳》「令人不得前後溲。」索隱：「前溲謂小便，後溲、大便也。」

《漢書•東方朔傳》「朔嘗醉入殿中，小遺殿上。」顏注：
「小遺者，小便也。」

《左傳•定三年》「夷射姑旋焉。」杜注：「旋、小便。」

⑨　委婉：與忌諱頗爲近似者則爲委婉，因爲某類詞語，不
宜直說，直說出來，令人生厭。故以曲折方法，加以表達。

《楚辭•九辯》「春秋逴逴而日高兮。」

《漢書•宣帝紀》「鰥寡孤獨，高年貧困之民，朕所憐也。」

以上婉言老。

《孟子•公孫丑下》「有采薪之憂。」

《公羊傳•桓十六年•何注》「天子有疾稱不豫。」

以上婉言病。

《國語•晉語》「又重之以寡君之不祿。」

《漢書•蘇武傳》「前以降及物故，凡隨武還者九人。」

以上婉言死。

(三)　**用之以研究古代社會。**

中國以農立國，故古代社會對於與農事有關之記載特詳，試

以畜產之牛言之，除製「牛」字為牛之總名外，畜父叫牡（公牛），畜母叫牝（母牛），小牛叫犢（說文：牛子），二歲牛曰㸬，三歲牛曰犙，四歲牛曰牭。區分極為細微。甚至對牛之毛色亦細加區別，如犠、牛白脊；犉、黃牛虎文；犖、駁牛；㸹、牛駁如星；犥、牛黃白色；犉、牛黃白色；牲、白牛。由此可知古代社會對畜產之重視，才會對牛分類，分得如此細密。

中國社會對人倫畫分亦極為周密，父之兄曰伯，弟曰叔；父之姊妹曰姑；母之兄弟曰舅；母之姊妹曰姨；伯叔之子曰堂兄弟；伯叔之女曰堂姊妹；姑、舅、姨之子女曰表兄弟、表姊妹；妻之兄弟姊妹為內兄弟姊妹。兄弟之子謂之姪；姊妹之子謂之甥。親疏之間，井井有條，絲毫不亂。

古人以身體髮膚，受之父母之觀念，故不剃鬚，因此對於鬍子亦區別十分清楚。兩頰之鬍子曰髯，《史記·封禪書》「有龍垂胡髯下迎黃帝。」《史記·高祖本紀》「高祖為人隆準而龍顏，美鬚髯。」嘴上曰髭，《左傳·昭二十六年》「至於靈王，生而有髭。」嘴下曰鬚，《三國志·魏書·任城威王彰》「黃鬚兒竟大奇也。」

(四) **用之以編撰工具書籍。**

訓詁對編撰字典用處至宏。今以「相」字為例說明之：

【相】

〔一〕ㄒㄧㄤˋ hsiang⁴ 息亮切　音像　漾韻

(1)仔細看、審察。《說文》「相、省視也。」《詩·鄘風‧相鼠》「相鼠有皮，人而無儀。」傳：「相、視也。」
《左傳‧隱十一年》「度德而處之，量力而行之，相時而
動，無累後人。」(2)辨察人的官體容色，判斷他的命運。
《左傳‧文元年》「內史叔服善相人。」《史記‧淮陰侯
列傳》「相君之面，不過封侯，又危不安；相君之背，貴
乃不可言。」(3)勘察地形地勢也叫相，俗稱看風水。《周
禮‧地官‧大司徒》「以相民宅而知其利害。」注：「相、
占視也。」(4)凡觀察一切事物都叫相。《周禮‧秋官‧犬
人》「凡相犬、牽犬者屬焉。」注：「相謂視擇知其善惡。」
《周禮‧考工記‧矢人》「凡相笴。」注：「相猶擇也。」
(5)稱人像貌。《史記‧高祖本紀》「無如季相。」(6)質地。
《詩‧大雅‧棫樸》「追琢其章，金玉其相。」(7)互助、
佑助。《書‧呂刑》「今天相民。」《左傳‧昭四年》「晉
楚爲天所相。」(8)扶助盲人。《論語‧衛靈公》「固相師
之道也。」(9)扶助盲人的人。《論語‧季氏》「危而不持，
顛而不扶，則焉用彼相矣。」(10)宰相，輔佐君主的人。《左
傳‧襄四年》「信而使之，以爲己相。」《禮記‧月令》
「命相布德和令。」注：「相謂三公太僕。」(11)幫助行禮
的人，相當於今之司儀。《左傳‧成二年》「使相告之。」
注：「相、相禮者。」《論語‧先進》「願爲小相焉。」
(12)贊禮、幫助行禮。《國語‧楚語上》「問誰相禮。」注：
「相、相導也。」(13)舂米時唱歌以助舂。《禮記‧曲禮上》
「鄰有喪，舂不相。」注：「相謂送杵聲。」(14)穀糠。《禮
記‧樂記‧疏》「今齊人或謂糠爲相。」(15)樂器名。《禮

記‧樂記》「治亂以相。」注：「相即拊也。亦以節樂，拊者以韋爲表，裝之以糠，糠一名相，因以名焉。」(16)七月。《爾雅‧釋天》「七月爲相。」(17)星名。《星經》「相星在北極斗南。」(18)地名。《商書序》「河亶甲居相。」(19)姓。見《通志‧氏族略》。

〔二〕ㄒㄧㄤ　hsiang¹　息良切　音香　陽韻

　　(1)交互、彼此互動。《左傳‧隱元年》「不及黃泉，無相見也。」《孟子‧滕文公上》「出入相友，守望相助，疾病相扶持。」(2)追隨。《左傳‧昭三年》「其相胡公，大姬已在齊矣。」注：「服虔曰：相、隨也。」(3)一方聽從、對待、追隨另一方亦叫相。《武元衡‧送崔舍人起居詩》「惟有白鬚張司馬，不言名利尚相從。」(4)通禳。祭名。祭寒暑以攘除災害。《禮記‧祭法》「相近於坎壇，祭寒暑也。」注：「相近當爲禳祈，聲之誤也。」(5)姓。見《通志‧氏族略》。

(五)　**用之以推求語言根源。**

　　中國文字未造之前，先有語言，語言借聲音而表達，因此往往聞爲某音，即爲某意。此聲義所以同源也。茲舉數證以明之。

　　《說文》「柬、分別簡之也。从束八，八、分別也。」以一絪樹木而加以分別，然後簡擇，則凡作此工作，必反復循環以爲之，因此凡具有反復不斷，作同一件事者，多从柬得聲，而取柬之義。《說文》「練、湅繒也。从糸、柬聲。」段注：「湅者瀟也，瀟者澌也，澌者汱米也，湅繒汱諸水中如汱米然。」《說义》

「涷、瀰也。从水、柬聲。」段注：「《周禮・染人》凡染，春暴練。注云：暴練、練其素而暴之，按此練當作涷，涷其素，素者質也，即帽氏之涷絲、涷帛也。已涷之帛曰練，糸部練下云涷繒也是也。帽氏如法涷之暴之，而後絲帛之質精，而後染人可加染，涷之以去其瑕，如簡米之去康粊，其用一也・・・金部治金曰鍊，猶治絲帛曰涷。」《說文》「鍊、治金也。从金、柬聲。」段注：「涷治絲也，練治繒也，鍊治金也，皆謂簡涷欲其精，非第冶之而已。」《說文》「煉、鑠治金也。从火、柬聲。」段注：「鑠治者，鑠而治之，愈消則愈精，高注《戰國策》曰：練、濯治絲也。正與此文法同，金部曰鍊治金也，此加鑠者，正爲字从火。」《說文》「諫、証也。从言、柬聲。」按諫爲以同樣之言反復勸告，故下文繼之以諗，《說文》云：「深諫也。」《說文》「湅、辟湅鐵也。从攴涷。」段注：「湅者段也，簡取精鐵，不計數摺疊段之，因名爲辟湅鐵也。」

　　茲另舉一例以明詞義之變遷與來源，先秦古籍，今人「書信」之概念，概稱爲書，如《左傳・昭六年》「叔向使詒子產書。」《韓非子・外儲說》「郢人有遺燕相書。」是也。然則「信」字在先秦古籍中作何解？《說文》「信、誠也。」是信字本義，《論語・學而》「與朋友交而不信乎。」因爲誠實足令人信從、相信，故引伸之而有依從義：

　　　《孟子・盡心下》「盡信書則不如無書。」
　　　《呂氏春秋・勸學》「師尊則言信矣。」注：「信從也。」

而作為使人依從之憑證亦稱為信，故信有符契、符信義。

《漢書·平帝紀》「漢律諸乘傳者，持尺五木轉信。」注：
「兩行書繒帛，分持其一，出入關合之，乃得過，或用木
為之。」

至漢魏以後，可指攜帶符信之人，通常作為修飾詞用。如：

《史記·韓世家》「陳軫說楚王發信臣，多其車，重其幣。」
《文選·司馬相如·諭巴蜀檄》「故遺信使曉諭百姓。」

上舉二例，信下有端詞臣、使等字，則顯為修飾作用之加詞。
至晉以後，信字始具有使者之意。

《晉書·劉琨傳》「幽州刺史鮮卑段匹磾數遺信要琨，欲
與同獎王室。」
《世說新語·文學》「公卿將校，馳遺信就阮籍求文。」

以上兩例，信皆為「使者」之意，若釋為書信，則屬誤解。

《世說新語·雅量》「謝公與人圍棋，俄而淮上信至，看
書竟，默默無言。」
《世說新語·捷語》「世子嘉賓出行於道上，聞信至，急
取牋視。」

　　上例書信或信牋並舉，足見信非書信之意，仍爲使者之意。梁陳以後常以書信並列，成爲聯合式合義複詞。

　　　　梁元帝〈別詩〉：「別罷花枝不共攀，別後書信不相關。」
　　　　杜甫〈寄韋有夏郎中〉詩：「省郎憂病士，書信有柴胡。」
　　　　杜甫〈風疾舟中伏枕書懷三十六韻奉呈湖南親友〉詩：「書信中原闊，干戈北斗深。」

　　既爲聯合式合義複詞，則書信仍爲書與信二事。

　　　　杜甫〈寄高適岑參〉詩：「詩好幾時見，書成無信將。」

　　可見在杜詩中，書與信分別井然，絕不混淆。
　　使者來時，傳來消息，故信遂有音訊消息之意。

　　　　杜甫〈得廣州張判官叔卿書使還詩以示意〉詩：「忽得炎州信，遙從月峽傳。」
　　　　杜甫〈喜達行在〉詩：「西憶歧陽信，無人遂卻回。」
　　　　李益〈江南曲〉詩：「早知潮有信，嫁與弄潮兒。」

　　上舉三例與音之訊相通，二字實爲同源詞。亦爲信使到信函之過度，不久「信」函之義，旋即出現。

　　　　賈島〈提朱慶餘所居〉詩：「寄信船一隻，隔鄉千萬重。」

白居易〈謝寄新茶〉詩：「紅紙一封書後信，綠芽十片火前春。」

既云一封，則非使者，其爲信函應無所疑。

【附錄】 先儒對於訓詁、詁訓之解釋及名稱之異同

(一) 古訓：《詩‧大雅‧烝民》「仲山甫之德，柔嘉維則。令儀令色，小心翼翼。古訓是式，威儀是力。天子是若，明命使賦。」毛傳：「古，故；訓，道。」鄭玄箋云：「古訓，先王之遺典也。」謹案：《列女傳‧賢明篇》引詩作故訓，是以箋云先王之遺典也。〈抑〉傳云：詁言，古之善言也。古故詁三字同。錢大昕〈經籍纂詁序〉：「而其詩述仲山甫之德，本於古訓是式，古訓者，詁訓也。」

(二) 訓詁：《漢書‧揚雄傳》「雄少而好學，不爲章句，訓詁通而已。」顏師古注曰：「詁謂指義也。」

(三) 解故：《漢書‧藝文志》「書有大小夏侯解故，詩有魯故，齊后氏故，齊孫氏故，韓故，毛詩故訓傳。」

(四) 故訓：毛詩周南詁訓傳，陸德明音義曰：「故訓舊本多作故，今或作詁，音古又音故。詁古皆是古義，所以兩行。然前儒多作詁解，而章句有故言。」

(五) 詁訓：《毛詩‧周南‧關雎‧詁訓傳》，孔穎達疏曰：「『詁訓』者，『詁』者古也，古今異言，通之使人知也。『訓』者道也，道物之貌以告人也。釋言則釋詁之別，故〈爾雅序〉篇云：『釋詁』、『釋言』，通古今之字，古與今異言也。『釋訓』言形貌也。然則『詁訓』者，通古今之異辭，辨物之形貌，則解釋之義，盡歸於此；釋親以下皆指體而釋其別，亦是『詁訓』之義，故唯言『詁訓』，足總眾篇之目。今定本作『故』，以詩云『古訓是式』，毛傳云：『古，故也。』

則『故訓』者,故昔典訓,依古昔典訓而爲傳,義或當然。」
郭璞〈爾雅序〉:「夫《爾雅》者,所以通『詁訓』之指歸。
邢昺疏曰:『詁者古也,通古今之言,使知也;訓者道也,
道物之貌以告人也。』(先師林景伊先生案云:「此疏即據
孔穎達說。」)

(六) 解詁:何休《春秋公羊注疏》「解詁」;陸德明音義曰:「解
詁,解佳買;反詁音古,訓也。」

(七) 訓故:《說文解字》言部:「詁。訓故言也。」段玉裁注曰:
「故言者舊言也,十口所識前也;訓者,說教也;訓詁言者,
說釋故言以教人,是之謂詁。」

(八) 故:《漢書藝文志》載有《詩魯故》二十五卷,《詩齊后氏
故》二十卷,《詩齊孫氏故》二十七卷,《詩韓故》三十六
卷,杜林《倉頡故》一篇。

(九) 訓:《漢書藝文志》有《淮南道訓》二篇,揚雄《倉頡訓纂》
一篇,杜林《倉頡訓纂》一篇。

(十) 傳:《易》有《周氏傳》,《詩》有《齊后氏傳》,《韓詩內
外傳》,《春秋》有《左氏傳》,《公羊傳》,《穀梁傳》,
《鄒氏傳》,《夾氏傳》。

(士) 記:《禮》有《曲臺后氏記》。

(士) 雜記:《漢書藝文志》有《公羊雜記》八十三篇。

(士) 傳記:劉向有《五行傳記》。

(古) 說:《易》有五鹿充宗《略說》三篇,丁寬作《易說》三萬
言。

(古) 說義:《書》有《歐陽說義》二篇。

㈥　雜說：公孫弘學《春秋雜說》，見於《漢書》。

㈦　微：《春秋》有《左氏微》，《鐸氏微》，《虞氏微》，《張氏微》。師古曰：「微謂釋其微指。」

　　其實此等名號雖殊，無非解釋之意，故皆爲訓詁之別稱。擴而充之，凡後世之注、疏、正義，莫非訓詁。皆爲訓釋疏通故字故言，使無疑滯者也。

第二章　訓詁與文字之關係

第一節　文字概說

　　先師林景伊先生〈訓詁學講授大綱〉曰：「有語言然後有文字，文字者，所以表達語言使其能長留於紙墨之間也。故非語言無以創文字，非文字無以傳語言於久遠，方國異辭，古今異語，字形多狀，字體屢更，其所以能通其義而喻其意者，厥惟訓詁，而訓詁之所依據者，又在文字，故訓詁與文字之關係，息息相通，不可暫離也。」

一、文字之意義

　　文字與訓詁既息息相通，然則何謂文字？固宜先知者也。許慎〈說文解字敘〉曰：「倉頡之初作書，蓋依類象形，故謂之文，其後形聲相益，即謂之字，字者言孳乳而寖多也。箸於竹帛謂之書，書者如也。以迄五帝三王之世，改易殊體，封於泰山者七十有二代，靡有同焉。《周禮》八歲入小學，保氏教國子先以六書：一曰指事，指事者，視而可識，察而見意，上下是也；二曰象形，象形者，畫成其物，隨體詰詘，日月是也；三曰形聲，形聲者，以事為名，取譬相成，江河是也；四曰會意，會意者，比類合誼，以見指撝，武信是也；五曰轉注，轉注者，建類一首，同意相受，考老是也；六曰假借，假借者，本無其字，依聲託事，令長是也。」

　　自來言文字之學者，於六書之說，各有異辭，然要而言之，指事、象形、形聲、會意為文字之體；轉注、假借為文字之用。實為的論。指事、象形、形聲、會意文字構造之方法也；轉注、假借文字運用之方法也。戴震〈答江愼修先生論小學書〉云：「大致造字之始，無所憑依，宇宙間事與形兩大端而已，指其事之實曰指事，一二上下是也，象其形之大體曰象形，日月水火是也。文字既立，則聲寄于字，而字有可調之聲；意寄于字，而字有可通之意，是又文字之兩大端也。因而博衍之，取乎聲諧曰諧聲，聲不諧而會合其意曰會意，四者書之體止此矣。由是之于用，數字共一用者，如初、哉、首、基之皆為始，卬、吾、台、于之皆為我，其義轉相為注曰轉注；一字具數用者，依于義以引申，依于聲而旁寄，假此以施于彼曰假借。所以用文字者，斯其兩大端也。」當文字構造之時，有其義而狀之以形；當文字運用之時，重在義而繫之以形，故形體之成，既有訓詁之義，而運用之方，尤為訓詁之道，此六書所以不能離訓詁，而訓詁亦所以為文字之用也。

　　段玉裁〈說文敘注〉云：「指事、象形、形聲、會意四者，字之體也；轉注、假借二者，字之用也，聖人復起，不易斯言矣。」

　　蘄春黃季剛先生曰：「指事、象形、形聲、會意為造字之本，然其造字之初，必根據語言，蓋有語言而後有文字，故文字不能離語言而自立也。」

　　餘杭章炳麟先生曰：「語言不憑虛而起，呼馬而馬，呼牛而牛，此必非恣意妄稱也。諸言語皆有根，先徵之有形之物則可睹

矣。何以言雀？謂其音即足也；何以言鵲？謂其音錯錯也；何以
言雅？謂其音亞亞也；何以言雁？謂其音岸岸也；何以言駕鵝？
謂其音加我也；何以言鵾鶲？謂其言礫格鉤輈也；此皆以音爲表
者也。何以言馬？馬者武也；何以言牛？牛者事也；何以言羊？
羊者祥也；何以言狗？狗者叩也；何以言人？人者仁也；何以言
鬼？鬼者歸也；何以言神？神者引出萬者也；何以言祇？祇者提
出萬物者也；此皆以德爲表者也。要之，以音爲表，惟鳥爲衆，
以德爲表者，則萬物大抵皆是，乃至天之言顚，地之言底，山之
言宣，水之言準，火之言毀，土之言吐，金之言禁，風之言氾，
有形者大抵皆爾。」

　　夫語言、意之所託，文字、形之所寓。語言緣起，既有其根，
文字表形，必符其意。故文字初創，必因語言之音，狀其形以明
其義，此文字所以必有形音義之相成，而義之能明，即訓詁之道
也。

　　文字之體既備，而文字之用日繁，指事、象形、形聲、會意
所造成之文與字，既須訓詁明其含義，而轉注之同意相受，假借
之依聲託事，尤須訓詁以明其牽屬，此所以有文字而即有訓詁，
明訓詁不可不知文字也。

二、文字之構造

　　倉頡之初作書，蓋依類象形，故謂之文，文爲獨體，所謂獨
體，乃不可分析之謂也，析之則更不成文；形聲相益，即謂之字。
字爲合體，所謂合體，則析之仍可成文也。至於文字構造之法則
六書，王筠以爲名稱以許愼爲是，次第以班固較佳。今依其說，

分別簡說於後：

〔一〕象形：敍云：「象形者，畫成其物，隨體詰詘，日月是也。」

自古以來對於象形字之分類，無慮數十家，先師林先生以爲應從象形字之構造分類，方有意義。若依其構造區分，象形字可分爲二大類：

(1) 獨體象形：即以一文象一物之形，此文不可分析，析之則更不成文。能否成文，以形音義三者是否兼備爲斷，能兼備則成文，不能兼備則不能成文。茲舉數例於後：

　　A）玉、石之美有五德者。潤澤以溫，仁之方也；鰓理自外，可以知中，義之方也；其聲舒揚，專以遠聞，智之方也；不撓而折，勇之方也；銳廉而不忮，絜之方也。象三玉之連，丨其貫也。

　　B）气、雲气也。象形。

　　C）牛、事也，理也。象角頭三封尾之形也。

　　D）口、人所以言食也。象形。

　　E）牙、壯齒也。象上下相錯之形。

　　F）又、手也。象形。三指者，手之列多略不過三也。

　　G）目、人眼也。象形。重童子也。

　　H）自、鼻也。象鼻形。

　　I）羽、鳥長毛也。象形。

　　J）鳥、長尾禽總名也。象形。

　　K）烏、孝鳥也。孔子曰：「烏、于呼也。取其助氣，故以爲烏呼。」

L）肉、胾肉。象形。

M）刀、兵也。象形。

N）角、獸角也。象形。

O）竹、冬生艸也。象形。

P）豆、古食肉器也。从口、象形。

Q）來、周所受瑞麥來麰也。二麥一夆，象其芒束之形。天所來也，故以爲行來之來。詩曰：「詒我麥麰。」

R）日、實也。大陽之精不虧，从口一象形。

S）月、大陰之精。象形。

T）瓜、胍也。象形。

U）人、天地之性最貴者也。此籀文，象臂脛之形。

V）衣、依也。上曰衣，下曰常。象覆二人之形。

W）戶、護也。半門曰戶。象形。

X）門、聞也。从二戶象形。

Y）瓦、土器已燒之總名。象形。

Z）弓、窮也。以近窮遠者。象形。

(2)　合體象形：合體象形者，从某文，又以某符號象其形。从某之某，有爲其意者，有爲其聲者，無論意聲，皆因其形不足以充分表達其明確之意旨，有必要另加聲符與義符以足成其意。例如：

A）齒、口齗骨也。象口齒之形，止聲。

B）疋、足也。上象腓腸，下从止。

C）谷、口上阿也。从口，上象其理。

D）畫、介也。從聿，象田四界。

E）眉、目上毛也。从目，象眉之形，上象額理也。

F）盾、瞂也。所以扞身蔽目。从目，象形。

G）血、祭所薦牲血也。从皿，一象血形。

H）倉、穀藏也。蒼黃取而藏之，故謂之倉。从食省，口象倉形。

I）京、人所爲絕高丘也。从高省，｜象高形。

J）巢、鳥在木上曰巢，在穴曰窠。从木象形。

K）桼、木汁可以漆物。从木、象形。桼如水滴而下也。

L）鼎、三足兩耳和五味之寶器也。象析木以炊，貞省聲。

M）网、庖犧氏所結繩以田以漁也。从冂、下象网交文。

N）巾、佩巾也。从冂、｜象糸也。

O）市、韠也。上古衣蔽前而已，市以象之。从巾象連帶之形。

P）裘、皮衣也。从衣象形。

Q）面、顏前也。从首象人面形。

R）夫、丈夫也。从大一，一以象簪。

S）雲、山川气也。从雨、云象回轉形。

T）鹵、西方鹹地也。从西省，口象鹽形。

〔二〕指事：敘云：「指事者，視而可識，察而見意，上下是也。」

　　竊謂六書之難明者，莫如指事，蓋視而可識，類乎象形；察而見意，近於會意。然指事實有別於象形。段玉裁云：「形謂一物，事賅衆物，專博斯分，故一舉日月，一舉上下，上下所該之物多，日月祇一物。」又言指事與會意之區別云：「合兩文爲會意，獨體爲指事。」王筠說：「所謂視而可識，則近於象形；察而見意，則近於會意。然物有形也而事無形，會兩字之義以爲一字之義，而後可會。而上下之兩體，固非古本切之丨於悉切之一。明於此，指事不得混於象形，更不得混於會意矣。據此而論，有形者物也，無形者事也。凡獨體之文，非象有形之物者事也。其合兩體三體而成字，其體各自成文者會意，非指事也。其體或俱不成文，或一成文，一不成文者指事也。」先師林景伊（尹）先生《文字學概說》綜合前賢諸說，釐定六項標準，以區別指事、象形，甚爲明確。茲錄於後。林先生曰：

> 象形有實物可象，指事多無實物可象；象形專象一物，指事博賅衆物；象形依形而製字，指事因事而生形；象形象物之靜狀，指事表物之動態；象形本義多爲名詞，指事本義多非名詞；少數爲名詞之增體指事，所增必爲指事之符號，與增體象形所增爲實象者不同。

　　指事之義界既明，進而言其分類，竊謂六書之分類，宜依其造形結構而加以區分，爲省記憶之繁，分類愈簡，愈切實用。茲本段說，分爲兩類，其他紛冗，無所取也。

(1)　獨體指事：

①　純體指事：凡以一文指明抽象之事，既無所增加，亦

未有變易，更不可分析者稱之。

A）一、惟初太極，道立於一，造分天地，化成萬物。

B）上、高也。指事也。

C）三、數名。天地人之道也。

D）王、天下所歸往也。董仲舒曰：古之造文者，三畫而連其中謂之王。三者天地人也，而通之者王也。

E）丨、下上通也。

F）八、別也。象分別相背之形。

G）釆、辨別也。象獸指爪分別也。[1]

H）凵、張口也。象形。

I）彳、小步也。象人脛三屬相連也。

J）丩、相糾繚也。

K）十、數之具也。一爲東西，丨爲南北，則四方中央備矣。

L）鬥、兩士相對，兵杖在後，象鬥之形。

M）卜、灼剝龜也。象灸龜之形。

N）爻、交也。象易六爻頭交也。

O）㸚、交積材也。象對交之形。

P）幺、小也。象子初生之形。

Q）玄、幽遠也。象幽而入覆之也。

R）予、推予也。象相予之形。

S）乃、泄詞之難也。象气之出難也。入、內也。象從上俱下也。

T）久、從後灸之也。象兩脛後有距也。

U）之、出也。象艸過屮，枝莖漸益大有所之也。一者、
　　地也。

V）出、進也。象艸木益滋上出達也。

W）囗、回也。象回匝之形。

X）齊、禾麥吐穗上平也。象形。

Y）飛、鳥翥也。象形。

Z）亞、醜也。象人局背之形。

②　變體指事：變他字之形以指明其事者，凡從反文、倒
　　文、省文、變文以營構其形者皆是也。

A）乏、春秋傳曰：反正爲乏。

B）亍、步止也。从反彳。

C）幻、相詐惑也。从反予。

D）夕、莫也。从月半見。

E）片、判木也。从半木。

F）匕、變也。从倒人。

G）比、密也。二人爲从，反从爲比。

H）旡、飲食逆气不得息曰既。从反欠。

I）県、到首也。賈侍中說，此斷首到縣県字。

J）丸、圓也。傾側而轉者。从反仄。

K）夭、屈也。从大象形。

L）交、交脛也。从大象交形。

M）尢、跛也。曲脛人也。从大象偏曲形。

N）非、韋也。从飛下翅，取其相背也。

O）了、勹也。从子無臂，象形。

P）𠫓、不順忽出也。从倒子。

(2) 合體指事：凡以某文取其義、或取其聲之外，又以某不成文之符號指明其事者稱之。

A）示、天垂象見吉凶，所以示人也。从二、三垂日、月、星也。

B）屯、難也。屯象艸木之初生，屯然而難，从屮貫一屈曲之也。

C）牟、牛鳴也。从牛、厶象其聲气从口出。

D）只、語已詞也。从口象气下引之形。

E）叉、手措相錯也。从又、一象叉之形。

F）寸、十分也。人手卻一寸動脈謂之寸口，从又一。

G）羋、羊鳴也。从羊、象气上出。

H）刃、刀鋻也。象刀有刃之形。

I）甘、美也、从口含一，一、道也。

J）曰、詞也。从口，乚、象口气出也。

K）兮、語所稽也。从丂，八象气越于也。

L）乎、語之餘也。从兮，象聲上越揚之形也。

M）本、木下曰本。从木，一在其下。

N）朱、赤心木。从木，一在其中。

O）末、木上曰末。从木，一在其上。

P）才、艸木之初也。從丨上貫一，將生枝葉也。

Q）生、進也。象艸木生出土上。

R）旦、明也。从日見一上，一、地也。

S）欠、張口气悟也。象气从儿上出形。

T）亦、人之臂亦也。从大象兩亦之形。

U）立、住也。从大在一之上。

V）不、鳥飛上翔不下來也。从一、一猶天也。象形。

W）至、鳥飛從高下至地也。从一、一猶地也。象形。

【附錄】 陳新雄〈說文借形為事解〉

　　章太炎先生《國學略說·小學略說》云：「宋人清人，講釋鐘鼎，病根相同，病態不同，宋人之病，在望氣而知，如觀油畫，但求形似，不問筆畫。清人知其不然，乃皮傅六書，曲為分剖。此則倒果為因，可謂巨謬。夫古人先識字形，繼求字義，後乃據六書分析之。非先以六書分析，再識字形也。未識字形，先以六書分之，則一字為甲為乙，何所施而不可。不但形聲會意之字，可以隨意妄斷；即象形之字，亦不妨指鹿為馬。蓋象形之字，並不纖悉相似。不過粗具輪廓或舉其一端而已。如人字略象人形之側，其他固不及也。若本不認識，強指為象別形，何不可哉。倒果為因，則甲以為乙，乙以為丙，聚訟紛紛，所得皆妄。如祇摹其筆意，賞其姿態，而闕其所不知。一如歐人觀華劇然，但賞音調，不問字句，此中亦自有樂地，何必為扣槃捫燭之舉哉！」

　　太炎先生此言，殆謂不知一字之本義，則無以斷此字之為象形抑指事，故若以六書分析文字之構造，首先當知此字何義，苟不知一字之意義，則任指象形指事，無施不可。指事之異於象形者，段玉裁謂：「指事之別於象形者，形謂一物，事賅眾物。專博斯分，故一舉日月，一舉上下，上下所賅之物多，日月祇一物，學者知此，可以得指事象形之分矣。」或謂象形為具體之物，指事為抽象之事；又或謂形由物生，事由字出；此皆得其大端，而尚未辨之毫釐者也。先師林景伊（尹）先生《文字學概說》綜合

前賢諸說，釐定六項標準，以區別指事、象形，可供參考，茲錄
於次。林先生曰：

> 象形有實物可象，指事多無實物可象；象形專像一物，指
> 事博賅眾物；象形依形而製字，指事因事而生形；象形象
> 物之靜狀，指事表物之動態；象形本義多爲名詞，指事本
> 義多非名詞；少數爲名詞之增體指事，所增必爲指事之符
> 號，與增體象形所增爲實象者不同。

　　段氏以爲象形與指事之區別，乃象形字義有專屬，指事則汎
指眾事，易言之，象形乃像具體之物，故多爲名詞；指事則係抽
象之事，故多爲動詞、狀詞。指事之所以易與象形相混者，乃事
象抽象之形，說文往往謂之象形，以致混淆也。

　　說文之中確有指事之字而許君解以爲象形者，此則象其抽象
之形也，如ㅂ，張口也，而曰象形；齊，禾麥吐穗上平也，而亦
曰象形。若此類者皆象其抽象之事也，非眞象物之形也。然此類
尚非難辨者也，蓋張口者動作也；吐穗上平者形容之詞也。則其
非名詞顯然也。龍君宇純《中國文字學》於《說文》指事字之釋
曰象形者，辨其所以之故甚明，今引其說以助辨識。龍君云：
「象形字象具體實物之形，指事字則以事無形，故聖人創意以指
之，兩者不同，故於六書爲二。但說文時時於指事字釋曰象形，
如ㅂ下云『張口也，象形』，ㅂ下云『相糾繚也，象形』，八下
云『別也，象分別之形』，人下云『三合也，象三合之形』，口
下云『回也，象回匝之形』，高下云『崇也，象臺觀高之形』。

則因形可實可虛無論象實形或象虛形，都可以象形一名侔之。故象形之名，可指以形象具體之物者，可指以形象抽象之意或事者。分別而言，則前者爲象形，後者爲指事，故二者之同，在於形兼虛實，其異亦由虛實以分。」

清王筠《說文釋例》有借象形以指事一例，其說甚精。茲引數條，以見其義。王氏云：「大下云：天大地大人亦大。故大象人形，古文大也。此謂天地之大，無由象之以作字，故象人之形以作大字，非謂大字即是人也。故部中奎夾二字指人，以下則皆大小之大矣。它部從大義者凡二十六字，惟亦夨夭交夰夫六字取人義，餘亦大小之大，或用爲器之蓋矣。兩臂侈張，在人無此體，惟取其大而已。勹下云：裹也，象人曲形，有所包裹。蓋以人字曲之而爲勹，字形則空中以象包裹，首列句匍匐，皆曲身字，無包裹意。故知是借人形以指之也。亞下云：醜也，象人侷背之形，醜是事不可指，借侷背之形以指之，非惟駝背，抑且雞匈，可云醜矣。《爾雅》：『亞、次也。』賈侍中所本，許君列于後者，於字形不能得此義也。」

王筠所云，實具深理，蓋若大字，其意爲大，其形則象人形，所以然者，蓋「大」意虛無，無形可象，無實可指，故不得不借人形以爲大之事，人形何以可爲大之事也，以天大地大人亦大。故借人之形以爲大之事也。又若勹字，象人曲形，何以知其爲裹也，蓋象人彎腰曲背而有所包裹之形也。亞之義爲醜，醜者抽象之形容詞，造字無所憑藉，故象人雞胸駝背之形，以具體人形之醜狀，作爲抽象形容之醜義，而醜義乃顯現矣。今援王筠之例，另舉《說文》數例以實之：

《說文》「釆，辨別也。象獸指爪分別也。」段玉裁注曰：「倉頡見鳥獸蹄迒之跡，知文理之可相別異也，遂造書契，釆字取獸指爪分別之形。」

辨別者謂分辨清楚也，《尙書》「釆章百姓。」其爲動詞，顯然可知。分辨清楚，乃抽象之義，無跡可尋，無從描摹。故乃以獸爪踩地，形跡清楚，觀其形而知其爲何獸，故以此清楚之形象，作爲辨別清楚之意義，此所謂借形爲事也。就王氏所舉數例觀之，大之義爲狀詞，勹之義爲動詞，亞之義亦狀詞也。大非象人，勹非象曲身之人，亞更非佝背之人，三字皆非具體之人，亦皆非名詞，是皆借人之形以爲大、裹、醜之事，是爲借形爲事也。以此觀之，則釆爲辨別，而非獸之指爪，則亦借形爲事也。

王筠《說文釋例》又謂：「高字借形以指事而兼會意，高者事也，而天之高、山之高，高者多矣。何術以指之？則借臺觀高之形以指之。從冂者，非音冪之冂，乃坰界之冂，高者必大，象其界也，口與倉舍同意，則象築也。」按《說文》云：「高、崇也。象臺觀高之形。從冂口，與倉舍同意。」崇者、嵬高也。嵬高者，抽象之事也，非具體之物形也，則其爲事顯然可知。然王氏以爲指事兼會意則未確，蓋高字全體，除冂象坰界尙成字外，其餘諸體，惟象其形，並非兼衆體以上之會意可比，故高字全字只是指事，實未兼意也。借臺觀之形以指出崇高之意，此正所謂借形爲事也。

王筠《說文釋例》又云：「不至二字，借象形以爲指事也。云一猶天、一猶地，不似它字直訓爲天地，則有鳥高飛，不必傅於天，而已不可得也。飛鳥依人，不必漸于陸，而已爲至也。故此二字，並非以會意定指事。然象形則象形矣，何以謂之指事？蓋今人不知古義，宜也。古人不知古義，無是理也。而從此兩字者，無涉於義之字，則本字不謂鳥明矣。不字即由不然不可之語而作之，則字之由來者事也，而此事殊難的指，故借鳥飛不下之形以象之，乃能造爲此字。至字放此推之。抑此兩字，義正相反，何不用倒人爲乏，倒人爲匕之例？曰：其情不同也。鳥之奮飛，羽尾必開張，故不字三垂平分也。鳥之將落，其意欲斂，其勢猶張，故至字或開或交以見意，情事不同。」

按王氏此言，證之說文說解，亦與前舉數例，有所不同，不得謂不至二字爲借形爲事也。按《說文》：「不、鳥飛上翔不下來也。從一、一猶天也，象形。」「至、鳥飛從高下至地也。從一、一猶地也，象形。不上去而至下來也。」從《說文》說解中，顯然可知，不義非指鳥也，乃指鳥飛上翔。鳥飛上翔，亦如凵之張口，齊之禾麥穗之上平，非具體之形，純屬抽象或動作之事也。段氏以爲不象鳥飛去而見其翅尾形，鳥上翔既爲事，則非若大之象人形；勹之象曲背之人，亞之象雞胸侷背之人，釆之象獸之指爪，皆有具體之形者不同也。有形乃可象，然後方可借此可象之形以爲事也。今者，鳥飛上翔不下來，乃指鳥之動作，則亦屬抽象之事也。至象下集之鳥首鄉下，鳥之下集，亦鳥之動作也。正如不字之比，亦抽象之事，非有具體之形可象者。則亦何從以借形爲事乎！段氏舉詩「鄂不韡韡」，引鄭箋不當作柎，柎鄂足也，其說甚是。今證之甲文，則不亦花萼之義，非不然義也；不字之訓既已不然，則其說爲借形爲事之說，固難憑也。不字訓釋，既所難憑，而至字據李孝定《甲骨文字集釋》所釋，乃矢著地，與鳥無關，則許氏所釋，亦無的據也。字義既已難憑，則章太炎先生之說，自當愼重考慮，所謂「未識字形，先以六書分析之，則一字爲甲、爲乙，何所施而不可！」正謂此也。今吾人研究《說文》，前賢諸說，其善者當從，其不善者當批判之。善與不善，則在吾人之愼思明辨矣。凡事皆然，而治文字爲尤甚焉。

　　粗淺之見，非敢謂當，謹以所見，就正於海內外文字學者，敬祈諟正是幸。

西曆一九九一年八月十日陳新雄脫稿於美國馬里蘭州銀泉。

【參考書目】

說文解字注　　段玉裁　臺北藝文印書館

說文釋例　　　王　筠　臺北世界書局

國學略說　　　章太炎　臺北復文圖書出版社

文字學概說　　林　尹　臺北正中書局

中國文字學　　龍宇純　臺灣學生書局

甲骨文字集釋　李孝定　中央研究院歷史語言研究所專刊之五十

〔三〕形聲：敍云：「形聲者，以事爲名，取譬相成，江河是也。」

　　按形聲者，主一字之形，以他字之聲配之，因其形之同，而知其爲是類，因其聲之異，而知爲是物是義。以事物造爲文字，取其形聲相配合以成而共曉也。形聲字組成之例，有一形一聲者，凡言從某某聲是也（如江河）。有二形一聲者，從某某、某聲是也（如雁碧）。有三形一聲者，從某某某、某聲是也（如寶巤）。有四形一聲者，從某某、從某某、某聲是也（如尋）。有一形二聲者，從某、某某皆聲是也（如欜）。有二形二聲者，從某某、某某皆聲是也（如竊）。有省形不省聲者，從某省、某聲者是也（如耊橐）。有省聲者，從某、某省聲是也（如瑩禁）。有形聲俱省者，從某省、某省聲是也（如𦥔）。有亦聲者，會意兼形聲也（如吏鉤）。

　　至於形聲字部位之例，有左形右聲者（如江河），有右形左聲者（如鳩鴿），有上形下聲者（如芬芳），有下形上聲者（如婆娑）有外形內聲者（如園圃），有內形外聲者（如聞問），有形聲貫串者（如千黃）。形聲字之分類，無論以組成或部位，皆與造字之原理無關，固非最佳之分類。今欲求其與造字原理有關，則非從形聲字中聲子與聲母之聲韻關係著手不可。若從聲韻關係分，則可得四類於後：

(1)　聲韻畢同：
　　① 禛、以眞受福也。從示眞聲。職鄰切，眞部[1]。（聲子）
　　　　眞、僊人變形而登天也。從匕目匸、八、所以載之。職鄰切，眞部。（聲母）

② 祿、福也。从示彔聲。盧谷切，屋部。（聲子）

彔、刻木彔彔也。象形。盧谷切，屋部。（聲母）

③ 璜、半璧也。从玉黃聲。戶光切，陽部。（聲子）

黃、地之色也。乎光切，陽部。（聲母）

④ 芝、神芝也。从艸之聲。止而切，之部。（聲子）

之、出也。象艸過屮，枝莖漸益大，有所之也。一者
地也。止而切，之部。（聲母）

⑤ 薪、蕘也。从艸新聲。息鄰切，眞部。（聲子）

新、取木也。从斤木辛聲。息鄰切，眞部。（聲母）

(2) 聲同韻異：

① 吻、口邊也。从口勿聲。武粉切，古音明紐、諄部。
（聲子）

勿、州里所建旗，象其柄，有三游，雜帛幅半異，所
以趣民，故遽偁勿勿。文弗切，古音明紐、沒部。（聲
母）

② 敢、進取也。从𡙳古聲。古覽切，古音見紐、談部。
（聲子）

古、故也。从十口識前言者也。公戶切，古音見紐、
魚部。（聲母）

③ 鳳、神鳥也。天老日：鳳之像也，麟前鹿後，蛇頸魚
尾，龍文龜背，燕頷雞喙，五色備舉，出於東方君子
之國，翱翔四海之外，過崑崙，飲砥柱，濯羽弱水，
莫宿風穴，見則天下大安寧。从鳥凡聲。馮貢切，古

音並紐、侵部。後轉入冬部。（聲子）

凡、最括而言也。从二、二、耦也。从古文及。浮芝
切，古音並紐、侵部。（聲母）

④　員、物數也。从貝口聲。王權切，古音匣紐、諄部。
（聲子）

口、回也。象回匝之形。羽非切，古音匣紐、微部。
（聲母）

⑤　霿、天气下地不相應曰霿。霿、晦也。从雨瞀聲。莫
弄切，古音明紐、東部。（聲子）

瞀。氐目謹視也。从目秋聲。莫候切，古音明紐，侯
部。（聲母）

(3)　韻同聲異：

①　松、松木也。從木公聲。祥容切，古音定母、東部。
（聲子）

公、平分也。从八厶，八猶背也。古紅切，古音見紐、
東部。（聲母）

②　空、竅也。从穴工聲。苦紅切，古音溪母、東部。（聲
子）

工、巧飾也。象有規榘。與巫同意。古紅切，古音見
紐、東部。（聲母）

③　吁、驚語也。从口于、于亦聲。況于切，古音曉母、
魚部。（聲子）

于、於也。象气之舒于，从丂从一，一者其气平也。

羽俱切，古音匣母、魚部。（聲母）

④　栘、棠棣也。從木多聲。弋支切，古音定母、歌部。
　　（聲子）

　　多、緟也。从緟夕。得何切，古音端母、歌部。（聲
　　母）

⑤　洛、洛水出左馮翊歸德北夷界中，東南入海。从水各
　　聲。盧各切，古音來母、鐸部。（聲子）

　　各、異詞也。从口夂，有行而止之不相聽意。古洛切，
　　古音見母、鐸部。（聲母）

(4)　聲韻畢異：

①　配、酒色也。从酉己聲。滂佩切，古音滂母、沒部。
　　（聲子）

②　妃、匹也。从女己聲。芳菲切，古音滂母、微部。（聲
　　子）

　　己、中宮也。象萬物辟藏詘形也。居擬切，古音見紐、
　　之部。（聲母）

③　聿、所以書也。从聿一聲。余律切，古音定母、沒部。
　　（聲子）

④　戌、九月陽气微萬物畢成。从戊一，一亦聲。辛律切，
　　古音心母、沒部。（聲子）

　　一、惟初太始，道立於一，造分天地，化成萬物。於
　　悉切，古音影紐、質部。（聲母）

⑤　斯、析也。从斤其聲。息移切，古音心母、支部。（聲

子）

其、所以簸者也。从竹象形，丌、其下也。居之切，
古音見母、之部。（聲母）

⑥　企、舉踵也。从人止聲。去智切，古音溪紐、支部。
（聲子）

止、下基也。象艸木出有阯。諸市切，古音端母、之
部。

⑦　狺、犬張齗怒也。从犬來聲。讀又若銀。魚僅切，古
音疑母、諄部。（聲子）

來、周所受瑞麥來麰也。二麥一夆，象其芒束之形。
洛哀切，古音來紐、之部。（聲母）

問：形聲字中，何以有聲韻畢異之形聲字出現？

曰：無聲字多音之故也。

問：何謂無聲字？

曰：凡文字中不帶聲符者稱之。易言之，凡非形聲字，即
為無聲字。亦以指事、象形、會意之法構造而成之文
字。

問：無聲字何以多音？

曰：㈠　文字初起，本緣分理之可相別異，以圖寫形貌，
然文字非一時、一地、一人所造，各地之人，依其意
象以為文字，因其主觀意象之殊異，雖形象相同，取

意盡可有別，義既別矣，音亦隨異，此無聲字多音之故一也。如一「○」形也。或以爲日，或以爲圓，或以爲圍，無施不可，則此一形象，兼有三義三音矣。《說文》三上谷部，㕚、訓舌貌，音他念切，透紐添部字，又讀若三年導服之導，則音徒到切，定紐幽部字。《士虞禮》注曰：「古文禫或爲導。」導服之導本字作禫。《說文》禫除服祭也。徒感切，則定母侵部字。一曰竹上皮，讀若沾，則他兼切，透母添部字。一曰讀若誓。則時制切，定母月部。弼字从之，此蓋從㕚聲也。則房蜜切，又有並母質部一音矣。

㈡　造文之時，原非一字，音義本異，只以形體之相近，後人不察，乃合爲一體，因而形同而音義殊矣。此無聲字多音之故二也。例如《說文》五篇下皀部：皀、穀之馨香也。象嘉穀在裏中之形，七所以扱之。或說：皀、一粒也。又讀若香。《玉篇》卷中白部有皁字云：「才老切，色黑也。」是皀之與皁，原本二音二義，後字形變而作皂，乃近於穀皀之皀，故今世肥皂字多有作皀者，訛傳日久，乃學士大夫多有不知其區別者矣。今世之字既然，古人又何獨能例外。說文一篇上，丨部云：丨、下上通也。引而上行讀若囟。讀囟之體，蓋當作丨，引而下行讀若退，讀退之體，蓋當作丨。三體相似，故訛混爲一，而丨除古本切一音外，又兼含囟退二音矣。

㈢　古者文字少而民務寡。是以多象形假借，一字之形，既借爲他字之用，則必亦假他字之音，以傅此字之形。此無聲字多音之故三也。例如《說文》一篇下屮部，屮、艸木初生也。象丨出形有枝莖也。古文或以爲艸字，讀若徹。屮本艸木初生音則讀若徹，自古文假以爲艸字之用，則必具艸字倉老切之音矣。如《荀子•富國篇》：「刺屮殖穀」，《漢書•地理志》「厥屮爲繇」「水屮宜畜牧」之屮，皆非讀徹而應讀艸，是屮之一形而具徹艸二音矣。又二篇下疋本訓足也。所菹切，心紐魚部字，古文以爲詩大雅字，則又傅有雅字之音矣。

㈣　形聲之字，所從之聲，每多省聲，而所省之聲，其形偶與他字相涉，於是字音亦隨涉而異，此無聲字多音之故四也。《說文》九篇上：頨、頨妍也。從頁翩省聲，讀若翩。今讀王矩切者，乃翩之省形羽之音也。羽之形因兼有頨音矣。蓋一字得聲或從其本聲之朔，或從其省後之文，展轉蕃變，音亦隨之。今《說文》形聲字之省聲者，若與他文相涉同形，雖多與聲母相應，而讀成省聲之形者，亦往往而有也。

問：無聲字既有多音之道，何故又漸失卻多音？

曰：蓋多音多義之中，一義常行，音亦隨存，他義罕用，義既罕用，音亦隨亡，此無聲字所以漸失多音之道也。

問：無聲字多音之說，有何作用？

曰：一可助語根之推求。二可析音義之流派。三可釋聲子
　　聲母聲韻絕遠之疑。四可明前師異讀韻書多音之故。

〔四〕會意：敘云：「會意者，比類合誼，以見指撝，武信是也。」

段玉裁云：「會者合也，合二體之意也，一體不足以見其義，
必合二體之意以成字。」又曰：「誼者，人所宜也。今人用義，
古書用誼，誼者本字，義者假借字，指撝與指揮同，謂指向也。
比合人言，可見必是信字，比合戈止之誼，可見必是武字，是會
意也。會意者，合誼之謂也。凡會意字曰从人言，曰从止戈，人
言，止戈二字皆聯屬成文，不得曰从人从言，从戈从止。而全書
內往往為淺人增一从字，大徐本尤甚，絕非許意，然亦本有兩从
字者，當分別觀之。」

王筠釋例曰：「合誼即會意之正解，說文用誼，今人用義，
會意者合二字三字之義以成一字之義，不作會悟解也。」

至於會意字之分類，王氏嘗分正變二例，正例者，指合數文
成字，其意相附屬，而其他無所兼者也。如一大為天，自王為皇，
又持肉以享神示為祭，日出暴米以晞為暴，此以順遞為誼者也。
若夫八刀為分，一史為吏，則以並峙為誼者也。王在門中為閏，
水在皿上為益，則部位見義者也。兩目為䀠，三羊為羴，四屮為
茻，則疊文見義也。其所謂變例則淆合雜體、指事、象形之文，
過於煩碎，今無取焉。茲依會意字之構形分成兩類：

(1) 同形會意：凡說解言从二某、从三某、从四某者皆是也。

　　Ａ）屮、百芔也。从二屮。倉老切。

　　Ｂ）玨、二玉相合為一玨。古岳切。

C）祘、明視以筭之。从二示。讀若筭。蘇貫切。

D）雔、雙鳥也。从二隹。市流切。

E）吅、驚呼也。从二口。況袁切。

F）誩、競言也。从二言。渠慶切。

G）朋、左右視也。从二目。九遇切。

H）丝、微也。从二幺。於虯切。

I）哥、聲也。从二可。古文以爲歌字。古俄切。

J）虤、虎怒也。从二虎。五閑切。

K）林、平土有叢木曰林。从二木。力尋切。

L）秝、稀疏適秝也。从二禾。郎擊切。

M）从、相聽也。从二人。疾容切。

N）覞、並視也。从二見。古莧切。

O）屾、二山也。所臻切。

P）狀、兩犬相齧也。語斤切。

Q）炎、火光上也。从重火。于廉切。

R）沝、二水也。之壘切。

S）聑、安也。从二耳。丁帖切。

T）奻、訟也。从二女。女還切。

U）絲、蠶所吐也。从二糸。息茲切。

V）䖵、蟲之總名也。从二虫。古魂切。

以上疊二形會意，其不言从二某者，形見於義也。

A）品、眾庶也。从三口。丕飲切。

B）雥、群鳥也。从三隹。徂合切。

Ｃ）晶、精光也。从三日。子盈切。

Ｄ）众、衆立也。从三人。魚音切。

Ｅ）磊、衆石貌。从三石。落猥切。

Ｆ）驫、衆馬也。从三馬。甫虯切。

Ｇ）麤、行超遠也。从三鹿。倉胡切。

Ｈ）焱、火華也。从三火。以冉切。

Ｉ）灥、三泉也。闕。詳遵切。

Ｊ）姦、厶也。从三女。古顏切。

Ｋ）垚、土高也。从三土。吾聊切。

以上疊三文會意，其不言从三某者，亦形見於義也。

Ａ）芔、衆艸也。从四屮。模朗切。

Ｂ）歰、不滑也。从四止。色立切。

以上疊四文會意。

(2) 異文會意：凡說解言从某某，从某从某，或云从某从某从
　　某，从某从某某从某者皆是也。

Ａ）天、顛也。至高無上。从一大。他前切。

Ｂ）皇、大也。从自王。自始也。始王者三皇、大君也。
　　胡光切。

Ｃ）士、事也。數始於一，終於十。从一十。孔子曰：推
　　十合一爲士。鉏里切。

Ｄ）苗、艸生於田者。从艸田。武鑣切。

Ｅ）折、斷也。从斤斷艸。食列切。

F）公、平分也。从八厶。八猶背也。古紅切。

G）半、物中分也。从八牛。牛爲物大可以分也。博幔切。

H）周、密也。从用口。職留切。

I）各、異詞也。从夂，夂者有行而止之不相聽意。古洛切。

J）走、趨也。从夭止。夭者屈也。子苟切。

K）正、是也。从一、一以止。之盛切。

L）是、直也。从日正。承紙切。

M）行、人之步趨也。从彳亍。戶庚切。

N）足、人之足也。在體下。从口止。即玉切。

O）古、故也。从十口識前言者也。公戶切。

P）棄、捐也。从廾推芈棄也。从㐬、㐬、逆子也。詰利切。

Q）舂、擣粟也。从廾持杵以臨臼，杵省。書容切。

R）暴、晞也。从日出廾米。蒲木切。

按以上諸字爲順敘爲義。

A）奭、盛也。从大、从皕，皕亦聲。詩亦切。

B）蔑、勞目無精也。从苜、从戍，人勞則蔑然也。莫結切。

C）別、从冎、从刀。彼列切。

D）全、完也。从入、从工。疾緣切。

E）敖、游也。从出、从放。五牢切。

F）賣、出物貨也。从出、从買。莫邂切。

G）幸、吉而免凶也。从屰、从夭，夭、死之事，死謂之
　　不幸。胡耿切。

H）里、居也。从田、从土。良止切。

Ｉ）僉、皆也。从亼、从吅、从从。七廉切。

Ｊ）夏、中國之人也。从夊、从頁、从臼。臼、兩手也，夊兩足也。胡雅切。

Ｋ）履、足所依也。从尸、从彳夊、从舟，象履形。力几切。

以上諸字係對時爲義。

　　會意之別於形聲者，會意各體皆主義，形聲則各體之中，必有一體爲其聲符，此其異也。事、形、聲、意之外，尚有雜體一類，則兼有二體以上者也，蓋文字之造，必以浸漸，形聲會意已成字矣，又加以不成文之符號，使其意義更爲明確，如此則一體不足以盡之，故謂之雜體也。如：

Ａ）爨、齊謂炊爨，𦥑象持甑，冂爲灶口，廾推林內火。（指事兼會意）

Ｂ）牽、引而前也。从牛、冂象引牛之縻也，玄聲。（指事兼形聲）

Ｃ）龍、鱗蟲之長，能幽能明，能細能巨，能短能長，春分而登天，秋分而潛淵，从肉，𠔼、肉飛之形，童省聲。（象形兼形聲）

Ｄ）金、五色金也。黃爲之長，久薶不生衣，百鍊不輕，從革不韋，西方之形，生於土，从土，左右注，象金在土中之形，今聲。（象形兼形聲）

【附註】

[1] 此處所謂某部者指上古音三十二部而言。詳見第三章〈聲韻與訓詁之關係〉。

六書之性質，東原戴氏體用之說，最為得理。其〈答江慎修先生論小學書〉云：「大致造字之始，無所憑依，宇宙間形與事兩大端而已。指其事之實曰指事，一二上下是也；象其形之大體曰象形，日月水火是也。文字既立，則聲寄于字，而字有可調之聲；意寄于字，而字有可通之意。是又文字之兩大端也。因而博衍之，取乎聲諧曰諧聲，聲不諧而會合其意曰會意。四者書之體止此矣。由是之於用，數字共一用者，如初哉首基之皆為始，卬台予之皆為我，其義轉相為注曰轉注。一字具數用者，依于義以引申，依于聲以旁寄，假此以施于彼曰假借，所以用文字者，斯其兩大端也。」

段玉裁因云：「六書者，文字音義之總匯也，有指事、象形、形聲、會意，而字形盡於此矣；字各有音，而聲音盡於此矣。異字同義曰轉注，異義同字曰假借，有轉注而百字可一義也，有假借而一字可數義也。……趙宋以後，言六書者，胸襟狹隘，不知轉注假借所以包括六書之全，謂六書為倉頡造字六法，說轉注多不可通，戴先生曰：指事、象形、形聲、會意四者，字之體也，轉注假借二者，字之用也，聖人復起，不易斯言矣。」自戴段之說出，六書之性質，分四體二用之說，遂成定論。

〔五〕轉注：敘云：「轉注者，建類一首，同意相受，考老是也。」

茲以轉注假借，牽涉訓詁，最為重大，而歷來說者，又最為分歧，其他瑣屑之說，毋庸置評，茲擇其尤要者，分三派以評述之。

(1)　戴段義轉之說：

戴東原〈答江愼修先生論小學書〉云：「《說文》：老、从人毛匕，言須髮變白也。考从老省丂聲，其解字體，一會意，一諧聲甚明，而引之於敘，以實其所論轉注，不宜自相矛盾，是故別有說也。使許氏說不可用，亦必得其說，然後駁正之。何二千年間，紛紛立說者衆，而以猥云左回右轉之謬悠，目爲許氏可乎？震謂：考老屬諧聲會意者，字之體；引之言轉注者，字之用。轉注之云，古人以其語言，立爲名類，通以今人語言，猶曰互訓云耳，轉相爲注，互相爲訓，古今語也，《說文》於考字，訓之曰老也，於老字，訓之曰考也。是以敘中論轉注舉之。《爾雅・釋詁》有多至四十字共一義者，其六書轉注之法歟！別俗異言，古雅殊語，轉注而可知，故曰建類一首，同意相受。」

段玉裁《說文解字注》於戴氏之說，闡釋益密，段氏云：「建類一首，謂分立其義之類而一其首，如爾雅釋詁第一條說始是也。同意相受，謂無慮諸字，意恉略同，義可互受，相灌注而歸於一首，如初哉首基肇祖元胎俶落權輿，其於義或近或遠，皆可互相訓釋，而同謂之始是也。獨言考老者，其顯明親切者也。老部曰：老者考也，考者老也。以老注考，以考注老，是之謂轉注。蓋老之形从人毛匕，屬會意；考之形，从老丂聲，屬形聲。而其義訓則爲轉注。」

戴段之說爲廣義之轉注，爲訓詁學上之互訓，釋同意相受則然矣，而於建類一首，意猶未了。

(2)　江聲形轉之說：

　　江聲〈轉注說〉曰：「轉注之說曰：同意相受，則轉注者，轉其意也。蓋合兩字以成一誼者爲會意，取一義以棠數字者爲轉注。春秋左氏曰：止戈爲武。穀梁子曰：人言爲信。故武信爲會意，武信之外，如孔子曰推十合一爲士，韓非子曰背私爲公，逸安說亡人爲丐，以及皿蟲爲蠱，月夕爲夙，臼辰爲晨之等，皆合兩字而成誼者也，亦有合三字爲義者，孔子曰黍可爲酒禾入水也是也，皆所謂比類合誼以見指撝者，是爲會意，言會合其意也。轉注則由是而轉焉，如挹彼注茲之注，即如考老之字，老屬會意，人老則須髮變白，故老從人毛化，此亦合三字爲誼者也。立老字以爲部首，所謂建類一首，考與老同意，故受老字而從老省，考字之外，耆耋壽耇之類，凡與老同類者，皆從老省而屬老，是取一字之意以概數字，所謂同意相受，叔重但言考者，舉一以例其餘爾。由此推之，則說文解字一書，凡分五百四十部，其始一終亥，五百四十部之首，即所謂一首也。下云凡某之屬皆從某，即同意相受也。此皆轉注之說也。」

　　江氏釋建類一首，可以言《說文》，未足以探《說文》以前之言轉注者也。

　　(3)　章君音轉之說：

　　章太炎先生〈轉注假借說〉一文，於轉注之理，闡釋綦明。章君云：

　　　　〈說文敘〉曰：轉注者，建類一首，同意相受，考老是也。
　　　　前後異說，皆瑣細無足錄，休寧戴君，以爲考老也，老考也，更互相注，得轉注名，段氏以一切故訓，皆稱轉注，許瀚以同部互訓，然後稱轉注。由段氏所說推之，轉注不繫於造字，不應在六書，由許瀚所說推之，轉注乃預爲說文設，保氏教國子時，豈縣知千載後，有五百四十部首邪！且夫故訓既明，足以心知其意，虛張類例，亦爲繁碎矣。又分部多寡，字類離合，古文籀篆，隨時而異。（五百四十部，非定不可增損也。如蠲本從蜀，而說文不立蜀部，乃令蜀蠲二文，同隸虫部，是小篆分部，尙難正定，況益以古籀乎！）必以同部互訓爲劑，說文鵰鷻互訓也，雗鷬互訓也，強蚚互訓也，形皆同部，而篆文鵰字作雕，籀文雗字作鷣，強字作蠸，佳與鳥，虫與蚰，又非同部，是篆文爲轉注者，籀文則非，籀文爲轉注者，篆文復非，更倉頡史籀李斯二千餘年，文字異形，部居遷徙者，非徒什佰計也。苟形體有變而轉注隨之，故訓焉得不零亂邪？余以爲轉注假借悉爲造字之則，汎稱同訓者，後人亦得名轉注，非六書之轉注也。同聲通用者，後人雖號假借，非六書之假借也。蓋字者，孳乳而寖多，字之未造，語言先之矣。以文字代語言，各循其聲，方語有殊，名義一也。其音或雙聲相轉，疊韻相迤，則爲更制一字，此所謂轉注也。何謂建類一首？類謂聲類，鄭君周禮序曰：就其原文字之聲類。夏官序官注：薙讀如剃小兒頭之剃，書或爲夷，字從類耳。古者類律同聲，（樂記：律小大之稱，樂書作類小大之稱，律歷志：日既類旅於律呂，又經歷於日辰。又集韻六術：類，似也，音律。此亦古音相傳，蓋類律聲義皆相近也。）以聲韻爲類，猶言律矣。首

者，今所謂語基。管子曰：凡將起五音凡首。莊子曰：乃
中經首之會，此聲音之基也。春秋傳曰：季孫召外史掌惡
臣而問盟首焉。杜解曰：盟首載書之章首。史記田儋列傳
曰：蒯通論戰國之權變爲八十一首。首或言頭，吳志薛綜
傳曰：綜承詔造祝祖文，權曰：復爲兩頭，使滿三也。綜
復再祝，辭令皆新，此篇章之基也。方言曰：人之初生謂
之首，初生者對孳乳寖多，此形體之基也。考老同在幽類，
其義相互容受，其音小變，按形體成枝別，審語言同本株，
雖制殊文，其實公族也。非直考老，言壽者亦同，循是以
推，有雙聲者，有同音者，其條例不異，適舉考老疊韻之
字，以示一端，得包彼二者矣。夫形者七十二家，改易殊
體，音者自上古以迄李斯無變，後代雖有遷訛，其大閾固
不移。是故明轉注者，經以同訓，緯以聲音，而不緯以部
居形體，同部之字，聲近義同，固亦有轉矣。許君則聯舉其
文，以示微旨。如芌、蔴母也，蒫、芌也。古音同在之類，
蕾、菖也，菖、蕾也。同得畐聲，古音同在之類，蓨、苗
也，苗、蓨也。古音同在幽類，……若斯類者，同韻而紐
或異，則一語離析爲二也。即紐韻皆同者，于古宜爲一字，
漸及秦漢以降，字體乖分，音讀或小與古異，〈凡將〉〈訓
纂〉相承別爲二文，故雖同義同音，不竟說爲同字，此轉
注之可見者。顧轉注不局限于同部，但論其聲，其部居不
同，若文不相次者，如士與事，了與朼，丰與耒，火與烸
燬，……此類尤眾，在古一文而已。其後聲音小變，或有
長言短言，別爲異字，而類義未殊，悉轉注之例也。若夫

畐備同在之類，用庸同在東類，晝挂同在支類，……此于
古語，皆爲一名，以音有小變，乃造殊字，此亦所謂轉注
也。其以雙聲相轉，一名一義而孳乳爲二字者，尤彰灼易
知，如屛與藩，并與比，旁與溥，亡與無，象與豫……此
其訓詁皆同，而聲紐相轉，本爲一語之變，益粲然可睹矣。
若是者爲轉注，類謂聲類，不謂五百四十部也，首謂聲首，
不謂凡某之屬皆從某也。　戴段諸君說轉注爲互訓，大義
炳然，顧不明轉注一科爲文字孳乳之要例，乃汎謂初哉首
基肇祖元胎俶落權輿訓始並爲轉注，夫聲韻紐位不同，則
非建類也，語言根柢各異，則非一首也。雖說文塞窒、蓋
苦之屬，展轉相解，同意相受則然矣。而非建類一首，猶
不得與之轉注之名，二君立例過濫，于造字之則既無與，
元和朱駿聲病之，乃以引伸之義爲轉注，則六書之經界慢，
引伸之義，正許君所謂假借。轉注者，繁而不殺，恣文字
之孳乳者也。假借者，志而如晦，節文字之孳乳者也。二
者消息相殊，正負相待，造字者以爲繁省大例，知此者稀，
能理而董之者鮮矣。

　　章君此說既出，轉注之理益明，此後之人，殆莫能勝之者矣，
故以爲即轉注之正解，亦其宜也。惟後人猶有不能完全體會章君
之意，而謂類謂聲類，首謂聲首之語，不免重複，故紛紛提出質
疑。筆者曾爲此而撰寫〈章太炎先生轉注假借說一文之體會〉一
文，以釋後人之所疑。茲錄於後，以供參考。
　　「餘杭章炳麟太炎先生〈轉注假借說〉一文，深明六書轉注、

假借之理，故多爲後世所推崇。魯實先先生《假借溯原》即謂：
『近人餘杭章炳麟說之曰："以文字代語言，各循其聲，方語有
殊，名義一也。其音或雙聲相轉，疊韻相迤，則爲更制一字，此
所謂轉注也。"其說信合許氏之讜言，蠲前修之贳謬矣。』如魯
先生之洞燭轉注之精微，明察許氏之讜言者，固向所欽佩。然後
世之人，不察章氏之微恉，斷章取義者，亦復不尠。因乃不揣固
陋，就章氏原文，略加詮釋，以就正於當世通人。

　　章氏認爲〈說文敘〉之釋轉注爲『建類一首，同意相受，考
老是也。』後世詮釋紛紜，皆無足錄。而似得轉注之旨，而猶未
得其全者，僅有二家。一爲休寧戴氏。故云：『休寧戴君以爲考
老也、老考也更相注，得轉注名。段氏承之，以一切故訓，皆稱
轉注。』戴段此說，章君以爲不繫于造字，不應在六書。但並未
否定以『互訓』釋轉注之大義，故後文云：『汎稱同訓者，後人
亦得名轉注，非六書之轉注也。』正因戴段以互訓釋轉注雖爲廣
義之轉注，並未失轉注之大恉，故後文又謂：『戴段諸君說轉注
爲互訓，大義炳然。』可見章君於戴段以互訓釋轉注之見解，完
全加以肯定。顧戴段所釋者乃廣義之轉注，非六書之轉注耳，範
圍有廣狹之殊。猶後人以同音通用爲假借，與六書之假借有別，
同出一轍。故章君類舉而並釋之曰：『同聲通用者，後人雖通號
假借，非六書之假借也。』二爲許瀚同部互訓說。章君以爲許瀚
同部互訓之說，實爲虛張類例，似是而非。故痛加駁斥云：『由
許瀚所說推之，轉注乃豫爲《說文》設，保氏教國子時，豈縣知
千載後有五百四十部書邪？且夫故訓既明，足以心知其意，虛張
類例，亦爲繁碎矣。又分部多寡，字類離合，古文籀篆，隨時而

異，必以同部互訓爲劑，《說文》鵬鸞互訓也，雖雜互訓也，強
蚚互訓也，形皆同部。而篆文鵬字作雕，籀文雖字作鵵，強字作
彊，隹與鳥，虫與蚰，又非同部，是篆文爲轉注者，籀文則非，
籀文爲轉注者，篆文復非，更倉頡、史籀、李斯二千餘年，文字
異形，部居遷徙者，其數非徒什伯計也。』先生所以對許氏之說
痛加駁斥者，即因許氏說表面看來較戴氏爲精，易於淆惑後世，
故許氏以後之人，若朱宗萊等，即受其影響。但由於章君提出轉
注通古籀篆而言，非僅指小篆也。且又有隹與鳥、虫與蚰之具體
例證，於是有人乃變其說法，謂形雖不同部，但義類不殊，意義
可通，亦轉注之例。持此說者實昧於造字之理，蓋文字非一時一
地一人所造，此地之人造一宋字，無人聲也。从宀未聲，其主觀
意識著眼於深屋之中，宋靜無聲，故取義从宀；彼地之人造一詠
字，義雖不殊，形構不一，其主觀意識著眼於人無言語，故詠靜
無聲，因取義从言。是則造字之人，既不相謀，主觀意識，又不
相同，則其形構，何能同類？取義既異，又何可通乎？此地造宋，
彼地造詠，文字統一，加以溝通，故謂之轉注。先生因曰：『余
以轉注假借悉爲造字之則』實指此而言也。

　　因《漢書•藝文志》嘗言：『古者八歲入小學，故周官保氏
掌養國子，教之六書，謂象形、象事、象意、象聲、轉注、假借，
造字之本也。』班志既言“造字之本”，故後人亦誤以爲章先生
“造字之則”一語，爲造字之法則。然先生卻自釋爲原則，而非
法則。其《國學略說•小學略說》云：『轉注假借，就字之關聯
而言，指事象形會意形聲，就字之個體而言，雖一講個體，一講
關聯，要皆與造字有關。如戴氏所云，則與造字無關，烏得廁六

書之列哉！余作此說，則六書事事不可少，而於造字原則，件件皆當，似較前人爲勝。』章氏釋造字之則爲造字原則，而非法則。造字之法則，僅限於指事象形會意形聲。故章氏〈轉注假借說〉後文云：『構造文字之耑在一，字者指事象形形聲會意盡之矣。』

　　轉注既與造字有關聯，而又非構造文字之方法，則其關聯何在？首先應拋開字形，而從語言著想，以探究其起因。故章氏云：『蓋字者，孳乳而寖多，字之未造，語言先之矣。以文字代語言，各循其聲，方語有殊，名義一也。其音或雙聲相轉，或疊韻相迆，則爲更制一字，此所謂轉注也。』蓋有聲音而後有語言，有語言而後有文字，此天下不易之理也。當人以文字代語言，各循其本地之聲音以造字，由於方言不同，造出不同之文字。例如廣州話“無”爲[mou]，廣東人根據廣州方言造字，造出“冇”字，北京人不識“冇”字，如欲溝通，惟有立轉注一項，使文字互相關聯。冇、無也；無、冇也。不正如考、老也；老、考也同一類型乎！故太炎先生《小學略說》云：『是可知轉注之義，實與方言有關。』方言如何形成？在語音方面，不外乎雙聲相轉與疊韻相迆二途。雙聲相轉，謂聲不變而韻變，例如“歌”字，北京 k ɤ、濟南 k ə、漢口 k o、蘇州 k u e、溫州 k u、廣州 k ɔ、廈門 k u a。韻母雖有 ɤ、ə、o、ə u、u、ɔ、u a 之不同，聲母則皆爲 k，此即所謂雙聲相轉。疊韻相迆，謂韻不變而聲變，例如“茶”字，北京 tʂ a、漢口 tsʰ a、長沙 ts a、廣州 tʃ a、福州 t a。聲母有 tʂ、tsʰ、ts、tʃ、t 之差異，韻則同爲 a，此即所謂疊韻相迆。由於雙聲相轉與疊韻相迆，乃造成方言之分歧。譬如“食”字，中古音爲 dʑ j ə k，今各地方言，塞擦音聲母變作擦音聲母，濁音清化，韻母簡化。　或讀北京 ʂʐ、或讀漢口 sʐ、或讀廣州 ʃ I k。然閩南語語音讀 tsｉａʔ，猶保存古音之遺跡，與通語大不相同，初到臺灣之大陸人，聽台灣人說"食飯"爲 tsｉａʔ　pŋ，因爲 tsｉａʔ音既不同通語之食，又不同於通語之吃，乃以其語言另造一从口甲聲之形聲字"呷"，若人不識此"呷"字，爲之溝通，則惟有轉注一法。呷、食也；食、呷也。此謂之轉注也。中國文字若純從此路發展，則孳乳日眾，造字日多，將不勝其負荷者矣。故先生云：『孳乳日繁，則又爲之節制，故有意相引申，音相切合者，義雖少變，則不爲更制一字，此所謂假借也。』此謂一字而具數用者，依于義以引申，依于聲而旁寄，假此以施于彼，故謂之假借。轉注假借之起因既明，繼則爲許愼所設之定義，加以訓釋。『何謂建類一首？類謂聲類。』以類詁爲聲類，有無證據？先生舉證云：『鄭君周禮序曰："就其原文字之聲類。"夏官序官注曰："薙讀如剃小兒頭之剃，書或爲夷，字從類耳。"』此兩則例證之類皆當訓爲聲類，是類訓聲類，於後漢乃通用之訓釋。然後先生緊接而道：『古者類律同聲，以聲韻爲類，猶言律矣。』爲證明類律同聲，先生舉證道：『《樂記》律小大之稱，《樂書》作類小大之稱。《律歷志》曰：既類旅於律呂，又經歷於日辰。又《集韻》六術：類、似也，音律。此亦古音相傳，蓋類律聲義皆相近也。』後人每批評先生"類謂聲類，首謂聲首"之言，名義雖不同，含義無區別，認爲許君不致重沓疊出，侷促於聲韻一隅。實則乃疏忽先生此段文字之失也。假若只釋"類謂聲類"，則前所舉證，已足夠矣。後文『古者類律同聲，以聲韻爲類，猶言律矣。』一段文字，豈非蛇足！先

《小學略說》云：『轉注云者，當兼聲講，不僅以形義言，所謂同意相受者，義相近也；所謂建類一首者，同一語原之謂也。』以聲韻爲類者，猶言以聲韻爲規律也。是則建類一首，當爲設立規律，使同語原。因爲語原必以聲韻爲規律，方可確定是否同一語原。先生文云：『首者，今所謂語基。』首之訓基，先生舉證云：『管子曰：凡將起五音凡首。（地員篇），莊子曰：乃中經首之會。（養生主篇），此聲音之基也。《春秋傳》曰：季孫召外史掌惡臣而問盟首焉。杜解曰：盟首、載書之章首。《史記•田儋列傳》蒯通論戰國之權變爲八十一首，首或言頭。《吳志•薛綜傳》曰：綜承詔造祝祖文。權曰：復爲兩頭，使滿三也。綜復再祝，辭令皆新，此篇章之基也。《方言》人之初生謂之首。初生者，對孳乳寖多，此形體之基也。』上述舉證，足明首訓爲基，殆無疑義矣。是則一首者，同一語基之謂矣。語基即今人恒言之語根。

先生因云：『考老同在幽類，其義互相容受，其音小變，按形體成枝別，審語言同本株，雖制殊文，其實公族也。非直考老，言壽者亦同。（詩魯頌傳：壽、考也。考老壽皆在幽類。）循是以推，有雙聲者，有同音者，其條理不異，適舉考老疊韻之字，以示一端，得包彼二者矣。夫形者七十二家，改易殊體，音者自上古以逮李斯無變，後代雖有遷訛，其大閾固不移，是故明轉注者，經以同訓，緯以聲音，而不緯以部居形體。』因轉注是設立聲韻規律，使出於同一語根，意義大同，故可互相容受。考老二字，在聲韻規律言，古韻同在幽類，是爲疊韻，屬於同一語根，意義大同，故可互相容受，在字形上雖屬不同之兩字，就語言說，實屬同一語根，雖然字形不同，其實爲同一語族之同源詞。不過推尋語根，不僅限於疊韻一端，從雙聲關係，或同音關係，均可推尋語根，因此論轉注之義，不可牽於形體，必須以同訓爲首要條件，以同語根爲必要條件。

　　如果意義相同，語根相同，而部首也相同，當然可稱爲轉注。故章君云：『同部之字，聲近義同，固亦有轉注矣。許君則聯舉其文，以示微旨。如芌、蔴母也；薁、芌也。古音同在之類；薔、蕾也；蕾、薔也。同得畐聲，古音同在之類；蔣、苗也；苗、蔣也。古音同在幽類。……』先生以爲若此類轉注字，韻同而聲紐有異，在古本爲一語，後乃離析爲二。甚至有紐韻皆同，于古應爲一字，但許君不說爲同字，不列入重文。章君言其故云：『即紐韻皆同者，于古宜爲一字，漸及秦漢以降，字體乖分，音讀或小與古異，《凡將》《訓纂》相承別爲二文，故雖同義同音，不竟說爲同字，此轉注之可見者。』黃季剛先生《說文綱領》嘗云：『建類者，言其聲音同類，一首者，言其本爲一字。』不過閱時漸久，小有差異，前人字書，分爲二文，許君於此類字，不說成同字，但就字之關聯言，則必須以轉注之法加以溝通，此種情形，須用轉注，乃吾人顯明易知者也。但是轉注之字，既出同一語根，自不局限於同一部首，只要聲近義通，雖部首不同，文不相次者，亦轉注之例也。章君云：『如士與事、了與杓、丰與莽、火與炥㷪、羊與戕、八與跛、倞與勍、辛與愆、恫與痛㾓、敬與憼、忌與惎薏、欺與諆、悥與悠、旆與游、夋與蹲、頿與顥異㒒、姝與娞、敝與幣，此類尤衆，在古一文而已。』然亦有某類字，在古雖爲一字，其後聲小變，或因聲調之差別，分作不同之字，但其類義無殊，則亦屬於轉注之例。章君云：『若夫畐葡同在之類，用庸同在東類，畫挂同在支類，彝恭同在東類，……此于古皆爲一名，以音有小變，乃造殊字，此亦所謂轉注者也。』更有一類字，由於雙聲相轉，本來是一字一義，後來孳乳分爲二字，則更須轉注予以溝通矣。章君云：『如屛與藩、幷與比、旁與溥、象與豫、謀與謨、勉與懋慔、敱與緢緢、林茂與森、攷與撫、迎逆與訝、攷與敏、箁與籠、龍與龗、空與窠、丘與虛、泆與滔、凷與凷、遝與逮、但與裼、鴈與鵝、揣與婑、口與圓圜、回與囩、弱與柔枲反、芮與茸、月與冡、宄窾與窮、誦與讀、嫗與嫗、雕與鷻、依與㐱、爨與炊。此其訓詁皆同，而聲紐相轉，本爲一語之變，益粲然可睹矣。若是者爲轉注。類謂聲類，不謂五百四十部也。首謂聲首，不謂凡某之屬皆從某也。』章君之所以云類謂聲類，首謂聲首，乃因轉注一科，實爲文字孳乳之要例，同一字而孳乳則謂之同源字，同一語而孳乳則謂之同源詞，同源字與同源詞之要素，音近義同，或音同義近，或音義皆同。故若聲韻紐位不同，則非建類也，聲韻紐位者，確定音同音近之規律也。語言根柢不同，則非一首也，一首者謂語言根源相同也。因爲轉注爲文字孳乳要例，故與造字之理有關，但並不能夠造字。故章先生云：『構造文字之耑在一，字者指事、象形、形聲、會意盡之矣。如向諸文，不能越茲四例。』

　　文末，章先生特別指明轉注假借乃造字之平衡原則。章君云：『轉注者，繁而不殺，恣文字之孳乳者也；假借者，志而如晦，節文字之孳乳者也。二者消息相殊，正負相待，造字者以爲繁省大例。知此者稀，能理而董之者鮮矣。』自休寧戴氏提出六書體

用之分以來，四體二用之說，從違不一，非議之者，謂體用之分
不合班志 "造字之本" 一語。然蘄春黃季剛先生《說文綱領》曰：
『按班氏以轉注、假借與象形、指事、形聲、會意同爲造字之本，
至爲精碻，後賢識斯旨者，無幾人矣。戴東原云："象形、指事、
諧聲、會意四者，字之體也；轉注、假借二者，字之用也。" 察
其立言，亦無迷誤。蓋考、老爲轉注之例，而一爲形聲，一爲會
意。令、長爲假借之例，而所託之事，不別製字。則此二例已括
於象形、指事、形聲、會意之中，體用之名，由斯起也。』又云：
『轉注者，所以恣文字之孳乳；假借者，所以節文字之孳乳。舉
此而言，可以明其用矣。』蓋指事、象形、形聲、會意四者爲文
字之個別方法；轉注假借二者爲造字之平衡原則，造字方法與造
字原則，豈非造字之本乎！故太炎先生曰：『余以爲轉注、假借
悉爲造字之則。』亦指此而言也。先師瑞安林景伊先生《訓詁學
概要》曰：『餘杭章君之說轉注，本之音理，最爲有見，頗能去
榛蕪而闢坦途，於諸家之糾葛，一掃而空，明晰簡直，蓋無出其
右者矣。』

〔六〕假借：敘云：「假借者，本無其字，依聲託事，令長是也。」
　　段玉裁《說文解字注》申論假借之理最爲明晰，今錄之於後：
　　原乎假借放於古文本無其字之時，許書有言以爲者，有言古
文以爲者，皆可薈萃舉之。以者用也。能左右之曰以，凡言以爲
者，用彼爲此也。如：
　　來、周所受瑞麥來麰也。而以爲行來之來。
　　烏、孝鳥也。而以爲烏呼字。

朋、古文鳳。神鳥也。而以爲朋攩字。

子、十一月陽气動萬物滋也。而人以爲偁。

韋、相背也。而以爲皮韋。

西、鳥在巢上也。而以爲東西之西。

言以爲者凡六，是本無其字，依聲託事之明證。本無來往字，取來麥字爲之，及其久也，乃謂來爲來往正字，而不知其本訓，此許說假借之明文也。

其云古文以爲者：

洒、滌也。从水西聲。古文以爲灑埽字。先禮切。

疋、足也。上象腓腸，下从止。古文以爲詩大雅字。所菹切。

丂、气欲舒出勹上礙於一也。丂、古文以爲于字，又以爲巧字。苦浩切。

叹、堅也。从又臣聲。古文以爲賢字。苦閑切。

𦔻、旅、軍之五百人，从𣎵从从。从、俱也。𦔻、古文旅，古文以爲魯衛之魯。力舉切。

哥、聲也。从二可。古文以爲歌字。古俄切。

按哥字用來作兄字用，時代甚晚。至於唐代始有。趙翼《陔餘叢考》云：「《舊唐書•王琚傳》玄宗泣曰：『四哥仁孝，同氣惟有太平。』四哥謂睿宗也。又《玄宗子棣王琰傳》：『惟三哥辨其無罪。』三哥謂玄宗也。是以哥呼其父矣。顧寧人以爲君父之尊，而呼之曰哥，名之不正，莫此爲甚。然古人稱哥，原有數種。《漢武故事》『西王母授武帝五嶽眞形圖，帝拜受畢，王母命侍者四非荅哥哥。』此以之稱帝王者也。唐玄宗與寧王憲書稱大哥，及同玉眞公主過大哥園池。此稱其兄者也。晉王存勗呼張承業爲七哥，又三司使孔謙，兄事伶人景進，呼爲八哥，此亦稱兄長者也。王荊公與其子雱評論天下人物，屈指謂雱曰：大哥自是一個。趙善湘臨沒，顧其長子嶷曰：『汝官不過監司太守。』語次子范曰：『汝開闔恐無結果。』『三哥其有福，但不可作宰相耳。』此父稱其子者也。」

詖、辨論也。从言皮聲。古文以爲頗字。彼義切。

眮、目圍也、从朋尸。讀若書卷之卷。古文以爲覬字。居倦切。

爰、引也。从爰、从亏。籀文以爲車轅字。羽元切。

敊、棄也。从支壽聲。周書以爲討字。市流切。

此亦所謂依聲託事者也。而與來、烏、朋、子、韋、西不同者，本有字而代之，與本無字有異，然或假借在先，製字在後，則假借之時，本無其字，非有二例，惟前六字，則假借之後，終古未嘗製正字，後十字，則假借之後，遂有正字爲不同耳。許書又有引經說假借者。如：

妭、人姓也。而引商書無有作妭。謂洪範假妭爲好也。呼到切。

莫、火不明也。而引周書布重莫席。釋云：莝席也。謂顧命假莫爲蔑也。莫結切。

聖、古文坴。以土增大道上也。而引唐書朕聖讒說殄行。釋云：聖、疾惡也。謂堯典假聖爲疾也。疾資切。

圛、回行也。而引商書曰圛。釋云：圛者升雲半有半無也。

謂鴻範假圍爲駱驛也。羊益切。

枯、槀也。而引夏書唯箘輅枯。釋云：木名。謂假枯槀之枯
爲木名也。苦孤切。

此皆許稱經說假借，而亦由古文字少之故，與云古文者正是
一例。大抵假借之始，始於本無其字，及其後也，既有其字矣，
而多爲假借，又其後也，且至後代訛字，亦得自冒於假借。博綜
古今，有此三變。以許書言之，本無難易二字，而以難鳥、蜥易
之字爲之，此所謂無字依聲者也。至於經傳子史，不用本字，而
好用假借字，此或古古積傳，或轉寫變易，有不可知。而如許書
每字依形說其本義，其說解中必用其本形本義之字，乃不至矛盾
自陷。而今日有絕不可解者，如悤爲愁，憂爲行和；既畫然矣，
而愁下不云悤也云憂也。窜爲窒，塞爲隔；既畫然矣，而窒下不
云窜也云塞也。但爲裼，袒爲衣縫解；既畫然矣，而裼下不云但
也云袒也。如此之類，在他書可託言假借，在許書則必爲轉寫訛字
。蓋許說義出於形，有形以範之，而字義有一定，有本義之說解
以定之，而他字說解中不容與本字相背，故全書訛字必一一諟正
，而後許免於誣。許之爲是書也，以漢人通借繁多，不可究詰，
學者不識何字爲本字，何義爲本義，雖有《倉頡》《爰歷》《博學
》《凡將》《訓纂》《急就》《元尙》諸篇，揚雄、杜林諸家之說
，而其篆文既亂雜無章，其說亦零星間見，不能使學者推見本始
，觀其會通。故爲之依形以說其義，而製字之本義昭然可知，本
義既明，則用此字之聲，而不用此字之義者，乃可定爲假借，本
義明，而假借亦無不明矣。

【附錄】
先師林景伊先生《訓詁學講義》所引諸家之論六書而出上列諸家之外者如下：

○徐鍇《說文繫傳》曰：

古者文字少而民務寡，是以多象形假借，後代事繁，字轉滋益，形聲實象，則不能紀遠故也。始於八卦，瞻天擬地，日盈月虧，山拔水曲，金散土重，木挺而上，草聚而下，皆眾形也。無形可載，有勢可見，則爲指事。上下之別，起於互對，有下而上，上名所以立，有上而下，下名所以生，無定物也，故立一而下上引之，以見指歸，古曰指事。會意者，人事也，無形無勢，取義垂訓，故作會意，載戢干戈，殺以止殺，故止戈爲武，君子先行其言而後從之，去食存信，故人言必信。無形可象，無勢可指，無意可會，故作形聲，江河四瀆，名以地分，華岱五岳，號隨境異，逶迤峻極，其狀不同，故立體於側，各以聲韻別之，六書之中，最爲淺末，故後代滋益多附焉。屬類成字，而復於偏旁爲訓，博喻近譬，故爲轉注。人毛匕爲老，壽耇耋亦老，故以老字注之，受意於老，轉相傳注，故爲轉注，義近形聲而有別異焉，形聲江河不同，灘濕各異；轉注考老實同，妙好無隔，此其分也。五者不足，則假借之，古人簡易之意也。出令（去聲）所以使令（平聲）；或長（平聲）於德，或長（上聲）於年，皆可爲長，故因而假借之，若衣（平聲）在體爲衣（去聲），巾（平聲）車爲巾（去聲）之類也。此聖人制字之大倫，而中古之後，師有愚智，學有工拙，智者據義而借，令長是也；淺者遠而假之，若《山海經》以俊爲舜，《列子》以進爲盡也。又有本字湮沒，假借獨行，若春秋涖盟，本宜作埭，今借爲涖省者是也。減省之字，本當從女，今之婼字，世所不行，從便則假借難移，論義則宜有分別。

○鄭樵《通志‧六書略》云：

「象形第一，指事第二，會意第三，轉注第四，諧聲第五，假借第六。」而謂象形指事文也，會意諧聲轉注字也，假借文字俱也。林先生評之曰：此其臆說，未達真理。鄭氏又以爲役它爲諧聲，役己爲轉注，而謂轉注有「建類主義轉注」，「建類主聲轉注」，「互體別聲轉注」，「互體別義轉注」，亦屬淺妄，不足爲訓。吳郡朱駿聲已詳駁之。至其論假借；謂有「有義之假借，有無義之假借」，尚未違假借之理，然分爲「同音借義」「協音借義」「因義借義」「因借而借」此爲有義之假借；「借同音不借義」「借協音不借義」「語詞之借」「五音之借」「三詩之借」「十日之借」「十二辰之借」「方言之借」此爲無義之假借，則又妄立名目，迷誤後學，故特述及，以明穿鑿附會之說之不可不察。

○王筠《說文釋例》之釋轉注曰：

許君敘曰：五曰轉注。轉注者，建類一首，同意相受，考老是也。裴務齊謂：考字左回，老字右轉，以隸釋篆，至爲鄙俗。戴侗《六書故》，周伯琦《六書正訛》，亦用左回右轉之說，別舉側山爲阜，反人爲匕，反欠爲旡，倒子爲去，用以爲例，是以形之變轉其義，則混於象形會意。鄭樵〈六書略〉曰：諧聲轉注一也，則混於形聲。不知許君建類者，建、立也；類猶人之族類

也。如老部中字耋、耄、耆、壽皆老之類，故立老字爲首，是曰
一首，乃諸字皆以老爲義，而耆字直說之曰老也，與考下云老也
同詞，顧不云老耆，而云考老者，則以其同意而非相受也。老下
云考也，考下云老也，始爲相受矣。何爲其相受也，老即耆，耆
即老，故不能相受。若老者考也，父爲考，尊其老也。（考不云
子承老也，此老字，即作老字用，以孝字上承老字，故云然。易
曰承考也，即許所本。）然考有成義，謂老而德業成也，永錫難
老，考槃在澗，則不可互用，是知以老注考，以考注老，其意相
成，故轉相爲注，遂爲轉注之律令矣。說文分部，原以別其族類，
如譜系然，乃字形所拘，或與譜異，是以唐書宰相世系表，同一
韋氏，而九房分焉。同一郭氏，而陽曲華陽中山分焉。或同姓而
別其支，或同氏而異其祖，而說文不能也。是以蘪芑皆佳穀，而
字即從艸，不得入禾部也；荊楚本一木，而荊不得入林部，楚不
得入艸部也。故同意相受者，或不必建類一首矣。考老疊韻，惟
策莉、富葍之類，尚與同例，它或不能矣。頁百首面四部，又手
寸三部，止足走辵四部，如世系表之分房，其轉注宜也。而部首
意絕遠者，亦得轉注，則如人之爲後於異姓者矣。要而論之，轉
注者，一義而數字，假借者一字而數義，何爲其數字也，語有輕
重，地分南北，必不能比而同之，何爲其數也，古人於有是語而
無是字者借之，即有是字者亦借之，取其人耳可通而已，故从人
毛匕，會意字也，考从老省丂聲，形聲字也，則知轉注者，於六
書中觀其會通也，假借者，窮則變，變則通，通則久也。

○劉師培《小學發微補》云：

倉頡之時，六書之中，僅有象形指事二體，然咸爲獨體之文，說文所列古文，以十百計，雖多後王所增益，然倉頡所造之文實佔多數。（如弍爲古文一，二爲古文上，兀爲古文示字是也。）又鄭樵《通志》謂：「北海之疆，有倉頡石室，記字咸古文，後人莫識，惟李斯、叔孫通稍辨其文。」則倉頡所造之字，迥與後世之字不同，又古代錢幣，咸有款識，（如黃帝貨金、帝昊金、高陽金、堯泉、舜幣、夏貨金、商王貨金、商連幣是也。具見載于倪謨《古今錢略》）夏代以前之文字賴此僅存。（夏代文字，據《左傳》有九鼎、據《吳越春秋》有洞庭禹書，今咸失傳，即峋嶁碑亦非眞本也。）商代以來，則爵、卣、鼎、彝，咸有文字，（如商鼎、商彝、商爵、父乙鼎、父丁鼎、祖戊鼎、祖乙彝、商兄癸彝、丁父鬲、祖戊尊、商從尊、祖癸卣，咸見於《通志》，而父丁卣、臤冊鼎、父壬尊、好父辛彝、唐子爵、父乙彝、咸見於阮氏《鐘鼎款識》。）然觀其文字，不外象形之體；如父壬尊，山字畫山形，好父辛彝，單字畫丫，（單即旃字，丫字即象旃形也。）是也。且咸爲獨體之文，如臤冊鼎，賢字即臤（〈盤庚〉「優揚賢歷」今本亦作臤）父丁卣，趾字作止是也。（餘證甚多）若高宗洪崖石刻（在今貴州永寧州）馬畫馬形，牛畫牛形，尤其確矣。惟上古之時，未能同文，故倉頡古文，已互相歧異；如仁字古文作志、作尼，保字古文作禾、保（此必非倉頡所造之文），旁字古文作雨（此亦非倉頡所造之字）作㕽是也。五帝之時，文字亦多殊體，故帝嚳貨，貨字作尺，而高陽貨作彡，帝昊金，金字作仝，而帝嚳金則作全（以上《通志》）非惟五帝之時文字殊體也，即夏殷二代，文字亦與五帝迴殊，故商貨之貨字作□（或作忻、或作刑），與□字□字不同；商鐘之金字作□，復與□字全字不同，（推之堯泉之泉字作□，而商泉之泉則作□，亦其證）。且非惟夏殷之文殊于古代也。即一代之文字，亦互相不同。如高陽金高字作□，復作□、作□、作□；堯泉堯字作□，（此即視人君在上，而視之如天之義。）復作□、作□；夏貨夏字作□，復作□（此與篆文之形相似。）商貨字□、復作□、作□、作□（蓋契居太華之陽，而盤復言適山，故商字象山谷之形），推之商壺辛字作□，而商卣辛字作□；商貨布字作□，而連布布字作□，（以上皆見《通志》）非一代殊文之證哉！蓋當此之時，諸侯各邦，各本方言造文字，故書于金石，字各異形，即〈說文序〉所謂「五帝三王之世，改易殊體也。」字體雖更，然咸獨體之文，而一切有偏旁之字，咸未孳生，惟取同音之字假借而已。（上古之時，有語言而無文字，故字義咸起於右旁之聲，而未有左旁之字。）及西周之時，於文字增益偏旁，而文字益增，故倉頡之古文，乃薈萃黃帝以前之古文而成者也，史籀之籀文，亦薈萃倉頡以後之殊文而成者也。特籀文既行，而古文之用日稀矣，此中國文字之變遷也。

六書假借一例·言者紛紜，許君〈說文序〉以「本無其字依聲託事」爲假借，按依聲託事僅爲假借之一端，而由他字之義引伸者，厥類實繁，大約上古之時，先製有形之名詞，而無形名詞則由有形名詞假借，有形名詞，即象形之字也，無形名詞，即指事之字也。觀象形先於指事，即知有形名詞咸爲本字，而無形名詞或爲假借字矣。蓋太古之初，指物立名，故所造之字，咸有實義可徵，支一曰干支，二曰地理，三曰天文，四曰器物，五曰植物動物，物各十名，名各一義，此皆有形之名詞也。故無形名詞，咸由有形名詞假借，（如甲字假爲甲冑之甲，丁字假爲人丁之丁，子字假爲父子之子，戌字假爲征戌之戌，此由干支之名引申者也；道路之道人所共由，而借爲道德之道，則由共由之義引伸者也；井泉之井，人因其易於自溺者，咸生畏心，而借爲井法之井，則由畏懼之義引伸者也；此由地理之字引伸者。若日月之日，借爲時日之日，則以地球繞日一周則爲一日也；日月之月，借爲年月之月，則以月光之盈虧，經三十日而一周，則爲一月也；風雨之風，其行甚速，故借爲風俗風化之風，以喻其速，此亦因天文之字引伸者。若夫理爲攻玉，因攻玉必條分縷析，遂假爲義理之理；業本鐘簴，因鐘簴爲人所共習，遂借爲事業學業之業，常本裳衣，因人所恒服，遂訓常爲恒，假爲五常之常，綱本綱紘，以其有範圍之義，遂假爲綱維綱紀之綱，維本車蓋，假爲四維之維，紀爲絲耑，假爲統紀之紀；亦屬此義。此因器物之義引伸者。若夫才爲草木初生，借爲才能之才，則以人之才能亦具於生初也；猶爲多疑之獸，而人之精於籌度者，亦謂之猶，則以能多斯能籌度也；能爲多力之獸，而人之富於才猷者，亦謂之能，則以多力斯可效能也；此由動植物之義引伸者也。此皆無形名詞由有形名詞假借之證。）而靜詞、動詞、助詞、亦或由名詞之義引伸。（如甲字借爲甲柝之甲；癸字借爲揆度之揆；申字借爲引伸之伸，此由干支之字引申者也。陮爲遠也，而假爲垂象之垂；此由地理之字引伸者也。霸本月魄，魄有強大之義，遂假爲五霸之霸，此由天文之義引伸者也。途路之路，借爲路門、路寢之路；尊爲酒器，借為尊卑之尊；鬯本鬱酒，而借為鬱鬯之鬯；脩本束脩脯，假為修治之修；此由器物之義引伸者也。若舊本鵂鶹，借為新舊之舊，雁為隨陽之鳥，以雁鳥之難至，借為難易之難；此由植物動物之義引伸者也。若夫由有形名詞借為虛字者，如於本旌旗之旅，借為語助之於；而本人須，假為語助之而；此皆由有形名詞假為虛字者也。餘證尚多，不具引。）是一字借為數字，必由本義引伸，未有無義而僅取其聲者也。又如動詞靜詞之各有本義者，亦大抵由指物之詞借為指事之詞。（如弓力足者為強，弓力弱者為弱，而後世以國力盛衰為強弱；施弓弦為張，解弓弦為弛，而後世以有為無為為張弛；旒旗為施，而政令之出發者亦為施，發矢為發，而號令之傳宣者亦為發；推之深淺二字，古人以之測水，而後世之論學術也，亦曰學淺學深；遠近二字，古人以之量直，而後世之論時代也，亦曰期近期遠；推之短字從矢，循字從盾，指事之靜詞動詞，何一非由指物之詞借用哉！餘證尚多。）此亦六書指事後於象形之例也。蓋古人知識單簡，舍觀察事物，知遠取諸物，而不知近取諸身，此指事之詞所以後於指物之詞也。古無指事之詞，此古人文字，所由不若後世之備也。

　　古人假借之字未有不依事而託聲者也。如炷字古文作主，從•者所以象火形也。從岜者，岜即盛火之火也，而後世借為君主之主，別作炷字以代之，不知君主之義，亦與用火之說相關，上古之時凡能發明用火之術者，即為君主，故有祝融燧人二氏，而神農一名炎帝，一號烈山；《爾雅・釋詁》訓君為烝，而烝字亦從火，蓋君主為發明用火之人，故君主之主，由火器之義引伸，猶之君土為發明製酒之人，而酋長之酋，遂由酒官之義引伸也。

又如飛字古文作非，訓爲鳥飛不下，而後借爲是非之非，別製飛字以代之。（易小過卦之形，上☳下☳橫成非字，故曰有飛鳥之象，《史記》秦非子，《文選》注云：「非與飛古文通用」，亦其證也。）不知上古之時，人民恃弋獵爲生，（故古字一二三諸字皆加弋旁），惟懼飛鳥之不下也，鳥飛不下，則人民咸生不悅之情，故輾轉引伸，由鳥飛不下之非，借爲是非之非，猶之不字本義訓爲鳥飛不至地，而借爲一切不然之不也。此二義者，皆古人所謂不依事而託聲者也。然尋繹其義，則借義仍由本義引伸，故舉此二端，以發其凡。

第二節　訓詁與文字之關係

　　訓詁學乃所以求文字之正確意義者，而字義卻以字形爲依歸。段玉裁云：「形在而聲在焉，形聲在而義在焉。」又云：「義出于形，有形以範之，而字義有一定。」既明文字之構造，進而可語文字與訓詁之關係。六書之中，象形象其物之大體，指事指其事之實際，皆可由形以知義者也。如日月魚鳥之字睹形即可明其所象之義；一二上下之字，睹形而可明其所指之義。此象形指事直接表現字義之例也。至於會意之字，劉師培《中國文學教科書》云：「《左傳》『止戈爲武』武從止戈，故即以止戈訓武字；『皿蟲爲蠱』蠱從皿蟲，故即以皿蟲訓蠱字。《穀梁》『人言爲信』信從人言，故即以人言訓信字。此皆字義起於字形者也，故即以字形解字義。」劉氏又曰：「會意雖以意爲主，然每字之義，皆起于字形，故《說文》所列會意之字，有以字形發明字義者，如莫、日且冥也。從日在茻中。益、從水在皿上，增益之意也。杲、明也。從日在木上。之、出也。從屮從一，一、地也。圂、廁也。從豕在口中。光、從火在人上。坐、從二人在土上。或、古域字。從口從戈以守一。輦、從車扶、扶在車前引之。此即字形發明字義者，字義即見于字形。」

　　至於形聲之字，因造字之時，有聲即有義，聲本于義，而義即寓於聲，故聲之所存，即義之所在。故形聲字與訓詁之關係，實密不可分者也。段玉裁在《說文解字》注中，發明聲義同源之理，並舉出形聲字凡從某聲即有某義。例如：

① 凡叚聲如瑕緞瑕等皆有赤色。

② 凡从句者皆訓曲。

③ 凡字从晶聲者，皆有鬱積之義。

④ 凡从皮之字，皆有分析之意。

⑤ 凡从非之字皆有分背之意。

⑥ 凡从云之字皆有回轉之意。

⑦ 凡从甬聲之字皆興起意。

⑧ 凡金聲今聲之字，皆有禁止之義。

⑨ 凡農聲之字皆訓厚。

⑩ 凡从辰之字皆有動意。

等等例證皆是也。故前人有所謂「右文說」者，即所以申明此義也。

　　轉注假借既爲文字之用，則其與訓詁之關係，自更爲密切矣。章太炎先生《國學略說•小學略說》云：「轉注云者，當兼聲講，不僅以形義言，所謂同意相受者，義相近也；所謂建類一首者，同一語之謂也。同一語源，出生二字，考與老，二字同訓，聲復疊韻。古來語言不齊，因地轉變，此方稱老，彼處曰考；此方造老，彼處造考，故有考老二文。造字之初，本各地同時並舉，太史采集異文，各地兼收，欲通四方之語，故立轉注一項。是可知轉注之義，實與方言有關。」故章君又云：「袒、許書作但，裼、古音如鬆，但裼古雙聲，皆在透母。裸、但也。裎、但也。裎今舌上音，古人作舌頭音，讀如聽，亦在透母。裸今在來母，於古亦雙聲。此皆各地讀音不同，故生異文。」故欲通曉「袒裼裸裎」同意相受之故，則非先明轉注不可。由此可知轉注一項，乃訓詁學上之重要關鍵。

　　至於假借，尤為密切，不明古書中本字借字之分，必多窒礙難通。王引之《經義述聞》曰：「經典古字聲近而通，則有不限於無字之假借者，往往本字見存，而古本則不用本字，而用同聲之字，學者改本字讀之，則怡然理順，依借字解之，則以文害辭。」王氏舉例云：「家大人曰：《爾雅》：『孟、勉也。』孟與明古同聲通用，（〈禹貢〉『孟豬』，《史記‧夏本紀》作『明都』）故勉謂之孟，亦謂之明。〈盤庚〉曰：『明聽朕言，無荒失朕命。』言當勉從朕言無荒失也。〈顧命〉曰：『爾尚明時朕言。』言當勉承朕言也。（時與承同義。）〈洛誥〉曰：『明作有功。』言勉作事也。又曰：『公明保予沖子。』言公當勉保予沖子也。〈多方〉曰：『爾邑克明，爾惟克勤乃事。』言爾邑中能勉行之，爾則惟能勤乃事也。《韓子‧六反篇》：『使士民明焉，盡力致死，則功伐可立，而爵祿可致。』言勉焉盡力致死也。」又曰：「〈賓之初筵〉篇：『醉而不出，是謂伐德。』箋曰：『醉至若此，是誅伐其德也。』家大人曰：『德不可言誅伐，伐者敗也。』〈微子〉曰：『我用沉酗于酒，用亂敗厥德于下。』是也。《說文》：『伐、敗也。』（《廣雅》同）《藝文類聚》武部引《春秋說題辭》曰：『伐者涉人園內行威，有所斬壞，伐之言敗也。』《一切經音義》曰：『伐者何？敗也，欲敗去之。』〈召南‧甘棠〉曰：『勿翦勿伐，勿翦勿敗。』伐亦敗也，聲相近故義相通。」

　　劉師培《中國文學教科書》云：「居今溯古，欲辨其孰為本義，孰為引伸義，則可執字形以為定。例如：

侯、春饗所射侯也。从人从厂，象張布矢在其下。案公侯之侯亦作侯，而《說文》但舉射侯之說者，則以侯字象布矢之形，則射侯之侯爲正義，公侯之侯爲引申義。

尊、酒器，从酋廾以奉之。案尊卑之尊亦作尊，而《說文》但舉酒器之尊者，以尊之象奉酒之形也。則酒器之尊爲本義，尊卑之尊爲引伸義。

就此二字觀之，則知字義與字形相合者皆正義也。字義與字形相違者皆引伸之義也。……然字各有本義，則本義之外，皆爲借義。」茲再舉數例，進一層說明瞭解六書之意義，於推求字義，可得其體系。

① 欠爲合體指事字。《說文》：「張口气悟也。」意指張口出气，知欠爲張口出气，則于吹（出气也）、歌（詠也）、歡（喜樂也）、欣（笑喜也）、歎（吟也謂情有所悅吟歎而歌詠）、欷（歔也）、歔（欷也一日出气也）、欬（逆气也）、歐（吐也）諸字何以从欠，就自可明白矣。

② 斤爲獨體象形字。《說文》：「斫木斧也。」則斧（所以斫也）、斨（方銎斧也）、斫（擊也）、斬（截也斬法車裂也）、斮（斬也）、斷（斫也）、所（伐木聲）、斷（截也）、斯（析也）、新（取木也）諸字之所以从斤，自無疑義矣。

③ 示爲合體指事字。《說文》：「天垂象見吉凶所以示人也。」《說文》中之天爲有知覺之天，猶今人所謂上帝與神，故凡神事皆从示。明乎此則祭（祭祀也）、祀（祭

無已也）、禷（以事類祭天神）、祮（告祭也）；禍（害
也）、祟（神禍也）。古人以爲禍害福祿皆神所賜，故
字皆从示也。

④　行爲會意字。《說文》「人之步趨也。」實際此字當爲
十字街頭，故街（四通道也）、術（邑中道也）、衢（四
達謂之衢）、衝（通道也）、衕（通街也）諸字從之。
十字街爲人所行，故與行有關之字亦多從之，如衎（行
喜貌）、衒（行且賣也）、衛（宿衛也从韋匝行。行、
列也）等字從之是也。

⑤　翁《說文》：「頸毛也。」故《山海經》云：「天帝之
山，有鳥黑文而赤翁。」老翁者，蓋公之假借，翁姑之
翁又老翁之引伸也。《方言•六》：「凡尊老周晉秦隴
或謂之公，或謂之翁。」《廣雅•釋親》：「翁、父
也。」《漢書•項羽傳》：「吾翁即汝翁。」

⑥　經《說文》：「織縱絲也。」凡織必先有經而後有緯，
故以經爲常。是故三綱五常六藝爲天地之常經。《書•
大禹謨》：「與其殺不辜，寧失不經。」引伸之爲經典，
《荀子•勸學》：「其數則始乎誦經，終乎讀禮。」注：
「經謂詩書，禮謂典禮之屬也。」自縊亦謂之經，《論
語•憲問》：「自經於溝瀆而莫之知也。」則自織縱絲
之義引伸，謂以繩直懸而死也。經過之經，則由常經之
經引伸，謂常道乃人之所由也。

⑦　頌《說文》「眉之間也。」凡羞愧喜愛必形於眉之間，
故謂之容顏，實爲容本字。《漢書•儒林傳》：「漢興，

魯高堂生傳士禮十七篇，而魯徐生善爲頌。」古之王者
以其成功盛德告於宗廟，美其盛德之形容，故引申爲歌
頌。《宋書・謝靈運傳》：「士頌歌於政教，民謠詠於
渥恩。」再一引伸，則爲稱揚，謂稱其美也。《漢書・
蓋寬饒傳》：「上書頌寬饒。」

第三章　訓詁與聲韻之關係

第一節　聲韻概說

　　我國文字之構造，雖著重於形符，我國文字之運用，依然著重於音符。古人未有文字，先有聲音，意義借聲音以表達，有斯義則有斯音，聞斯音則知爲斯義。聲與義同源，故欲明訓詁學，首先得明聲韻學。何謂聲韻？蘄春黃季剛先生〈聲韻通例〉云：

> 凡聲與韻合爲音。
>
> 凡音歸本於喉謂之韻。
>
> 凡音所從發謂之聲，有聲無韻不能成音。

　　根據黃先生〈聲韻通例〉所釋，可知音乃聲與韻相合而成者。發音者爲聲，收音者爲韻。析言之，就一字之字音而言，韻母以前部分爲聲，亦即一字之首音，吾人稱爲聲母（Initial）；除去聲母以後部分，吾人稱爲韻母（Final）。瞭解聲韻之名稱後，吾人應如何著手研究聲韻學，著者以爲要研究聲韻學，首先應該從《切韻》著手，因爲《切韻》一書兼論「古今通塞，南北是非。」而成，其書本所以明古今音之沿革，故上可以考古音，下可以推

今音。其書雖殘缺不全，然《廣韻》實據《切韻》增益而成，其
音系不殊，故據《廣韻》以考其音系，理無二致。故《廣韻》一
書，實為研究聲韻學之最基本要籍。蘄春黃先生〈與友人論治小
學書〉嘗云：

> 音韻之學必以《廣韻》為宗，其與《說文》之在字書，輕
> 重略等。

研究《廣韻》首先當明其切語之方法與體例，清陳澧《切韻
考》卷一云：

> 切語之法，以二字為一字之音，上字與所切之字為雙聲，
> 下字與所切之字為疊韻，上字定其清濁，下字定其平上去
> 入。上字定清濁而不論平上去入，如東德紅切、同徒紅切，
> 東德皆清，同徒皆濁也。然同徒皆平可也，東平、德入亦
> 可也。下字定平上去入而不論清濁，如東德紅切、同徒紅
> 切、中陟弓切、蟲直弓切，東紅、同紅、中弓、蟲弓皆平
> 也，然同紅皆濁、中弓皆清可也，東清紅濁、蟲濁弓清亦
> 可也。東、同、中、蟲四字在一東韻之首，此四字切語已
> 盡備切語之法，其體例精約如此，蓋陸氏之舊也。

瞭解《廣韻》切語之方法後，再從聲韻兩方面說明研究聲韻
之方法。

一、廣韻之聲類：

　　陳澧據《廣韻》切語上字必與本字雙聲必分清濁之理，而定出三條系聯切語上字之條例，陳氏此三條例，董同龢先生稱之爲基本條例、分析條例、補充條例。今依次敘述於後方：

〔一〕基本條例：

　　切語上字與所切之字爲雙聲，則切語上字同用者、互用者、遞用者聲必同類也。同用者如冬都宗切、當都郎切，同用都字也；互用者如當都郎切、都當孤切，都當二字互用也；遞用者如冬都宗切、都當孤切，冬字用都字，都字用當字也。今據此系聯之爲切語上字四十類。

〔二〕分析條例：

　　《廣韻》同音之字不分兩切語，此必陸氏舊例也。其兩切語下字同類者，則上字必不同類，如紅戶公切、烘呼東切，公東韻同類，則戶呼聲不同類。今分析切語上字不同類者，據此定之也。

〔三〕補充條例：

　　切語上字既系聯爲同類矣，然有實同類而不能系聯者，以其切語下字兩兩互用故也。如多、得、都、當四字，聲本同類，多得何切、得多則切、都當孤切、當都郎切，多與得、都與當兩兩互用，遂不能四字系聯矣。今考廣韻一字兩音者互注切語，其同一音之兩切語上字聲必同類。如一東涷德紅切又都貢切，一送涷多貢切，都貢、多貢同一音，則都多二字實同一類也。今於切語上字不系聯而實同類者，據此定之。

　　筆者有〈陳澧系聯切語上字補充條例補例〉於陳氏補充條例

有所補苴，於系聯時不無助益。茲錄於後。補例曰：

> 今考《廣韻》平上去入四聲相承之韻，不但韻相承，韻中
> 字音亦多相承，相承之音，其切語上字聲必同類。如平聲
> 十一模：『都、當孤切』，上聲十姥：『睹、當古切』，
> 去聲十一暮：『妒、當故切』，都、睹、妒爲相承之音，其
> 切語上字皆同類，故於切語上字因兩兩互用而不系聯者，
> 可據此定之也。如平聲一東：『東、德紅切』，上聲一董：
> 『董、多動切』，去聲一送：『涷、多貢切』，入聲一屋：
> 『穀、丁木切』。東、董、涷、穀爲相承之音，則切語上
> 字『德』、『多』、『丁』聲必同類也。『丁、當經切』、
> 『當、都郎切』，是則德多與都當四字聲亦同類也。

　　自敦煌《切韻》殘卷問世以來，後人彙集爲一編者多種，計
有劉復《十韻彙編》，姜亮夫《瀛涯敦煌韻輯》，潘重規師《瀛
涯敦煌韻輯新編》，周祖謨《唐五代韻書集存》等多種。此類韻
書對系聯今本《廣韻》之切語上下字，亦有相當大之助益。

　　根據以上方各種方法與材料，可系聯《廣韻》切語上字爲四
十一聲類，茲列表說明之。

喉 音	（深 喉）	影 曉 匣 喻 為		
牙 音	（淺 喉）	見 溪 群 疑		
舌　音	舌　　　頭	端 透 定 泥		
	舌　　　上	知 徹 澄 娘		
	半　　　舌	來		
齒　　　　音	半　　　齒	日		
	正	近于舌上者	照 穿 神 審 禪	
	齒	近于齒頭者	莊 初 床 疏	
	齒　　　頭	精 清 從 心 邪		
脣　音	重　　　脣	幫 滂 並 明		
	輕　　　脣	非 敷 奉 微		

　　茲再將《廣韻》切語上字分類表列後，則於《廣韻》切語上字屬何聲母，可一覽而析矣。

聲類	切　　語　　上　　字
影	於央憶伊衣依憂一乙握謁紆挹烏哀安煙鷖愛委
喻	余餘予夷以羊弋翼與營移悅
為	于羽雨雲云王韋永有遠爲筠薳

聲類	切　語　上　字
曉	呼荒虎馨火海呵香朽羲休況許興喜盧花
匣	胡乎侯戶下黃何獲懷
見	居九俱舉規吉紀几古公過各格兼姑佳詭乖
溪	康枯牽空謙口楷客恪苦去丘墟祛詰窺羌欽傾起綺豈區驅曲可棄卿
群	渠強求巨具臼衢其奇曁跪近狂
疑	疑魚牛語宜擬危玉五俄吾研遇虞愚
端	多德得丁都當冬
透	他託土吐通天台湯
定	徒同特度杜唐堂田陀地
泥	奴乃諾內嬭那
來	來盧賴洛落勒力林呂良離里郎魯練縷連
知	知張豬徵中追陟卓竹珍
徹	抽癡楮褚丑恥敕
澄	除場池治持遲佇柱丈直宅墜馳
娘	尼拏女穠
日	如汝儒人而仍兒耳
照	之止章征諸煮支職正旨占脂
穿	昌尺赤充處叱春姝
神	神乘食實
審	書舒傷商施失矢試識賞詩釋始
禪	時殊嘗常蜀市植殖寔署臣是氏視成
精	將子資即則借茲醉姊遵祖臧作
清	倉蒼親遷取七青采醋麁麤千此雌
從	才徂在前藏昨酢疾秦匠慈自情漸

聲類	切　　語　　上　　字
心	蘇素速桑相悉思司斯私雖辛息須胥先寫
邪	徐祥詳辭辞似旬寺夕隨
莊	莊爭阻鄒簪側仄
初	初楚創瘡測叉廁芻
牀	牀鋤鉏豺崱士仕崇查俟助鶵
疏	疏山沙砂生色數所史
幫	邊布補伯百北博巴卑并鄙必彼兵筆陂畀晡
滂	滂普匹譬披丕
並	蒲步裴薄白傍部平皮便毗弼婢簿捕
明	莫慕模謨摸母彌眉綿靡美
非	方封分府甫
敷	敷孚妃撫芳峰拂
奉	房防縛附符苻扶馮浮父
微	巫無亡武文望

　　從上表反切上字歸類，吾人既已知《廣韻》切語上字某字應歸某一聲紐，則就應進一層熟練其切語上字，要熟練切語上字屬於何類聲母，首先要依據《廣韻》，從上平聲一東韻，到入聲三十四乏韻，將每一韻紐抄錄下來，所謂“韻紐”，即《廣韻》每一個韻內小圈圈下之第一字，有人亦稱之爲“小韻”，將韻紐與反切抄錄下來之後，就可根據上表以查出每一反切上字所屬聲母。如此將二百零六韻每一反切上字均查過之後，則自然可加熟記矣。茲舉一東韻之反切爲例，說明如何抄錄？如何查索聲母？

韻紐	東	同	中	蟲	終	仲	崇	嵩	戎	弓	融	雄	瞢	穹	窮	馮	風
切語	德紅	徒紅	陟弓	直弓	職戎	敕中	鋤弓	息弓	如融	居戎	以戎	羽弓	莫中	去宮	渠弓	房戎	方戎
聲紐	端	定	知	澄	照	徹	床	心	日	見	喻	爲	明	溪	群	奉	非

豐	充	隆	空	公	蒙	籠	洪	叢	翁	匆	曨	蓬	烘	崆	楈
敷隆	昌終	力中	苦紅	古紅	莫紅	盧紅	戶公	徂紅	烏紅	倉紅	子紅	薄紅	呼東	五東	蘇公
敷	穿	來	溪	見	明	來	匣	從	影	清	透	並	曉	疑	心

　　練習步驟，先抄好韻紐與切語，將二百六韻所有韻紐抄好後，
再查聲紐，經過如此查覈一遍後，則切語上字屬何聲母，乃瞭然
於心，甚至滾瓜爛熟矣。

　　瞭解《廣韻》聲母之後，進而掌握每一聲母之發音部位與方
法。聲韻學上傳統五音名詞，可根據發音器官之不同，而一一加
以說明。依照語音學理，可將聲母按其發音部位，別爲十二類：

〔一〕雙脣聲：由下脣與上脣接觸，以節制外出之氣息而成。

〔二〕脣齒聲：由上門齒與下脣內緣接觸，以節制外出之氣息而
　　　成。

〔三〕齒間聲：由舌尖之最前端，置上下門齒之間，使氣流從舌
　　　齒間縫隙摩擦而出以成。

〔四〕舌尖前聲：由舌尖與上齒尖端接觸，以節制外出之氣息而
　　　成。

〔五〕舌尖中聲：由舌尖抵緊上齒齦，以節制外出之氣息而成。

〔六〕舌尖後聲：由舌尖翻抵上齒齦後，以節制外出之氣息而成。

〔七〕舌尖面混合聲：以舌尖與舌面混合部分，與硬顎上齒齦相交處接觸，以節制外出之氣息而成。

〔八〕舌面前聲：由舌面前與硬顎接觸，以節制外出之氣息而成。

〔九〕舌面中聲：由舌面後部與硬顎接觸，以節制外出之氣息而成。

〔十〕舌根聲：以舌根與軟顎接觸，以節制外出之氣息而成。

〔十一〕小舌聲：由舌根與小舌接觸，以節制外出之氣息而成。

〔十二〕喉聲：由聲帶之緊張，以節制外出之氣息而成。

　　四十一聲紐之喉音即喉聲，牙音即舌根聲，舌頭音乃舌尖中塞聲與鼻聲，舌上音乃舌面前塞聲與鼻聲，半舌音即舌尖中邊聲，半齒音爲舌面前鼻塞擦聲，正齒近于舌上者爲舌面前塞擦聲與擦聲，近于齒頭者爲舌面前塞擦聲與擦聲，齒頭音乃舌尖前塞擦聲與擦聲，重脣音爲雙脣聲，輕脣音爲脣齒聲。

　　四十一聲紐又可依其發音方法，區別爲六類：

〔一〕塞聲：當氣流通過時，口腔某一部分，一時完全阻塞，氣流俟阻塞解除後，始能流出，如此形成者稱爲塞聲。

〔二〕鼻聲：當氣流通過時，口腔閉塞，軟顎下垂，氣流自鼻腔泄出者稱之。

〔三〕擦聲：當氣流通過時，通道變窄，氣流自該處擠出者稱之。

〔四〕邊聲：當氣流通過時，口腔中間受阻，氣流自兩邊或一旁流出者稱之。

〔五〕顫聲：當氣流通過時，口腔中富彈性部分，起一極爲敏捷
　　　之顫動，即構成顫聲。

〔六〕塞擦聲：塞聲在阻塞解除前，口腔中氣流用力從此擠出，
　　　使此塞聲變爲同部位之擦聲，即構成此音。

　　聲母發音之法，又有清濁之差異，所謂清濁，乃發聲時聲帶
震動與否之差異，發聲時，聲帶不震動者，謂之清聲；發聲時，
聲帶受摩擦而震動者，謂之濁聲。其理至易明瞭，今據《韻鏡》
分類，參考諸家異名，定爲全清（Unaspirated surd）、次清
（Aspirated surd）、全濁（Sonant）、次濁（Liquid）四類。
以今語音學術語解釋之，則所謂全清者，即不送氣不帶音之塞聲
及塞擦聲也；次清者，即送氣不帶音之塞聲、塞擦聲及不帶音之
擦聲是也；全濁者，即送氣帶音之塞聲、塞擦聲及帶音之擦聲是
也；次濁者，即帶音之鼻聲、邊聲、及半元音是也。茲將諸家所
分清濁異名表列於後：

本篇定名	全　清	次　清		全　濁	次　濁	
本篇分類	幫端精見 非知照影	滂透清溪 敷徹穿曉	心審	並定從群邪 奉澄床匣禪	明泥疑 微娘喻	來日
各家之異名及分類　韻鏡	清	次　清	清	濁	清	濁
沈括夢溪筆談	清	次　清	清	濁	不　清不　濁	
黃公紹韻會	清	次　清	清	濁	次	濁
劉鑑切韻指南	純　清	次　清	純清	全　濁	半　清半　濁	
李元音切譜	純　清	次　清	純清	純　濁	次	濁
四聲等子及切韻指掌圖	全　清	次　清	全清	全　濁	不　清不　濁	半清半濁
江永音學辨微	最　清	次　清	又次清	最　濁　又次濁	次　濁	濁
等韻切音指南	○	⊙	◑	●	◑	○ ◑
字母切韻要法	○	⊙	◑ ◑	●	◑◑◑ ●◑◑	○ ◑

　　聲韻學上，言及聲母發音之方法，除清濁外，又有發送收之名。發送收之別，始見於明方以智《通雅》。方氏分之爲“初發聲”、“送氣聲”、“忍收聲”三類。其後江永、江有誥、陳澧等皆從其說，而名之曰“發聲”、“送氣”、“收聲”；而錢大昕則分之爲“出聲”、“送氣”、“收聲”三類；洪榜《四聲韻和表》又分爲“發聲”、“送氣”、“外收聲”、“內收聲”四類；勞乃宣《等韻一得》則改稱爲“戛”、“透”、“轢”、“捺”四類；邵作舟又分爲“戛”、“透”、“拂”、“轢”、“揉”五類。

　　至於各類發聲狀態若何？各家均欠明確解說。陳澧《切韻考·外篇》云：「發聲者不用力而出者也，送氣者用力而出者也，收聲者其氣收斂者也。」勞乃宣《等韻一得》云：「音之生，由於氣，喉音出於喉，無所附麗，自發聲以至收聲，始終如一，直而不曲，純而不雜，故獨爲一音，無“戛”、“透”、“轢”、“捺”之別。鼻舌齒脣諸音，皆與氣相遇而成。氣之遇於鼻舌齒脣也，作戛擊之勢而得音者，謂之“戛”類，作透出之勢而得音者，謂之“透”類，作轢過之勢而得音者，謂之“轢”類，作按捺之勢而得音者，謂之“捺”類。戛稍重，透最重，轢稍輕，捺最輕。嘗仿管子聽五音之說以狀之曰：戛音如劍戟相撞，透音如彈丸穿壁而過，轢音如輕車曳柴行於道，捺音如蜻蜓點水，一即而仍離。此統擬四類之狀也。」羅常培曰：「陳說失之簡單，勞說失之抽象，學者殊未能一覽而析，若繹其內容，詳加勘究，則諸家所分，與今之塞聲、塞擦聲、擦聲、邊聲、鼻聲五類性質並同，惟分類稍有參差。其中尤以邵氏所分最爲精密，特定名有玄奧之異，故函義有顯晦之殊耳。」茲今語音學名詞，與各家分類列表於後：

語言學名詞	不送氣塞聲與塞擦聲	送氣塞聲與塞擦聲	摩 擦 聲	邊　　　聲	鼻　　　聲
邵作舟　說	戛　　　類	透　　　類	拂　　類	轢　　類	揉　　類
勞乃宣　說	戛　　　類	透　　　類	轢	類	捼　　類
洪　榜　說	發　　　聲	送　　　氣	外　　收		聲	內 收 聲
江　永江有誥　說陳　澧	發　　　聲	送		氣	收	聲
錢大昕　說	出　　　聲	送		氣	收	聲
方以智　說	初　發　聲	送		聲	忍　　收	聲

　　瞭解《廣韻》聲紐之發音部位與發音方法之後，自可進一層瞭解《廣韻》聲母之音讀，綜合諸家之擬音，《廣韻》聲母之音讀當如下表：

喉　音（Gutturals）：影〔ʔ〕、喻〔O〕、爲〔j〕。

牙　音（Velars）：見〔k〕、溪〔kʻ〕、群〔gʻ〕、疑〔ŋ〕、　曉〔X〕、匣〔ɤ〕。

舌頭音（Alveolars）：端〔t〕、透〔tʻ〕、定〔dʻ〕、泥　〔n〕。

舌上音（Prepaltal stops and nasal）：知〔ȶ〕、徹〔ȶʻ〕、　澄〔ȡ〕、娘〔ȵ〕。

半舌音（Alveolar lateral）：來〔l〕。

半齒音（Prepalatal nasal affricative）：日〔nʑ〕。

舌齒間音（Prepalatal affricatives and fricatives）：照〔tɕ〕、
穿〔tɕ′〕、神〔dʑ〕、審〔ɕ〕、禪〔ʑ〕。

正齒音（Apico_dorsals）：莊〔tʃ〕、初〔tʃ′〕、床〔dʒ′〕、
疏〔ʃ〕。

齒頭音（Dentals）：精〔ts〕、清〔ts′〕、從〔dz′〕、心
〔s〕、邪〔z〕。

重脣音（Bilabials）：幫〔p〕、滂〔p′〕、並〔b′〕、明
〔m〕。

輕脣音（Labio_dentals）：非〔pf〕、敷〔pf′〕、奉〔bv′〕、
微〔ɱ〕。

　　聲有喉牙舌齒脣者，此爲發聲之部位，其有清濁發送收者，
此爲發聲之方法。凡發聲部位相同者，古人稱爲同類雙聲，或名
旁紐雙聲，音常互變；至於發聲方法相同者，前人謂之“位同”，
或謂之“同位”，音間可互變。

二、《廣韻》之韻類：

　　《廣韻》二百六韻中，每韻又因開合洪細之不同，而可以析
爲若干韻類，陳澧根據其所定系聯《廣韻》切語下字之條例，考
其切語下字之同用互用遞用者，而得三百十一類，茲錄其系聯條
例於下：

〔一〕基本條例：

　　「切語下字與所切之字爲疊韻，則切語下字同用者、互用者、

遞用者韻必同類也。同用者如東德紅切、公古紅切,同用紅字也;互用者如公古紅切、紅戶公切,紅公二字互用也。遞用者如東德紅切、紅戶公切,東字用紅字、紅字用公字也。今據此系聯之爲每韻一類、二類、三類、四類。」

〔二〕分析條例:

「《廣韻》同音之字,不分兩切語,此必陸氏舊例也。其兩切語上字同類者,下字必不同類,如公古紅切、弓居戎切,古居聲同,則紅戎韻不同類,今分析每韻二類、三類、四類者,據此定之也。」

〔三〕補充條例:

「切語下字既系聯爲同類矣,然亦有實同類而不能系聯者,以其切語下字兩兩互用故也。如朱、俱、武、夫四字,韻本同類,朱章俱切、俱舉朱切;無武夫切、夫甫無切。朱與俱、無與夫兩兩互用,遂不能四字系聯矣。今考平上去入四韻相承者,每韻分類亦多相承,切語下字,既不系聯,而相承之韻又分類,乃據以定其分類,否則雖不系聯,實同類耳。」

除陳氏之系聯條例外,筆者有〈陳澧切韻考系聯廣韻切語下字補充條例補例〉,足補陳氏補充條例之不足,因錄於下,以爲系聯之一助。〈補例〉曰:

今考《廣韻》四聲相承之韻,其每韻分類亦多相承,不但分類相承,每類字音亦相承。今切語下字因兩兩互用而不系聯,若其相承之韻類相承之音切語下字韻同類,則此互用之切語下字韻亦必同類。如上平十虞韻朱、俱、無、夫

四字，朱章俱切、俱舉朱切；無武夫切、夫甫無切。朱與
俱、無與夫兩兩互用，遂不能四字系聯矣。今考朱、俱、
無、夫相承之上聲爲九虞韻主之庚切、矩俱雨切、武文甫
切、甫方矩切。上聲矩與甫、武切語下字韻同類，則平聲
朱與無、夫切語下字韻亦同類。今於切語下字因兩兩互用
而不能系聯者，據此定之也。

　　自敦煌《切韻》殘卷問世以來，此類韻書殘卷，於吾人系聯
切語下字，亦有極大助益。茲舉數例以爲說明：

　　《廣韻》上平十六咍：「開、苦哀切」，「哀、烏開切」；
「裁（才）、昨哉（災）切」，「災、祖才切」。開與哀、哉與
才兩兩互用而不系聯，今考裁字，《切三》「昨來反」。《切韻》
《廣韻》乃同一音系之韻書，我們沒有確切證據說任何切語爲誤，
則只有承認兩個切語都是對的，這樣就有利於我們系聯今本《廣
韻》的切語下字了。我們可以利用數學上的等式來推求這兩個切
語的關係。

因爲　裁＝昨＋哉；　裁＝昨＋來

所以　昨＋哉＝昨＋來

則　　哉＝來

　　而來落哀切，哀、開本與哉才兩兩互用而不系聯，今證明哉
來同類，則哉哀就可系聯矣。又如下平聲六豪韻「勞（牢）、魯
刀切」、「刀、都牢切」；「襃、博毛切」、「毛、莫袍切」、
「袍、薄襃切」。刀、牢與毛、袍、襃彼此互用而不系聯，今考
《切三》「蒿、呼高反」，而《廣韻》「蒿、呼毛切」。則其演

算式如下：

因爲　蒿＝呼＋毛；　蒿＝呼＋高

所以　呼＋毛＝呼＋高

則　　毛＝高

《廣韻》「高、古勞（牢）切」，毛既與高韻同類，自亦與勞（牢）同類矣。

筆者〈今本廣韻切語下字系聯〉一文，即據此系爲295韻類。

陳澧系聯《廣韻》切語下字，每韻最多只得四類者，即因韻母收音時，有"開口"與"合口"之不同，開口與合口又有"洪音""細音"之別，故只得四類，開口洪音爲「開口呼」，簡稱曰"開"，以其收音之時開口而呼之；合口洪音爲「合口呼」，簡稱曰"合"，以其收音之時合口而呼之；開口細音爲「齊齒呼」，簡稱曰"齊"，以其收音之時齊齒而呼之；合口細音爲「撮口呼」，簡稱曰"撮"，以其收音之時撮脣而呼之也。潘耒云：

> 初出於喉，平舌舒脣，謂之"開口"，舉舌對齒，聲在舌
> 齶之間，謂之"齊齒"，斂脣而蓄之，聲滿頤輔之間，謂
> 之"合口"，蹙脣而成聲，謂之"撮口"。

其實"開""齊""合""撮"之區別，全在韻頭之差異，凡有 u 介音或主要元音爲 u 者，稱爲合口，無者稱開口，凡有 i 介音或主要元音爲 i 者，稱爲細音，無者爲洪音。今以表而明之如下：

介音 ＼ 等呼	開　口		合　口	
	洪音	細音	洪音	細音
－ i －	－	＋	－	＋
－ u －	－	－	＋	＋
例　字	安	煙	彎	淵
音　標	an	ian	uan	iuan

　　開齊合撮四等呼是從韻頭觀點來區分韻類，如果從韻尾之觀點來區分《廣韻》之韻部，則可分爲陰聲、陽聲與入聲三類。

①　舌根鼻音韻尾－ŋ：東、冬、鍾、江、陽、唐、庚、耕、清、青、蒸、登12韻。

②　舌尖鼻音韻尾－n：眞、諄、臻、文、欣、元、魂、痕、寒、桓、刪、山、先、仙14韻。

③　雙脣鼻音韻尾－m：侵、覃、談、鹽、添、咸、銜、嚴、凡9韻。

以上三類稱爲陽聲韻。

④　舌根塞音韻尾－k：屋、沃、燭、覺、藥、鐸、陌、麥、昔、錫、職、德12韻。

⑤　舌尖塞音韻尾－t：質、術、櫛、物、迄、月、沒、曷、末、鎋、黠、屑、薛13韻。

⑥　雙脣塞音韻尾－p：緝、合、盍、葉、怗、洽、狎、業、

乏9韻。

以上三類稱爲入聲韻。

⑦　舌面後高元音韻尾－u：蕭、宵、肴、豪、尤、侯、幽
　　7韻。

⑧　舌面前高元音韻尾－i：微、齊、佳、皆、灰、咍、祭、
　　泰、夬、廢10韻。

⑨　開口無尾－φ：支、脂、之、魚、虞、模、歌、戈、麻
　　9韻。

以上三類稱爲陰聲韻。

　　《廣韻》入聲以配陽聲，故陽聲三十五韻，入聲三十四韻也。實則入聲乃介於陰陽之間，與陽聲既可相配，與入聲也可相配，乃是介於陰陽之間者，因爲入聲有塞音韻尾，頗有類於陽聲，凡陽聲收－ŋ韻尾者，與其相配之入聲韻尾爲－k，陽聲收－n者，入聲韻尾爲－t，陽聲收－m韻尾者，入聲韻尾爲－p。但是入聲音至爲短促，在聽覺上頗有類於陰聲，因此說入聲是介於陰陽之間，故與陰陽二聲均可通轉。

　　韻有開合洪細與陰陽入之不同，乃屬於韻之原質問題，其有平上去入之不同，則爲韻之聲調問題，《廣韻》有平上去入四聲，關於上古聲調，幾經討論，一般傾向漢以前不知有四聲，至齊梁間乃興起四聲。古代聲調只有平入兩大類，平聲爲較舒揚之聲調，入聲則爲稍短促之聲調，聲調以舒揚短促作爲留音長短之大限，其後讀平聲稍短則變上聲，讀入聲稍緩則變去聲，於是乃形成平上去入四聲。段玉裁〈答江晉三論韻書〉云：

> 古四聲之道有二無四，二者平入也，平稍揚之則爲上，入
> 稍重之則爲去，故平上一類也，去入一類也，抑之、揚之、
> 舒之、促之，順逆交遞而四聲成。古者創爲文字，因乎人
> 之語言而爲之音讀，曰平上，曰去入，一陽一陰之謂道也。

　　段氏說明四聲之形成，已相當合理，故後世學者如黃侃、王
力等人，均採其說。古代聲調雖只兩類，然《廣韻》二百六韻之
中，確有四聲，而且各韻之間是以平上去入四聲相承者，而今《廣
韻》平聲五十七韻，上聲五十五韻，去聲六十韻，入聲則僅三十
四韻者，其所以參差不齊，乃因冬韻上聲字少併入鍾韻上聲腫韻
中去矣，臻韻上聲併入欣韻上聲隱韻中去矣。去聲所以六十韻者，
乃多去聲特有之祭泰夬廢四韻，臻韻去聲只一齔字因爲字少併入
欣韻上聲隱韻去矣。《廣韻》入聲專配陽聲，陽聲三十五韻，而
入聲只三十四韻者，因痕韻入聲字少併入沒韻中去矣。

　　前人利用古代韻文、經籍異文、說文形聲、重文、讀若、音
訓、方言、韻書、中外譯音、同語族語等材料以研究古代音韻而
取得良好成績，今就古聲古韻兩方面作一簡單介紹，庶使讀者有
一清晰概念。

三、古聲研究：

〔一〕錢大昕之研究：

　　錢氏《十駕齋養新錄》有兩篇文章，一爲〈古無輕脣音〉，
錢氏云：「凡輕脣之音，古讀皆爲重脣。」於是舉出《詩》「匍

匐救之」，〈檀弓〉引作「扶服」，〈家語〉引作「扶伏」；《漢
書‧天文志》「奢爲扶」，鄭讀爲「蟠」；《說文》引《易》「服
牛乘馬」作「犕牛」；《史記》「南面倍依」即「負扆」；《水
經注》「文水」即「門水」等例證以加證明。

其〈舌音類隔之說不可信〉一文云：「古無舌頭舌上之分，
知、徹、澄三母以今音讀之，與照、穿、床無別也，求之古音，
則與端、透、定無異。」同時舉出《說文》「沖讀若動」，《周
禮》故書「中」爲「得」，《周禮》注「陟讀如王德翟人之德」，
《詩》「陟其高山」，〈箋〉以「陟」爲「登」，《詩》「實爲
我特」，《韓詩》作「直」，《孟子》「直不百步」，「直」訓
爲「但」，《論語》「君子篤於親」，汗簡古文作「竺」，「身
毒」即「天竺」，「澠池」即「湡沱」等例子以爲證明。

錢氏兩項創見，皆具獨慧，同爲不刊之說。

〔二〕章炳麟之研究：

章氏《國故論衡》中〈古音娘日二紐歸泥說〉一文云：「古
音有舌頭泥紐，其後支別，則舌上有娘紐，半舌半齒有日紐，于
古皆泥紐也。」例證則有「涅」從「日」聲，而「涅而不緇」亦
作「泥而不滓」，《說文》引傳「不義不和」《考工記‧弓人》
杜子春注引傳作「不義不昵」。《釋名》「入、內也。」《白虎
通》「男、任也。」然或作蘱，而讀爲能，如轉爲奈等例證來加
以證明。故論者多謂章氏此說可與錢大昕氏兩項發明，先後輝映。

〔三〕黃侃之研究：

　　黃氏據《廣韻》以考古音，其於古聲紐研究方面，嘗謂最得力於陳澧《切韻考》。黃氏曰：「潘禺陳君著《切韻考》，據切上字以定聲類，據切下字以定韻類，於字母等子之說，有所辨明，足以補闕失，解拘攣，信乎今音之管籥，古音之津梁也。」

　　於是黃君據陳澧之所考，證之錢、章二家之說，加上一己之心得，確定古聲爲十九紐。黃氏《音略•略例》云：

> 　　今聲據字母三十六，不合《廣韻》，今依陳澧說，附以己意，定爲四十一，古無舌上、輕脣，錢大昕所證明，無半舌日及舌上娘，本師章氏所證明，定爲十九，侃之說也。前無所因，然基於陳澧之所考，始得有此。

　　黃氏之確定古聲爲十九紐，得力於其對《切韻》一書之透徹瞭解，因爲《切韻》一書乃論“古今通塞”與“南北是非”者，則其四十一聲紐中，自亦兼備古今，有正有變。若非、敷、奉、微、知、徹、澄、娘、日等九紐之爲變聲，乃經錢、章二氏所證明。黃氏進察《廣韻》二百零六韻每一韻類，發現凡無非、敷、奉、微、知、徹、澄、娘、日等九紐之韻類，亦必無喻、爲、群、照、穿、神、審、禪、邪、莊、初、床、疏等十三紐，可見此十三紐與非等九紐乃同一性質之聲紐，非等九紐既經考明爲變聲，則喻等十三紐亦屬變聲無疑，四十一紐減去二十二紐變聲，所剩者自然是正聲無疑矣。茲錄其正聲變聲表於下。

發音部位	喉	牙	舌	齒	脣
正　聲	影曉匣	見溪疑	端透定泥來	精清從心	幫滂並明
變　聲	喻為	群	知徹澄娘照穿神日審禪	莊初床疏邪	非敷奉微
說　明	清濁相變	清濁相變	**輕重相變**	輕重相變心邪清濁相變	輕重相變

　　黃氏所考定正聲十九紐，乃從整個古系統觀察而得，至於後代變聲二十二紐，古應歸屬正聲何紐，僅作粗略說明，猶未及詳加舉證，即與世長逝矣。然其舉證，而為後世所推崇者，仍有下列二項，茲分述於後：

　　(1) 正齒音照穿神審禪古歸舌頭音端透定：

　　黃氏舉出《爾雅·釋天》「太歲在乙曰旃蒙。」《史記·曆書》作「端蒙」，《書·禹貢》「被孟豬」，《左傳》《爾雅》作「孟諸」，《史記·夏本紀》作「明都」，《左傳》「孟公綽」，「綽」或作「卓」，《禮記》「不充出於富貴」，「充」或作「統」，「它」或體為「蛇」，「椎」長言「終葵」，「受」讀如「紂」，「奢」當為「都」等例以為證明。

　　(2) 正齒音莊初床疏古歸齒頭音精清從心：

　　黃氏舉出《書·舜典》「黎民阻飢」《漢書·食貨志》作「祖飢」；《書·禹貢》「滄浪之水」，《史記·夏本紀》作

「蒼浪」；《詩・小雅・車攻》「助我舉柴」，《說文》引作「㧻」；《詩・大雅・綿》「予日有疏附」，《尚書大傳》引作「胥附」等例以爲證明。

〔四〕曾運乾之研究：

　　益陽曾運乾著〈喻母古讀考〉云：

「喻于二母本非影母的濁聲，于母古隸牙聲匣母，喻母古隸舌聲定母，部伍秩然，不相陵犯。」

（1）喻三古歸匣：

曾氏舉出《韓非子》「自營爲私」《說文》引作「自環」；《詩・齊風・還》「子之還兮」，《漢書》引作「營」；《春秋》「陳孔奐」，《公羊》作「孔瑗」；《詩・皇矣》「無然畔援」，《漢書》作「畔換」，《詩・卷阿》作「泮奐」，《魏都賦》作「叛換」；《毛詩》「方渙渙兮」，《說文》引作「汍」，《韓詩》作「洹」等例證明喻母三等古隸牙聲匣母。

（2）喻四古歸定：

曾氏舉出《易・渙》「匪夷所思」，「夷」荀爽本作「弟」，《左傳》「邢遷於夷儀」，《公羊》作「陳儀」。《詩・四牡》「周道倭遲」，《韓詩》作「威夷」；「斁」古「度」字，「惕」或作「悐」等例證證明喻母四等古隸舌聲定母。

曾氏此兩項考證，羅常培氏曾譽爲乃繼錢大昕氏而後，對古聲紐考證，最具貢獻之一篇文章。

〔五〕錢玄同之研究：

錢玄同氏著〈古音無邪紐證〉一文，以為邪紐古歸定紐。形聲字中「隋」聲有「隨」，「也」聲有「虵」，「延」聲有「唌」，「盾」聲有「循」等例以為證明。錢氏云：「邻為徐國之徐本字，尊彝銘文皆如此作。斜《說文》讀若荼。」其弟子戴君仁先生復作〈古音無邪紐補證〉一文為之比輯舊文，證成其說。戴先生云：「先師錢玄同先生嘗著〈古音無邪紐證〉，載於師大《國學叢刊》，證邪紐古歸定紐，論者許與錢（大昕）章（太炎）之作，同其不刊。」戴氏之舉證云：『《周禮·春官·守祧》「既祭則藏其隋」，鄭玄《儀禮》注引作「既祭則藏其墮」。按《廣韻》墮徒果切，隋旬為切，又徒果切，徒果切為定紐，旬為切屬邪紐，是旬為切之音當為後起，古惟讀徒果切也。』『《易·困卦》「來徐徐。」釋文：「子夏作荼荼，翟同，荼音圖。」《廣韻》徐似魚切，屬邪紐，荼同都切，屬定紐。』

錢戴二君所言是也。邪紐當為定之變聲也。

〔六〕陳新雄之研究：

陳氏《鍥不舍齋論學集》有〈群母古讀考〉一文，以為群母古讀當同匣母。陳氏舉出上古漢語形態變化，見母與匣母常在一、二、四等作形態對比；而見群卻在三等作形態對比。一等字有紅、女紅。古紅切（見母 k－）；紅色。戶公切（匣母 ɤ－）。二等字閒、中間。古閑切（見母 k－）；空閒。戶閑切（匣母 ɤ－）。四等字見、看見。古甸切（見母 k－）；見露。胡甸切（匣母 ɤ－）。三等字則有奇、不偶。居宜切（見母 k－）；奇異。渠羈切（群母 g´－）。其、不其，邑名。居之切（見母 k－）；語辭。渠之切（群母 g´－）。從分配上看，群母正好與匣母成互補之分配，故可定其同出一源。而《儀禮・士昏禮》「加于橋」注：「今文橋爲鎬」橋巨嬌切，群母，鎬胡老切，匣母。《春秋左氏昭公十二年經》「大夫成熊」，《穀梁》作「成虔」。《書・微子》「我其發出狂」，《史記・宋世家》引作「往」。狂巨王切，群母，往于兩切，爲母古歸匣母。《水經・泗水注》「灃水又東合黃水，時人謂之狂水，蓋狂黃聲相近，俗傳失實也。」狂巨王切，群母；黃胡光切，匣母。《孟子・萬章》「晉亥唐」，《抱朴子・逸民》作「期唐」。亥胡改切，匣母，期渠之切，群母。有如此眾多例子，匣群同源應無問題。李方桂先生《上古音》以爲上古同源讀 g－，陳氏從各類聲母在一等保持不變，三等聲母多變作他音觀點，以爲上古應讀 ɤ－，方合於漢語一等不變，三等變之演變規律。

今以我所擬之古聲讀法，與黃侃所定古聲十九紐列表於次：

黃	發聲部位	脣　音	舌　　　音	齒　音	牙音	喉　　音
侃	古聲名稱	幫滂並明	端透定泥來	精清從心	見溪疑	曉匣　影
今	今定古聲	p p´ b´ m	t t´ d´ n l	ts ts´ dz´ s	k k´ ŋ	x ɤ　ʔ
定	發聲部位	脣　　聲	舌　尖　聲	舌尖前聲	舌　根　聲	喉聲

四、古韻研究

宋吳棫著《韻補》一書，開創古音研究以來，繼之而起者，則爲宋鄭庠之古韻分部，與陳第之正確觀念，陳第《毛詩古音考》《屈宋古音義》之精神，已由顧炎武發揮無遺，故此謹敘述鄭庠之古韻分部。

〔一〕鄭庠之研究：

　　鄭庠著《古音辨》分古韻爲六部，乃古韻分部之始。茲錄其六部於後：

(1) 東部：東、冬、鍾、江、陽、唐、庚、耕、清、青、蒸、登（舉平以賅上去）；入聲屋、沃、燭、覺、藥、鐸、陌、麥、昔、錫、職、德。

(2) 支部：支、脂、之、微、齊、佳、皆、灰、咍、祭、泰、夬、廢。

(3) 魚部：魚、虞、模、歌、戈、麻。

(4) 眞部：眞、諄、臻、文、欣、元、魂、痕、寒、桓、刪、山、先、仙；入聲質、術、櫛、物、迄、月、沒、曷、末、鎋、黠、屑、薛。

(5) 蕭部：蕭、宵、肴、豪、尤、侯、幽。

(6) 侵部：侵、覃、談、鹽、添、咸、銜、嚴、凡；入聲緝、合、盍、葉、怗、洽、業、乏。

　　鄭氏專就《唐韻》求其合，不能析《唐韻》以求其分，故雖分韻至少，而猶有出韻。故段玉裁評其所分，合於魏晉及唐之杜甫、韓愈諸人之所用，而於周秦未能合也。

〔二〕顧炎武之研究：

顧氏著《音學五書》分古韻爲十部，陽、耕、蒸、歌四部之獨立，是其創見。陽、耕、蒸三部是鄭庠東部分出，以陽、唐及庚之半爲陽部。以耕、清、青及庚之另一半爲耕部，蒸、登二韻加上東韻之弓雄瞢夢等字，即獨立爲蒸部。顧氏歌部從魚部分出，以歌、戈二韻加上麻之半與支之半，即構成顧氏歌部。以魚、虞、模三韻另加侯韻及麻之半，而構成顧氏魚部。在方法上，能離析《唐韻》以求古音之分合，改變《唐韻》入聲之分配，皆顧氏對古韻學之貢獻也。

〔三〕江永之研究：

江氏著《古韻標準》分古韻爲十三部，較顧氏多出三部。第一：眞、元分部爲其創見。江氏以眞、諄、臻、文、欣、魂、痕及先之半爲眞部，以爲這部分字口斂而聲細；又以元、寒、桓、刪、山、仙及先之另一半爲元部，口侈而聲大。第二：侵、覃分部，也以口弇而聲細之理，將侵韻及覃韻之半，談韻之三，鹽韻之緱潛等合爲侵部；又以添嚴咸銜凡諸韻及覃韻之半，鹽韻之半，談韻大部分字合爲談部，口侈而聲洪。第三：江氏從顧魚部分出侯韻，從顧氏蕭部分出尤幽兩韻，然後以口弇而聲細之理將此數韻合併爲尤部，以與口侈而聲洪之蕭部分開。江氏不僅純依客觀之材料，而亦憑藉其審音之知識。

〔四〕段玉裁之研究：

段玉裁著《六書音韻表》，分古韻爲十七部。古韻分部，在段氏手中，已建立規模。段氏較江氏多出四部。第一：即段氏所

樂於稱道之支、脂、之分三部說。段氏云：「五支、六脂、七之
三韻，自唐人功令同用，鮮有知其當分者矣。今試取詩經韻表第
一部、第十五部、第十六部觀之，其分用乃截然。且自三百篇外，
凡群經有韻之文，及楚騷、諸子、秦、漢、六朝詞章所用，皆分
別謹嚴，隨舉一章數句，無不可證。或有二韻連用而不辨爲分用
者，如《詩・相鼠》二章齒、止、俟第一部也。（相鼠有齒。人
而無止。人而無止。不死何俟。）三章體、禮、死第十五部也。
（相鼠有體。人而無禮。人而無禮。胡不遄死。）《魚麗》二章
鱧、旨第十五部也。（魚麗于罶魴鱧。君子有酒多且旨。）三章
鯉、有第一部也。（魚麗于罶鰋鯉。君子有酒旨且有。）《板》
五章憯、毗、迷、尸、屎、葵、資、師第十五部也。（天之方憯。
無爲夸毗。威儀卒迷。善人載尸。民之方殿屎。則莫我敢葵。喪
亂蔑資。曾莫惠我師。）六章筦、圭、攜第十六部也。（天之牖
民，如壎如篪。如璋如圭。如取如攜。）《孟子》引齊人言，雖
有智慧二句，第十五部也。雖有鎡基二句，第一部也。（雖有智
慧。不如待勢。）（雖有鎡基。不如待時。）屈原賦寧與騏驥抗
軛二句，第十六部也。（寧與騏驥抗軛乎。將隨駑馬之跡乎。）
寧與黃鵠比翼二句，第一部也。（寧與黃鵠比翼乎。將與雞鶩爭
食乎。）秦《琅邪臺刻石》自維二十六年至莫不得意，凡二十四
句，以始、紀、子、理、士、海、事、富、志、字、載、意韻，
第一部也。自應時動事至莫不如畫凡十二句，以帝、地、懈、辟、
易、畫韻，第十六部也。（維二十六年，皇帝作始。端平法度，
萬物之紀。以明人事，合同父子。聖智仁義，顯白道理。來撫東
土，以省卒上。事已人畢，乃臨於海。／皇帝之功，勤勞本事。

上農除末，黔首是富。普天之下，博心揖志。器械一量，同書文字。日月所照，舟輿所載。皆終其命，莫不得意。／應時動事，是維皇帝。匡飭異俗，陵水經地。憂恤黔首，朝夕不懈。除疑定法，咸知所辟。方伯分職，諸治經易。舉錯必當，莫不如畫。）倘以《相鼠》齒與禮死成文，《魚麗》鯉與旨爲韻，則自亂其例而非韻。玉裁讀坊本《詩經·竹竿》二章，泉源在左，淇水在右，女子有行，遠父母兄弟。每疑右爲古韻第一部字，弟爲第十五部字，二字古鮮合用。及考《唐石經》、宋本《集傳》，明國子監注疏本，皆作遠兄弟父母，而後其疑豁然。三部自唐以前分別最嚴，蓋如眞、文之與庚，青與侵，稍知韻理者，皆知其不合用也。自唐初功令不察，支、脂、之同用，佳、皆同用，灰、咍用同用，而古之畫爲三部，始湮沒不傳，迄今千一百餘年，言韻者莫有見及此者矣。」第二：眞諄分部。段氏云：「江氏考三百篇，辨元、寒、桓、刪、山、仙獨爲一部矣。而眞、臻一部與諄、文、欣、魂、痕一部分用，尚有未審。讀《詩經》韻表而後見古韻分別之嚴，唐、虞時『明明上天。爛然星陳。日月光華，宏予一人。』第十二部也；『南風之薰兮。可以解吾民之慍兮。』第十三部也。『卿雲爛兮。糺縵縵兮，日月光華，旦復旦兮。』第十四部也。三部之分，不始於三百篇矣。」第三：侯部獨立。段氏云：「〈載馳〉之“驅”“侯”，不連下文“悠”“漕”“憂”爲一韻；（《詩·鄘風·載馳》首章：『載馳載驅。歸唁衛侯。／驅馬悠悠。言至于漕。大夫跋涉，我心則憂。』）〈山有薖〉之“薖”“榆”“婁”“驅”“愉”不連下章“栲”“杻”“埽”“考”“保”爲一韻；（《詩·唐風·山有樞》首章：『山有樞。隰有

榆。子有衣裳，弗曳弗婁。子有車馬，弗馳弗驅。宛其死矣，他
人是愉。』二章：『山有栲。隰有杻。子有廷內，弗洒弗埽。子
有鐘鼓，弗鼓弗考。宛其死矣，他人是保。』）〈南山有臺〉之
"枸" "楰" "耇" "後" 不連上章 "栲" "杻" "壽" "茂"
爲一韻；（《詩·小雅·南山有臺》五章：『南山有枸。北山有
楰。樂只君子，遐不黃耇。樂只君子，保艾爾後。』四章：『南
山有栲。北山有杻。樂只君子，遐不眉壽。樂只君子，德音是茂
。』）〈左氏傳〉"專之渝，攘公之羭" 不與下文 "蕕" "臭"
爲一韻；（《左傳·僖公四年》『專之渝。攘公之羭。／一薰一
蕕。十年尙有其臭。』）　此第四部之別於第三部也。」

〔五〕孔廣森之研究：

　　孔廣森著《詩聲類》分古韻爲十八部，最大特點爲東冬分部。
孔氏東部，以鍾韻字爲主，加上東韻之半與江韻之半，凡此諸韻
中从東、从同、从丰、从充、从公、从工、从冢、从匆、从从、
从龍、从容、从用、从封、从凶、从邕、从共、从送、从雙、从
尨得聲之字，孔氏稱東部。孔氏冬部，以冬韻字爲主，另加東韻
之半，江韻之半，凡此諸韻中从冬、从眾、从宗、从中、从蟲、
从戎、从宮、从農、从降、从宋得聲之字，孔氏稱冬部。

　　此外則合部獨立亦孔氏創見，孔氏以入聲緝、合、盍、葉、
帖、洽、狎、業、乏等九韻入聲合爲合部，其偏旁見於詩者，有
从合、从軜、从咠、从溼、从摯、从立、从及、从業、从邑、从
葉、从疌、从涉、从甲、从集十有四類。

　　陰陽對轉之說亦發前人之所未發，具有極大創意者。孔氏曰：

「本韻分爲十八……曰元之屬、耕之屬、眞之屬、陽之屬、東之屬、冬之屬、侵之屬、蒸之屬、談之屬，是爲陽聲者九；曰歌之屬、支之屬、脂之屬、魚之屬、侯之屬、幽之屬、宵之屬、之之屬、合之屬，是爲陰聲者九。此九部者，各以陰陽相配而可以對轉。」至其所以能對轉之故，則曰：「入聲者，陰陽互轉之樞紐，而古今遷變之原委也。舉之咍一部而言之，之之上爲止，止之去爲志，志音稍短則爲職，由職而轉則爲證、爲拯、爲蒸矣。咍之上爲海，海之去爲代，代音稍短則爲德，由德而轉則爲嶝、爲等、爲登矣。推諸它部，耕與佳相配，陽與魚相配，東與侯相配，冬與幽相配，侵與宵相配，眞與脂相配，元與歌相配，其間七音遞轉，莫不如是。」錢玄同《文字學音篇》說：「音之轉變，失其本有者，加其本無者，原是常有之事，如是則對轉之說，當然可以成立。」

〔六〕王念孫之研究：

王念孫著《古韻譜》分古韻爲二十一部。他的貢獻有下列幾點：

①　他把段玉裁十二部的入聲質、櫛、屑諸韻及《廣韻》去聲至、霽一部分字合併成至部，凡此諸韻中从至从臸从質从吉从七从日从疾从悉从栗从桼从畢从乙从失从必从卩从節从血从徹从設得聲之字以及閉、實、逸、一、抑、別等字，皆以去入同用，故獨爲一部。

②　他把段玉裁十五部中的祭、泰、夬、廢四韻及入聲月、曷、末、黠、鎋、薛諸韻獨立爲祭部。王氏云：「《切韻》平聲

自十二齊至十六咍凡五部，上聲亦然，若去聲則自十二霽至二十
廢共有九部，較平上多祭泰夬廢四韻，此非無所據而爲之也。攷
三百篇及群經《楚辭》，此四部之字，皆與入聲月、曷、末、黠、
鎋、薛同用，而不與至、未、霽、怪、隊及入聲術、物、迄、沒
同用，且此四部有去入而無平上，《音韻表》以此四部與至、未
等部合爲一類，於是〈蓼莪〉五章之烈、發、害與六章之律、弗、
卒，《論語》八士之達、适與突、忽，《楚辭·遠遊》之至、比
與厲、衛，皆混爲一韻而音不諧矣。（《詩·小雅·蓼莪》五章：
『南山烈烈。飄風發發。民莫不穀，我獨何害。』六章：『南山
律律。飄風弗弗。民莫不穀，我獨不卒。』《論語·微子》：『周
有八士，伯達、伯适；仲突、仲忽；叔夜、叔夏；季隨、季騧。』
《楚辭·遠遊》：『路曼曼其脩遠兮，徐弭節而高厲。左雨師使
徑待兮，右雷公而爲衛。』按〈遠遊〉未見至、比二韻，不知王
氏何所據而云然。）其以月、曷等部爲脂部之入聲，亦沿顧氏之
誤而未改也，唯術、物等部乃脂部之入聲耳。」

　　③　他把段玉裁七、八兩部入聲獨立爲緝、盍二部，王氏〈與
李方伯論古韻書〉云：「顧氏一以九經、《楚辭》所用之韻爲韻，
而不用《切韻》以屋承東、以德承登之例，可謂卓識。獨於二十
六緝至三十四乏，仍從《切韻》以緝承侵，以乏承凡，此兩歧之
見也。蓋顧氏於九經、《楚辭》中，求其與去聲同用之跡而不可
得，故不得已而仍用舊說。又謂〈小戎〉二章以驂、合、軜、邑、
念爲韻，〈常棣〉七章以合、琴、翕、湛爲韻，不知〈小戎〉自
以中、驂爲一韻，合、軜、邑爲一韻，期、之爲一韻，〈常棣〉
自以合、翕爲　韻，琴、湛爲一韻，不可強同也。（《詩·秦風·

小戎》二章：『四牡孔阜。六轡在手。／騏駵是中。騧驪是驂。／龍盾之合。鋈以觼軜。言念君子，溫其在邑。／方何爲期。胡然我念之。』《詩•小雅•常棣》七章：『妻子好合。如鼓瑟琴。兄弟既翕。和樂且湛。』）今案緝、合以下九部當分爲二部，遍考三百篇及群經、《楚辭》所用之韻，皆在入聲中，而無與去聲同用者，而平聲侵、覃以下九部，亦但上去同用，而入不與焉。然則緝、合以下九部，本無平上明矣。」

④　他又把段玉裁第三部中屋、沃、燭、覺四韻裏，从屋、从谷、从木、从卜、从族、从鹿、从賣、从僕、从彔、从束、从辱、从豕、从曲、从玉、从蜀、从足、从局、从岳、从㱿得聲之字，改爲侯部的入聲。

〔七〕江有誥之研究：

江有誥著《音學十書》也分古韻爲二十一部，他的見解跟王念孫頗爲接近。他的創見有三點：

①　祭部獨立：

江氏〈古韻凡例〉云：「段氏以去之祭、泰、夬、廢，入之月、曷、末、鎋、薛附於脂部，愚考周秦之文，此九韻必是獨用。」

②　緝部跟葉部獨立：

〈古韻凡例〉云：「昔人以緝、合九韻分配侵、覃，愚遍考古人有韻之文，《唐韻》之偏旁諧聲，而知其無平上去，故分別緝、合及洽之半爲一部，盍、葉、怗、狎、業、乏及洽之半爲一部。」

③ 他根據孔廣森東、冬分部之理，將孔氏冬部改稱中部。

祭、緝、葉三部獨立，他的意見與王念孫相同。加上中部獨立，故總數也是二十一部。下表是王江二家古韻分部創見之異同。

王念孫	至 部	祭 部	緝 部	盍 部	○
江有誥	○	祭 部	緝 部	葉 部	中 部

〔八〕章炳麟之研究：

章炳麟著《國故論衡》及《文始》二書，分古韻爲二十三部，以同樣的方法，分析同樣的材料，而能跳出清人的範圍，在古韻分部上有新創見的人，就是餘杭章太炎先生了。他以爲王念孫脂部的去入聲字，《詩經》多獨用，不跟平上聲通用，於是乃據以別出隊部。其《國故論衡·小學略說》云：

> 脂隊二部同居而旁轉，舊不別出，今尋隊與術、物諸韻，視脂、微、齊平上不同。其相轉者，如遂從豕聲，渠魁之字借爲顝，突出之字借爲帥、佳是也。

實際上章氏的隊部就是以《廣韻》去聲未、怪、隊三韻及入聲術、物、迄、沒四韻的字爲土要骨幹而構成。其《文始》二云：

隊脂相近，同居互轉，若聿、出、内、朮、戾、骨、兀、
鬱、勿、弗、辛諸聲諧韻，則《詩》皆獨用，而帥、佳、
雷或與脂同用，及夫智昧同言，坻汶一體，造文之則已然，
亦同門而異户也。

茲據《文始》及《國故論衡》錄其二十三部韻目於後：

寒————歌
　　　泰

諄————隊
　　　脂

眞————至

青————支

陽————魚

東————侯

侵
　緝——幽
冬

蒸————之

談
　　—宵
盇

　　左列爲陽聲，右列爲陰聲，陰陽相對之韻部可以對轉。茲再
錄其〈成均圖〉於下，並說明其對轉旁轉之條例。

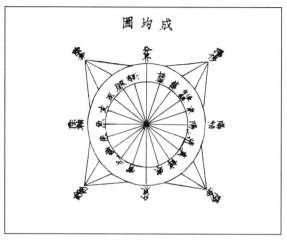

（成 均 圖）

章君自定對轉旁轉諸條例云：

　　陰弅與陰弅爲同列。

　　陽弅與陽弅爲同列。

　　陰侈與陰侈爲同列。

　　陽侈與陽侈爲同列。

　　凡同列相比爲近旁轉。

　　凡同列相近爲次旁轉。

　　凡陰陽相對爲正對轉。

　　凡自旁轉而成對轉爲次對轉。

　　凡近旁轉次旁轉正對轉次對轉爲正聲。

　　凡雙聲相轉不在五轉之例爲變聲。

世人每於章氏〈成均圖〉深表不滿，以爲他這個圖是無所不通，無所不轉，近於取巧的方法，其實這都是不了解章氏作此圖的用意，而產生的誤解。章氏此圖僅在說明文字轉注假借及其孳乳之由，以及古籍例外押韻的現象，並沒有泯滅古韻的大界。所以作這樣一種安排，只不過在說明古韻某部與某部相近罷了。且古韻分部自段玉裁以後，無論怎樣的縝密，而例外押韻的情形，仍是在所不免。在前人或叫做合韻，或稱爲通韻，又或叫借韻。章氏整齊百家，一之以對轉旁轉二名，所以使名號一統而使後學易於了解，爲圖以表明之，則所以省記憶之繁而已。世人不明此理，妄加指斥，實在是率爾操觚，未加深思的。

因爲對轉、旁轉的道理，實聲韻學史上常見的事實。就現象說：所謂對轉，乃指陰聲韻部與陽聲韻部之間，有例外押韻或諧聲的事實；所謂旁轉，就是陰聲韻部與陰聲韻部之間，或陽聲韻部與陽聲韻部之間，有互相押韻或諧聲的現象。就音理上來說：對轉是陰聲加收鼻音而成陽聲，或陽聲失落鼻音而成陰聲。旁轉是某一陰聲或陽聲韻部因舌位高低前後的變化，成爲另一陰聲或陽聲韻部。這些變化都是非常可能而合理的。胡以魯《國語學草創》說：

> 方音者起於空間的社會心理與夫時間的社會心理之差，蓋自然之勢也。保持之特質，與自然趨勢相衝擊，折中而調和之，乃發近似之音聲。近似者，加之鼻音（謂之對轉者此），別之奓侈（謂之旁轉者此）也，奓侈之別，口腔大小之差耳，訛傳固甚易易，而鼻音亦其相近者也。」

　　胡氏這段話，拿來解釋對轉旁轉所以形成的道理，已經很明白了。所以胡氏又說：「對轉、旁轉者，音聲學理所應有，方音趨勢所必至也。」有了章太炎先生的成均圖，對於古韻諸部的音轉，也就可以執簡御繁了。

〔九〕王力之研究：

　　王力著〈上古韻母系統研究〉一文，分古韻也爲二十三部，脂微分部是他的創見。王力脂微分部的標準是：

　　脂部以《廣韻》齊韻字爲主，加上脂、皆兩韻開口呼的字。
　　微部以《廣韻》微、灰兩韻字爲主，加上脂、皆兩韻合口呼的字。

　　下表是王力所分脂微兩部與《廣韻》系統的異同表：

廣韻系統	齊　　韻	脂　皆　　韻		微　　韻	灰　　韻	咍　　韻
等　　呼	開 合 口	開　　口	合口	開 合 口	合　　口	開　　口
上古韻部	脂		部 微			部
例 字	鷖奚稽繄啓汦體替弟棣黎濟妻犀迷睽	皆喈伊飢夷彝遲二利脂鴟示尸師資司私比眉	淮懷壞追衰惟遺虆悲脽歸毀唯雕	衣依晞幾豈祈頎威翠徽韋歸鬼非飛肥微尾	虺回嵬傀敦摧蓷雷隤	哀開凱

從鄭庠到王力，如果從分不從合，以章炳麟的二十三部加上王力的微部，得到古韻二十四部如下：

1. 之部	2. 幽部	3. 宵部	4. 侯部
5. 魚部	6. 支部	7. 脂部	8. 質部
9. 微部	10. 沒部	11. 歌部	12. 月部
13. 元部	14. 諄部	15. 眞部	16. 耕部
17. 陽部	18. 東部	19. 冬部	20. 蒸部
21. 侵部	22. 緝部	23. 談部	24. 盍部

以上諸家，代表著古音學上最重要的一派，這一派比較地注重材料的歸納，"不容以後說私意參乎其間"。推重這一派的人往往稱這一派的結果爲增之無可復增，減之無可復減。不管他們是否眞的無可增減，卻是代表了清代三百年考古派古韻分部最後的結果。

前賢另一派古韻學家，以戴震與黃侃爲代表，具體的說，這一派的特點就是陰陽入三分，也就是把入聲獨立成部。陰陽兩分法與陰陽入三分法的根本分歧，根據王力的說法，是由於前者是純然依照先秦韻文作客觀的歸納，後者則是在前者的基礎上，再按著語音系統逕行判斷。在這裡應該把韻部和韻母系統區別開來，韻部以能互相押韻爲標準，所以只依照先秦韻文作客觀歸納就夠了；韻母系統則必須有它的系統性（任何語言都有它的系統性），所以研究古音的人必須從語音的系統性著眼，而不能專憑材料。

具體說來，兩派的主要分歧，表現在職、覺、藥、屋、鐸、錫六部是否獨立。這六部都是收音於－k 的入聲字。如果併入了陰聲，我們怎樣了解陰聲呢？如果說陰聲之、幽、宵、侯、魚、支六部既以元音收尾，又以清塞音－k 收尾，那麼，顯然不是同一性質的韻部，何不讓它們分開呢？況且收音於－p 的緝、葉；收音於－t 的質、物、月都獨立起來了，只有收音於－k 的不讓它們獨立，在理論上也講不通。既然認爲同部，就必須認爲收音是相同的。要末像孔廣森那樣，否認上古有收－k 的入聲（孔氏同時還否認上古有收－t 的入聲，這裡不牽涉到收－t 的問題，所以只談收－k 的問題。），要末就像西洋某些漢學家所爲，連之、幽、宵、侯、魚、支六部都認爲是收輔音的（例如西門華德〔Walter Simon〕和高本漢〔B. Karlgren〕。西門做得最徹底，六部都認爲是收濁擦音－ɣ；高本漢顧慮到開口音節太少了，所以只讓之、幽、宵、支四部及魚部一部分收濁塞音－g。）。我們認爲兩種做法都不對；如果像孔廣森那樣，否定了上古的－k 尾，那麼中古的－k 尾怎樣發展來的呢？如果像某些漢學家那樣，連之、幽、宵、侯、魚、支六部都收塞音（或擦音），那麼，上古漢語的開口音節那樣貧乏，也是不能想像的。王力之所以放棄了早年的主張，採用了陰陽入三聲分立的說法，就是這個緣故。

　　下面分別敘述審音派古韻學家之古韻分部於下：

〔十〕戴震之研究：

　　戴震著《聲韻考》與《聲類表》，其《聲類表》分古韻爲九類二十五部。其九類二十五部與《廣韻》各韻之關係如下：

(一) **阿** 平聲歌、戈、麻 ⎤
(二) **烏** 平聲魚、虞、模 ⎬ 第一類歌、魚、鐸之類
(三) **堊** 入聲　　　　鐸 ⎦

(四) **膺** 平聲蒸、登 ⎤
(五) **噫** 平聲之、咍 ⎬ 第二類蒸、之、職之類
(六) **億** 入聲職、德 ⎦

(七) **翁** 平聲東、冬、鍾、江 ⎤
(八) **謳** 平聲尤、侯、幽 ⎬ 第三類東、尤、屋之類
(九) **屋** 入聲屋、沃、燭、覺 ⎦

(十) **央** 平聲陽、　　　唐 ⎤
(士) **夭** 平聲蕭、宵、肴、豪 ⎬ 第四類陽、蕭、藥之類
(土) **約** 入聲　　　　藥 ⎦

(圭) **嬰** 平聲庚、耕、清、青 ⎤
(圥) **娃** 平聲支、　　　佳 ⎬ 第五類庚、支、陌之類
(盂) **厄** 入聲陌、麥、昔、錫 ⎦

(共) **殷** 平聲眞、臻、諄、文、欣、魂、痕、
　　　　　先 ⎤
(七) **衣** 平聲脂、微、齊、皆、灰 ⎬ 第六類眞、脂、質之類
(大) **乙** 入聲質、術、櫛、物、迄、沒、屑 ⎦

(尤)	**安**	平聲元、寒、桓、刪、山、仙	
(二十)	**藹**	去聲祭、泰、夬、廢	第七類元、祭、月
(三)	**遏**	入聲月、曷、末、黠、鎋、薛	之類

(三)	**音**	平聲侵、鹽、添	
(三)	**邑**	入聲　　　緝	第八類侵、緝之類

(三四)	**醶**	平聲覃、談、咸、銜、嚴、凡	
(三五)	**諜**	入聲合、盍、洽、狎、業、乏	第九類覃、合之類

　　戴震九類二十五部最大的特點，就是陰、陽、入三分，使入聲各部從陰聲各部獨立起來。除此之外，戴震的創見，就只有藹部的獨立，還算是改進段玉裁的地方。但是仍不夠精密，因為縱在陰陽入三分的情況下，也只能將藹、遏二部合為一部，因為無論從諧聲或《詩經》的押韻來看，這兩部都無法分開的。故嚴格說來，戴氏除將入聲獨立確為有功外，其他各部則似密而實疏。他不肯接受段玉裁的尤、侯分部；眞、諄分部的結果。就是太相信自己審音能力的疏忽了。當然他以等韻來觀察古韻分部，仍有他可取的地方，這裡我們就不詳細敘述了。

〔十一〕黃侃之研究：

黃侃著《音略》分古韻爲二十八部。黃氏繼承顧江以下諸人及餘杭章太炎氏研究的結果，考古與審音兩方面皆能兼顧。他的古韻分部，實際上是以餘杭章氏的二十三部爲基礎，並採用戴震陰、陽、入三分的學說，故所得結果最爲圓滿，可以說是集清代古韻研究之大成了。黃侃曾說：

「古韻部類，自唐以前未嘗昧也。唐以後始漸茫然。宋鄭庠肇分古韻爲六部，得其通轉之大界，而古韻究不若是之疏，爰逮清朝，顧江戴段諸人畢世勤劬，各有啓悟，而戴君所得爲獨優，本師章氏論古韻廿三部，最爲瞭然，今復益以戴君所明，成爲二十八部。」《音略》

如前所說，戴震在古韻分部上的主要貢獻，就是陰、陽、入三分，黃侃既主戴震之說，所以他把入聲韻部都獨立了。下面是他的古韻二十八部。

陰聲部	入聲部	陽聲部
	屑	先
灰	沒	魂痕
歌 戈	曷 末	寒 桓
齊	錫	青
模	鐸	唐
侯	屋	東
蕭		
豪	沃	冬
咍	德	登
	合	覃
	怗	添

　　這二十八部，都是前有所承的，黃氏並說明他的二十八部根源云：

　　「今定古韻陰聲八、陽聲十、入聲十，凡二十八部，其所本如次：歌（顧炎武所立）灰（段玉裁所立）齊（鄭庠所立）模（鄭所立）蕭（江永所立）豪（鄭所立）咍（段所立）寒（江所立）痕（段所立）先（鄭所立）青（顧所立）唐（顧所立）東（鄭所立）冬（孔廣森所立）登（顧所立）覃（鄭所立）添（江所立）曷（王念孫所立）沒（章氏所立）屑（戴震所立）錫（戴所立）鐸（戴所立）屋（戴所立）沃（戴所立）德（戴所立）合（戴所立）怗（戴所立）此二十八部之立，皆本昔人，曾未以臆見加入，至於本音讀法，自鄭氏以降，或多未知，故二十八部之名，由鄙生所定也。」

　　他的二十八部，不僅是前有所承，即考之於《廣韻》亦有依據。因為「《廣韻》所包兼有古今方國之音，非並時同地得聲勢二百六種也。」《廣韻》既包含有古今方國之音，那末，古音自在其間。所以黃氏說：

　　　古本音即在《廣韻》二百六韻中，《廣韻》所收，乃包舉周、漢至陳、隋之音，非別有所謂古本音也，凡捨《廣韻》而別求古音皆妄也。（見劉賾《聲韻學表解》）

　　《廣韻》既包含有周、漢古音，自可即《廣韻》而求得古本音。黃氏自《廣韻》而求古本音之法，大致是這樣的：他據陳澧《切韻考》所定之《廣韻》四十　聲類，更進而考得影、曉、匣、見、溪、疑、端、透、定、泥、來、精、清、從、心、幫、滂、並、明等十九紐為正聲，其他各紐為變聲。更立一聲經韻緯表，察《廣韻》二百六韻之聲紐，凡僅有此正聲十九紐者而無變聲之韻或韻類，即為古本韻；其有變聲者，因本聲為變聲所挾而變，則為變韻。黃氏據此而考得《廣韻》二百六韻中僅有正聲而無變聲之韻，共得三十二韻（舉平入以賅上去）。此三十二韻之中，魂痕、寒桓、歌戈、曷末八韻互為開合，併其開合，則恰為二十八部。適與顧、江、戴、段諸人以及章氏所析，若合符節。故錢玄同稱揚之為「其說之不可易」（《文字學音篇》）。又因《廣韻》二百六韻中，此二十八部原為古本韻之韻，即以古本韻之韻目為題識。錢玄同說：

> 此古本韻韻目三十二字，實為陸法言所定之古韻標目，今遵用之，正其宜也。

自黃先生古本韻廿八部之說出，後世多有非難之者，其實後人所持非難之理由，多從片面立說，實絲毫無損黃氏立說之精確，在我的《古音學發微》一書裡，已有很詳細地辨白，此處不擬多說，讀者可自行參看，就可瞭然了。

黃氏後又發表〈談添盍怗分四部說〉一文，又察及《廣韻》談、敢、闞、盍四韻之切語，亦僅具有古本聲十九紐，而不雜有變聲的韻。故主張談、盍兩部，應從他二十八部當中的添、怗兩部中分出來。從文字諧聲上看來，這兩部的獨立是有必要的。大體說來，黃氏所分的談部，是以談、銜兩韻的字為主，另收嚴、鹽兩韻一部分字；黃氏的添部，是以添、咸兩韻的字爲主，再加嚴、鹽兩韻另一部分字。盍部則以盍、狎韻字爲主，另收葉、業韻一部分字；怗部則以怗、洽韻字爲主，另加葉、業兩韻其他部分的字。這是四部的界限，故黃氏晚年是主張分古韻爲三十部的。

〔十二〕陳新雄之研究：

　　陳氏著《古音學發微》分古韻爲三十二部，即基於黃侃晚年三十部的基礎上，加上王力所分的微部，姚文田的覭部（亦即黃永鎮的肅部，錢玄同的覺部），姚文田的覭部，事實上就是把黃侃肅部的入聲獨立就是了。這一點王力在《漢語史稿》裏也是這樣做的，名稱上我們採用錢玄同與王力的名稱，叫它爲“覺”部，因爲“覭”與“肅”都不是《廣韻》的韻目，“覺”則正是《廣韻》的入聲韻目，合於我們命名的規範。王力的微部，則是把黃氏的灰部，別作脂、微兩部，這兩部的區別，前面介紹王力的古音學說時，已經介紹過了，這裏就不再重複了。

　　茲將筆者所訂的古韻三十二部與鄭庠以下各家古韻分部，列表比較於下：

鄭庠 六部	顧炎武 十部	江永 十三部	段玉裁 十七部	孔廣森 十八部
				併于合
		覃十三	覃 八	談 九
				合十八
侵 六	侵 十	侵十二	侵 七	緝 七
	併于魚		侯 四	侯十四
		尤十一	尤 三	幽十五
蕭 五	蕭 五	蕭 六	蕭 二	脂十六
		元 五	元十四	原 一
			諄十三	
眞 四	眞 四	眞 四	眞十二	辰 三
	歌 六	歌 七	歌十七	歌 十
魚 三	魚 三	魚 三	魚 五	魚十三
			之 一	之十七
			併于眞	
			脂十五	脂十二
支 二	支 二	支 二	支十六	支十一
	蒸 九	蒸 十	蒸 六	蒸 八
	耕 八	庚 九	庚十一	丁 二
	陽 七	陽 八	陽 十	陽 四
				冬 六
東 一	東 一	東 一	東 九	東 五

王念孫廿一部	江有誥廿一部	章太炎廿三部	王力二十四部
盍十五	葉三十	盍廿三	葉廿四
談四	談廿九	談廿二	談廿三
緝十六	緝廿一	緝廿八	緝廿二
侵三	侵十八	侵廿七	侵廿一
侯十九	侯四	侯十三	侯四
幽二十	幽三	幽十五	幽二
宵廿一	宵廿三	宵廿一	宵廿二
元九	元十	寒十二	元十三
諄八	文十一	諄九	文十四
真七	真十二	真六	真十五
歌十	歌六	歌十	歌十一
魚十八	魚五	魚一	魚五
之十七	之一	之十九	之一
祭十四	祭九	泰十一	月十二
至十三		至五	質八
		隊七	物十
			微九
脂十三	脂八	脂八	脂七
支十一	支七	支三	支六
蒸二	蒸十七	蒸十二	蒸二十
耕六	庚十三	青四	耕十六
陽五	陽十四	陽二十	陽十七
	中十六	冬十六	冬十九
東一	東十五	東十四	東十八

戴震二十五部	黃侃三十部	陳新雄卅二部
	蓋 廿九	蓋 卅一
謀 廿五	怗 廿七	怗 廿九
	談 三十	談 卅二
膺 廿四	添 廿八	添 三十
邑 廿三	合 廿五	緝 廿七
音 廿二	覃 廿六	侵 廿八
屋 九	屋 十七	屋 十七
	侯 十五	侯 十六
		覺 廿三
讍 八	蕭 十六	幽 廿二
約 十二	沃 二十	藥 二十
夭 十一	豪 十九	宵 十九
安 十九	寒桓 十八	元 三一
	魂痕 五	諄 九
殷 十六	先 二	真 六
阿 一	歌戈 七	歌 一
堊 三	鐸 十三	鐸 十四
烏 二	模 十二	魚 十三
億 六	德 廿三	職 廿五
噫 五	哈 廿二	之 廿四
退 廿一		
藹 三十	曷末 六	月 二
	屑 一	質 五
乙 十八	沒 三	沒 八
		微 七
衣 十七	灰 四	脂 四
厄 十五	錫 十	錫 十一
娃 十四	齊 九	支 十
膺 四	登 廿四	蒸 廿六
嬰 十三	青 十一	耕 十二
央 十	唐 十四	陽 十五
	冬 廿一	冬 廿三
翁 七	東 十八	東 十八

　　至於三十二部的讀法，我在〈論談添盍怗分四部說〉一文，對於各部的主要元音與韻尾，曾作如下的擬測：

韻尾＼元音	－0	－k	－ŋ	－u	－uk	－uŋ	－i	－t	－n	－p	－m
ə	ə 之	ək 職	əŋ 蒸	əu 幽	əuk 覺	əuŋ 冬	əi 微	ət 沒	ən 諄	əp 緝	əm 侵
ɐ	ɐ 支	ɐk 錫	ɐŋ 耕	ɐu 宵	ɐuk 藥	ɐuŋ 0	ɐi 脂	ɐt 質	ɐn 眞	ɐp 怗	ɐm 添
a	a 魚	ak 鐸	aŋ 陽	au 侯	auk 屋	auŋ 東	ai 歌	at 月	an 元	ap 盍	am 談

　　至於介音，一等應無任何介音，二等有- r -介音，三等有- ǐ -介音，四等有- i -介音；開口沒有- u -介音，合口則有- u -介音。以元部字為例，當如下表：

	開　口	合　口
一等	干 k a n	官 k u a n
二等	間 k r a n	關 k r u a n
三等	愆 k ǐ a n	眷 k ǐ u a n
四等	肩 k i a n	蠲 k i u a n

　　下面是幾項韻轉的規律：

(1)　古韻同部，謂之疊韻，音可通轉。

(2)　古韻對轉旁轉者，音可通轉。

(3)　古韻旁對轉者，音問可通轉。

第二節　訓詁與聲韻之關係

　　訓詁音聲，相爲表裡，故欲明訓詁，必先知音。文字有形音義三要素，而音實爲其樞紐，非音無以知形，非音無以明義，故音實爲溝通形義之要素，無音爲之溝通，則形常與義隔。

　　顧炎武〈答李子德書〉云：「讀九經必自考文始，考文自知音始。」

　　錢大昕〈潛研堂答問〉云：「古人因文字而定聲音，因聲音而得訓詁，其理一以貫之。」

　　戴震〈答秦尚書惠田論韻書〉云：「字書主於詁訓，韻書主於音聲，然二者恒相因，音聲有不隨故訓變者，則一音或數義，音聲有隨故訓而變者，則一字或數音。大致一字既定其本義，則外此音義引申，咸六書之假借。其例或義由聲出。如胡字，惟《詩》「狼跋其胡」，《考工記》「戈胡」、「戟胡」用本義。至於「永受胡福」，義同「降爾遐福」，則因胡遐一聲之轉，而胡亦從遐爲遠。「胡不萬年」「遐不眉壽」，又因胡遐何一聲之轉，而胡遐皆從爲何。……凡故訓之失傳者，於此亦可因聲而知義矣。」

　　段玉裁〈廣雅疏證序〉云：「治經莫重於得義，得義莫切於得音。」

　　王念孫〈廣雅疏證自序〉云：「竊以訓詁之旨，本於聲音，故有聲同字異，聲近義同，雖或類聚群分，實亦同條共貫，譬如振裘必提其領，舉網必挈其綱。故曰：本立而道生。知天下之至賾而不可亂也。此之不寤，則有字別爲音，音別爲義，或望文虛造，或違古義。或墨守成訓而尟會通，易簡之理既失，而大道多歧矣。」

　　王引之〈經義述聞自序〉云：「詁訓之旨，存乎聲音，字之聲同聲近者，經傳往往假借，學者以聲求義，破其假借之字，而讀以本字，則渙然冰釋。」

　　上來所引清代學者的話，都十分強調聲韻對訓詁的重要。故黃季剛先生說：「凡以聲音相訓者，爲眞正之訓詁，反是即非眞正之訓詁。」因爲音義同條共貫的關係，所以不明聲，就無從徹底瞭解訓詁了。曾國藩〈聖哲畫像圖記〉謂高郵王氏父子集小學訓詁之大成。是其訓詁最精，今舉王引之《經義述聞》數例，以見一般。

彌綸天地之道

　　《易》與天地準，故能彌綸天地之道。京房注曰：「彌、遍也；綸、知也。」引之謹案：綸讀曰論。《大戴禮•保傅篇》：「不論先聖王之德，不知君國畜民之道。」論亦知也。《荀子•解蔽篇》：「坐於室而見四海，處於今而論久遠。」論久遠，知久遠也。《呂氏春秋•直諫篇》：「凡國之存也，主之安也，必有以也。不知所以，雖存必亡，雖安必危，所以不可不論也。」《淮南•說山篇》：「以小明大，以近論遠。」高注並曰：「論、知也。」古字多借綸爲論。（〈屯象傳〉君子以經綸。〈中庸〉經綸天下之大經。《釋文》並曰：論本亦作綸。〈樂記〉使其文足論而不息。《史記•樂書》論作綸。）《說文》曰：「惀、欲知之貌。」聲義亦與論同。下文曰：「仰以觀於天文，俯以察於地理，是故知幽明之故，原始反終，故知死生之說，精氣爲物，游魂爲變，是故知鬼神之情狀。」正所謂遍知天地之道也。荀爽注曰：「綸、跡也。」亦謂蹤跡而知之也。若王肅訓綸爲裏，虞翻訓綸爲絡，孔穎達訓彌綸爲彌縫補合，經綸牽引，望文生義，胥失之矣。

湯湯洪水方割　小民方興　方興沈酗于酒　方行天下　方告無辜于上

　　湯湯洪水方割。〈傳〉曰：「言大水方方爲害。」〈微子〉小民方興，相爲敵讎。〈傳〉曰：「小人各起一方，共爲敵讎。」方興沈酗于酒。〈傳〉曰：「四方化紂沈湎。」〈立政〉方行天下，至于海表，罔有不服。〈傳〉曰：「方、四方也。」〈呂刑〉方告無辜于上。〈傳〉曰：「眾被戮者，方方各告無罪于天。」家大人曰：「方讀爲旁。旁之言溥也，遍也。《說文》曰：『旁、溥也。』旁與方古字通。（〈堯典〉共工方鳩僝功。《史記·五帝紀》作旁。〈皋陶謨〉方施象刑惟明。《新序·節事篇》作旁。〈士喪禮〉牢中旁寸。鄭注：『今文旁爲方。』）〈商頌·玄鳥〉篇：「方命厥后。」鄭箋曰：「謂遍告諸侯。」是方爲遍也。湯湯洪水方割，言洪水遍害下民也。小民方興相爲敵讎，言小民遍起，相爲敵讎也。《史記·宋世家》方作並，並亦遍也。方興沈酗于酒，言殷民遍起沈酗于酒也。方行天下，至于海表，罔有不服。言遍行天下至于海表也。〈齊語〉曰：『君有此土也，三萬人以方行天下。』《漢書·地理志》曰：『昔在黃帝作舟車，以濟不通，旁行天下。』其義一也。方告無辜于上，言遍告無辜于天也。《論衡•變動》篇引此方作旁，旁亦遍也。〈傳〉說皆失之。

小人之依　鞠子哀

〈無逸〉先知稼穡之艱難乃逸，則知小人之依。引之謹案：依、隱也。（古音微與殷通，故依隱同聲。《說文》衣、依也。《白虎通義》衣者隱也。）謂知小人之隱也。《周語》勤恤民隱。韋注曰：「隱、痛也。小人之隱，即上文稼穡之艱難，下文所謂小人之勞也。云隱者，猶今人言苦衷也。〈傳〉曰：「知小人之依怙。」如此則經文當增所字矣。且下文曰：「舊為小人，爰知小人之依。」以其為小人之隱衷，故身為小人，備嘗艱苦，乃得知之。若僅云稼穡為小人之所依怙，則亦易知耳，何待為小人而後知哉！〈傳〉釋「則知小人之依」則以為依稼穡；釋「爰知小人之依」則以為依仁政。同一「小人之依」而前後異義，蓋昧於古訓，所以說之多歧也。

古聲哀如依，故依亦作哀。〈康誥〉曰：「兄亦不念鞠子哀」，言不念稚子之隱也。〈傳〉曰：「不念稚子之可哀。」蔡〈傳〉又曰：「不念父母鞠養之勞。」案經曰：「鞠子哀」不曰：「鞠子可哀」，則〈傳〉說非也。〈釋言〉曰：「鞠、稚也。」〈顧命〉「無遺鞠子羞。」與此鞠子同，則蔡說亦非也。

冒疾以惡之

人之有技，冒疾以惡之。家大人曰：「惡字若讀為好惡之惡，則與冒疾意相複，冒當讀為媢，《說文》：媢、相毀也。《玉篇》烏古切，《廣韻》作諰烏路切，云相毀也。《說文》作諰，《漢書・衡山王傳》注曰：『惡謂讒毀之也。』是諰惡古字通。以猶而也。言嫉妒人之有技而讒毀之。下文云：人之彥聖而違之俾不達。義與此同也。〈傳〉〈疏〉及〈大學疏〉皆以惡爲憎惡，失之。《襄二十六年左傳》『大子痤美而很合，左師畏而惡之。』《昭二十七年傳》『郤宛直而和，鄢將師與費無極比而惡之。』皆謂讒毀之也。《呂氏春秋》《韓子》《戰國策》《史記》《漢書》皆謂相毀爲惡。」

武王載斾

武王載斾。毛傳曰：「斾、旗也。」。《荀子・議兵》篇、《韓詩外傳》引並作武王載發，《說文》引作武王載坺。引之謹案：發、正字也。斾、坺皆借字也。發謂起師伐桀也。〈豳風・七月〉箋曰：「載之言則也。」武王載發，武王則發也。《漢書・律歷志》述周武王伐紂之事曰：「癸巳、武王始發。」與此發字同義。《史記・殷本紀》曰：「湯自把鉞以伐昆吾，遂伐桀。」即本此詩。武王載發，有虔秉鉞之文，史公言把鉞而不言載斾，則所見本不作斾可知。

章太炎先生《國學略說・小學略說》也曾說過：「古人自稱曰我、曰吾、曰卬、曰言，我、吾、卬、言，初造字時，實不相關，言語轉變，遂皆成我義。低卬之卬，言語之言，豈爲自稱而造？因各地讀音轉變而假借耳。又古人對人稱爾、稱女、稱戎、稱若、稱而。說文爾作尒，既作尒爲對人之稱，其餘皆因讀音轉變而孳生之字；女即借用男女之女，戎即借用戎狄之戎，若即借用擇菜之若，而即借用須髯之而，古無彈舌音，女戎若而，皆入泥母。以今音準之，你音未變，戎讀爲奴、爲儂，而讀爲奈，皆入泥母，今蘇、滬、江、浙一帶，或稱奈、或稱你、或稱奴、或稱儂，則古今音無甚異也。……陰陽對轉乃言語轉變之樞紐，言與我、吾與卬，亦陰陽對轉也。語言不同，一字變成多字。」

　　字之未造，音已先之，則音讀流轉，字面遂有不同，若不即音求字，而膠著於字形，宜其有不能相通，而致大惑終身不解者矣。

　　日本藤堂明保博士著《漢字語源辭典》以爲古音陰陽入同類的字，往往爲同一語根的同源詞，例如像"儓"（定母職部）"代"（定母職部）"忒"（透母職部）"貸"（透母職部）"滕"（定母蒸部）"藤"（定母蒸部）"繩"（定母蒸部）"蠅"（定母蒸部）這一系列的字，都具有一種基本的意義，就是互相糾纏不休的意義。所以這些字都是同源詞。這就很能撇開字形而論字音，故能得精髓，也正是現代訓詁學亟宜研究之課題也。

　　蓋既音在字先，古人造字赴音，則同一語根，自可孳生多字。例如"橫暴強梁"一義，或寫作"畔援"《詩・大雅・皇矣》「帝謂文王，無然畔援。」箋：「畔援猶跋扈也。」或作"畔換"，《漢書・敘傳》「項氏畔換。」注：「師古曰：畔換、強恣之貌，猶言跋扈也。」或言"跋扈"，《文選・張衡・東京賦》「睢盱跋扈。」或言"伴奐"《詩・大雅・卷阿》「伴奐爾游矣，優游爾游矣。」箋：「伴奐、自放恣之貌。」或作"叛換"《文選・左思・魏都賦》「雲徹叛換。」張注：「叛換、猶怒恣也。」一

作 "伴換" 《玉篇》「《詩》無然伴換。伴換猶跋扈也。」一作
"橫暴" 《後漢書・朱浮傳》注：「跋扈猶暴橫也。」又作「橫
畔" 《文選・揚雄・長楊賦》「東夷橫畔。」

　　又如「往來不進」一義，或作 "徘徊" 《廣雅・釋訓》「徘
徊、便旋也。」或作 "裴回"《漢書・司馬相如傳》「弭節裴回。」
一作 "俳佪" 《漢書・高后紀》「俳佪往來。」注云「傍偟不進
之貌。」是又可作 "傍偟"，亦作 "彷徨"《莊子・逍遙遊》「彷
徨乎無爲其側。」一作 "方皇" 《莊子・達生》「野有彷徨。」
釋文：「本作方皇。」又作 "方羊"《莊子・逍遙遊》崔本作 "方
羊"。又作 "旁皇" 《史記・禮書》「旁皇周浹。」索隱：「旁
皇猶徘徊也。」

　　上來所舉各例，如果不明聲韻，去查字典，那真要不勝其煩
了。所以我們講訓詁，強調聲韻的重要，其道理也在於此。高郵
王氏父子所以能集小學訓詁之大成，也就是因爲他們正確地體認
出「詁訓之旨，存乎聲音」的道理了。不懂聲韻，固然有望文生
義之病，但過於依賴古音通假，也會造成問題。茲引王力〈訓詁
學上的一些問題〉一文中所談到的 "關於古音通假" 一段爲例，
以說明過於依仗古音通假的毛病。王氏說：

　　　　望文生義，穿鑿附會，這是注釋家的大忌。但是，古音通
　　　　假說恰恰是穿附者的防空洞。有些注釋家以古音通假的理
　　　　論爲護符，往往陷於穿鑿附會而不自覺，這是非常令人感
　　　　到遺憾的事。
　　　　古音通假說的廣泛應用，開始於王念孫、王引之父子。王

引之説：“許氏《説文》論六書假借曰：『本無其字，依聲託事，令長是也。』蓋無本字而後借他字，此謂造作文字之始也。至於經典古字，聲近而通，則有不限於無字之假借者。往往本字現存，而古本則不用本字，而用同聲之字。學者改本字讀之，則怡然理順；依借字解之，則以文害辭。是以漢世經師作注，有‘讀爲’之例，有‘當作’之條，皆由聲同聲近者，以意逆之而得其本字，所謂好學深思，心知其意也。然亦有改之不盡者，迄今考之文義，參之古音，猶得更而正之，以求一心之安，而補前人之闕。”這一個學説標誌著中國語言學發展的一個新階段，它擺脫了文字形體的束縛，把語音跟詞義直接聯繫起來。這樣做，實際上是糾正了前人把文字看成直接表示概念的唯心主義觀點。王氏父子的成績是應該加以肯定的。

王氏父子治學是謹嚴的。事實上他們不是簡單地把兩個聲同或聲近的字擺在一起，硬説它們相通，而是：㈠引了不少的證據；㈡舉了不少的例子。這樣就合於語言的社會性原則，而不是主觀臆斷的。當然在王氏父子的著作中也頗有可議之處，那些地方往往就是證據不足，例子太少，所以説服力就不強。後人沒有學習他們的謹嚴，卻學會了他們的“以意逆之”，這就是棄其精華，取其糟粕，變了王氏父子的罪人了。

爲了更好地説明問題，必須先弄清楚古音通假的性質。朱駿聲説：“假借濫於秦火，傳寫雜而失眞。”所謂假借或古音通假，説穿了就是古人寫別字。別字有形近而誤的，有聲近而誤的。正如現代所寫的別字一樣，形近而誤的別字較少，聲近而誤的別字較多。但是，無論如何，寫別字總是特殊情況，我們不能設想古書上有大量的別字。再說正如現代所寫的別字一樣，所謂聲近而誤，必須是同音字，至少是讀音十分近似的字，然後產生別字；如果僅僅是疊韻，而聲母相差較遠，或者僅僅是雙聲，而韻母相差較遠，就不能產生別字。例如北京人把"驅使"寫成"趨使"，"絕對"寫成"決對"，上海人和廣州人就不會寫這一類的別字，因爲它們在上海話和廣州話裏僅僅是疊韻，而聲母相差較遠。又如上海人把"過問"寫成"顧問"，把"陸續"寫成"絡續"，北京人就不會寫這類的別字，因爲它們在北京話裏僅僅是雙聲，而韻母相差較遠。因此同音字的假借是比較可信的；讀音十分相近（或者是既雙聲又疊韻，或者是聲母發音部位相同的疊韻字，或者是韻母相近的雙聲字）的假借也還是可能的。而談古音通假的學者們卻往往喜歡把古音通假的範圍擴大到一切的雙聲疊韻，這樣就讓穿鑿附會的人有廣闊的天地，能夠左右逢源，隨心所欲。雙聲疊韻（包括準雙聲、準疊韻）的機會是很多的，字與字之間常常有這樣那樣的瓜葛，只要注釋家靈機一動，大膽假設一下，很容易就能攀上關係。曾經有人認爲楊朱就是莊周，因爲"莊""楊"疊韻，"周""朱"雙聲；這樣濫用古音通假，不難把雞說成狗，把紅說成黃，因爲"雞""狗"雙聲，"紅""黃"雙聲；又不難把松說成桐，把旦說成晚，因爲"松""桐"疊韻，"旦""晚"

疊韻。這好像是笑話，其實古音通假的誤解和濫用害處很大，如果變本加厲，非到這個地步不止。在語音學知識比較不普遍的時代，雙聲疊韻的現象被塗上一層神祕的色彩，似乎一講古音通假，就能令人深信不疑。現在我們知道，單憑雙聲疊韻，並不能在訓詁上說明什麼問題。現在是重新考慮這個問題的時候了。

兩個字完全同音，或者聲音十分相近，古音通假的可能性雖然大，但是仍舊不可以濫用。如果沒有任何證據，沒有其他例子，古音通假的解釋仍然有穿鑿附會的危險。例如俞樾解釋《詩•魏風•伐檀》：“不稼不穡，胡取禾三百廛兮”，“不稼不穡，胡取禾三百億兮”，“不稼不穡，胡取禾三百囷兮”，以為“廛”同“纏”，“億”同“繶”，“囷”同“稇”，都是束的意思。（俞樾《群經平議》卷九）由於他這一說新穎可喜，許多注釋家都採用了它。但是，為什麼詩人這樣愛寫別字呢？為什麼這樣巧，在同樣的位置，一連寫了三個別字呢？像“億”字這樣普通的數目字，為什麼忽然變了個僻詞（繶），用了一個“僻義”（束）呢？《詩經》裏一共有六個地方用了“億”字，其餘五個地方的“億”字都不當“束”講，〈伐檀〉的“億”字偏要當“束”講，語言的社會性何在呢？何況“億”字用來形容禾黍之多，是《詩經》的習慣用法，《詩•周頌•豐年》：“豐年多黍多稌，亦有高廩，萬億及秭。”《詩•小雅•楚茨》：“我黍與與，我稷翼翼，我倉既盈，我庾維億。”難道這些地方的“億”字也都能解作“束”嗎？

"廛"之通"纏"，"囷"之通"稇"，也沒有什麼證據。依我看，〈伐檀〉一篇中的"廛、億、囷"，〈毛傳〉、〈鄭箋〉、〈孔疏〉都講得很對。關於"廛"，〈毛傳〉說："一夫之居曰廛。"關於"億"〈毛傳〉說："萬萬曰億"；〈鄭箋〉說："十萬曰億，禾秉之數。"（鄭箋較妥。）關於"囷"，〈毛傳〉說："圓者爲囷"；〈孔疏〉說："方者爲倉，故圓者爲囷"。我們試拿上面所舉《周頌·豐年》的"亦有高廩，萬億及秭"和《小雅·楚茨》"我倉既盈，我庾維億"來跟〈伐檀〉比較，可見"億"就是十萬個禾秉，"囷"就是倉廩之類，沒有什麼講不通的。"廛、億、囷"都當量詞用，並不像俞樾所說的"義亦不倫"。既然甚言其多，不妨誇張一些，俞氏所謂"三百夫之田其數太多"也不能成爲理由。總之，關於這三個字的解釋，實在用不著翻案。

古音通假說的優點和缺點既如上述，我們就應該正確地運用古音通假而防止它的流弊。」從王力這段話，我們可以說，"古音通假"的必要條件是聲音的相同或相近；但是只有必要條件，能否成立，猶未敢必。故其充分條件，乃有無通假之例證。因爲語言必有其社會性，所謂約定俗成者是也。它不可能離開社會而孤立的存在，故必求其社會使用之共同性，明白的說，就是要有充分的證據。

【附錄】
陳新雄　〈《禮記·學記》"不學博依不能安詩" 解〉

　　我的題目雖然是「《禮記·學記》 "不學博依不能安詩" 解」，但也願意附帶地談一談〈學記〉篇上其他的幾個小問題。現在請看學記下面的兩段原文。

　　　　大學之教也，時教必有正業，退息必有居學。不學操縵，
　　　　不能安弦；不學博依，不能安詩；不學雜服，不能安禮；
　　　　不興其藝，不能樂學。故君子之於學也，藏焉、脩焉、息
　　　　焉、遊焉。夫然，故安其學而親其師，樂其友而信其道，
　　　　是以雖離師輔而不反也。兌命曰：『敬孫務時敏，厥脩乃
　　　　來。』其此之謂乎！
　　　　今之教者，呻其佔畢，多其訊言，及于數進而不顧其安，
　　　　使人不由其誠，教人不盡其材，其施之也悖，其求之也佛。
　　　　夫然，故隱其學而疾其師，苦其難而不知其益也。雖終其
　　　　業，其去之必速，教之不刑，其此之由乎！

　　大學之教也以下句讀，依陳澔《禮記集說》；今之教者以下句讀，參考王引之《經義述聞》。這兩段文字，共有句讀、義詁等好幾個問題須提出來跟大家商討的。在研商各家解釋的優劣之前。我先舉《韓非子·外儲說右上》記載的一段故事，提出來供大家參考。《韓非子》說：

　　郢人有遺燕相國書者，夜書，火不明，因謂持燭者曰：『舉
　　燭。』“舉燭”非書意也，燕相國受書而悅之，曰：『舉
　　燭者，尚明也；尚明也者，舉賢而任之。』燕相白王，王
　　大悅，國以治。治則治矣，非書意也。今世學者，多似此
　　類。

　　這段故事，就是現今成語「郢書燕說」的由來。其實古人解
經，又何嘗不是有很多是“郢書燕說”的。所以韓非子才感喟地
說：「今世學者，多似此類。」類此學者，眞是何世無之。
　　現在請看《禮記注疏》的解釋：

　　注：「有居、有常居也。操縵、雜弄。博依、廣譬喻也。依
或作衣。雜服、冕服皮弁之屬。興之言喜也、歆也。藝爲禮樂射
御書數。藏謂懷抱之，脩、習也，息謂作勞休止於之息，遊謂閒
暇無事於之遊。敬孫，敬道孫業也。敏、疾也，厥、其也。學者
務及時而疾，而所脩之業乃來。呻、吟也。佔、視也。簡謂之畢，
訊猶問也。言今之師自不曉經之義，動云有所法象而已。務其所
誦多，不惟其未曉。由、用也，使學者誦之，而爲之說，不用其
誠。材道也。謂師有所隱也。易曰：兼三材而兩之，謂天地人之
道。教者言其非，則學者失問。隱，不稱揚也。不知其益，若無
益然。速、疾也，學不心解，則亡之易。刑猶成也。」

　　疏：「大學之教也時者，言教學之道，當以時習之。教必有
正業者，謂先王正典，非諸子百家，是教必用正典教之也。退息

必有居者，退息謂學者疲倦而暫休息，有居，謂學者退息必有常居之處，各與其友人同居，得相諮決，不可雜濫也。學不學操縵不能安弦者，此以下並正業積漸之事也。此教樂也，樂主和，故在前，然後須以積漸，故操縵為前也。操縵者，雜弄也。弦、琴瑟之屬，學之須漸。言人對學琴瑟，若不先學調弦雜弄，則手指不便，則不能安正其弦，先學雜弄，然後音曲乃成也。不學博依不能安詩者，此教詩法者，詩是樂歌，故次樂也。博、廣也，依謂依倚也，謂依附譬喻也。若欲學詩，先依倚廣博譬喻，若不學廣博譬喻，則不能安善其詩，以詩譬喻故也。不學雜服不能安禮等，此教禮法也。前詩後禮，亦其次也。雜服自袞而下，至皮弁朝服无端之屬，禮謂禮之經也。禮經正體在於服章，以表貴賤，今若欲學禮，而不能明雜衣服，則心不能安善於禮也。不興其藝不能樂學者，此總結上三事，並先從小起義也。興謂歆喜也，故《爾雅》云：“歆、喜、興也。”藝謂操縵，博依、六藝之等，若欲學詩書正典，意不歆喜其雜藝，則不能耽玩樂於所學之道。

呻其佔畢者，此明師惡也，呻、吟也，佔、視也，畢、簡也，故〈釋器〉云：“簡謂之畢。”言今之師不曉經義，但詐吟長詠以視篇簡而已。多其訊者，訊、問難也。既自不曉義理，而外不肯默然，故假作問難，詐了多疑，言若已有解之然也。言及于數者，數謂法象。既不解義理，若有所言，而輒詐稱有法象也。」

其次，請看陳澔的《禮記集說》：

「舊說，大學之教也時，句絕；退息必有居，句絕。今讀時字連下句，學字連上句，謂四時之教，各有正業，如春秋教以禮樂，冬夏教以詩書，春誦夏絃之類是也。絃也，詩也，禮也，此時教之正業也；操縵、博依、雜服，此退息之居學也。凡爲學之道，貴於能安，安則心與理融而成熟矣。然未至於安，則在乎爲之不厭，而不可有所輟也。操縵、操弄琴瑟之弦也。初學者手與弦未相得，故退息時，亦必操弄之不廢，乃能習熟而安於絃也。詩人比興之辭，多依託於物理，而物理至博也，故學者但講之於學校，而不能於退息之際，廣求物理之所依附者，則無以驗其實，而於詩之辭，必有疑殆而不能安者矣。雜服、冕弁衣裳之類，先王制作，禮各有服，極爲繁雜，學者但講之於學，而不於退息時，游觀行禮者之雜服，則無以盡識其制，而於禮之文，必有彷彿而不能安者矣。呻、吟諷之聲也，佔、視也，畢、簡也，訊、問也。言今之教者，但吟諷其所佔視之簡牘，不能通其縕奧，乃多發問辭以訊問學者，而所言又不止一端，故云言及于數也。」

最後，請參看孫希旦的《禮記集解》：

「張子曰：“依、聲之依永者也。服、事也。雜服、灑掃應對投壺沃盥細碎之事。”依當如張子讀爲聲依永之依，博依、謂雜曲可歌詠者也。雜服、謂私燕之所服，若深衣之屬也。操縵、非樂之正也，然不學乎此，則於手指不便習，而不能以安於琴瑟之弦矣。博依、非詩之正也，然不學乎此，則於節奏不嫻熟，而不能以安於詩矣。雜服、非禮之重也，然不學乎此，則於藝文不素習，而不能安於禮矣。

朱子曰：“數謂形名度數，欲以是窮學者之未知，非求其本也，注疏法象之說恐非。”呻其所視之簡畢，如徒務乎口耳之麤繁，稱乎度數，而不究乎義之本，則其教人也，不足以盡人之材，而使之有所成就矣。」

在我所引〈學記〉第一段文字中，除了"不學博依，不能安詩"這兩句，是我們要討論的主題，我想留在最後來商討外，仍有兩個小問題，想在這裏一併說明。第一是句讀問題，如果照注疏的舊讀，把開頭的幾句斷作"大學之教也時，教必有正業，退息必有居，學不學操縵，不能安弦。"很顯然的，注疏的舊讀，不如陳澔的《禮記集說》合理。照注疏的解釋，有居就是有常居之處，也算不得是一種甚麼特別教學法。而且下文"不學操縵，不能安弦；不學博依，不能安詩；不學雜服，不能安禮；不興其藝，不能樂學。"句法一律，今在"不學操縵"上，多一"學"字，亦覺文理不倫。所以，我以為陳澔的《集說》，較注疏的舊說要高明些，把時教釋為四時之教，居學解作燕居之學，也覺文從字順得多了。

其次一個問題是"雜服"到底是甚麼意思？孫希旦的《禮記集解》曾引張子說，把服釋作事，雜服就是灑掃應對投壺沃盥細碎之事。本來解得很好，可惜孫氏不從，又受舊說的影響，釋為私燕之所服。俞曲園的《群經平議》裏，關於雜服的解說，我想是比較容易懂而可以接受的。俞氏說：

> 冕服皮弁之屬，不可謂之雜服，且冕服皮弁之屬，在今人
> 視為絕學，誠費講求，在古人則所習見習聞也，有何可學
> 乎！此服字，止當從《爾雅·釋詁》"服、事也。"之訓，
> 雜服者，雜事也，洒掃應對，無一非禮，故必學雜事，然

後能安禮，馴而至於動容周旋，中禮不難矣。〈曲禮〉、〈少儀〉諸篇所所載，皆其事也。

在上所引〈學記〉第二段文字裏，既有訓釋的問題，也有句讀的問題，照注疏的解釋，爲師者之於經義，既多疑而不曉，且動輒使詐，那根本就不足以爲人師了。其實，這一段文字只在說明教者之不得法，並沒有絲毫意思說教者之本質不好。王引之《經義述聞》說：

佔讀爲笘，《說文》曰：『潁川人名小兒所書寫爲笘。』又曰：『笘、書僮竹笘也。』《廣雅》曰：『笘、篰也。』《春秋》齊陳書字子占，佔、占並與笘同，佔亦簡之類，故以佔畢連文，鄭以吟誦其所視之文，殆失之迂矣。
《禮記纂言》（元吳澄撰，三十六卷。）讀 "多其訊言" 爲句， "及于數進" 爲句，云 "數進謂數進之，學者未可進而又進之也。" 引之謹案：吳之句讀是也，而義尚未安。今案多其訊言者，《釋文》曰："訊字又作誶。"《爾雅》曰："誶、告也。" 誶本又作訊。〈陳風・墓門〉篇："歌以訊止。" 毛傳："訊、告也。" 訊本又作誶。〈小雅・雨無正〉篇："莫肯用訊。" 鄭箋曰："訊、告也。" 是訊與誶通，而同訓爲告也。多其訊言，猶云多其告語，謂不待學者之自悟而強語之，非謂多其問難也。"及于數進而不顧其安" 者，《隱元年公羊傳》曰："及猶汲汲也。"《爾雅》曰："數、疾也。" 鄭注〈曾子問〉曰："數讀爲速。"及于數進，謂汲汲於求速進也。

　　王引之的解釋，較之舊注釋"數"爲"法象"，《集說》之訓"數"爲"不止一端"，《集解》引朱子謂"數"爲"形名度數"，對於經義的了解，何啻天壤之別。

　　現在，我們討論本題"不學博依，不能安詩"這兩句。我想提出兩個問題：一、甚麼是"博依"？二、爲甚麼不學博依，就不能安詩？鄭注："博依、廣譬喻也。"博釋爲廣，自無疑義。依釋作譬喻，根據甚麼？考《說文》依訓倚。於是〈疏〉乃疏釋成"依謂依倚也，謂依附譬喻也，先依倚廣博譬喻。"鄭注只釋依爲譬喻，孔疏把依釋作依附，則譬喻二字無所著落，好像是憑空掉下來似的。《集說》云："詩人比興之辭，多依託於物理。"也是把依釋作依託。能進一步說到"詩人比興之辭"，尚不無發明。至於《集解》把"博依"說成"雜曲可歌詠者也。"並說"博依、非詩之正也，然不學乎此，則於節奏不嫻熟，而不能以安於詩矣。"簡直就是跑野馬，毫未熟思"不學博依，不能安詩"的文理，而竟把"博依"說成"非詩之正也"。豈不可笑！鄭注釋"依"爲"譬喻"是對的，只是沒有說出"依"何以可釋作"譬喻"的所以來。清焦循《禮記補疏》所說，我認爲很可以補充鄭注的不足。焦氏云：

　　　循案：《說文》；"衣、依也。"《白虎通》云："衣者、隱也。"《漢書‧藝文志》詩賦家有隱書十八篇。師古引劉向《別錄》云："隱書者，疑其言以相問對者，以慮思

之，可以無不諭。」《韓非子•難篇》云：「人有設桓公
隱者云：一難二難三難 。」《呂氏春秋•重言》篇云：
「荆莊王立三年，不聽而好讔。」高誘注云：「讔、謬言。」
下載成公賈之讔云：『「有鳥止于南方之阜，三年不動不
飛不鳴，是何鳥也？」王曰：」其三年不動，將以定志意
也。不飛，將以長羽翼也。不鳴，將以覽民則也。是鳥雖
無飛，飛將沖天，雖無鳴，鳴將駭人，賈出矣，不穀知之
矣。」明日朝，所進者五人，退者十人，群臣大悦。』《史
記•楚世家》亦載此事，爲伍舉曰願有進隱。裴駰〈集解〉
云：「隱謂隱藏其意。」時楚莊王拒諫，故不直諫，而以
鳥爲譬喻，使其君相悦以受，與詩人比興正同，故學詩必
先學隱也。其後淳于髡、鍾離春、東方朔皆善隱。司馬遷
以爲滑稽，蓋未識古人之學也。

　　焦循以「依」釋作「譬喻」乃「讔」字之假借，其說極是。
考《說文》無「讔」字，俗只作「隱」。《集韻》上聲十九隱：
「讔、廋語。倚謹切。」《康熙字典》言部：「讔、廋語也。」
並引劉向《新序》「齊宣王發隱書而讀之。」謂隱即讔字。考《說
文》：「隱、蔽也。从阜、㦤聲。」「㦤、謹也。从心㥯聲。」
「㥯、有所依也。从受工。」段玉裁注：「依㦤雙聲，又合韻最
近，此與阜部隱，音同誼近，隱行而㦤廢矣。《文心雕龍•諧隱》
篇云：「讔者、隱也；遯辭以隱意，譎譬以指事也。」從上所述，
讔就是廋語，就是譬喻。字或作讏，亦通作隱。《史記•滑稽列
傳》云：

淳于髠者，齊之贅婿也。長不滿七尺，滑稽多辯，數使諸
侯，未嘗屈辱。齊威王之時喜隱，好爲淫樂長夜之飲，沈
湎不治。委政卿大夫，百官荒亂，諸侯並侵，國且危亡，
在於旦暮，左右莫敢諫，淳于髠說之以隱曰：「國中有大
鳥，止王之庭，三年不蜚又不鳴，王知此鳥何也？」王曰：
「此鳥不飛則已，一飛沖天；不鳴則已，一鳴驚人。」

淳于髠說之以隱，不就是以一種譬喻來勸說齊威王嗎？

按鄭注博依之依，或作衣。依衣與殷隱聲多相通。《禮記•
中庸》：「武王纘大王王季之緒，壹戎衣而有天下。」鄭注：
「戎、兵也。衣讀如殷，聲之誤也。齊人言殷聲如衣，壹戎殷者，
壹用兵伐殷。」〈中庸〉的「壹戎衣」，就是《書•康誥》的「殪
戎殷」。可見衣殷古通。從殷之字，古亦作㲃。轅、車聲。或從
殷作轅。濦水出潁川陽城少室山東入潁，字亦從隱作濦、從殷作
濦。可見殷隱古通。《廣韻》八微韻：「依、於希切，倚也。」
《廣韻》十九隱韻：「隱、於謹切，藏也。」《集韻》上聲十九
隱韻，隱㥯同音倚謹切。考之周秦古音，依屬微部。高本漢《漢
文典》的擬音是：$^{\ast}\cdot\check{\imath}\,\partial\,r\diagup\cdot\check{\imath}\,\partial\,i\diagup y\,i\diagup$。我的擬音是：
$^{\ast}\,?\,j\,\partial\,i\diagup?\,j\,\partial\,i\diagup i\diagup$。㥯屬諄部。高氏的擬音是：$^{\ast}\cdot\check{\imath}$
$\partial\,n\diagup\cdot\check{\imath}\,\partial\,n\diagup y\,i\,n\diagup$。我的擬音是：$^{\ast}\,?\,j\,\partial\,n\diagup?\,j\,\partial\,n$
$\diagup i\,n\diagup$。無論是高氏的擬音，或我的擬音，依㥯二字的聲母、
介音、元音都相同，所不同的，只是韻尾罷了。因此在聲韻上的
相通是毫無問題的。

㥯既解作廋語，廋、《方言》云：「隱也。」《淮南子•詮

言訓》：「冒廋而無漑於志。」注：「瘦、隱也。」如此看來，廋語就是隱語，也就是不明說出來，用別的事物來作譬喻。《五代史・李業傳》說：「而帝方與業及聶文進、後贊郭允明等狎昵，多爲廋語相誚戲，放紙鳶于宮中。」孫覿〈何嘉會寺丞嫁遣侍兒襲明有詩次韻〉云：「廋語尙傳黃絹婦，多情在好紫髯翁。」廋語亦廋詞。曹鄴〈梅妃傳〉云：「江妃庸賤，以廋詞宣言怨望。」亦作廋辭。《國語・晉語五》云：「范文子暮退於朝，武子曰："何暮也？"對曰："有秦客廋辭於朝，大夫莫之能對也。吾知三焉。"」韋昭注：「廋、隱。謂以隱伏譎詭之言問於朝也。東方朔曰：非敢詆之，與爲隱耳。」《齊東野語》云：「古之所謂廋辭，即今之隱語，而俗謂之謎。」

　　上來所舉證，可見廋語就是隱語，也就是隱言，就是不明顯說出而曲爲譬喻，故此字從言隱會意，隱亦聲，乃會意兼形聲之字，故字作讔，也作㒤。博依就是博讔，也就是廣泛的譬喻。作詩之法有三，就是賦、比、興。譬喻就是比，如果學詩不先學會廣泛譬喻之法，就不善於作詩，也就是不能把詩作好。不善於比，純任於賦，自然就不能安善於詩了。

第四章　訓詁之方式

　　蘄春黃季剛先生云：「訓詁者，以語言解釋語言之謂。論其方式有三；一曰互訓，二曰義界，三曰推因。三者爲構成訓詁學之原因，常人日用而不知者也。」黃先生說的這三種方式，事實上就是漢代以前的學者解釋詞義的方式。今按黃先生所提示的先後次序，作一稍爲詳盡的介紹如下：

一、互　訓：

　　凡以古今雅俗之語，同義之字，相當之事，互相訓釋者，謂之互訓。一名翻譯。黃季剛先生〈訓詁概述〉云：「互訓亦可稱直訓。凡一意可以不同之聲音表現之，故一意可造多字，即此同意之字爲訓或互相爲訓，亦可稱代語。如《說文》："元、始也。　　兀、大也。"易言之，即訓始爲元，訓大爲兀亦可。只大爲普通義，人所易知；兀則非人所盡知耳。直訓之例，大抵皆義訓，義訓之字，必爲同類。如《爾雅》初、胎二字皆訓始，而初義爲裁衣，胎義爲受生，二字義同者，以裁衣之第一步與人生之第一步固無別也。」

　　劉師培先生《中國文學教科書·轉注釋例》云：「蓋上古之時，有語言而無文字，一義僅有一字，一物僅有一名，然南北東西之語言不能盡同，故有同一義而所言不同，亦有所言同，而音之出於喉舌間不同者；及有文字時，乃各本方言造文字，故義同而形不同者，音必相近，則以在未有文字前，僅為一字。試舉《爾雅》以證之，《爾雅‧釋詁》於字之一義數字者，互相訓釋。是蓋一義數字由於古代之時，雜取古今語言不同，及四方言語不同者，各本其音以造字耳。故二字義同，即可互相訓釋。」

　　陸宗達《簡明訓詁學》說：「互訓是同義詞相互解釋的一種釋詞方法。訓詁首先從同義詞的調查研究入手，在實際的語言材料裡找出同樣環境的詞，加以比較、綜合，然後用來互訓。」

　　這種互訓的方法，是取訓釋詞和被訓釋詞在詞義上相同的方面，但也無形中給比較它們不同方面提供了條件。比如《爾雅‧釋詁》：“疑、戾也。”這是根據《詩經‧小雅‧雨無正》“靡所止戾”和《大雅‧桑柔》“靡所止疑”這兩句詩而得出的。這兩句話都描述了國家滅亡，人民沒有安定處所的情形。“疑”和“戾”都表現了“安定”的意思。《爾雅》認為這兩個詞在同一語言環境中曾有過相同的意思，所以將它們互訓。又如《爾雅‧釋詁》：“詢、度、咨、諏、謀也。”這是根據《詩經‧小雅‧皇皇者華》中二至五章的末句“周爰咨諏”“周爰咨謀”“周爰咨度”“周爰咨詢”等幾句話中的“咨諏”“咨謀”“咨度”“咨詢”都當訪問講，所以這裡都是同義詞複用。《爾雅》就把它們綜合起來，作成了互訓的訓詁。當然，這種互訓，只是指在特定的語言環境下它們有相對的同義，並不等於它們在一切環境中絕對同義。但有了這種綜合，比較它們的不同之處也就有了條件。所以後代注《爾雅》的人，都很重視闡明這些互訓的詞有所區別之處，以免人們誤以他們爲絕對的同義而妄爲求訓。

　　除了同時代的語言可作互訓外，古今的異言也可以作互訓。《爾雅》在〈釋詁〉、〈釋言〉裡曾用司馬遷在《史記‧五帝本紀》中用以翻譯《尚書‧堯典》的文字，與〈堯典〉的原文比較，以今釋古，作出了許多互訓。試比較如下：

《堯典》原文	《五帝本紀》原文	《爾雅》
"協和萬邦"	"合和萬邦"	"協、合也。"
"欽若昊天"	"敬順昊天"	"欽、敬也。"
		"若、順也。"
"歷象日月星辰"	"數法日月星辰"	"歷、數也。"
"宅嵎夷"	"居鬱夷"	"宅、居也。"
"寅賓出日"	"敬道日出"	"寅、敬也。"
"厥民析"	"其民析 "	"厥、其也。"
"允釐百工"	"信飭百官"	"允、信也。"
"庶績咸熙"	"眾功皆興"	"庶、眾也。"
		"績、功也。"
		"咸、皆也。"
		"熙、興也。"
"共工方鳩僝功"	"共工旁聚布功"	"鳩、聚也。"
"有能俾乂"	"有能使治者"	"乂、治也。"
		"俾、使也。"
"方命圯族"	"負命毀族"	"圯、毀也。"
"師錫帝曰"	"眾皆言于堯曰"	"師、眾也。"

"帝曰俞"	"堯曰然"	"俞、然也。"
"克諧以孝"	"能和以孝"	"克、能也。"
"不格奸"	"不至奸"	"格、至也。"
"釐降二女于嬀汭"	"飭下二女於嬀汭"	"降、下也。"
		"于、於也。"

這種古今異言的互訓，是解釋詞義的一個較好的方法。它比較適應詞義概括性的特點，語言上也簡潔明瞭。所以，歷代的字典、辭書的編寫，以及古書注釋，都大量采用了這種方法。

這種對比出來的同義詞，如果恰好是一對一的關係，那末就可採用"A、B也；B、A也"的互訓公式。也就是最基本的互訓型式。像《說文》的例子：

"芨、菠也；菠、芨也。"	"茅、菅也；菅、茅也。"
"諫、証也；証、諫也。"	"柟、梅也；梅、柟也。"
"極、棟也；棟、極也。"	"栝、檷也；檷、栝也。"
"穀、楮也；楮、穀也。"	"棧、棚也；棚、棧也。"
"窾、空也；空、窾也。"	"何、儋也；儋、何也。"
"顙、額也；額、顙也。"	"爇、燒也；燒、爇也。"
"戇、愚也；愚、戇也。"	"纏、繞也；繞、纏也。"
"謹、譁也；譁、謹也。"	

以上諸例，在《說文》都屬同一部首的字，其實互訓的字，並不須在同一部首之中，只須同義就可以了。例如：

"善、吉也；吉、善也。"　　"謹、慎也；慎、謹也。"

"警、戒也；戒、警也。"　　"誠、敕也；敕、誠也。"

"猒、飽也；飽、猒也。"　　"逮、及也；及、逮也。"

"赦、置也；置、赦也。"　　"竝、併也；併、竝也。"

"慚、媿也；媿、慚也。"　　"寄、托也；托、寄也。"

"束、縛也；縛、束也。"　　"減、損也；損、減也。"

"逃、亡也；亡、逃也。"　　"問、訊也；訊、問也。"

"歌、詠也；詠、歌也。"

　　互訓的例子也不僅限於兩字互訓，三個字彼此互訓也是可以的。它的型式是 "A、B也；B、C也；C、A也。" 例如《說文》中的例子：

　　"論、議也；議、語也；語、論也。"

　　有一類互訓的字，爲了使意義更爲明確，乃在訓釋字上加上某些明確的字樣，變成 "A、某B也；B、某A也。" 或成爲 "A、某B也；B、A也。" 的型式。例如：

　　"芽、萌芽也；萌、艸芽也。"

　　"薪、艸薪也；薪、薪也。"

　　"榮、桐木也；桐、榮也。"

　　"枯、槁也；槁、木枯也。"

　　"驚、馬駭也；駭、驚也。"

"垣、墙也；墙、垣蔽也。"

"陬、阪隅也；隅、陬也。"

"根、木株也；株、木根也。"

"標、木杪末也；杪、木標末也。"

"橋、水梁也；梁、水橋也。"

"常、下裙也；裙、下常也。"

"紂、馬繜也；繜、馬紂也。"

這可以說是互訓的變例。另有一種，我們稱爲"遞訓"，它的型式是"A、B也；B、C也；C、D也；D、E也……"例如：

"禎、祥也；祥、福也；福、備也。"

"祿、福也；福、備也。"

"禠、福也；福、備也。"

"祉、福也；福、備也。"

如此說來，上面這些例子，我們把它合併起來，仍舊是"遞訓"。

"祿、福也；禠、福也；祉、福也；禎、祥也；祥、福也；福、備也。"

再根據"祿、禠、祉、祥"諸字皆訓"福"之型式觀察，則凡具有此一型式者，亦當屬於此類，不過我們給它一個名稱，稱之為"同訓"。例如《說文》：

　　"成、就也；造、就也。"　"轉、還也；償、還也。"

　　由這種"同訓"的例證以推，凡是具有"A、E也；B、E也；C、E也；D、E也。"這一型式的"同訓"字，理論上都可歸入此類。例如：

　　"憯、痛也。"　　　"悽、痛也。"　　　"悲、痛也。"
　　"惻、痛也。"　　　"愍、痛也。"
　　"恙、憂也。"　　　"憁、憂也。"　　　"恈、憂也。"
　　"惔、憂也。"　　　"惙、憂也。"　　　"愁、憂也。"
　　"悠、憂也。"　　　"悴、憂也。"　　　"慇、憂也。"
　　"忡、憂也。"　　　"悄、憂也。"　　　"患、憂也。"

　　還有一類"同訓"之詞，我們稱為"類訓"，但是這種類訓，是不可以反覆相訓的。例如《說文》：

　　"瓘、玉也。"　　　"璥、玉也。"　　　"瓊、亦玉也。"
　　"璐、玉也。"　　　"球、玉也。"

　　以上俱為玉，但不能反覆相訓，這是以類名釋私名之例，通常這種解釋是必不能顛倒的。訓詁專書中，《爾雅》是以此類互

訓爲其方式。像《釋詁》：「初、哉、首、基、肇、祖、元、胎、
俶、落、權輿、始也。」就是集合同義詞彼此互釋的。

上來所說，只是說明"互訓"所顯示於外的型式。至於要如
何互訓，則可從下列諸端著手：

（一）　**以今語釋古語**：

《孟子•滕文公下》：「《書》曰：『洚水警余。』洚水者，
洪水也。」段玉裁《說文解字注》云：「洪水、洚水也。从水共
聲。洚水不遵道，〈堯典〉〈皋陶謨〉皆言洪水，《孟子》以洪
釋洚，許以洚釋洪，是曰轉注。」

《說文》文三上：「爾、麗爾，猶靡麗也。」段玉裁注：「麗
爾，古語，靡麗，漢人語，以今語釋古語，故云猶。」

（二）　**以通語釋方言**：

《方言•一》：「黨、曉、哲、知也。楚謂之黨，或曰曉，
齊宋之間謂之哲。」

「敦、豐、厖、𡴥、幠、般、嘏、奕、戎、京、奘、將、大
也。凡物之大貌曰豐，厖，深之大也，東齊海岱之間曰𡴥，或曰
幠。宋魯陳衛之間謂之嘏，或曰戎。秦晉之間，凡物壯大謂之嘏，
或曰夏。秦晉之間，凡人之大謂之奘，或謂之壯。燕之北鄙，齊
楚之郊，或曰京，或曰將，皆古今語也。初別國不相往來之言也，
今或同。而舊書雅記不失其方，而後人不知，故爲之作釋也。」

「娥、𡣪、好也。秦曰娥，宋魏之間謂之𡣪，秦晉之間，凡
好而輕者謂之娥，自關而東，河濟之間謂之媌，或謂之姣。趙魏

燕代之間曰姝，或曰姤。自關而西，秦晉之故都曰妍，好其通語
也。」

（三）　**以狹義釋廣義：**

《禮記・樂記》：「故曰：樂者，樂也。君子樂得其道，小
人樂得其欲，以道制樂，則樂而不亂；以欲忘道，則惑而不樂。」
鄭注：「道謂仁義也；欲謂邪淫也。」

《論語・陽貨》：「君子學道則愛人，小人學道則易使也。」
注：「道謂禮樂也。」

《荀子・議兵》：「由其道則行，不由其道則廢。」楊注：
「道即禮也。」

（四）　**以廣義釋狹義：**

《詩・周南・關雎》：「悠哉悠哉！輾轉反側。」傳：「悠、
思也。」

《詩・周南・卷耳》：「嗟我懷人，寘彼周行。」傳：「懷、
思也。」

按《說文》悠訓「憂也。」謂憂思也。《爾雅・釋訓》：「悠
悠洋洋、思也。」〈小雅〉：「悠悠我里」傳曰：「悠悠、憂也。」
段注《說文》謂「此傳乃悠之本義，〈渭陽〉"悠悠我思"無傳，
蓋同〈釋訓〉。」懷訓「念思」，念思者，不忘之思也。憂思、
懷思皆思之一端，今以廣義之思釋之是也。

《詩・小雅・伐木》：「相彼鳥矣，猶求友聲。」箋云：「相、
視也。」

《詩・小雅・瞻彼洛矣》：「瞻彼洛矣，維水泱泱。」箋云：「瞻、視也。」

《詩・小雅・大東》：「維天有漢，監亦有光。」箋云：「監、視也。」

《詩・大雅・大明》：「上帝臨女，無貳爾心。」箋云：「臨、視也。」

按《說文》：「相、省視也；瞻、臨視也；監、臨下也；臨監也。」相、瞻、監、臨四字雖皆爲視，然視之程度與狀態皆不相同，今以一廣義之“視”字釋之是也。

㈤　**以私名釋類名：**

《論語・陽貨》：「禮云禮云，玉帛云乎哉！」鄭注：「玉、璋圭之屬也。」

《禮記・曲禮下》：「君無故玉不去身。」疏：「玉謂佩也。」

《國語・吳語》：「執玉之君皆入朝。」韋注：「玉、珪、璧也。」

㈥　**以類名釋私名：**

《說文》：「瓘、玉也；璜、玉也；瑛、玉也。」是也。

《詩・鄭風・將仲子》：「將仲子兮，無踰我里。無折我樹杞。」傳：「杞、木名也。」

《詩・魏風・伐檀》：「不狩不獵，胡瞻爾庭有縣鶉兮。」傳：「鶉、鳥也。」

(七)　**以今字釋古字：**

《詩‧大雅‧民勞》：「民亦勞止，汔可小愒。」傳：「愒、息。」按蘇軾〈除呂大防左僕射麻制〉云：「天維顯思，將啓承平之運；民亦勞止，願聞休息之期。」引《詩經》，而以 "休息" 釋 "愒"，即以今字釋古字之例也。

《詩‧召南‧甘棠》：「勿翦勿敗，召伯所憩。」傳：「憩、息也。」《說文》段注云：「息篆訓喘息，其本義，凡訓休息者，引申之義也。〈釋詁〉及〈甘棠‧傳〉皆曰："憩、息也。" 憩者愒之俗體，〈民勞‧傳〉又曰："愒、息也。" 非有二字也。」

《詩‧商頌‧殷武》：「撻彼殷武。奮伐荊楚。罙入其阻。裒荊之旅。」傳：「罙、深也。」按《說文》亦云：「罙、深也。」段注云：「此以今字釋古字也。」

(八)　**以本字釋借字：**

《詩‧周南‧汝墳》：「未見君子，惄如調飢。」傳：「調、朝也。」

《詩‧衛風‧芄蘭》：「雖則佩韘，能不我甲。」傳：「甲、狎也。」

《詩‧鄭風‧大叔于田》：「叔在藪，火烈具舉。」傳：「烈、列；具、俱也。」

(九)　**以淺義釋深義：**

《詩‧周南‧葛覃》：「葛之覃兮，施于中谷。」傳：「覃、延也。」

《詩•大雅•烝民》：「天生烝民，有物有則。」傳：「烝、眾也。」

《周禮•天官•冢宰》：「惟王建國，辨方正位，體國經野。」注：「體猶分也。」

(十) **以正義釋反義：**

《論語•泰伯》：「武王曰：予有亂臣十人而天下治。」注：「馬曰：亂、治也。治官者十人，謂周公旦、召公奭、太公望、畢公、榮公、太顛、閎夭、散宜生、南宮适，其餘一人謂文母也。」

此種正義釋反義的例子，即訓詁學史上所謂的 "反訓"。"反訓" 之名，萌芽於郭璞《爾雅》注，《爾雅•釋詁》：「治、肆、古、故也；肆、故、今也。」郭云：「肆既為古，又為今，今亦為故，故亦為今，此義相反而兼通者。」又：「徂、在、存也。」郭注：「以徂為存，猶以亂為治，以曩為曏，以故為今，此皆詁訓，義有反覆旁通，美惡不嫌同名。」

《方言•二》：「逞、苦、了、快也。自山而東或曰逞，楚曰苦，秦曰了。」郭璞注亦云：「苦而為快者，猶以臭為香，亂為治，徂為存，此訓義之反覆用之是也。」

雖未明言反訓，但反訓卻因此而起，不管反對也好，贊成也好，古人於訓詁上既有了這種實例，或者說古籍上有這種現存的例子。我們談訓詁，總不可以丟開不管，最少應該研究為甚麼有這種 "意義相反為訓" 的事實。根據前人的說法，大概可歸納為四類：

①　義本相因，引申之始相反者：

《廣雅·釋詁》：「鬱、悠、憒、靖、瞀、懪、憮、恁、侖、思也。」王念孫疏證曰：「鬱悠者，《方言》：“鬱、悠、思也。晉、宋、衛、魯之間謂之鬱悠。”鬱猶鬱鬱也；悠猶悠悠也。《楚辭·九辨》云：“馮鬱鬱其何極。”〈鄭風·子衿〉篇云：“悠悠我思。”合言之則曰鬱悠。《方言》注云：“鬱悠猶鬱陶也。”凡經傳言“鬱陶”者，皆當讀如皋陶之陶。鬱陶、鬱悠古同聲，舊讀陶如陶冶之陶，失之也。閻氏百詩《尚書古文書證》云：『《爾雅·釋詁》篇：“鬱、陶、繇、喜也。”郭璞注引孟子趙氏注云：“象見舜正在床鼓琴，愕然反。辭曰：‘我鬱陶思君故來爾。’辭也忸怩而慚，是其情也。”據此，則象曰鬱陶思君爾，乃喜而思見之辭，故舜亦從而喜曰：‘惟其臣庶，女其于予治。’孟子固已明言‘象喜亦喜’蓋統括上二段情事，其先言‘象憂亦憂’，特以引起下文，非真有象憂之事也。因悉數諸書以鬱陶爲憂思之誤。』念孫案：『象曰：‘鬱陶思君爾。’則鬱陶乃思之意，非喜之意，言我鬱陶思君，是以來見，非喜而思見之辭也。孟子‘言象喜亦喜’者，象見舜而偽喜，自述其鬱陶思舜之意，故舜亦誠信而喜之，非謂鬱陶爲喜也。凡人相見而喜，必自道其相思之切，豈得謂其相思之切爲喜乎！趙注云：‘我鬱陶思君故來’，是趙意亦不以鬱陶爲喜。《史記·五帝紀》述象之言亦云：‘我思舜正鬱陶’。又《楚辭·九辯》云：‘豈不鬱陶而思君兮’則鬱陶爲思，其義甚明，與《爾雅》之訓爲喜者不同，郭注以《孟子》證《爾雅》誤也。閻氏必欲解鬱陶爲喜，‘喜而思君爾’，甚爲不辭，既不達於經義，且以《史記》及各傳

傳注爲非，傎矣。」又案：『《爾雅》'悠、傷、憂、思也。'
悠、憂、思三字同義，故鬱悠既訓爲思，又訓爲憂，《管子・內
業》篇云：'憂鬱生疾。'是鬱爲憂也。《說文》："悠、憂也。"
〈小雅・十月之交〉篇："悠悠我里。"毛傳云："悠悠、憂也。"
是悠爲憂也，悠與陶古同聲，〈小雅・鼓鐘〉篇"憂心且妯"，
《衆經音義》卷十二引《韓詩》作"憂心且陶"，是陶爲憂也。
故《廣雅・釋言》云"陶、憂也。"合言之則曰鬱陶。〈九辯〉：
'鬱陶而思君'王逸注云'憤念蓄積盈胸臆也'。魏文帝〈燕歌
行〉云：'憂來思君不敢忘。'又云：'鬱陶思君未敢言。'皆
以鬱陶爲憂。凡一字兩訓而反覆旁通者，若亂之爲治、故之爲今、
擾之爲安、臭之爲香，不可悉數。《爾雅》云："鬱、陶、繇、
喜也。"又云："繇、憂也。"則繇字即有憂喜二義，鬱亦猶是
也。是故喜意未暢謂之鬱陶，《檀弓》正義引何氏隱義云："鬱
陶懷喜未暢意"是也。憂思憤盈亦謂之鬱陶，《孟子》《楚辭》
《史記》所云是也。暑氣蘊隆亦謂之鬱陶，摯虞〈思游賦〉云：
"戚溽暑之鬱陶兮，余安能乎留斯。"夏侯湛〈大暑賦〉云："何
太陽之嚇曦，乃鬱陶以興熱"是也。事雖不同，而同爲鬱積之義，
故命名亦同。」

② 由於假借，以致義訓相反：

《爾雅・釋詁》：「如、適、之、嫁、徂、逝、往也。」又：
「徂、在、存也。」郝懿行義疏：「徂者，《說文》云："迊、
往也。"或作徂。《方言》云："徂、往也。通作且，《詩》：
"士曰既且。"《釋文》云："且音徂，往也。"」又曰：「徂

者且之假音也。《詩·出其東門》箋云：＂匪我思且，猶匪我思存也。＂《釋文》：＂且音徂，爾雅云：存也。＂是且爲本字，徂爲假音，其證甚明。《說文》云：＂且、薦也。＂薦爲承藉之意，存問亦相慰藉也。且、薦、存又聲相轉也。經內且字如《詩》＂籩豆有且。＂及＂有萋有且。＂皆與薦藉義近。箋於〈韓奕〉之且，則云多貌，傳於〈有客〉之且，則云敬愼貌。此於詁訓，俱無明文，各以意說耳。今按籩豆盛多，即爲意存獎藉，萋爲文章之貌，且爲蘊藉之貌，並與且薦義合。且又語詞，如云＂乃見狂且。＂＂其樂只且。＂並爲助詞韻句，是且又言之薦矣。又《儀禮》《禮記》注：‘每言某甫且’字於義亦當爲薦也。郭蓋未明假借之義，誤據上文＂徂往＂爲訓，而云＂以徂爲存，義取相反＂，斯爲失矣。殊不思徂往之＂徂＂，本應作＂迌，徂存之＂徂＂，又應作＂且＂耳。」

③　由於義之相對相反，多從聲以變：

餘杭章太炎先生著〈轉注假借說〉，文末設爲問答，以爲義相對相反者，亦多從一聲而變，故有義訓相反之例。其言曰：

問曰：古有以相反爲義，獨亂訓爲治，《說文》𤔔、亂本與敵分，其他若苦爲快、徂爲存、故爲今，今雖習爲故常，都無本字，豈古人語言簡短，諸言不言非者，皆簡略去之邪？

答曰：語言之始，義相同者，多從一聲而變，義相近者，多從一聲而變，義相對相反者，亦多從一聲而變，相同之

例，舉如前矣。相近者，亦以一聲轉變，若穀不熟爲饑，
音變則疏不熟爲饉；地氣發天不應爲霧，音變則天氣下地
不應爲霧；人之陽氣爲性，音變則人之陰氣爲情；妻得聲
于中，音變則爲妾（如接捷同聲是其例）；娣從弟聲，音變
則爲姪（姪古音本徒結切，與弟雙聲，弟古音亦可讀，正同姪音
。）紅似絳，音亦如絳；欒似欄，音亦如欄；鷹似雁，音
亦如雁；閭似驢，音亦如驢；江、漢、河、淮、沇四瀆之
水相似，以雙聲呼之；吳、華、恒、衡、岱（古音如弋）
五嶽之山相似，以雙聲呼之，是其則也。

相對相反者，亦以一音轉變，故先言天，從聲以變則爲地；
先言陽，從聲以變則爲陰；先言古，從聲以變則爲今；先
言始，從聲以變則爲冬（今終之本字）；先言疏，從聲以
變則爲數；先言精，從聲以變則爲粗；先言疾，從聲以變
則爲徐；先言來，從聲以變則爲趑；先言生，從聲以變則
爲死；先言燥，從聲以變則爲溼；先言加，從聲以變則爲
減；先言消，從聲以變則爲息；先言銳，從聲以變則爲鈍；
先言長（古音在舌頭），從聲以變則爲短；先言規，從聲
以變則爲榘；先言文，從聲以變則爲武；先言襃，從聲以
變則爲貶；先言男，從聲以變則爲女（古音在泥紐）；先
言夫，從聲以變則爲婦；先言公（古音多借翁爲之，則音亦
如翁），從聲以變則爲媼；先言腹（得聲于畐，古音如偪），
從聲以變則爲背；先言凭，從聲以變則爲負（古音如倍，
然實借爲背）；先言本，從聲以變則爲標；此以雙聲相轉
者也。先言起，從聲以變則爲止；先言卯，從聲以變則爲

酉；先言寒，從聲以變則爲煖；先言出，從聲以變則爲內；
先言央，從聲以變則爲徬；先言斠（本訓爲平，引伸訓直，
經典以覺較爲之），從聲以變則爲曲；先言新，從聲以變則
爲塵；先言水，從聲以變則爲火；先言晨，從聲以變則爲
昏；先言旦，從聲以變則爲晚；先言頭，從聲以變則爲足；
先言好，從聲以變則爲醜；先言老，從聲以變則爲幼；先
言聰，從聲以變則爲聾；先言受，從聲以變則爲授；先言
祥，從聲以變則爲殃；此以疊韻相迤者也。亦有位部皆同，
訓詁相反者，始爲基、終爲期、爲極；聯爲毲、斷爲絕；
濁亂爲淈、清治爲汨；明淨爲絜、蔑亂爲丰；相類爲似、
相殊爲異；說樂爲喜、爲僖、爲嬰，悲痛爲嘻；勉力爲勸、
惰事爲券；具食爲饌、徹食爲餕（餕字《說文》不錄，然禮
經已有之）；上升爲陟、下降爲墊；彊力爲偘、畏慎爲諰；
從隨爲若（本如字）、不順爲婼；黠慧爲傐、謹敕爲愿；
益之爲員（見《詩•小雅》傳，字亦孳乳爲覞，《說文》覞、外
博眾多視也）、減之爲損；圜者爲規、方者爲圭；直修爲
股、橫短爲句；有目爲明、無目爲盲；等畫爲則、毀則爲
賊；並以一語相變，既有殊文，故民無眩惑，自餘亦有制
字者，然相承多用通借，若特爲牛父，引伸訓獨，而詩傳
又訓爲別，則是讀爲等夷之等也。介爲分畫，引伸宜訓兩
，而春秋傳以介特爲單數，則是讀爲孑孓之孑也。苦徂故
爲快存今，亦同斯例，顧終古未制本字耳。若從雙聲相轉
之例雖謂苦借爲快、徂借爲存、故借爲今可也。

　　太炎先生之意以爲凡字義相對相反的，多從一聲而變，或以雙聲相轉，而造爲二字；或以疊韻相迤，而造爲二字。位部相同而未造成二字者，便形成一字而具有相反的意義，所以才有反訓的產生。雖然太炎先生此一觀點，尙不無問題，例如說四瀆之水與五嶽之山相似，但江漢河淮屬喉牙，而沇屬舌頭（喻四古歸定）；吳華恒衡屬喉牙，而岱屬舌頭。皆尙容商榷。然其說明“反訓”之成因，也不失爲一種說法。

　　④　語言變遷，因而正反相異：

　　劉師培《小學發微補》云：「中國言文最難解者有二例：一曰同字而字義相反，一曰正名詞同於反名詞。如廢訓爲置（《左傳·文二年》“廢六關”，《家語》作“置六關”，鄭君答張佚問亦訓“廢”爲“置”，又《莊子·徐無鬼》云：“於是乎爲之調瑟，廢一於堂，廢一於室。”是亦訓“廢”爲“置”之證。）亂訓爲治（《論語》“予有亂臣十人”，亂即治也。）故訓爲今（《爾雅·釋詁》）苦訓爲甘（《爾雅》注）臭訓爲香（《禮》注）徂訓爲存（《詩》傳）皆同字而字義相反者也。（郭璞云：詁訓義有反覆旁通，美惡不嫌同辭）以不如爲如（《續方言》云：如即不如，齊人語也。）以見伐爲伐（《公羊傳》云：“春秋伐者爲客，見伐者爲主”注云：“伐人者爲客，讀伐長言之，齊人語也；見伐者爲主，讀伐短言之，齊人語也。”蓋以見伐爲伐，猶以不如爲如也。）以不敢爲敢（《儀禮》：“非禮也，敢。”鄭注：“敢即不敢。”《左傳》：“敢辱高位”“敢辱大館”杜注皆云：“敢、不敢也。”其說是也。）皆正名詞同於反名詞也。蓋古代之時，言文合一，故方言俗語，有急讀緩讀之不同，咸著於文詞，傳於書冊，非通古今之言詞，孰能釋古今之疑義哉！」

俞樾《古書疑義舉例·語急例》云：「古人語急，故有以如爲不如者，隱元年公羊傳："如勿與而已矣。"注曰："如、即不如。"是也。有以敢爲不敢者，莊二十二年左傳："敢辱高位。"注曰："敢、不敢也"」

以上諸說，均在闡明反訓之起因，不論其是否恰當，但都可提示我們一些思考的方向，不論同意與否。齊氏佩瑢《訓詁學概論》是極端排斥"反訓"之說的。他舉出五條理由，以爲古人所謂反訓，都是沒有道理的。齊氏五條理由是：⑴不曉同音假借而誤以爲反訓者。齊氏以爲"愉"之訓"樂"又訓"勞"者，訓勞者乃"瘉"之假借。⑵不達反訓原理而強以爲反訓者。齊氏以爲"歎"之一詞《詩經》中之釋義爲喜、爲傷、爲譏、爲贊，都由上下文義區別。⑶不識古字而誤以爲反訓者。齊氏以爲詩傳"不顯、顯也；不時、時也。"不知不乃丕字，不丕於古爲一體，不顯即丕顯。⑷不知句調爲表意方法之一而誤以爲反訓者。《左傳》"無寧茲許公復其社稷"服、杜並以"無寧"爲"寧"也。齊氏謂寧爲肯定，無寧爲詢問，句調不同。⑸不明詞類活用現象而誤以爲反訓者。齊氏以爲勞爲勞苦，又爲勞來，乃詞類之活用現象。但不管怎麼樣反對，苦徂故之爲快存今，有可解得通者，有仍不能解釋者，所以目前仍得保留"反訓"這一項訓詁名詞。吾友龍宇純君〈論反訓〉一文，於亂有"治""亂"二義，則不以爲反訓，而認爲是語言之使用演變。其言曰：「即是說在語言裏，往往除去某事某物的語言，即緣某事某物之名而產生。也即是說，某事某物謂之某，除去某事某物亦謂之某；不過當它本身是形容詞的時候，兩者意義便顯得相反，於是便誤解爲毫無道理可言的反訓了。其實，如果了解“亂”與“治”的對立，本是“亂”與“去亂”的轉變，便不會有此誤解。」[1]

關於“反訓”之是否成立，今人爭論尚多。有贊成者，亦有反對者，一九八五年安徽教育出版社，出版了徐世榮先生的《古漢語反訓集釋》一書，乃贊成“反訓”說之最完整的著作。徐氏根據其師董璠先生〈反訓釋例〉一文，而作更廣闊探索，搜集五百多個反訓字，重新歸納爲十類：

㈠　內含反訓：

一字在古時代的概念不太嚴格，本身就包括正反兩義。到後世覺得不清楚，或另造新字，或另用別詞分擔它的任務，正反兩義才分開。這類字，在古書裏常是包括正反兩端的。

> 率　遵循也。又：領導也。

《爾雅・釋詁》：“率、循也。”《尚書・大禹謨》：“惟時有苗弗率。”傳：“率、循也。”《左傳・宣公十二年》：“今鄭不率。”杜注：“率、遵也。”《逸周書・大匡》：“三州諸侯咸率。”孔注：“率謂奉順也。”遵循、奉順都是聽命於人。而《小爾雅・廣詁》：“率、勸也。”《荀子・王霸》：“論一相以兼率之。”楊注：“率、領也。”《淮南子・時則》：“天子親率三公九卿大夫。”高注：“率、使也。”凡此都是令人聽己的意思，和遵循、奉順的意思正反不同。按《說文》："率、捕鳥畢也。"段注："畢、田网也。"徐灝箋云："率有牽引義，故引申爲率循……別作'逯'，先導也。"……商承祚先生《殷墟文字類編》也懷疑過"許君訓爲捕鳥之畢，殆不然歟！"毛公鼎從"行"，師袁敦從"辵"，明顯地是與行路有關。其餘古籀字形雖較簡，仍可看出其物有柄有飾，具有旌旆之形。古士卒身列成行，必遵循此旌，所以訓遵循，而持旌前導者，實居先路，所以又訓領導。

(二) 破讀反訓：

本是一個字，但含義有正有反，爲了區別，把原字讀音稍稍變化。

> 仰　下托上也。又：上委下也。

《荀子·議兵》："上足印則下可用也。"楊注："印、古仰字。下托上曰仰。"這是仰望、仰仗的意思，常見，常用。但《群經音辨》"辨字音清濁"說："仰、上聲，下瞻上也。又去聲，上委下也。"兩音兩義，恰爲上下兩面。"上委下"的意思，近世還用於公文書中。《正字通》："以尊命卑曰'仰'。宋包拯家訓：'子孫犯贓濫者，不得放歸本家'，下押云：'仰珙刻石，豎於堂屋東壁，以詔後世。'或又曰：今公家文移，用'仰'字，實始北齊，宋朝皆然。《漢孝文紀》：'詔定三恪禮儀體式，亦仰議之。'仰議，猶言議於朝也。今爲上委下之詞，與'仰'

字義相舛，惜未有釐正者，故沿訛不改耳。"《癸巳存稿•卷七》：
"《孔氏雜記》云：'今公家文書用仰字，……仰者，仰仗之義。'
《魏書•平陽王傳》云：'當仰仗廟算。'《盧同傳》云：其實
官正職者，亦列名貫，別錄歷階，仰本軍即記其詞。上下相倚，
復沿為上行下之習稱耳。"《浪迹叢談•卷四》："繆蓮仙曰：
仰者下瞻上，卑望尊之詞，如仰觀，仰賴之類是也。今官文自上
行下，多用仰字者，或謂前明往往以台輔重臣讁居末秩，上官不
敢輕易指使，故寓借重之意曰仰。不知君於臣亦有用此者，宋太
宗遣中使以茶藥等物與希夷，仰所屬守令以安車軟輪迎先生。則
'仰'字之為下行，由來舊矣。"我以為上委下的"仰"，是命
令語，意思是讓屬下仰首聽命。

　㈢　**互換反訓：**

　　本為兩字，字義一正一反，後世兩字交互為用，或用一字兼
代另一字，於是任何一字都有正反兩義了。

　　　逆　迎受也。又：違拒也。

　　《爾雅•釋言》："逆、迎也。"《儀禮•聘禮》："眾介
皆逆命不辭。"鄭注："逆、猶受也。"《尚書•禹貢》："同
為逆河。"鄭注："言相迎受。"但是，《禮記•樂記》："逆
氣成象。"孔疏："逆氣謂違逆之氣。"《左傳•昭公四年》：
"慶封惟逆命。"杜注："逆命謂性不恭順也。"《戰國策•齊
策》："專兵一志以逆秦。"高注："逆、拒也。"違拒與迎受

恰恰相反。按：違拒之字，本當作"屰"，《說文》："屰、不順也。""逆"字本來只作爲迎受之義。段玉裁說："逆、今人假以爲順逆之'屰'，'逆'行而'屰'廢矣。"錢坫《說文斠詮》："古以干逆爲屰，无以逆爲屰者，自《繹山碑》：'討亂伐逆'，始非也。今經皆如此。"依錢氏所證，秦以後才以"逆"代"屰"，經書作"逆"，是秦漢以後所寫。由這個古今變化，使"逆"字產生正反兩訓。這是一字兼代另一字，一身二任，與前條"攘、讓"互換又稍有不同。

(四)　**引申反訓：**

　　正反兩訓，或所指事物是相對的兩方；或是因某一事物而發展到有關的另一現象。反義是由正義引申而形成。

　　暢　不生也。又：茂長也。

　　《說文》："暢、不生也。"徐鍇注："今借此爲暢茂字。"《廣雅‧釋詁二》："暢、長也。"不生和茂長的意思恰恰相反。段玉裁說是"義之相反而相生者也"。桂馥《說文義證》："不生也者，當爲才生。本書暢從此，云：草茂也。"吳曾祺有較詳的辨析："暢訓充，訓達，訓長，訓申，俱與'不生'異訓。段氏謂暢訓不生乃義之相反而相生，是欲援治亂、落始之例，如經傳中所云'不顯''不寧'者。然許書中用'不'字入說解者，俱不作反覆相訓。惟'嚻、不久也'，'恍、不動也'。與'暢、不生也'相似。段皆去'不'字，則此不得以不生爲生，亦無可疑。桂氏又訂作'才生'，許書'才'下云：'草木之初生也'。以'初生'說'暢'，義亦未允。今按：'暢、不生也'，'不生'二字，非指草木而言。因草木之暢，而始見其不生，此乃釋暢之意。《孟子》：'草木暢茂'下云'五穀不登'。正其義也。草木暢而五穀不登，猶之草暢而五穀不生。知不生不屬草木說，則無可生與不生之兩不可了矣。"（《漪香山館文集》"《說文》暢不生也。"）照這樣分析，不生是指稼禾說，茂長是指荒草說，彼不生乃由此茂長而致。這眞是複雜的引申反訓。

（五）　**適應反訓：**

　　一字活用，用指某事即生某義。正義與反義，都與此字本身之義有關。

　　　　艾　老叟之稱。又：小婦之稱。

　　董師說："《禮記》云：'五十曰艾。'《方言》：'艾，長老也。東齊魯衛之間，凡尊老謂之叟，或謂之艾。'《釋名》：'五十曰艾。艾、治也。治事能斷割，艾刈無所疑也。是老謂之艾。而書稱小婦亦曰少艾。艾，美好也。'《孟子》：'知好色，則慕少艾。'艾爲美詞，老少皆得兼稱矣。"按翟灝《四書考異》說："《曲禮》：'五十曰艾。'疏：'謂髮蒼白色如艾也。'蓋古但訓艾爲白，而白義含有二焉：以髮蒼白言，謂之老；以面白晢言，則謂之美。同取於艾之色也。"《國語·晉語》："國君好艾大夫殆。"韋昭注"艾爲嬖臣。"也是取其姿容較好。另一解釋，認爲"艾"與"乂、刈"相通。焦循《孟子正義》：
"《書·皋陶謨》云：'俊乂在官。'馬、鄭并注云：'才德過
千人爲俊，百人爲乂。'以美好爲乂，猶以美才爲俊，即猶以美
士爲彥。'乂'爲艾草，故義亦爲絕。宣公十五年《左傳》云：
'酆舒有三雋才'。注云：'雋，絕異也。'雋即俊。美好之爲
艾，又如稱美色者爲絕色。……非取於艾色之白也。"後說雖是
"乂"字之借，但取其俊絕，稱才德，即指耆老；稱姿容，即指
小婦。與白色的兩指，同屬"適應反訓"一類。

（六）**省語反訓**：

　　所謂"語急而省"，省去的多爲否定謂詞，如"不×"，常
省去"不"而爲×，這樣，×字自然產生反義。

　　　　敢　勇於作爲也。又：怯於作爲也。

　　"敢"爲勇而無懼，是常用的字義。但口氣婉轉時，用爲"不
敢"。《日知錄》卷三十二"語急"條下自注："莊二十二年：
'敢辱高位！以速官謗。'注：'敢，不敢也。'《昭二年》：
'敢辱大館！'注：'敢，不敢。'《儀禮·聘禮》：'辭曰：
非禮也，敢。對曰：非禮也，敢。'注：'敢言不敢'。"顧氏
歸入"語急而省"之例，也可以解釋是反詰的語氣而表肯定，所
省的是"豈、安、何"等字，不一定是"不"字。今語仍有用一
敢字表不敢之意者。如："你敢！"即此類也。

㈦　**隱諱反訓：**

對某一事物不願直說，有所忌諱，竟至於用相反的字稱呼它，於是這個字增加了反面的訓解。

　　考　　延年也。又：終命也。

《說文》："考，老也。"《玉篇》："老，壽考延年也。"而《釋名•釋喪制》"父死曰考。考，成也，亦言槁也。槁於義爲成。凡五材膠漆陶冶皮革，於槁乃成也。"劉熙專以音訓，但稱父爲"考"，確在終命之後，與"延年"的解釋，一生一死，是相反的。古代有個故事："文潞公以太尉鎮洛，遇生日，僚吏皆獻詩，多云‘五福全’者。潞公不悅，曰：‘遽令我考終命也？’"（見宋張耒《明道雜志》）按：《尚書•洪範》所指五福是："一曰壽，二曰富，三曰康寧，四曰攸好德，五曰考終命。"《孔傳》注"考終命"，"各成其短長之命以自終，不橫夭。"也是訓"考"爲"成"──完成、終了。看起來，終命爲"考"，是諱言其死。現代北京話還說某家死了人爲"老了人"，說裝殮衣物爲"裝老的"，說人死後衣服爲"壽衣"，棺木爲"壽材"等，都是這種隱諱的修辭法。

㈧　**混同反訓：**

本是形近的兩字，字義恰反，但兩字使用年久，混合爲一個字，於是這一個字就產生了反訓。或是某一字本有專指，但與相對的另一個字混淆了，於是產生反訓。

　　宄　　內奸也。又：外奸也。

　　《左傳·成公十七年》："亂在外爲奸，在內爲宄。"《釋文》："宄本作宄。"是"軌"爲"宄"之借字。《說文》："宄，奸也。外爲盜，內爲宄。"但《尚書·堯典》："寇賊奸宄。"鄭注："由內爲奸，起外爲軌。"賈公彥《周禮·司刑》疏引鄭注云："與《左傳》不同，鄭欲見在外亦得爲軌，在內亦得爲奸，故反復見之。或後人轉寫誤，當以傳爲正。"王鳴盛《尚書後案》："左與鄭不同者，所傳本異也。"賈氏"寫誤"之說甚是。孫星衍《尚書今古文注疏》也以爲"鄭注蓋互誤，引之者舛也"。再以"師望鼎"證之，"宄"字從"宮"從"九"，內奸之義尤顯。"外奸"的反訓是誤傳。

(九)　否定反訓：

　　反訓都是否定正訓的，大多數是另解爲相對的一義，如：內外、出入、憂喜、牝牡之類，并不用否定詞，也就是邏輯學上所謂"相反的兩項"（Contrary terms），言類則是"矛盾的兩項"（Contradictory terms），這類的字，本身不用否定詞而包含否定的概念。

　　堊　　涂飾也。又：不涂飾也。

　　《說文》："堊、白涂也。"《釋名·釋宮室》："堊，亞也，次也。先泥之，次以白灰飾之也。"《廣雅·釋室》："堊，涂也。"但是，《禮記·雜記》："盧堊室之中。"陳澔《集說》："堊室，曂墍爲之，不涂墍也。"（墍，仰涂）可見"堊"爲別於涂飾，又解爲不涂飾。

(十)　**殊方反訓：**

方言與一般含義恰恰相反，現代漢語中不乏其例，古時也不少。

　　郎　尊稱也。又：賤稱也。

《新方言》："自晉宋至唐時，以郎爲尊貴之稱，此語甚古。《少儀》：'負良綏。'注：'良綏，君綏也。'又《左傳》戎師稱'大良''少良'，并即今'郎'字。至秦漢，天子侍從稱郎，郎本郎門之郎。以郎、良適相同，故相稱尊者爲郎。然今閩廣人則以'郎'音近獠，又以郎爲賤稱。（閩廣書'郎'爲'佬'，以爲輕鄙之名。）此無關本義者也。"章氏此論，由於方音。王启奎《柳南隨筆》卷五："江陰湯廷尉《公餘目錄》云：'明初閭里間稱呼有二等：一曰秀，一曰郎。秀則故家右族，穎出之人；郎則微裔末流，群賤之輩。'"後世賤稱有"貨郎""花郎""賣油郎"等。

(土)　**異俗反訓：**

習俗因時代而變化，對於事物的解說可能恰恰相反。例：

龜　神靈之物。又：醜詆之喻。

我國古時尊龜爲神物，用於占卜。《大戴記・易本命》："有甲之蟲三百六十，而神龜爲之長。"《禮記・禮運》："麟鳳龜龍，謂之四靈。"楚莊周以神龜自喻，寧曳尾於途。唐仕宦用龜袋爲佩，示其品秩。如唐李商隱詩"無端嫁得金龜婿"，是貴婿之義。更多有用龜爲名者，如漢之朱龜，唐之李龜年，陸龜蒙等，都毫無忌諱。元代以後才變成辱罵語。元代陶宗儀《輟耕錄》載金方所作詩，嘲一故家大姓，有"宅眷皆爲撐目兔，舍人總作縮頭龜"之句。俗謂兔望月而孕，撐目兔，是說其婦女不夫而孕，龜則喻其夫懦弱無恥，不問幃薄之穢亂。可見元代後，龜的尊卑才發生變化。

（圭）　**假借反訓：**

正反兩訓，其實出於假借字，所借之字後世漸漸不用了，於是這個字產生了反訓。

義　宜也，善也。又：邪也，不善也。

"義"之訓善，訓宜，是常用的普通意義。反訓爲不正，不善。《尚書・立政》："三宅無義民。"按："三宅"指"宅乃事，宅乃牧，宅乃准"，"宅"是安排，落實，"事"指政治，"牧"指治民，"准"指法律。王引之《經義述聞》："家大人曰：《說文》曰：俄，行頃也。（"頃"與"傾"通）《說文》

又曰：義从我，我，頃頓也。我、義、俄古并同聲。《小雅·賓之初筵》篇：'側弁之俄。'鄭箋曰：'俄，傾貌。'《廣雅》曰：'俄，邪也。'古者，俄義同聲，故俄或通作義。《立政》曰：'茲乃三宅無義民。'義與俄同，邪也。……三宅皆無傾邪之民也。《呂刑》曰：'鴟義奸宄，奪攘矯虔。''義'字亦是傾邪之意。馬融注曰：'鴟，輕也。鴟者，冒沒輕儳；義者，傾邪反側也。'"《大戴禮·千乘》說司寇治民煩亂之事："作於財賄六畜五穀曰盜，誘居室家有君子曰義，子女專曰妖，飭五兵乃木石曰賊，以中情出，小曰間，大曰諜，利辭以亂屬曰讒，以財投長曰貸。"盜義妖賊間諜讒貸，皆是寇賊奸宄之事，義即鴟義奸宄之義也。……傳於義字皆訓爲仁義之義，不可通。"俞樾《群經平議》贊同王念孫的說法，并且主張《多方》篇"義民"要解釋爲傾邪之民；他還說："今以其說推之，文十八年左傳：'掩義隱賊'，義亦俄也。義、賊皆不善之事。故掩蓋之，隱蔽之也。"陳壽祺《左海經辨》也說："滅善曰義，猶之謂治曰亂，謂置曰廢，皆語相反。""義"與"俄"爲假借關係。

（三）訛誤反訓：

　　正反兩訓由於引書錯誤。這本來沒有什麼研究價值。但是後人不能審辨，就相信了錯誤的訓解，影響閱讀古書。

　　　訏　信也。又：詭也。

　　《說文》："訏，詭譌也。……齊楚謂信曰訏。"王筠《句讀》：“譌言不信，亦有以訏爲信者，則‘徂，存也’之比。”
段注：“‘信’當作‘大’，《釋詁》：‘訏，大也’。《方言》：
‘訏，大也。’中齊西楚之間曰訏。許語本揚。”既說許愼依據
揚雄，那麼《說文》訓“信”之誤是出於許愼，還是後人改錯？
則不可知。按《方言》卷一：“碩、沈、巨、濯、訏、敦、夏、
于、大也。”上一句則是“允、訦、恂、展、諒、穆、信也。”
“大”和“信”，兩條毗鄰，且兩條第二字“沈”與“訦”形體
極似，兩條第五字“諒”與“訏”形體近似，這種關係，容易引
用錯誤。很可能許愼弄錯了，如“訏”訓“大”，與“詭譌”則
非正反關係。王筠不加考訂，錯認爲是反訓了。過去尊信許愼，
段玉裁查對了《方言》，但還不敢公然指出錯誤。

這十三類的反訓，徐氏也說就是反訓的各種成因。徐氏並說：
“正反爲訓的現象，在古漢語中確實存在，而且決不止就是‘亂
治、徂存、置廢’等少數幾個字，閱讀古書，還必須分辨清楚。”
是徐氏認爲“反訓”的確是存在於古漢語中的。王寧的〈反訓析
疑〉一文，開宗明義的說：“試想，兩個意義絕然相反的詞，究
其值，沒有重合部分；論其用，不可能發生置換關係，怎麼能夠
互相訓解？就訓釋的實值來說，反義，則不能成訓；成訓者，必
不取其反值。因此‘反訓’這個名稱本身就不科學，把‘相反爲
訓’說成訓釋方法或訓釋原則就更不恰當。”因此她主張把“反
訓”當成“正反兩義共詞”的代稱來用。

反義共詞現象在漢語裡是否存在呢？她認爲是存在的。而且
認爲存在的條件如下：

㈠ 反義共詞最主要的條件是兩義雖然反向，但一定得相因。相因的情況很多，有的是同一行爲相銜接的兩個過程。例如：

"副"有分合二義，它的本義是把一物剖成兩半，然後再合起來。也就是說，它的原始意義義域較寬，實具分與合兩段，所以，"貳"訓"副"，貳車又稱副車，它跟主要的車分明是兩輛車又總得在一塊兒；貳令又稱副本，它是從主要公文裡抄下來成了兩份可其實是一份；貳室又稱副室，它在正室之外另立而又與正室相輔……所以，祭祀的犧牲從中剖成兩半叫副，這兩半合在一塊兒也叫副。表示分開的詞還很多，綜"判"、"別"、"辨"……因爲他們只表示分，不具備後一個相合的過程，因此不能具有反義。

"置"有"擱置"和"棄置"兩義，"擱置"引申爲"設立"。《呂覽·異用》："湯見祝网者置四面。"是"設置"；《史記·吳王濞傳》："無有所置"，是"棄置"。這是因爲"置"的詞義特點是把一個東西換一個地方。這個行爲必定分兩段：先由甲處取掉再安放在乙地。"棄置"來自前一過程，"設置"來自後一過程。

有的聯繫於同一特點。例如：

"藐"當"小"講，又當"遠"講，這是因爲"藐"的詞義特點是"藐茫"，也就是模胡不清，小的東西看不清，遠的東西也看不清。從視覺來說，越遠就越小，所以，與其說"小"和"遠"相反，不如說就視覺而言，它們相通。

還有的是同一事物所具有的兩種相關的性質。例如：

"韌"可以是"柔韌"，也可以是"堅韌"，這是因爲"韌"

从"韋"，或从"革"，它的本義是對熟皮革說的。柔者，可以任意曲直，堅者，不易斷裂，二義統一在皮革上，本不相反，因爲詞義擴大不再單指皮革了，看起來就有些對立了。

以上所說，或具體過程相接，或詞義特點相同，或聚於同一事物，這些相同的關係都是具象性、經驗性相關，而不是邏輯上的相關，當詞義進一步概括後，這種早期相關的狀況不明顯了，甚至消逝了，反向的感覺才逐漸濃烈起來。

㈡　反義而相因，就決定了反義共詞的第二個條件，即所謂反義，只能反向引申的結果，在意義上，雖反向而不能絕然矛盾。在邏輯上絕對對立的意義不可能共詞，在感情色彩上絕然相反的意義也不可能共詞。反向除去施與受外，只是動與靜、先後兩端、不同側面、相依因果……它們屬反向，但不互相排斥。因此，"介"訓"大"，又訓"小"，我們可以確定其中准有借義，只共字而不共詞。也因爲如此，如果一個詞有共時的褒義和貶義，我們完全可以確定它是中性詞，而不是褒貶義共詞。這也就是不論有什麼樣的環境來限定，"好"跟"壞"、"美"跟"醜"、"眞"跟"假"、"生"跟"死"……無論如何不能形成穩固的反義詞的原因。

㈢　共詞的兩個方向意義，在使用上必定有較明顯的差別。這些差別包括：

　　1.　不共境。如"副"的"分"義一般作及物動詞，後面往往帶有被剖分的牲畜或物件賓語，而"副"的"合"義一般作形容詞，當定語，或作量詞，與數詞結合。"落"當"終了"講，一般與人和植物的衰老、死亡相關，"落"當"始"講，一般僅用於建築物開始使用。前者，是語法環境的區別，後者是語義環境的區別。不共境而共詞，才不會產生相反的歧義。

2. 使用頻率不平衡。如"置"在先秦典籍裡當"設置"、"安放"講是常用義，當"棄置"講比較少見；而"廢"當"安置"講則只用在個別地方，當"廢棄"講則是常用義。古代的注釋書對這類詞的常用義一般不注，而對罕用的一義則往往加注，就是爲了避免反義共詞造成的誤解。

3. 反義共詞在使用上往往與另一同義詞連用，以示區別，如"藐"有"小"、"遠"二義，則常以"藐小"、"藐遠"連用而區別；"韌"有"柔"、"堅"二義，則常以"柔韌"、"堅韌"連用而區別。這種結合往往是雙音詞形成的動力，也可以看出，反義共詞在單音詞較多，所以是古漢語討論的課題，在雙音詞裡也有些詞素具有反義，但因爲受另一詞素的制約，不會引起混亂，也就不被注意了。

（四）反義共詞的內容具有民族性。反義的聯繫是經驗性的相關，而被鞏固到詞義中的經驗性內容是與民族生活、民族心理、民族文化歷史分不開的。所以，盡管每種語言裡都有反義共詞的現象，但哪些反義可能共詞，不是每個民族都全然一樣。拿漢語來說，習慣把以下這些意義看作是相反或互變互通的：

治與亂：這是由因果而相因。"亂"、"茀"、"湼"等屬
　　　　此。

分與合：這是因一事兩段而相因。"貳"、"副"、"離"
　　　　（"麗"）、"輟"（"綴"）等屬此。

取與予：這是因一事之兩方面而相因。"賜(錫)"、"賦"、
　　　　"乞"、"假"、"沽"等屬此。

棄與留：這是因同一行爲的始末相接而相因。"置"、"委"、
　　　　"廢"等屬此。

獨與偶：這是因奇偶的相對關係而相因。"特"、"徒"等
　　　　屬此。

這些爲全民族所習慣的經驗，要想鞏固進詞裡去，而且能夠
共詞，必須有約定俗成的過程，并且同時具有前面所說的三個條
件。所以，并不是所有具有這些意義的詞都同時具有它的反義。
還應當看到，是否能保持反義共詞，要受到整個詞義系統的制約，
而不僅是一字一詞自身變化發展的結果。

不過，也有人不以爲反訓是反義同詞，像李萬福〈反訓即反
義同詞嗎？〉一文，即認爲"反訓"是指對字義的相反訓釋。古
漢語有幾詞共一形體的現象，字義就不等於詞義，字義的相反訓
釋不一定是詞義的相反訓釋。因此認爲"反訓"和"反義同詞"
之間不存在必然關係，並非所有的反訓都是反義同詞。我認爲現
在要理解"反訓"最好的方法，就是一個字的常用詞義，用了一
個相反的常用詞義去解釋，就稱它爲反訓。例如：《論語》："余

有亂臣十人"亂的常用詞義，就是混亂，就是不治，而今用治這個相反的詞義去解釋它，所以我們稱它爲反訓。

二、義　界：

凡就一事一物之外形、內容、性質、功用各方面，用語句說明其意義者，謂之義界，亦稱界說，又名宛述。黃侃〈訓詁構成之方式〉云：「義界者，謂此字別於他字之寬、狹、通、別也。夫綴字爲句，綴句爲章，字、句、章三者其實質相等。蓋未有一字而不含一句之義，一句而不含一章之意者。凡以一句解一字之義者，即謂之義界。（《荀子・正名》篇："名也者，累異實之名，以論一意也。"）如《說文》："禮、履也，所以事神致福也。" "神、天神、引出萬物者也。"（下句即爲義界。）之類是。在太古時，一名詞即爲一義界。《說文》九千三百字即等於九千三百句話。蓋名詞之製造，爲減少語言之故。文化進步，即專門名詞增多。一個名詞底面即是一句話，如上所舉 "禮" "神" 二字是也。此 "禮" "神" 二字即所以代替其下說解之二句，若不製此二名，則非盡用說解諸字不可矣。」

陸宗達《訓詁學簡論》云：「用一句或幾句話來闡明詞義的界限，對詞所表示的概念內涵作出闡述或定義，這種方法叫作義界。"義界"比"互訓"在訓詁上的的應用更爲廣泛和普遍，這是因爲語言中絕然相同的兩個詞是很少的。"互訓"只能對具體語言中絕然相對同義的詞進行比較，並不能說明詞的概括意義。用義界的方法來訓釋詞義，對幫助人們了解詞的概括含義，是更爲行之有效的。比如《說文解字•旦部》："暨、日頗見也。"
這就是用義界的方法來訓釋"暨"。"頗"是偏斜的意思。"日
頗見"有兩個含義，一個是和"日全見"相反的，意思是太陽沒
有出來而只見它旁射的光芒。這是時間上的"暨"。另外一個是
和"日正見"相反的，因爲太陽是直射赤道，赤道南北緯二十三
度半以內是"日正見"的地方，其他都是"日頗見"的地方，這
是方位意義的"暨"。這個詞一方面標志了時間：太陽尚未涌出
而大地上已有光亮，所謂"暨旦"的時候；一方面標志了方位：
"朔暨"——最北方，"南暨"——最南方。對這樣一個有複雜
內容的詞義，許愼只用"日頗見"三個字就準確地概括出來了。又
如《說文解字•車部》對"輟"的解釋："輟、車小缺復合者。"
"輟"的本義不是停止，而是行車中途發生障礙，修理修理還
可以繼續前進的意思。由此引申成凡是中間暫時停止的現象都叫
"輟"。再如《說文解字•足部》對"達"字的解釋："達、行
不相遇也。"凡是中途遇到任何事物都會有被阻止的可能。走一
條路而沒有相遇的事物，自然是通達了。這些義界都是概括得既
簡練又準確的。」

　　陸宗達與王寧在《訓詁方法論》裡對"義界"的解說是：
　　「古代訓釋書的一種訓釋方式。即用一句話或幾句話對詞的
概括意義所作的解說。義界一方面表明詞的概括意義，一方面區
分詞與其鄰近詞的意義差別。例如《爾雅•釋鳥》："二足而羽
謂之禽，四足而毛謂之獸"——區分"禽"與"獸"的差別。《說
文》："市、買賣所之也。"——既標明"市"的概括意義，又
區別"市"與其他場所的不同特點。」

　　吳孟復《訓詁通論》說：「標明義界的方式，簡稱 "義界"。它用若干詞語來表述一個詞的義蘊。這是因為事物有多種屬性，因而必得要用若干詞語始能表述清楚。例如：生命的特徵是有形體、有知覺的。故《墨子·經說》對 "生" 的解釋為 "生、形與知處也。" 又 "夢"，它發生在臥時，而且非實境，只是人以為如此，故《墨子》釋為 "夢、臥而以為然也。" 由此兩例，可見墨子已力圖對詞義作比較全面的描述。」

　　在前人義界的例子中，義界用字，每每與所訓釋的字當中具有聲韻的關係。段玉裁在《說文解字·注》中，就時時拈出，提醒人們注意。例如：

> 「神、天神，引出萬物者也。」注：「天神引三字，同在古音十二部。」
>
> 「祇、地祇，提出萬物者也。」注：「地祇提三字同在古音第十六部。」
>
> 「祊、門內祭先祖所旁皇也。」注：「祊、旁、皇三字疊韻。古音在十部。」

　　義界中所以會有一字或一字以上，與所訓釋的字有聲韻的關係，其故乃在於聲義之同源。蓋詞義必寄於其聲，所以就聲求義，乃能得詞義之本源。劉師培先生在《左盦集》卷四曾加解說云：

> 神字下云："天神引出萬物者也。從示申聲。" 申引音義相同，從申得聲，猶之從引也。祇字下云："地祇提出萬

物者也。從示氏聲。"氏提音義相同，從氏得聲，猶之從
提省聲作是也。祊、門內祭先祖所以旁皇也。從示彭聲。
彭旁音義相同，從彭得聲，猶之從旁也。故或體作祊。

　　我們說義界中每有一字以上與所釋之字有聲韻之關係，並不
意謂 "義界" 中必然有聲韻之關係。然則，我們要怎樣才能標明
義界呢？《荀子・正名》篇說：「制名以指物。」又說：「同則
異之，異則同之。」此物與彼物，此名與彼名，其間之同異，或
由實質，或由作用，或由形態，細分之千差萬別，概括之則為
"德、實、業"[2]。在千差萬別之名物中，有許多是實同而德、
業殊的。因此，用一個詞解釋一個詞（即以一名釋一名），就只
能就德、實、業三者中之一著眼，因之也就不能把詞之實同德
（業）異或大同小異之義界較清晰地表現出來。下面是我們分析
前人義界後，得到的幾點線索，提供學者參考。

(一)　就其形狀釋之：
　　《詩・邶風・新臺・序》：「新臺，刺衛宣公也。」釋文：
　　「《爾雅》云："四方而高曰臺。"」
　　《詩・邶風・簡兮》：「山有榛，隰有苓。」傳：「下濕
　　曰隰。」

(二)　就其顏色釋之：
　　《詩・秦風・小戎》：「騏駵是中，騧驪是驂。」傳：「黃
　　馬黑喙曰騧。」箋：「赤身黑鬣曰駵。」

《詩•小雅•四牡》：「四牡騑騑，嘽嘽駱馬。」傳：「白馬黑鬣曰駱。」

《詩•小雅•無羊》：「誰謂爾無牛，九十其犉。」傳：「黃牛黑脣曰犉。」

(三) 就其性質釋之：

《詩•鄭風•將仲子》：「將仲子兮，無踰我園，無折我樹檀。」傳：「檀、彊忍之木。」

《詩•齊風•東方未明》：「折柳樊圃，狂夫瞿瞿。」傳：「柳、柔脆之木。」

(四) 就其質料釋之：

《詩•周南•卷耳》：「我姑酌彼兕觥。」傳：「兕觥、角爵也。」

《詩•鄘風•君子偕老》：「君子偕老，副笄六珈。」傳：「副者，后夫人之首飾，編髮爲之。」

(五) 就其功用釋之：

《詩•鄭風•將仲子》：「將仲子兮，無踰我園。」傳：「園、所以樹木也。」

《詩•大雅•靈臺》：「王在靈囿，麀鹿攸伏。」傳：「囿、所以域養禽獸也。」

(六) 就其位置釋之：

《詩・召南・釆蘩》：「于以釆蘩，于澗之中。」傳：「山夾水曰澗。」

《詩・齊風・著》：「俟我於著乎而，充耳以素乎而。」傳：「門屏之間曰著。」

(七)　就其時間釋之：

《詩・鄭風・叔于田》：「叔于狩，巷無飲酒。」傳：「冬獵曰狩。」

《詩・魏風・伐檀》：「不狩不獵，胡瞻爾庭有縣貆兮。」傳：「冬獵曰狩，宵田曰獵。」

(八)　就其對象釋之：

《詩・鄘風・載馳》：「載馳載驅，歸唁衛侯。」傳：「弔失國曰唁。」

《詩・衛風・淇澳》：「有匪君子，如切如瑳，如琢如磨。」傳：「治骨曰切，象曰瑳，玉曰琢，石曰磨。」

《爾雅・釋訓》：「善父母爲孝，善兄弟爲友。」

(九)　就其反面釋之：

《說文》：「假、非眞也。」「拙、不巧也。」「暫、不久也。」「旱、不雨也。」「少、不多也。」

王力《理想的字典》說：「由反知正就是用否定語作解釋。此類以形容詞爲多，有些形容詞，若用轉注（原注：所謂轉注是依戴東原說）法，往往苦無適當的同義詞；若用描寫法，又很難

于措詞。恰巧有意義相反的一個字，就拿來加上一個否定詞，作
爲注解，既省事，又明白。

(十) 就彼此關係釋之：

《說文》：「甥、謂我舅者，我謂之甥。」

《小爾雅》：「跬、一舉足也，倍跬謂之步。」「四尺謂
之仞，倍仞謂之尋。尋、舒兩肱也，倍尋謂之常。」

凡此皆先釋一物，然後由此物而及於彼物。

(十一) 比較兩詞而釋之：

並釋兩詞，以相比較，以明詞義之大同小異，與同中之異。
例如：

《說文》：「呼、外息也。」「吸、內息也。」

亦有不明言其共同之點，而僅言其相異之處者，讀者可由相
異之處，以知其同。例如：

《說文》：「自目曰涕，自鼻曰洟。」《玉篇》：「圓曰
規，方曰矩。」

(十二) 以比方釋之：

《說文》：「黃、地之色也。」「黑、火所以薰之色也。」

《釋名》：「肶、枝也，似木之枝格也。」「日月虧曰食，
稍稍侵蝕，如蟲食草木葉也。」

以上種種亦只是歷舉其端而已，提示後學，在作 “義界” 時，

一種思考的路徑與方向而已。運用之妙，存乎一心，完全在學者之用心了。

三、推　因：

推求詞語得名之根源，說明事物命名之所以然稱爲推因，一名求原，又名推原。也就是根據詞義之聲音線索，探求詞義之由來。

黃侃〈訓詁構成之方式〉云：「凡字不但求其義訓，且推其字義得聲之由來，謂之推因（即求語根）。如：《說文》「天、顚也。」是。天之形作一大，吾知之矣。其何以讀同於顚也？蓋古人製字，凡在上之義其音多同（手在足之上，其爲上同，其所以爲上異）是也。故凡在上者多發舌頭音（首、頭、顚、頂、題），天之訓顚，即言其得音得義之由來也。（《說文》有明言其字得聲得義之由來者，如示部“祳”云：“社肉盛之以蜃，故謂之祳。”馬部“騢”云：“馬赤白雜毛，謂色似鰕魚是也。）」

沈兼士〈右文說在訓詁學上之沿革及推闡〉一文說：「語言必有根，語根者，最初表示概念之音，爲語言形式之基礎。換言之，語根係構成語詞之要素，語詞係由語根漸次分化而成者。」

推因與互訓之不同者，段玉裁在《說文》：「天、顚也。」下注云：「此以同部互訓也。凡門、聞也；戶、護也；尾、微也；髮、拔也。皆此例。」「元始可互言之，天顚不可倒言之。蓋求義則轉移皆是，舉物則定名難假，然其爲訓詁則一也。」

段氏的注，不但說明了推因字的聲韻關係，更說出推因字若爲名詞，則不能顚倒互訓。

　　推因這種訓詁方式，主要還是奠基在“聲義同源”的理論基礎上。而從聲韻上推求語詞音義的來源，以闡明事物命名之所以然。

　　章太炎〈語言緣起說〉云：「語言者，不馮虛而起，呼馬而馬，呼牛而牛，此必非恣意妄稱也。諸語言皆有根，先徵之有形之物，則可睹矣。何以言雀？謂其音即足也。何以言鵲？謂其音錯錯也。何以言雅？謂其音亞亞也。何以言雁？謂其音岸岸也。何以言駕鵝？謂其音加我也。何以言鶬鶊？謂其音磔格鉤輈也。此皆以音爲表者也。何以言馬？馬者武也。何以言牛？牛者事也。何以言羊？羊者祥也。何以言狗？狗者叩也。何以言人？人者仁也。何以言鬼？鬼者歸也。何以言神？神者引出萬物者也。何以言祇？祇者提出萬物者也。此皆以德爲表者也。要之，以音爲表，惟鳥爲衆，以德爲表者，則萬物大抵皆是。乃至天之言顛，地之言底，山之言宣，水之言準，火之言毀，土之言吐，金之言禁，風之言氾，有形者大抵皆爾。」[3]

　　章氏點名萬物得名之由來，固相當有理由。不過我們要細細推尋，爲什麼訓詁方式中，有這麼一種方式出現。《釋名・自序》云：「夫名之於實，各有義類，百姓日稱而不知其所以然之意；故撰天地、陰陽、四時、邦國、都鄙、車服、喪紀，下及民庶應用之器，論敘指歸，謂之釋名。」正因爲這些都是百姓日稱的東西，其實不須作何解釋，大家都已共知共曉。但在訓詁上，要把它表達出來，互訓又無相當同意之詞；義界亦不容易界說清楚。像“天”“日”“人”“鬼”等詞，很難用一句話，或者幾句話說得清楚。故變而爲說出其得名之由來的“推因”一法。陸宗達

《訓詁學簡論》云：

> 訓詁解釋詞義的另一種方法，是根據詞的聲音線索，探求
> 詞義的由來。這種方法叫推原。比如，農曆十二月叫 “臘
> 月”，夏至第三個庚日起有 “三伏”。爲什麼叫 “臘”、
> 叫 “伏” 呢？首先查一下歷史，知道 “臘” 和 “伏” 是古
> 代農村裡的兩種祭祀（ “臘祭” 在十二月舉行， “伏祭” 在夏
> 至第三庚日以後舉行）。這兩種祭祀因何得名呢？ “臘祭”
> 是用臘肉作祭品的祭祀，命名爲 “臘”，比較容易解釋。
> “伏祭” 是用殺狗作儀式， “伏” 因殺狗而得名。殺狗爲
> 什麼叫 “伏”？《周禮》上稱 “伏祭” 爲 “䃽辜”。 “䃽”
> 是 “副” 的異體字。 “伏”、 “副” 古音相同， “伏” 是
> “副” 的同音假借字。《說文解字》： “副、判也。” 就
> 是用刀剖開的意思，也就是殺。

　　《釋名》一書幾全用 “推因” 爲訓詁方式，觀察《釋名》的
訓釋，可以提示吾人瞭解當如何著手去作推因的訓詁工作，歸納
起來，約有下列諸項。

　　㈠　從形狀推之：
　　　　《釋名・釋山》：「大阜曰陵，陵、隆也，體高隆也。」
　　　　《釋名・釋用器》：「鋤、助也，去穢助苗長也。齊人謂
　　　　其柄曰櫡，櫡然正直也。」
　　　　《釋名・釋姿容》：「僵、正直壘然也。」

(二) 從顏色推之：

《釋名‧釋水》：「海、晦也。主承穢濁，其色黑而晦也。」

《釋名‧釋天》：「晦、月盡之名也。晦灰也，火死爲灰，月光之盡似之也。」

(三) 從聲音推之：

《釋名‧釋天》：「雷、硍也。如轉物有所硍雷之聲也。」

《釋名‧釋樂器》：「簾、啼也。聲從孔出如嬰兒啼聲也。」

(四) 從性質推之：

《釋名‧釋形體》：「骨、滑也。堅而滑也。」

《釋名‧釋地》：「土黃而細密曰埴。埴、膱也，黏膩如脂之膱也。」

(五) 從作用推之：

《釋名‧釋形體》：「腕、宛也。言可宛曲也。」

《釋名‧釋首飾》：「冠、貫也。所以貫韜髮也。」

(六) 從成分推之：

《釋名‧釋兵》：「以犀皮作之曰犀盾，以木作之曰木盾。」

《釋名‧釋車》：「金路玉路，以鈺飾也；象路革路，各隨所以爲飾名也。」

(七) 從位置推之：

《釋名·釋形體》：「背、倍也。在後稱也。」

按《說文》：「倍、反也。」段注：「此倍之本義，〈中庸〉"爲下不倍"〈緇衣〉"信以結之，則民不倍。"《論語》"斯遠鄙倍"皆是也。引申之爲倍文之倍。〈大司樂〉注曰："倍文曰諷"。不面其文而讀之也。又引申爲加倍之倍，以反者覆，覆之則有二面，故二之曰倍。俗人�析，乃謂此專爲加倍字，而倍上倍文則皆用背，餘義行而本義廢矣。」

《釋名·釋形體》：「脅、挾也，在兩旁臂所挾也。」

(八) 從形似推之：

《釋名·釋天》：「氛、粉也。潤氣著草木，因寒凝凍，色若白粉之形也。」

《釋名·釋天》：「珥、氣在日兩旁之名也。珥、耳也。言似人耳之在兩旁也。」

(九) 從德性推之：

《釋名·釋形體》：「人、仁也。仁生物也。故《易》曰："立人之道曰仁與義"也。」

《釋名·釋地》：「水、準也，準平物也。」

(十) 從產地推之：

《釋名·釋飲食》：「韓羊、韓兔、韓雞，本法出韓國所爲也。猶酒言宜城醪、蒼梧清之屬也。」

《釋名·釋兵》：「盾隆者曰滇盾，本出於蜀，蜀滇所持
也。或曰羌盾，言出於羌也。」

以上亦歸納《釋名》之所用而提示學者推因時之思路歷程也。
並非僅能從此數方面去推求也。

關於訓詁方式的先後問題，黃先生的〈訓詁述略〉及〈訓詁
構成之方式〉二文皆以互訓、義界與推因為次第；陸宗達《訓詁
簡論》則以第一、互訓，第二、推原，第三、義界為次第。先師
林景伊先生在為筆者講授訓詁學時，其次第與黃先生同。迨著《訓
詁學槩要》時，則以互訓、推因、義界為先後，與陸宗達先生同。
而齊佩瑢《訓詁學概論》又以宛述（義界）、翻譯（互訓）、求
原（推原求根）為次第，彼此不同，學者或以為疑。余以為三者
之次第，首應出"互訓"，蓋若有同義之詞，可用來訓釋，自以
用之為宜。蓋以今通古，以易解難，以常見釋罕見，以已知推未
知，乃訓詁之通例也。若無同義之詞，則以語句說明其事物之意
義，則義界之方式，自應居其次也。既無同義之詞可以互訓，又
難以一句話或數句話把詞義的界限，闡述清楚，故只好根據詞的
聲音線索，探索詞義的由來。因此，我認為推因的方式，應在最
後，前面兩種方式都無法解說時，方不得已而用第三種推因的方
式，質之世之達人，未審以為然否。

一般來說，只有極少數的詞語能夠兼具三種訓詁方式。

官、吏也。《荀子·彊國》：「官人益秩。」注：「官人、
群吏也。」

　吏、官也。《國語·周語》:「百吏庶民。」注:「百吏、
　百官也。」

以上互訓。

　官、吏事君者也。見《說文》。
　吏、治人者也。見《說文》。

以上義界。

　官、管也。見《禮記·王制》疏。
　吏、治也。見《左傳·襄二十五年》注。

以上推因。

【註解】

1）龍宇純〈論反訓〉。華國第四期。

2）章太炎先生在〈語言緣起說〉中說：「物名必有所緣起。」而「一"實"
之名，必有其"德"若其"業"相麗。」譬如"雨"，就其實體來說，
就是從雲裡下來的雨水，但也可以是"下雨"（即《詩》"雨我公田"
之雨），還可以說是下雨的樣子。從詞性說，即是名詞、動詞或形容詞。
這就告訴我們，一個字可以從不同角度去解釋。例如《說文》："日、
實也"，"月、闕也"，"馬、武也，怒也"，"水、準也"，"火、
煒也"等等。乍一看來，幾乎無從索解，想不出古人爲什麼這樣"不殫
其煩"地"穿鑿附會"。然而，仔細一想，便知道古人確有其不得已的
苦衷。如"日"、"月"，除了畫象以外，你有什麼辦法來解釋呢？
（"太陽"、"月亮"等詞當時還沒有）因此，古人只能就他們當時的
科學水平所及，只能就他們可能推想到的語源來進行解說。譬如，人們
看到月亮的有圓有缺，便把它叫做"月"，造字時畫成其物，成了圓形
而又缺了一部分，許慎著書時就按此作解，其意還在兼顧語源與字源。
至于"火"則是畫也無法畫出的，但它有個很明顯的作用，那就是"物
入其中皆毀壞"（《釋名》）；而"水"呢？則有"平準物"（《御覽》）
的作用（《釋名》："水、準也，平準物也"）。這就說明，對于詞，
可以就其作用來訓釋。"作用"，前人稱之爲"業"。
再以"口"爲例，《說文》訓爲"人所以言、食也"，也是從"業"（作
用）的角度來解釋的。從詞性說，屬于動詞。而《釋名》"口、空也"，
則是從"口"的品格、德性、形容來解釋的。前人把這種方法叫做"德"。

從詞性上說，則屬于形容詞。"馬、武也"也屬於這一類，因爲"馬者兵象"。（《隋書•五行志•下》引《洪範五行傳》，《周禮•目錄》："馬者，武也。言爲武者也。"）譬如"司馬"，《左傳》上有時也作"司武"，這一官職，所司管不只是馬，而是武力，武事。

由上所述，可見一個詞可以不同角度來解釋，而主要是"實"（根據其實體，如"馬"即動物之馬）、"業"（根據其作用，如"火"之毀）、"德"（根據其品格、德性、形容，如"馬"爲"兵象"，有威武之容）三品。章太炎說："實、即今所謂名詞，德、即今所謂形容詞，業、即今所謂動詞。"闡說頗爲明白。——吳孟復《訓詁通論》。

3) 同注 2）

【附錄】

陳新雄〈訓詁方式中義界與推因之先後次第說〉

　　黃季剛先生的〈訓詁述略〉談到訓詁的方式時，是以互訓、義界、推因三者之次排列的。民國四十七年我在師範大學國文系從先師林景伊（尹）教授受訓詁學時，先師也是以這種次序的先後相授的。及後讀黃焯筆記黃季剛先生口述《文字聲韻訓詁筆記》一書，談到訓詁構成之方式，黃先生曰：「訓詁者，以語言解釋語言之謂，論其方式有三：一曰互訓，二曰義界，三曰推因。」在大學上訓詁學之同時，課餘讀到齊佩瑢的《訓詁學概論》，在齊氏書的第三章訓詁的施用方術中則說：「以語言釋語言之方式有三：一曰宛述（義界）。二曰翻譯（互訓）。三曰求原（推原求根）。」我初讀到此書，因為三方式的先後與黃季剛先生不同，還以為只是學派家法的不同，而存師傳的異說。

　　民國五十七年，正中書局編輯「國學萃編」，先師負責編著《訓詁學槃要》，當時余正忙於撰寫博士論文《古音學發微》，無暇與先師討論訓詁學之編撰事宜，先師乃將余之筆記，令黃生永武加以整理，而有正中書局版之《訓詁學槃要》一書問世，此書出版，其第四章、訓詁的方式，第一節互訓，第二節推因，第三節義界。三者先後之次第，既不同於黃季剛先生〈訓詁述略〉及先師講授訓詁學時之舊有次第，亦不同於齊佩瑢《訓詁學概論》之次第，則當另有所據，而未及與先師討論者，然心中疑惑，始終未去。心雖存疑，而於大學講述訓詁學時，於訓詁之方式方面，仍按黃季剛先生及先師林先生講授之舊第，未加改易。

　　民國七十一年余應聘香港浸會學院中文系，因地處香港，漸接觸大陸學者有關訓詁學著述，最先接觸者爲黃季剛先生弟子陸宗達氏之《訓詁簡論》，陸氏說：「漢代人釋詞的方法，可以歸納爲以下三種：第一，互訓。第二，推原。第三，義界。」自此以後，大陸學者，訓詁學之著述漸夥，而於此三方式亦各有不同，謹按其出版先後次第，分列於下，以資比較。：

　　胡楚生《訓詁學大綱》第五章訓詁的方法，第二節音訓。第三節義界。第四節翻譯。他把「戶、護也；星、散也；天、顚也。」那種追溯其源的求原推因字，歸入音訓類。則很明顯胡楚生是以推因、義界、互訓爲次的。（民國六十四年三月・蘭臺書局）

　　吳孟復《訓詁通論》以代言、義界、推因爲次。（1983年4月・安徽教育出版社）

　　白兆麟《簡明訓詁學》第三章訓詁的方法分爲三節：第一節、以形說義。第二節、因聲求義。第三節、直陳詞義。他把推求語源的推因歸在第二節因聲求義當中，而第三節直陳詞義當中，有〔1〕同義相訓、〔5〕標明義界。則其次序當爲推因、互訓、義界。（1984年10月・浙江省教育出版社）

　　楊端志《訓詁學》談到義訓時以（一）同義詞訓釋法。（二）義界。（三）說明描寫法。（四）推因。四者爲次第，其同義詞

訓釋法則包括互訓在內，雖然多了一項"說明描寫法"，然此法
實可包容於"義界"之中，例如所舉《爾雅·釋木》：「樅、松
葉柏身。」，實際上可以用義界以釋之。即「樅、似松葉柏身之
木。」故其所列之次第，仍同於黃季剛先生舊次。（1985年2月·
山東文藝出版社）

　　張永言《訓詁學簡論》第四章訓詁方式和訓詁用語綜述分訓
詁方式為（一）形訓，（二）聲訓，（三）義界。追溯語源之推因
列於聲訓之中，而代語與界說去列於義訓中"從表達方式來看"
一項之中。則其次第仍為推因、互訓、義界。（1985年4月·華
中工學院出版社）

　　王問漁主編《訓詁學的研究與應用》一書內收王寧《訓詁原
理概說》一文，王寧認為「詞義的解釋就其目的來說，可以分為
兩大類：一類是義訓，義訓中包括一種特殊訓釋，叫作形訓。一
類是聲訓。就其方式來說，也可以分為兩大類：一是直訓，直訓
包括單訓和互訓。二是義界。這兩種分類由于標準不同，彼此是
交插的。」（1986年4月·內蒙古人民出版社）

　　李建國《漢語訓詁學史》談及先秦訓詁的體式和方法一節，
把先秦的訓詁方法歸納為一、聲訓。二、形訓。三、義訓。聲訓
中有推因之例，義訓中有"同義相訓"及"設立義界"二項。則
其先後次第應為推因、互訓、義界。（1986年9月·安徽教育出
版社）

郭在貽《訓詁學》談到訓詁之方式時說：「訓詁方式大致可分爲三種：一曰互訓、二曰推原，三曰義界。」次第同於陸宗達氏。（1986年10月・湖南人民出版社）

周大璞主編《訓詁學初稿》第四章訓詁條例談到“釋義的方法”，把探求詞語意義的方法，分爲三類：（一）聲訓。（二）形訓。（三）義訓。在義訓中有“同義相訓”和“設立界說”兩項，則其次第亦爲“推因”、“互訓”、“義界”。與李建國之說法相同。（1987年7月・武漢大學出版社）

許威漢《訓詁學導論》第三章訓詁的方式次第爲一、互訓。二、義界。三、推因。與黃季剛先生原第相同。（1987年12月・上海教育出版社）

黃建中《訓詁學教程》第四章訓釋字詞的形式以直訓、義界、推因爲次。（1988年1月・荊楚書社出版）

趙振鐸《訓詁學史略》第六編現代訓詁學理論體系的建立一章，其第三節訓詁的方式，他認爲黃侃「一曰互訓，二曰義界，三曰推因。」較之於章炳麟《與章行嚴論墨學第二書》書中所說：「訓詁之術，略有三涂：一曰直訓，二曰語根，三曰義界。」其排列順序更能反映人們對訓詁方式的認識的發展。（1988年3月・中州古籍出版社）

　　陳紱《訓詁學基礎》解釋詞義的方式云：「前人一般把這種解釋詞義的方式歸爲三類：互訓、推因、義界。嚴格講這樣分是不夠科學的。首先：它們並不在一個平面上，"互訓"和"義界"，是用不同的形式闡明詞所含的意義，而"推因"，旨在尋求詞義產生的源頭，並不著眼於目的，這是兩個不同範疇的問題，同樣的形式可以有不同的目的，同一個目的也可以採用不同的形式。而這一節主要講的是方式，推因不能作爲其中的一種。」陳氏雖將推因排除於方式之外，然三者之次第，則同於黃季剛先生〈訓詁述略〉。（1990年9月•北京師範大學出版社）

　　就以上各家就其次第來看，我們可以簡單的列一張表如下：
　　第一種次第：互訓、義界、推因。
　　黃侃《訓詁述略》、《文字聲韻訓詁筆記》、林尹《訓詁學講義》、吳孟復《訓詁通論》、楊端志《訓詁學》、許威漢《訓詁學導論》、黃建中《訓詁學教程》、趙振鐸《訓詁學史略》。
　　第二種次第：互訓、推因、義界。
　　章炳麟《與章行嚴論墨學第二書》、林尹《訓詁學椀要》、陸宗達《訓詁簡論》、郭在貽《訓詁學》。
　　第三種次第：義界、互訓、推因。
　　齊佩瑢《訓詁學概論》。
　　第四種次第：推因、義界、互訓。
　　胡楚生《訓詁學概論》。
　　第五種次第：推因、互訓、義界。

白兆麟《簡明訓詁學》、張永言《訓詁學簡論》、李建國《漢語訓詁學史》、周大璞《訓詁學初稿》。

第六種次第：互訓、義界爲方式次第，推因爲目的次第。二者不在同一平面上作比較之次第。

王寧《訓詁原理概說》、陳紱《訓詁學基礎》。

第六種次第因爲將推因不擺在方式的次第上，所以不在本文討論的範圍之內，除第六種之次第外，其餘五種除互訓外，其推因與義界，第一種與第三種皆義界在前，推因在後；第二種、第四種、第五種則皆推因在前，義界在後。故應連類討論。本文之目的，主要在討論訓詁方式中，如果我們承認推因這種方式與義界是放在同一平面上的話，應該何者在前，何者在後？本來方式只是表現的一種方法型式，本來無所謂次第之先後，不過在我們敘述時，總有一個先後的，那麼，我們應該怎麼敘述，學者才比較容易掌握呢？趙振鐸的《訓詁學史略》在比較了黃侃與章炳麟師弟有關訓詁方式之名稱與次第後說：

> 比較一下這兩段論述，可以發現，章炳麟列在第二的"語根"，黃侃把它改爲"推因"，列在最後。章炳麟所謂"界說"，黃侃稱爲"義界"。這不只是用語和順序的改動，它反映了黃侃對他老師學說的繼承和發展。黃侃"互訓"、"義界"、"推因"的排列順序，更能反映人們對訓詁方式的認識和發展。

　　我覺得趙振鐸的觀察相當敏銳，掌握住了黃侃改動的要點。我個人認爲這三者的次第，首先應該是"互訓"，因爲語詞當中，如果有同義之詞，能普遍的爲人所瞭解，則拿來解釋，自是再適當不過了。因爲訓詁的原則，本來是要用已知的語言文字解釋未知的語言文字，用常見的語言文字解釋罕見的語言文字，用容易的語言文字解釋艱難的語言文字，這本來是天經地義的事，則用來作解釋的詞，只要爲人所共知，爲人們普遍的理解了，那拿來解釋，豈非簡捷易行嗎？但實際的語言當中，眞正意義完全相同的詞是很少的，所謂同義詞總有一些細微的差別，意義相近的詞中間，有相同的方面，也有差異的方面。用單詞來解釋單詞，能夠說明其同，而不能夠說明其異，因此如果沒有同義詞，那要怎麼辦呢？用互訓的方式當然是不行，那就必須要改用其他的方式。個人以爲在這個時候，最好用語句的方式來說明或描寫事物的意義，也就是說，當一個詞不能夠用來說明時，我們就用多數詞來解說，用多數詞或用語句來解說或描寫，這就是下義界的方式了。所以我們認爲義界應該擺在第二位的順序的道理了。如果遇到一個語詞，既無同義詞可以互訓，又很難用一句話或幾句話把詞義說得清清楚楚，讓人一看就可以瞭解。這時候就只好根據詞的聲音線索，也就是從音義的聯繫上去認識詞的歷史和意義的根源。因此我認爲推因的方式，應該擺在最後，當前面兩種方式都無法解說得清楚時，才不得已而用的第三種方式。因此互訓、義界、推因三種方式，反映了人們對訓詁方式的由淺而入深，由易而至難的認知過程。質諸當世方家，未審以爲然否？

中華民國八十二年九月二十一日脫稿於臺北市和平東路鍥不舍齋

第五章　訓詁之次序

黃季剛先生〈訓詁述略〉曾說：「求訓詁之次序有三：一為求證據，二為求本字，三為求語根。」所謂訓詁之次序，即詞義解釋過程中之先後步驟。說明白點，就是第一步該怎麼做，其次做什麼，最後怎麼辦？今依黃先生所定之次序，分別說明於後：

第一節　求證據

臧鏞嘗曰：「治經必先通詁訓，庶免鑿空逃虛之病。」黃季剛先生亦謂：「求證據，是普通訓詁之事，其法不外引證舊典，以明詞義，如《詩·毛傳》：『關關、和聲也；窈窕、幽閒也之屬，皆明義之當然，以便稱說而已。』」

然而引證舊典，自以時間相去不遠，年代愈近，則愈為可信。盧文弨嘗曰：「欲識訓詁，當於年代相近者求之。」故訓詁之最可信者，則莫若以本經解本經；其次則以經解經；再其次則以漢人傳注中訓詁釋之，非不得已，不以後人之訓釋以訓舊有之典籍。茲分述之如下：

(一)　**以本經解本經：**

①　王引之《經傳釋詞》弟九"終"下云：「家大人曰：終、詞之既也。《詩·終風》曰：『終風且暴。』毛傳曰：『終日風為終風。』韓詩曰：『終風、西風也。』此皆緣詞牛訓，非經本

義。終、猶既也。言既風且暴也。〈燕燕〉曰：『終溫且惠，淑慎其身。』言既溫且惠也。（正義曰：終當顏色溫和，且能恭順。失之。）〈北門〉曰：『終窶且貧。莫知我艱。』言既窶且貧也。（箋曰：君於己祿薄，終不足以爲禮，又近困於財。失之。）〈伐木〉曰：『神之聽之，終和且平。』言既和且平也。（〈那〉曰：『既和且平』是也。箋曰：神若聽之，使得如志，則友終相與和而齊功也。失之。）〈甫田〉曰：『禾易長畝。終善且有。』言既善且有也。（正義曰：終至成善，且收而大有。失之。）〈正月〉曰：『終其永懷，又窘陰雨。』言既長憂傷，又仍陰雨也。（箋曰：終王之所行，其長可憂傷矣。又將仍憂於陰雨。失之。）終與既同義，故或上言終而下言且，或上言終而下言又，說者皆以終爲終竟之終，而經文上下相因之指，遂不可尋矣。又〈葛藟〉曰：『終遠兄弟，謂他人父。』言既遠兄弟也。（傳曰：兄弟之道已相遠。箋曰：今已遠棄族親。已亦既也。正義曰：王終是遠於兄弟，失傳箋之意矣。）〈鄭•揚之水〉曰：『終鮮兄弟，維予與女。』言既鮮兄弟也。（箋曰：後竟寡於兄弟之恩，訓終爲竟。失之。）〈定之方中〉曰：『卜云其言，終然允臧。』然猶而也。言既而允臧也。說者以終爲終竟，亦失之。引之謹案：〈載馳〉曰：『許人尤之，眾稚且狂。』眾、讀爲終，終、既也；稚、驕也。此承上文而言，女子善懷，亦各有道，是我之欲歸，未必非也。而許人偏見，輒以相尤。則既驕且妄矣。蓋自以爲是，驕也；以是爲非，妄也。毛公不知眾之爲終，而云是乃眾幼稚且狂。許之大夫，豈必人人皆幼邪！」

　　②　《經傳釋詞》弟八"曾"下曰：「曾、乃也，則也。《說

文》曰：『曾、詞之舒也。』高注《淮南・脩務》篇曰：『曾、
則也。』鄭注〈檀弓〉曰：『則之言曾。』《詩・河廣》曰：『曾
不容刀。』『曾不崇朝。』〈板〉曰：『曾莫惠我師。』〈召旻〉
曰：『曾不知其玷。』……《論語・八佾》曰：『曾謂泰山不如
林放乎！』（皇侃疏：曾之言則也。釋文：曾、則登反。）〈先
進〉曰：『吾以子爲異之問，曾由與求之問。』（孔傳曰：則此
二人之問。）皆是也。」

③　《經傳釋詞》弟八 "斯" 下曰：「斯猶乃也。《書・洪
範》曰：『女則錫之福，斯人斯其惟皇之極。』〈金縢〉曰：『周
公居東二年，則罪人斯得。』《詩・小旻》曰：『謀猶回遹，何
日斯沮。』〈賓之初筵〉曰：『大侯既抗。弓矢斯張。』〈角弓〉
曰：『受爵不讓。至于己斯亡。』《詩・斯干》曰：『乃安斯寢，
乃寢乃興。』斯亦乃也，互文耳。斯猶其也。《詩・采芑》曰：
『朱芾斯皇。』〈斯干〉曰：『如跂斯翼。如矢斯棘。如鳥斯革。
如翬斯飛。』〈甫田〉曰：『乃求千斯倉。柔求萬斯箱。』〈白
華〉曰：『有扁斯石。』〈思齊〉曰：『則百斯男。』〈皇矣〉
曰：『王赫斯怒。』〈烈祖〉曰：『有秩斯祜。』斯字並與其同
義。」

(二)　**以經解經**：所謂以經解經，實際上則以同時代之著作，或
　　　年代相近之著作作爲證據，以相解說，使其所釋，有同時
　　　代之說，可爲參證。則較易取信於人也。

①　王引之《經義述聞》"朋友攸攝" 條云：「〈既醉〉篇：
『朋友攸攝，攝以威儀。』毛傳曰：『言相攝佐者以威儀也。』

正義曰：『攝者收斂之言，各自收斂以相助佐爲威儀之事。』引之謹案：正義謂各自收斂以相助佐，則是分攝與佐爲二事，非也。攝即佐也。《襄三十一年左傳》引《詩》：『朋友攸攝，攝以威儀。』杜預注曰：『攝、佐也。』是其證矣。白帖三十四引《詩》：『朋友攸攝，攝以威儀。』攝、助也。與《毛詩》義同而文異，蓋本《韓詩》也。《昭十四年左傳》：『士景伯如楚，叔魚攝理。』《晉語》作『叔魚爲贊理。』韋昭注曰：『贊、佐也。』《昭二十六年左傳》曰：『晉爲無道，是攝是贊。』皆謂相佐助也。」

②　王引之《經義述聞》“可以濯溉”條云：「〈泂酌〉篇云：『可以濯溉』。毛傳曰：『溉、清也。』正義曰：『謂洗之使清絜。』家大人曰：『上章可以濯罍。』罍爲祭器，此章之溉，義亦當然。溉當讀爲概。（概溉古通用，《周官·大宗伯》注：『概、祭器。』釋文：『溉本作概。』《史記·范睢傳》：『臣愚而不概於王心。』集解引徐廣曰：『概、一作溉。』《淮南·詮言》篇：『日月廋而無溉於志。』溉亦與概同。）〈春官·鬯人〉：『凡祭祀社壝用大罍，禜門用瓢，齊廟用脩；凡山川四方用蜃，凡祼事用概，凡疈事用散。』鄭注曰：『脩、蜃、概、散皆漆尊也。』概尊以朱帶者，疏曰：『黑漆爲尊，以朱帶落腹，故名概，概者橫概之義。』是罍與概皆尊名，故二章言濯罍，三章言濯概也。此與〈天官·世婦〉之濯摡不同，若訓溉爲清，則與濯罍之文不類矣。」

③　王引之《經義述聞》“曾是彊禦、彊禦多懟、不畏彊禦”條云：「〈蕩〉篇：『曾是彊禦。』毛傳曰：『彊禦、彊梁禦善也。』正義曰：『禦善者，見善事而抗禦之。』家大人曰：『禦

亦彊也，曾是彊禦、曾是掊克，彊禦與掊克相對；不侮矜寡，不
畏彊禦，彊禦與矜寡相對，皆二字平列，其義相同。《史記・周
本紀》集解引〈牧誓〉鄭注曰：『彊禦謂彊暴也。字或作彊圉（《漢
書・王莽傳》曰：『不畏彊圉』）又作強圉，《楚辭・離騷》：
『澆身被服強圉兮。』王逸注曰：『強圉、多力也。』《淮南・
天文》篇：『己在丁日強圉。』高誘注曰：『在丁言萬物剛盛，
故曰強圉也。』《逸周書・諡法》篇曰：『威德剛武曰圉。』《春
秋繁露・必仁且知》篇曰：『其強足以覆過，其禦足以犯詐。』
是禦與彊同義。下文曰：『彊禦多懟。』《昭元年左傳》曰：『彊
禦已甚。』《十二年傳》曰：『吾軍帥彊禦。』皆二字同義，非
彊梁禦善之謂也。」

（三）　**以漢儒傳注釋經**：凡治訓詁之學，於經史本文，漢儒傳注
　　　　必須參互鉤稽，不可有所偏廢，王引之〈經籍纂詁序〉特
　　　　別強調漢儒傳注之不可偏廢。茲錄於後：

　　　如〈周南・關雎〉篇：「左右芼之」傳釋 "芼" 為 "擇"。
後人不從，而不知 "芼" "苗" 聲近義同。左右芼之之芼，傳以
為 "擇"，猶田苗蒐狩之苗，《白虎通》以為擇取。《爾雅》：
「芼、搴也。」亦與擇取之義相近也。

　　　〈召南・甘棠〉篇：「勿翦勿拜。」箋訓 "拜" 為 "拔"，
後人不從，而不知 "拜" 與 "拔" 聲近而義同也。

　　　〈邶風・柏舟〉篇：「不可選也。」傳訓 "選" 為 "數"，
後人不從，而不知 "選" "算" 古字通。朱穆〈絕交論〉作「不
可算也。」鄭注《論語》：「何足算也。」以 "算" 為 "數"，

正與此同義也。

〈新臺〉篇：「籧篨不鮮。」箋訓“鮮”爲“善”，後人不從，而不知《爾雅》“鮮”“省”二字皆訓爲善，正是一聲之轉，且下云：「籧篨不殄。」“殄”讀曰“腆”，其義亦爲善也。

〈小雅・采綠〉篇：「六月不詹。」傳訓“詹”爲“至”，後人不從，而不知“詹”之爲“至”，載於《爾雅》，乃古之方言，是以《方言》言亦云：「楚語謂至爲詹」也。

〈曲禮〉：「急繕其怒。」鄭讀“繕”爲“勁”，後人不從，而不知“繕”之爲“勁”，乃耕、仙二部之相轉，猶“辨秩東作”通作“平秩”；“平平左右”亦作“便蕃左右”也。

〈學記〉：「術有序。」鄭注云：「術當爲遂，聲之誤也。」後人不從，而妄改爲州，而不知“術”“遂”古同聲，故〈月令〉：「審端徑術。」注云：「術、《周禮》作遂也。」

黃焯《文字聲韻訓詁筆記》一書，記載黃侃言〈求訓詁之次序〉之〈求證據〉條云：「訓詁之事，在解明字義和詞義，如《詩》毛傳：『關關、和聲也；窈窕、幽閒也。』之屬，皆明義之當然，以便解說。其明字義者，有求其證據，而引古籍以證之。如《說文》：『芫、遠荒也。』引《詩》曰：『至于芫野。』『啞、笑也。』引《易》曰：『笑言啞啞。』此皆引經文以明字義也。其明字形亦有引經文者，如解婿从士之故，引《詩》曰：『女也不爽，士二其行。』以士與女對言，是也。」

茲再舉郝懿行《爾雅義疏》爲例，以說明推求證據之方。

《爾雅・釋詁第一》：「初、哉、首、基、肇、祖、元、

　　胎、俶、落、權輿、始也。」

　　注：「《尚書》曰：『三月哉生魄。』《詩》曰：『令終有俶。』又曰：『俶載南畝。』又曰：『訪予落止。』又曰：『胡不承權輿。』胚胎未成，亦物之始也。其餘皆義之常行者耳。此所以釋古今之異言，通方俗之殊語。」

　　《義疏》：「此釋始之義也，《說文》云：『始、女之初也。』《釋名》云：『始、息也，言滋息也。』按始與治通，《書》云：『在治忽。』《史記・夏本紀》作『來始滑。』《漢書・律曆志》作『七始詠。』是始治通也。初者、裁衣之始，哉者、草木之始，基者、築牆之始，肇者、開戶之始，祖者、人之始，胎者、生之始也。每字皆有其本義，但俱訓始，例得兼通，不必與本義相關也。

　　初既訓始，〈覲禮〉及〈檀弓〉注又訓"故"者，故亦古也，古亦始也。始與治通，故後文又云：『治、故也。』

　　哉者才之假音，《說文》云：『才、艸木之初也。』經典通作哉，《尚書大傳》云：『儀伯之樂舞鼕哉。』《詩》云：『陳錫哉周』鄭俱以"哉"為"始"也。郭注下文『茂、勉』引《大傳》『茂哉茂哉』釋文或作『茂才』。《書》云：『往哉汝諧。』〈張平子碑〉碑作『往才汝諧。』『哉生魄』，《晉書・夏侯湛傳》作『才生魄。』是才哉古字通。又通作載，『陳錫哉周』，《左氏宣十五年傳》作『陳錫載周』，《書》『載采采』，《史記・夏紀》作『始事事。』《詩》『載見辟王』，傳亦云：『載、始也。』是載哉通。《爾雅》釋文：『哉、亦作裁。』〈中庸〉

『栽者培之。』鄭注：『栽讀如文王初載之載。』栽或爲茲，茲栽哉古皆音同字通也。

首者，與鼻同意，《方言》云：『鼻、始也。獸之初生謂之鼻，人之初生謂之首。』是首鼻其義同，特言此者，人生之始，首鼻居先也。

胎者，《一切經音義•一》引《爾雅》舊注云：『胎、始養也。』《漢書•梅乘傳》云：『福生有基，禍生有胎。』服虔注：『基、胎皆始也。』通作殆，《詩》『殆及公子同歸。』傳：『殆、始也。』《爾雅》釋文：『胎、大才反，本或作台。』是台、迨、殆俱胎之假音矣。

俶者，《說文》云：『始也。』又土部堓：『一曰始也。』則其義同。《釋名》云：『荊豫人謂長婦曰埱，埱、祝也，祝、始也。』是埱與俶音義又同也。

落者，《詩》『訪予落止。』《逸周書•文酌篇》云：『物無不落。』毛傳及孔晁注並云：『落、始也。』落本殞墜之義，故云殂落，此訓始者，始終代嬗，榮落互根，《易》之消長，《書》之治亂，其道胥然，愚者闇於當前，達人燭以遠覽，落之訓死，又訓始，名若相反，而義實相通矣。

權輿者，《廣雅疏證》以爲『其萌、蘠薄』之假音，則與才落義皆相近。《詩》『不承權輿。』〈文酌篇〉云：『一榦勝權輿。』〈周月篇〉云：『日月權輿。』《大戴禮•誥志篇》云：『百草權輿。』皆以權輿連文，古書多假借，今略爲標舉。

如基、肇、祖三字俱訓爲始，《詩》『夙夜基命』，《禮•孔子閒居》"基命"作"其命"，《書》『丕丕基。』漢石經作

『不不期』，《儀禮•士喪禮》注：『古文基作期。』是期其通基也。

　　肇乃肁之假音，《說文》：『肁、始開也。』《詩》：『后稷肇祀。』《禮•表記》作"兆祀"，是兆肇通肁也。

　　祖古金石文字作且，《書》『黎民阻飢。』《史記》集解據今文尚書作"祖飢"，索隱據古文尚書作"阻飢"。《詩》『六月徂暑』，箋：『徂、猶始也。』是徂阻通祖矣。凡聲同之字，古多通用。」

　　所謂求證據者，乃言必有據。先師林景伊先生謂之"賣耳光"。[1]

【附記】

[1] 先師林景伊先生昔嘗語新雄曰：

　　「余往受業於季剛師門下，先師嘗爲說一故事，漢口市每至盛暑，酷熱難禁，故中午時分，百業暫停，市民多半前往旅館闢室午睡休息，亦有邀三五友朋，前往旅館爲麻雀之戲者，雀戲多供四人戲玩，若有五人，則玩若干圈後，其中一人休息，謂之作夢，換他人上桌。一般夢家，多半在旁觀戰。惟某日某一夢家，因雀玩已久，不願觀戰，乃在旅館四處閒逛，或見別室有一美艷少婦於房中午睡，而房門未掩，乃頓生輕薄之心，往該少婦臉上一吻，少婦不悅，眼未睜開，卻順手刮其一掌。此一夢家，一言不發，輕手輕腳，走向鄰室，見一男子，正午臥方酣，乃趨前重刮該男子一掌，然後急速離開鄰室。只聽到鄰室男大叫，誰人如此無聊，刮我一掌。語猶未畢，美艷少婦已然衝出，戟指大罵，汝不要臉之東西，還敢聲張！於是二人爭吵不已，原惹禍男子，卻前來作調人。請彼此莫再爭吵，可能出於誤會。黃先生說畢，問先師識其意否？先師曰諾。一則曰鄭康成，再則曰孔穎達，三則曰章太炎。黃先生曰：是善於"賣耳光"者矣。」

此一故事，聞者非余一人，新雄因記其大要如此。

第二節　求本字

黃季剛先生云：「凡人皆有求真匡謬之心，故於文字之有誤者，必考其致誤之由；有變者，必考其未變之本。如"別風淮雨"一語，既考得其出於《尚書大傳》，又訂其為"列風淫雨"之誤。更進而推求"列"之本字為"烈"，（《詩·大叔于田》：『火烈具舉』傳：『烈、列也。』是古烈列通用。）而後一句之意乃大明。故凡求文字之義訓，與其造字時之形體聲音相符，即求本字之謂也。」

又云：「漢人注經，多求本字。鄭玄之注三禮，嘗有正誤之說。如《儀禮·喪服·經傳》『庶孫之中殤。』注云：『此當為下殤，言中殤者，字之誤爾。』又如《禮記·檀弓·公叔木》注云：『木當為朱，《春秋》作戍。』其他類此者甚多，茲特舉其一二爾。段玉裁〈周禮漢讀考〉云：『漢人作注，於字發疑正讀，其例有三：一曰讀如讀若，擬其音也。二曰讀為讀曰，易其字也。三曰當為，定為字之誤、聲之誤，而改其字也。形近而訛，謂為字之誤；聲近而訛，謂為聲之誤。字誤聲誤而正之，皆謂之當為。凡言讀為者，不以為誤，凡言當為者，直斥其誤也。』」

又曰：「文辭用字，自當從其本義。惟吾國文字正假兼用，已成慣習，如常言新，（《說文》『新、取木也。』本字應作薪。）舊（《說文》『舊、舊留也。』乃鳥名，本字應作肌或久。）難（《說文》『難、鳥也。』本字應作堇。）易（《說文》『易、蜥易、蠑螈、守宮也。』本字應作敭。）皆非本字。又如《論語》『學而時習之，不亦說乎？』一句中而（《說文》『而、頰毛也。本字當為乃，古而乃音同，故得借用。）之（出也。本字當作是，古之、其、是、者四字多通用。）不（《說文》『不、鳥飛上翔不下來也。』本字當為否。）亦（亦即掖字，掖必有二，引申為再又之詞。）皆非本字。蓋文章可隨俗而相通，訓詁必求眞而返本也。」

我國文字當中，本字與借字兼相雜用，極為繁複，就訓詁言，則必須考明其本字本義，及其假借通用之故。如黃君所舉新、舊、難、易諸字，以及而、之、不、亦諸字，皆本義久翳不用，而假借義反通行者，若其字本義尚未廢除，則不將本字求明，而依假借字之本義釋之，自難免有望文生義之弊矣。

至於如何以求本字，可從兩方面加以探索，一則從音以求，一則據形以求。茲分述之於下：

(1)　**從音以求**：蘄春黃君有〈求本字之捷術〉一文，言推求本字，條理密察，極有層次。茲錄於後：

黃君云：「昔人求本字者，有音同、音近、音轉三例，至為閎通；然亦非歝于淆亂者所可藉口。茲抽其緒條，以告同道：

音同有今音相同、古音相同二例：今音相同者，謂於《唐韻》、《切韻》中爲同音，此例最易了。

古音相同者，必須明於十九紐之變，又須略曉古本音；譬如涂之與除，今音兩紐，然古音無澄紐，是除亦讀涂也；又如罹之與羅，今音異韻，然古音無支韻，是罹亦讀羅也。

音轉者，謂雙聲正例。一字之音本在此部，而假借用彼部字；然此部字與彼部字雖同韻，的係同聲，是以得相通轉。

音近者，謂同爲一類之音；如見、溪與群、疑音近；影、喻與曉、匣音近；古者謂之旁紐雙聲。

然求音近之假借，非可意爲指斥；須將一字所衍之聲，通爲計較，視其所衍之聲，分隸幾紐；然後由其紐以求其字。

雖喉音可假借舌音也；雖齒音可以假借脣音也；若不先計較，率爾指同，均爲假借，則其用過宏。朱駿聲于此不甚明瞭，猶不若王筠之愼也。

大抵見一字，而不了本義，須先就《切韻》同音字求之。不得，則就古韻同音求之，不得者蓋已鮮。如更不能得，更就異韻同聲之字求之。更不能得，更就同韻、同類或異韻、同類之字求之。終不能得，乃計較此字母音所衍之字，衍爲幾聲，如有轉入他類之音，可就同韻異類之字求之。若乃異韻異類，非有至切至明之證據，不可率爾妄説。此言雖簡，實爲據借字以求本字之不易定法。王懷祖、郝恂九諸君罔不如此。勿以其簡徑而忽之。」

　　黃君此言，細加分析，可分爲好幾層層次。亦即判斷此字是否假借字？當從下列次序與步驟以觀察之。

　　①　《切韻》中是否同音，此例最易明瞭，只要在《切韻》查索，如屬同一切語，則爲同音。如有此種聲韻關係，則此二字之爲假借之必要條件，即已具備。

　　②　若《切韻》非屬同音，則觀其於上古韻部是否同音，上古韻部同音之條件，可以稍爲放寬，只要聲同，主要元音以下相同，即可視爲同音，其介音部分，可以容許有洪細、開合之差異。如江〔ｋｒａｕŋ〕與工〔ｋａｕŋ〕之差別，即可視爲同音者矣。

　　③　若古音非屬同音，則視其古聲是否同聲，若上古聲母同一聲紐，而其韻部有對轉、旁轉之關係者，亦可以具備假借之條件。黃君所謂“韻變必雙聲”者是也。如無〔ｍｉｕａ〕與亡〔ｍｉｕａŋ〕爲陰陽對轉之關係者是也。

　　④　所謂同韻同類者，乃指古韻部相同，而古聲母非同一聲紐，但卻爲同一發音部位之旁紐雙聲，則亦具備假借之條件。如旁〔ｂˊａŋ〕之與方〔ｐｉｕａŋ〕古韻部同在陽部，聲紐則有並與幫之差異，但均屬重脣音，發音部位相同。

　　⑤　所謂異韻同類者，乃指二字之間，上古韻部既不同部，而聲母卻爲旁紐雙聲。我想其上古韻部雖不同部，但仍必須有對轉旁轉之關係者，方有假借之可能。例如旁〔ｂˊａŋ〕與溥〔ｐˊａ〕，韻部爲陽魚對轉，聲母爲並滂旁紐雙聲，故亦具備假借之條件。

　　⑥　若只有古韻同部之關係，而其聲母並無關係。[1] 應視其諧聲偏旁所衍之聲來斷定。

⑦　若此二字之間爲異韻異類，則根本不具備假借之條件，自應排除於假借之例。所以黃君云：「不可率爾妄說」也。

【附註】

1）　關於此點，我想爲黃君作一解釋，因爲黃君之時代，古聲母之研究，尚未臻於成熟，以其上古聲母之知識，方有此種情形出現。例如：余《廣韻》喻母字，從其得聲者有涂定母、有除澄母、有徐邪母、有蜍禪母。以上諸字，雖同屬古韻魚部，在上古確屬同部，然其聲母，據黃君所考，則有影母、定母、心母之殊。於上古又確有假借之現象，故黃君云：須將一字所衍之聲通爲計較，視其所衍之聲，分隸幾紐，然後由其紐以求其字。雖喉音可以假借舌音也。因其影爲喉音，定爲舌音也。但如照後人古聲紐之研究，曾運乾謂喻紐古歸定，錢玄同謂邪紐古歸定，則此類假借之條件，實與第二層次之古音相同一類，或第四層次同韻同類一類並無差異。是則所謂同韻異類之假借，根本不存在者也。

蓋文字所以記錄語言，而語言又由聲音表達，當文字記錄語言時，倉卒無其字，或有其字而一時記憶所不及，故只得借用音同音近之字以相替代。凡遇此種情形，惟有就音而求其本字。就音而求本字之法，黃君所言，已極其清楚。因黃君深明求本字之方法，故推求本字亦極精到。茲舉章太炎先生《小學答問》中兩則例子，以觀黃君推求本字之造詣。

問曰：『《說文》：浪、滄浪水也。今言波浪，本字云何？』

黃侃答曰：『以雙聲耤爲瀾。《説文》：『大波爲瀾。』
問曰：『《説文》：油、油水水出武陵屛陵西,東南入江,
今以油爲膏,本字云何？』黃侃答曰：『以雙聲耤爲腴。
《説文》：腴、腹下肥也。古謂膏爲肥,《説文》：膏肥
也。肥可稱膏,故亦可稱腴。』

黃君而外,清儒治經,亦多用此法,因舉數例以後,以發凡
示例：

王引之《經義述聞》第五：

《終南篇》："終南何有？有紀有堂。"《毛傳》曰："紀、
基也；堂、畢道平如堂也。"

引之謹案："終南何有",設問山所有之物耳,"山基"與
"畢道"仍是山,非山之所有也。

今以全詩之例考之,如"山有榛"、"山有扶蘇"、"山有
樞"、"山有包櫟"、"山有嘉卉,侯栗侯梅"、"山有蕨薇"、
"南山有臺,北山有萊"。凡云山有某物者,皆指山中之草木而
言。

又如"丘中有麻"、"丘中有麥"、"丘中有李"、"山有
扶蘇,隰有荷華"、"山有喬松,隰有游龍"、"園有桃"、"園
有棘"、"山有樞,隰有榆"、"山有栲,隰有杻"、"山有漆,
隰有栗"、"阪有漆,隰有栗"、"阪有桑,隰有楊"、"山有
苞櫟,隰有六駁"、"山有苞棣,隰有樹檖"、"墓門有棘"、
"墓門有梅"、"南山有臺,北山有萊"、"南山有桑,北山有
楊"、"南山有杞,北山有李"、"南山有栲,北山有杻"、"南

山有枸，北山有楰”。凡首章言草木者，二章三章四章五章亦皆言草木。此不易之例也。今首章言木而二章乃言山，則既與首章不合，又與全詩之例不符矣。

今案：“紀”讀爲“杞”，“堂”讀爲“棠”。“條”“梅”“杞”“棠”皆木名也，“紀”“堂”假借字耳。

《左氏春秋》桓二年“杞侯來朝”，《公羊》《穀梁》並作“紀侯”，三年“公會杞侯于郕”，《公羊》侯“紀侯”。

《廣韻》“堂”字注引《風俗通》曰：“堂、楚邑大夫五尙爲之〔宰〕，其后氏焉。”即昭二十年“棠君尙”也。“棠”字注曰：“吳王闔閭弟夫漑奔楚，爲棠谿氏。”定四年《左傳》作“堂谿”。

《史記•齊世家》索隱引《管子》“棠巫”，今《管子•小稱篇》作“堂巫”。

是“杞”“紀”“棠”“堂”古字并通也。

考《白帖》“終南山類”引《詩》正作“有杞有棠”，唐時齊、魯詩皆亡，唯韓詩尙存，則所引蓋韓詩也。

柳宗元《終南山祠堂碑》：“曰其物產之厚，器用之出，則璆琳琅玕，夏書載焉；紀堂條梅，秦風詠焉。”宗元以“紀”“堂”爲終南之物產，則是讀“紀”爲“杞”，讀“堂”爲“棠”，蓋亦本韓詩也。

且首章言“有條有梅”，二章言“有紀有堂”，首章言“錦衣狐裘”，二章言“黻衣繡裳”，“條”“梅”“紀”“堂”之皆爲木，亦猶“錦衣”“黻衣”之皆爲衣也。自毛公誤釋“紀”“堂”爲山，而崔靈恩本“紀”遂作“屺”，此真所謂說誤于前，文變于后者矣。

王念孫《讀書雜志・八》

《荀子・勸學》“強自取柱，柔自取束。”楊注曰：“凡物強則以爲柱而任勞，柔自見束而約急，皆其自取也。”

引之曰：楊說強自取柱之義甚迂。柱與束相對爲文，則柱非謂屋柱之柱也。柱、當讀爲祝。哀十四年《公羊傳》“天祝予。”十三年《穀梁傳》“祝髮文身”。何、范注並曰：“祝、斷也。”此言物強則自取斷折，所謂太剛則折也。《大戴記》作“強自取折”，是其證矣。《南山經》“招搖之山有草焉，其名曰祝餘。”“祝餘”或作“柱荼”，是祝與柱通也。（祝之通作柱，猶注之通作祝。《周官》“瘍醫、祝藥”。鄭注曰：祝當爲注，聲之誤也。）

俞樾《古書疑義舉例》〈以雙聲疊韻字代本字例〉云：

《尚書・微子篇》：『天毒降災荒殷國。』《史記・宋微子世家》作『天篤下災亡殷國。』篤者、厚也。言天厚降災咎以亡殷國也。篤與毒、亡與荒皆疊韻，此以疊韻字代本字之例也。

《夏小正》：『黑鳥浴。』傳曰：『浴也者，飛乍高乍下也。』按飛乍高乍下，何以謂之浴？義不可通。浴者俗之誤字，《說文》：『俗、習也。』黑鳥浴即黑鳥習也。《說文》：『習、數飛也。』傳所謂飛乍高乍下者，正合數飛之義。俗習雙聲，故即以俗字代習字耳。

先師魯實先先生《假借溯原》云：「黑部之黯所從音聲，并爲罙之假借。假音爲罙，則見黯爲深黑之義。」

新雄謹案：《說文》：「黯、深黑也。從黑音聲。」以“音”

爲"罙"之假借，曷若謂"音"爲"佥"之假借。"音"之與"罙"
只古音同部之關係，屬於黃季剛先生〈求本字之捷術〉第六層次，
聲韻關係疏遠。而"音"之與"佥"則自上古至《切韻》乃至今
日，均屬同音。且《說文》：「佥、雲覆日也。」雲覆日則深黑
義自見。《說文》「陰、闇也。水之南，山之北也。」《廣雅•
釋言》：「陰、闇也。」《爾雅•釋畜》注：「陰、淺黑也。」
《書•說命上》疏：「陰是幽闇之義。」《太玄•玄攡》：「幽
無形深不測謂之陰也。」文十七年《左傳》：「鹿死不擇音。」
注：「音所茠蔭之處，古字聲同，皆相假借。」《釋名•釋天》：
「陰、蔭也。氣在內奧蔭也。」若以"音"爲"罙"之借，除二
字上古同部外，別無它證。而以"音"爲"佥、陰"之借，除同
音外，證據彌多，則"音"爲"佥"之假借，其義顯然。嘗以此
對先師，蒙先師慰勉有嘉。並勉勵云：「望汝將來成爲名學者，
不僅是名教授而已。」走筆至此，仍不勝其孺慕之思也。

　(2)　**據形以求**：我國古籍，屢經傳寫，其中亦多因形近而訛
者，遇此情形，音不相關，則惟有據形以求矣。俞樾云：「學者
少見多怪，遇有古字不能識，以形似之字改之，往往失其本眞
矣。」其實不僅古字，即常用者，亦不免失眞，所謂"書三寫，
魯成魚，帝成虎。"可見形訛，實難避免者也。《呂氏春秋•察
傳篇》云：「子夏之晉過衛，有讀史記者曰：「晉師三豕涉河。
」子夏曰：「非也，是己亥耳。夫己與三相似，豕與亥相似。」
至於晉而問之，則曰：「晉師己亥涉河也。」此乃成語中"魯魚
亥豕"一語之由來。今舉俞樾《古書疑義舉例》〈不識古字而誤

豕"一語之由來。今舉俞樾《古書疑義舉例》〈不識古字而誤改例〉云：

　　其古文作丌，《周易·雜卦》傳：「噬嗑、食也。賁、其色也。」蓋以食色相對成文，加其字以足句也。「其」從古文作「丌」，學者不識，遂改作「无」字，雖曲爲之說而不可通矣。《周書·文政篇》：「基有危傾。」「基」字假「其」爲之，蓋古字通用。《詩·昊天有成命》篇：「夙夜基命宥密。」是其證也。因「其」字從古文作「丌」，學者不識，改作「示」字，示有危傾，義不可通矣。《國語·吳語》：「伯父多歷年以沒其身。」語意甚明，因「其」字從古文作「丌」，學者不識，改作「元」字，以沒元身，義不可通矣。

　　旅古文作𣃟，《尚書·康誥篇》：「紹聞旅德言。」旅者陳也，言布陳其德言也。因「旅」字從古文作「𣃟」，學者不識，改作「衣」字矣。《周書·武稱篇》：「冬寒其衣服」。「衣」亦「旅」字之誤。《史記·天官書》曰：「主葆旅事。」是旅與葆同義。此篇曰：「冬寒其旅。」《大武篇》：「冬凍其葆。」文義同也。因「旅」字從古文作「𣃟」。學者不識，改作「衣」字，而又加服字矣。《官人篇》：「愚、依人也。」「依」亦「旅」之誤。旅讀爲魯，《說文》曰：「𣃟、古文旅，古文以爲魯衛之魯。」是也。愚魯連文，義正相近，因假旅爲魯，而又從古文作𣃟，學者不識，改作「衣」字，以愚衣無義，又從人作依矣。

　　服古文𠬝，《尚書·呂刑篇》「何敬非刑，何度非服。」刑服對言，古語如此。〈堯典〉曰：「五刑有服，五服三就。」此篇曰：「上刑適輕下服，下刑適重上服。」並其證也。《史記》作「何居非其宜。」《爾雅》曰：「服、宜事也。」是服宜同義。故經文作「服」，《史記》作「宜」也。「服」字從古文作「𝔅」，學者不識，改作「及」字，則《史記》作「宜」之故，不可曉矣。《大戴記・王言篇》：「服其明德也。」其義明白無疑。因「服」字從古文作「𝔅」，學者不識，改作「及」字，孔氏廣森作補注曰：「明德之所及也。」夫明德所及，不得言及其明德，可知其非矣。《淮南子・主術篇》：「蓋力優而德不能服也。」其義明白無疑，因「德」字從古文作「悳」，「服」字從古文作「𝔅」，學者不識，改「悳」爲「克」，改「𝔅」爲「及」。高注曰：「克猶能也。」則克不能及，爲能不能及，文義不可通矣。按僖二十四年《左傳》：「子臧之服，不稱也夫。」《釋文》「服作及。」蓋亦由古本是「𝔅」字，故誤爲及也。

君古文作𰀀，《國語・晉語》「楚成王以君禮享之。」謂以國君之禮享之。下文「秦穆公饗公子，如饗國君之禮。」正與此同。因「君」字從古文作「𰀀」，學者不識，改爲「周」字。《管子・白心篇》：「知苟適可爲天下君。」猶下文言：「可以爲天下王。」也。因「君」字作「𰀀」，學者不識，誤爲「周」字。

讙古文作吅，《周書・時訓篇》「鶡旦不鳴，國有訑言。虎不始交，將帥不讙。荔挺不生，卿士專權。」「讙」與「歡」古字通用，因「讙」字從古文作「吅」，學者不識，改爲「和」字，則與上下文「言」字「權」字，不協韻矣。

師古文作「𡩋」，《墨子・備蛾傅篇》：「敵引師而去。」

其文甚明。因「師」字從古文作「𠂤」，學者不識，改為「哭」字，引哭而去，義不可通矣。以上皆由於形誤而推求本字之例，故吾人推求本字，首從音以推，音不相近，則從形以求之，求其形似致誤之由。此乃吾人推求本字不易之步驟。

第三節　求語根

黃季剛先生嘗謂：「名物須求訓詁，訓詁須求其根，字之本義既明，又探其聲義之由來，於是求語根之事尚焉。《呂氏春秋》云：『物自名也，類自召也。』蓋萬物得名各有其故，雖由約定俗成，要非適然偶會，推求其故，即求語根之謂也。按初文五百，秦篆三千，許氏所載，乃幾盈萬，是文字古簡而今繁也。聲音訓詁亦然，故形音義三者莫不由簡趨繁，此勢之必至也。然繁由簡出，則簡可統繁，簡既滋繁，則繁必歸簡。於至繁之字義，求至簡之語根，文字語言訓詁之根本，胥在是矣。」

黃先生曰：「不可分析之形體謂之文，可分析之者謂之字，字必統於文，故語根必為象形指事。今為舉例於後。如：

才　《說文》：「艸木之初也。」

裁　《說文》：「製衣也。从衣、戈聲。」形聲字。

載　《說文》：「乘也。从車、戈聲。」形聲字。《爾雅》郭注：「取物終更始。」

餀　《說文》：「設飪也。从丮、从食、才聲。讀若載。」形聲字。《玉篇》：「始也。」《經傳釋詞》作語詞載字用。

栽　《說文》：「築牆長版，从木、戈聲。《春秋傳》曰：
　　　「楚圍蔡里而栽。」形聲字。《論衡》：「草木出土
　　　爲栽蘖。」

麲　《說文》：「餅麴也。从麥、才聲。」形聲字。

　前列諸字皆屬齒音，同有初義，裁、載、朇、栽、麲皆形聲
字，不能爲語根，凡此諸字皆自才來，才爲指事，即諸字之語根
也。蓋文字之基在於語言，文字之始則爲象形指事，故同意之字，
往往同音；今聚同意之字而求其象形指事字以定其語根，則凡中
國之文字皆有所歸宿矣。」

　按黃先生所舉之例，其實只是字根，不過字根相同者，語根
亦往往相同。所謂字根，即形聲字之最初聲母，其字根可能爲象
形字、指事字、會意字。試各舉一例以說明之。

　窰（余招切•喻）从羔聲，羔（古牢切•見）从照聲，照（之
少切•照）从昭聲，昭（止遙切•照）从召聲，召（直少切•
澄）从刀聲，刀（都牢切•端）爲象形字。

　塒（市之切•禪）从時聲，時（市之切•禪）从寺聲，寺（祥
吏切•邪）从之聲，之（止而切•照）爲指事字。

　隴（力踵切•來）从龍聲，龍（力鍾切•來）从童省聲，童（徒
紅切•定）从重聲，重（柱用切•澄）从東聲，東（德紅切）
爲會意字。

　　字既有根，字根相同之字，聲義多相近，因此推求語根時，可先行推其字根。但若字根雖同，而義或別有所受，則當求其語根，以補其不足也。所謂語根，乃語言之根源，語根相同，音義自然相同矣。

　　茲舉章太炎先生論字根相同之字而具有共同意者一例於後，章氏〈語言緣起說〉云：

> 　　如立乍字爲根，乍者止亡詞也。倉卒遇之，則謂之乍，故引伸爲最始之義，字變爲作，《毛詩•魯頌》傳曰：『作、始也。』《書》：『萬邦作乂。』『萊夷作牧。』作皆始也。凡最始者必有創造，故引伸爲造作之義。凡造作者，異於自然，故引伸爲僞義，其字則變爲詐，又自最始之義引伸爲今日之稱往日，其字則變作昨。

　　《文始》之論語根，尤爲縱橫旁達，故黃季剛先生認爲“《文始》總集字學、音學之大成。”黃氏並取《文始》一則，加以注釋，以明推求語根之理。今錄於下：

《說文》：　屵、跨步也。從反夂，𨙱從此。案𨙱讀若過，屵音亦同。

> 　　屵、苦瓦切，本音在戈韻，苦禾切（古上聲或讀平，或讀入，從其本音），過在見紐，此同類音轉也（見、溪同爲牙音）。

變易爲過，度也。

跨步義與度義非有殊，故曰變易；明過即ㄎ之異體也。過、
古禾切。

新雄謹案：黃先生〈與人論治小學書〉云：『變易者，形
異而聲義俱通，孳乳者，聲通而形義小變，試爲取譬，變
易譬之一字重文，孳乳譬之一聲數字，今字或一字兩體，
則變易之例所行也。或一字數音數義，則孳乳之例所行
也。』

跨訓渡，與過訓度同；ㄎ訓跨，即初文過字甚明。

此過ㄎ相同之左證。

旁轉魚，則為跨。

跨亦ㄎ之異體也。跨、古化反，本音在模韻，苦姑切（古
去聲或讀平，或讀入，從其本音），此以雙聲旁轉。

所以跨謂之胯，股也。

古者名詞與動詞、靜詞相因，所從言之異耳。段君注《說
文》，每加所以字，乃別名詞與靜動詞，其實可不必也。
即如跨、胯二音，其初固同，其後乃分爲二。自跨之物言
之，則曰胯；自跨之事言之，則曰跨。《公羊傳》曰：「入
其門，無人門焉。」上門舉其物，下門舉其事，而二義無
二文，此可證跨胯之本同矣。胯、苦故切，讀平聲；則與
跨之本音同。

旁轉支則為趌、半步也。

> 半步與跨步，義非有殊，故曰變易，明趌亦夃之變體也。
> 趌、丘弭切，本音在齊韻，苦圭切，讀如奎，此以雙聲旁
> 轉。

所以趌謂之奎，兩髀之間也。

> 奎、趌亦一名一動，與胯、跨為一名一動同。奎、苦圭切，
> 與趌本音同。

近轉泰，則為越，度也。

> 此亦變易也，明越為夃之異體。越、王伐切；本音在末韻，
> 於括切（為紐變聲，古祇讀影），此以牙喉旁轉。

為遭、逾也；與于屬之粵相系。

> 逾與度義同，遭亦夃之異體；粵、越、遭，則同為喉音，
> 越遭同切。

夃在本部，又孳乳為騎，跨馬也；古音如柯，以跨步，故轉為跨馬。

> 騎可以言跨，凡跨不可以言騎；是二字義界通局有分，故
> 曰孳乳，明因義殊而別造一字也。騎、渠羈切，本音在歌
> 韻．可何切（群紐變聲，古祇讀溪）。此同類音轉也。

又孳乳為掎，舉脛有渡也，以跨故轉為渡。

渡水之跨，與凡跨所從言寬狹亦殊，故曰孳乳。猗、去奇切，本音在歌韻，可何切，與亏開合小殊。

騎又孳乳為駕，馬在軶中也。《詩》《書》有駕無騎，然騎必先於駕，草昧之初，但知跨馬，輿輪已備，乃有駕御爾。

（駕字，籀文作犌，從各聲；又與馭字相關。）駕、古訝切，本音在歌韻，古俄切。

騎又孳乳為羈，馬絡頭也。

羈、居宜切，本音在歌韻，古俄切，與駕同音。

其胯之衣則曰袴，脛衣也。

此孳乳也。傅胯之衣，名因於胯，而實不同物，故為孳乳。袴胯切同。

變易為褌，即袴也。

此明褌即袴之異文。褌、徒各切，此本音也。鐸為模入，此以牙音舒作舌音。

亏奎之衣，則曰褰，袴也。自歌對轉入寒。此亦孳乳也。

褰、去虔切，本音在寒韻，苦看切。此以雙聲對轉。

亏對轉寒，則變易為愆，過也，引申為過失。

愆之本義為過度之過；其訓為過失之過，乃引申之義；故以遰為干之異體。遰襄切同。

孳乳為辛，罪也。

此由遰之引申義孳乳，凡罪因於過失，而過失不可概曰罪；
通局有異，故別造一字。辛遰切同。

為愆，過也，與干相系。

此遰訓過失者之本字，由步行過度之義，引申為行事過失
之義；言過同，所以過異，故別造一字。干、辛同在寒部，
愆辛同切。

魚部之跨，對轉陽則孳乳為杭，方舟。《詩》傳曰：「渡也。」

引《詩》傳以證成系於跨之義，但引《說文》則義不顯；
凡引他書，皆准此例。杭、胡郎切，此本音也。與跨，以
牙喉對轉。

又孳乳為潢，小津也；一曰以船渡也。

此從本義言之，則為杭之孳乳，若從別義言之，則為杭之
變易。潢、戶孟切，本音在唐韻，呼光切，與杭開合小殊。

胯之孳乳為絝，脛衣也。

此羨文。已見前。

仐與于歌魚旁轉，其所孳乳多相應。

> 孳乳相應者，謂同一字可說爲此字所孳乳，又可說爲彼字
> 之孳乳。胯、跨、綺皆以仐爲最初聲母。

泰韻越、迣，又孳乳為蹶；一曰：跳也。

> 此但引別義者，以本義爲僵，當系於字也。跳亦逾度之類，
> 而通局有殊，故別造一字。蹶、居月切，本音在末韻，古
> 末切。與越迣爲喉牙相轉。

由度越義，越又孳乳為闊，疏也。〈釋詁〉曰：「闊、遠也。」

> 遠與越義相因，而所施各異，越以言其事，闊以狀其形，
> 動靜有殊，故別造一字也。闊、苦括切，此本音也。與越
> 亦爲喉牙相轉。

闊亦變易為豁，空大也。（自注曰：谿訓通谷，音亦相近。）

> 空大與疏遠，義非有殊，故爲變易，谿訓通，與空大相似，
> 故附之。此下不以爲正文者，谿字別有所系也。豁、呼括
> 切，此本音也。與闊爲喉牙相轉，谿豁切同。

對轉寒為寬，屋寬大也。（自注曰：查訓奢查，亦相近。）

> 此當言孳乳也。言屋寬大者，與凡寬大固有殊，故宜以爲
> 孳乳字。奢闊義近，故附查於此下。寬、苦官切，古本音
> 也。與闊爲同類平入相轉。查、胡官切，此本音也。與闊
> 爲牙喉平入相轉。

蹶又孳乳為趩，踥也。

謹案蹶訓踤，踤訓跳躍，此當言蹶變易爲趩。或蹶字爲越
字之誤與？趩蹶切同。

為趆，輕足也。

越者，舉足必輕，義本相因，而所施各異，故別造一字。
越趆切同。

為适，疾也。

越、疾義相因，所施各異，故別造一字。适、古活切，與
蹶本同字。

為娥，輕也。

娥越切同。

寬又孳乳為愃，寬閒心腹皃。

愃，專就人事言，故別造一字。

愃、況晚切，本音在桓韻，呼官切，與寬牙喉相轉。

為憪，愉也。

愉樂因於寬閒，語相因而義有通局，故別造一字。

憪，戶閒切，本音在寒韻，胡安切。與寬牙喉相轉。

干本韻歌，本聲溪，通韻五（模、曷、鐸、寒、唐）。通聲
五（見、影、定、曉、匣）。表之如次（變易橫列，孳乳直

列）：（因爲橫排，橫直互異）。

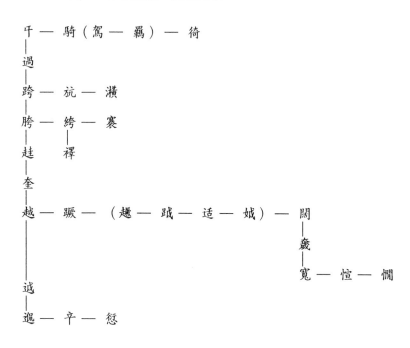

凡午之屬，三十字。

從黃氏所注釋一段《文始》之中，可見章太炎先生超越文字形體之拘牽，而以古聲古韻說明語言變遷孳乳之軌跡，實爲推求語根之創舉，爲後人所欽佩。然若想推求字源，在章黃二氏之基礎上，仍可更進一層，所謂“前修未密，後出轉精”者也。

茲分別介紹後起諸人之說於後：

高本漢（Bernhard Karlgren）《漢語詞類》以今聲韻學

知識，更有所發明，高氏所謂同源詞，有完全同音者，有陰陽對轉者，亦有陽入乃至陰入相轉者，茲舉數例於下：

(1) 完全同音者：

景〔kĭaŋ〕（光明、光線、景緻[1]）：鏡〔kĭaŋ〕（鏡子、光線反射器[2]）

熒〔ɣiuɐŋ〕（光明、光線[3]）：螢〔ɣiuɐŋ〕（螢火蟲）

坙〔kĭɐŋ〕（地下之小河[4]）：涇〔kĭɐŋ〕（水流[5]）

驚〔kĭaŋ〕（驚駭[6]）：警〔kĭaŋ〕（使受驚、警告[7]）

瞿〔kĭuak〕（驚視[8]）：懼〔kĭuak〕（被驚動）

堯〔ŋĭɐu〕（崇高、高聳[9]）：嶢〔ŋĭɐu〕（高聳、險阻[10]）

香〔xĭaŋ〕（芳香[11]）：薌〔xĭaŋ〕（麝香）

稿〔kɐu〕（稻稈[12]）：槁〔kɐu〕（枯燥、枯萎、枯爛[13]）

竟〔kĭaŋ〕（界限、畢竟[14]）：境〔kĭaŋ〕（界限、境界、境土[15]）

舊〔ɣĭəu〕（古舊、古老[16]）：舅〔ɣĭəu〕（老人、娘舅[17]）

厄〔ʔɐk〕（狹隘、狹路[18]）：扼〔ʔɐk〕（壓迫、悶塞、緊握[19]）：阨〔ʔɐk〕（狹道、山隘[20]）：軶〔ʔɐk〕（牛軶、遏制[21]）

(2) 陰陽對轉者：

衣〔ʔĭəi〕（衣服）：隱〔ʔĭən〕（遮蔽、隱藏[22]）

宸〔ʔĭəi〕（戶牖之間。《爾雅•釋宮》：牖戶之間謂之宸。凡室戶東牖西，戶牖之間是曰宸。[23]）：隱〔ʔĭən〕

依〔ʔĭəi〕（依靠）：隱〔ʔĭən〕（依靠，"隱几"之隱。[24]）

幾〔ɣĭəi〕（幾近[25]）：近〔ɣĭən〕（近於[26]）

畿〔ɣĭəi〕（近畿、王畿[27]）：近〔ɣĭən〕（近於）

饑〔kĭəi〕（饑荒、無穀曰饑。[28]）：饉（ɣĭən〕（大饑、無菜曰饉[29]）

水〔thjĭuəi〕（水）：準〔tjĭuən〕（水平線）

圍〔ɣjĭuəi〕（圍繞[30]）：運〔ɣjĭuən〕（運轉[31]）

(3) 陽入對轉者：

綸〔lĭuən〕（絲線[32]）、倫〔lĭuən〕（約束、人倫[33]）：絟〔slĭuət〕（繩子、索子[34]）

蹯〔b'ĭuan〕（獸足、爪足[35]）：跋〔b'uat〕（爪足、足跟、跋涉、開跋[36]）

(4) 陰入對轉者：

列〔lĭat〕（割開、分列、分布[37]）、裂〔lĭat〕（分裂、裂開[38]）：厲、礪〔lĭat→lĭai〕（使尖利之物、磨石[39]）

暱〔ｎｉａｔ〕（近旁[40]）：尼〔ｎｉａｉ〕（近旁[41]）

日本藤堂明保氏《漢字語源辭典》論及同源詞，所舉諸例，亦頗堪玩味。

儥〔*ｄｉəｋ〕（儥射）、代〔*ｄəｇ〕（更代）、忒〔*ｔʻəｋ〕（變更）、貸〔*ｔʻəｇ〕（借貸）、縢〔*ｄəŋ〕（繩索）、藤〔*ｄəŋ〕（樹藤）、繩〔*ｄｉəŋ〕（繩索）、蠅〔*ｄｉəŋ〕（蒼蠅）。藤堂氏認爲此類字皆有糾纏更代之意，故認爲係同源詞。

王力《同源字典》說：「凡音義皆近，音近義同，或義近音同的字，叫做同源字。」茲舉其之部曉母同源字以見一般。

ｘｉə熙：ｘｉə僖嬉娭嫛喜憙禧（疊韻）

ｘｉə喜：ｘｉən欣（忻）訢（之文通轉）

《左傳·襄公二十九年》："廣哉熙熙乎！"注："熙熙、和樂聲。"《老子第二十章》："眾人熙熙，如享太牢，如春登臺。"《荀子·儒效》："熙熙兮其樂人之臧也。"注："熙熙、和樂之貌。"

《說文》："僖，樂也。"徐鍇曰："至於從女，即爲嬉戲也。"

《一切經音義七·引說文》："嬉、樂也。"《文選·王褒·洞簫賦》："春禽群嬉。"注引說文："嬉、樂也。"《嵇康·琴賦》："以遨以嬉。"注引說文："嬉、樂也。"《禰衡·鸚鵡賦》："故其嬉游高峻。"注引說文："嬉、樂也。"《廣雅》："嬉、戲也。"《方言·十》："江沅之間，戲，或謂之嬉。"

《說文》：“娭、戲也。”《楚辭·招魂》：“娭光眇視，目曾波些。”注：“娭、戲也。”《九章·惜往日》：“屬貞臣而日娭。”洪注：“娭音嬉，戲也。”《漢書·禮樂志》：“神來宴娭。”師古曰：“娭、戲也。”按“嬉、娭”實同一詞。《史記·司馬相如傳》：“嬉游往來。”《漢書》作“娭游”。又：“氾濫水嬉。”《漢書》作“水娭。”

《說文》：“嬰、說（悅）樂也。”

《說文》：“喜、樂也。”《爾雅·釋詁》：“喜、樂也。”《詩·小雅·彤弓》：“中心喜之。”傳：“喜、樂也。”《素問·五運行大論》：“其志爲喜。”注：“喜，悅樂也。”

《說文》：“憙、說（悅）也。”段注：“樂者，無所箸之詞；悅者，有所箸之詞（按即內動外動之別）。”徐灝曰：“喜憙古今字，段強生區別。”《漢書·郊祀志》：“天子心獨憙其事。”《賈誼傳》：“遇之有禮，故群臣自憙。”師古曰：“憙、好也。”字本作“喜”。《史記·扁鵲倉公傳》：“問中庶子喜方者。”索隱：“喜、好也。”《滑稽列傳》：“齊威王之時喜隱。”索隱：“喜、好也。”《漢書·田叔傳》：“爲人廉直，喜任俠。”師古曰：“喜、好也。音許吏反。”《酈食其傳》：“沛公不喜儒。”師古曰：“喜、好也。音許吏反。”《竇嬰傳》：“魏其沾沾自喜耳。”師古曰：“喜許吏反。”《田蚡傳》：“君侯資性喜善疾惡。”師古曰：“喜、好也。”《昌邑哀王傳》：“其天資喜由亂亡。”師古曰：“喜、好也。”《王褒傳》：“小者辯麗可喜。”師古曰：“喜、好也。”《淮南憲王欽傳》：“寬仁喜儒術。”師古曰：“喜、好也。”

《說文》：“禧、禮吉也。”王筠曰：“惟吉，故字從喜。”
徐灝曰：“喜禧古今字。”《漢書・禮樂志》：“熙事備成。”
師古曰：“熙與禧同。”

《說文》：“欣、笑喜也。”段注：“言部訢下曰：‘喜
也。’義略同。”《爾雅・釋詁》：“欣、樂也。”《廣雅・釋
詁一》：“欣、喜也。”《釋訓》：“欣欣、喜也。”《詩・大
雅・鳧鷖》：“旨酒欣欣。”傳：“欣欣然樂也。”《楚辭・九
歌・東皇太一》：“君欣欣兮樂康。”注：“欣欣、喜貌。”《史
記・樂書》：“天地欣合。”注：“欣、喜也。”字亦作“忻”。
《淮南子・覽冥》：“而忻忻然常自以爲治。”注：“忻忻、猶
自喜得意之貌也。”

《說文》：“訢、喜也。”段注：“按此與欠部欣音義皆同。”
《史記・萬石君傳》：“僮僕訢訢如也。”集解：“訢訢、聲和
貌也。”按“欣、忻、訢”實同一詞。

再舉其魚部曉母字一例如下：

ｘａ呼評謼虖嘑歑：ｘｉａ嘘歔：ｘｉｕａ吁（疊韻）

《說文》：“呼、外息也。”（外息指呼氣。）

《說文》：“評、召也。”（召、指呼喚。）

《說文》：“謼、評也。”

《說文》：“虖、哮虖也。”（哮虖、指號呼。）

《說文》：“嘑、號也。”

《說文》：“歑、溫吹也。”

按“呼、評、謼、虖、嘑、歑”六字實同一詞。“呼”的本
義是呼氣，呼出的氣是煖的，引申爲溫吹。“號呼”也是呼氣的

引申。至于"呼喚"則是號呼的引申。現代漢語的"叫"，既解作叫喊，又解作呼喚，並沒有寫兩個字。說文是強生分別，其實是互相通用的。《詩•大雅•蕩》："式號式呼。"《漢書敘傳上》作"式號式諕"。《禮記•曲禮上》："城上不呼。"《釋文》："呼、號呼也。"

《說文》："噓，吹也。"《玉篇》引《聲類》："出氣緩曰噓。"《莊子•齊物論》："仰天而噓。"《釋文》："吐氣爲噓。向云：'息也。'"

《說文》"歔、欷也。一曰出氣也。"《老子二十九章》："或歔或吹。"按"噓、歔"是呵氣或歎氣，實同一詞。但"歔欷"不寫作"噓"。《楚辭•離騷》："曾歔欷余鬱邑兮。"

《書•呂刑》："王曰：'吁！來！'"傳："吁、歎也。"《史記•周本紀》："王曰：'吁、來！'"《法言•君子》："吁！是何言歟？"注："吁！駭歎之聲。"按"吁"是歎詞。

【註釋】

1) 《説文》：「景、日光也。从日京聲。」

2) 《説文》：「鏡、景也。从金竟聲。」段注：「景者、光也。金有光可
照物謂之鏡，此以疊韻爲訓也。」

3) 《説文》：「熒、屋下鐙燭之光也。从焱冂。」段注：「以火莘照屋會
意。」

4) 《説文》：「巠、水脈也。从川在一下，一、地也。壬省聲。一曰：水
冥巠也。」段注：「巠之言演也，演者水脈行地中演演然也。故从川
在地下。」

5) 《説文》：「涇、涇水出安定涇陽开頭山東南入渭。離州之川也。从水
巠聲。」段注：「按《爾雅》直波爲涇，《釋名》作直波曰涇。云：
涇、徑也。言如道徑也。《莊子》：「涇流之大。」司馬彪云：「涇、
通也。」《大雅》：「鳧鷖在涇。」鄭箋：「涇、水中也。與下章沙
訓水旁爲反對，謂水中流徑直孤往之波也。」

6) 《説文》：「驚、馬駭也。从馬、敬聲。」段注：「驚與警義別。《小
雅》："徒御不警。"傳曰："不警、警也。"俗多訛驚。」

7) 《説文》：「警、言之戒也。从言敬敬亦聲。」段注：「《小雅》："徒
御不警。"毛曰："不警、警也。"《大雅》以敬爲之。《常武》：
"既敬既戒。"箋云："敬之言警也。"亦作儆。」

8) 《説文》：「瞿、隹欲逸走也。从又持之瞿瞿也。讀若詩云穬彼淮夷之
穬。一曰：視遽俔。」

9) 《説文》：「堯、高也。从垚在兀上高遠也。」段注：「《白虎通》曰：
"堯猶嶢嶢，嶢嶢、至高之皃。"按焦嶢、山高皃。見山部。堯之言
至高也。」

10) 《說文》：「嶢、焦嶢、山高皃。从山堯聲。」

11) 《說文》：「香、芳也。从黍从甘。」

12) 《說文》：「稿、稈也。从禾高聲。」

13) 《說文》：「槁、木枯也。從木高聲。」

14) 《說文》：「竟、樂曲盡爲竟。从音儿。」段注：「曲之所止也。引伸之凡事之所止，土地之所止皆曰竟。毛傳曰‘疆、竟也。’俗別製境字非。」

15) 《廣韻》：「境、界也。」

16) 《說文》：「舊、雖舊、舊留也。从萑臼聲。」段注：「按今字爲新舊字。」

17) 《說文》：「舅、母之兄弟爲舅，妻之父爲外舅。从男臼聲。」段注：於“甥”字下云：「舅者者舊之偁，甥者後生之偁。」

18) 《說文》：「厄、隘也。从戶乙聲。」段注：「隘者陋也，陋者厄也，陿也，陿者隘也。」

19) 《說文》：「搹、把也。从手鬲聲。扼、搹或从厄。」

20) 《說文》：「阨、塞也。从阜厄聲。」段注：「阨之言扼也。」

21) 《說文》：「軛、轅前也。从車厄聲。」段注：「曰轅前者謂衡也。自其橫言之謂之衡，自其扼制馬言之謂之軛。」

22) 《說文》：「隱、蔽也。」

23) 《說文》：「宸、戶牖之間謂之宸。从戶衣聲。」段注：「《釋宮》曰：“牖戶之間謂之宸。凡室戶東牖西，戶牖之中間是曰宸。詩禮多假依爲之。」

24) 《說文》：「㥯、有所依也。从受工。讀與隱同。」段注：「依㥯雙聲，又合韻最近。此與阜部隱音同義近，隱行而㥯廢矣。凡諸書言安隱者當作此，今俗作安隱。」

25) 《說文》：「幾、微也。殆也。」

26) 《說文》：「近、附也。」

27) 《說文》：「畿、天子千里地。吕逮近言之則言畿。从田幾省聲。」段
注：「九畿注曰：故書畿為近，鄭司農云：近當言畿。按故書作近，
猶他書假圻作畿耳。許言以逮近言之則曰畿者，謂畿最近天子，故稱
畿，畿與近合音最切。」

28) 《說文》：「饑、穀不孰爲饑。」

29) 《說文》：「饉、蔬不孰爲饉。」

30) 《說文》：「圍、守也。从口韋聲。」

31) 《說文》：「運、迻徙也。」

32) 《說文》：「綸、糾青絲綬也。」

33) 《說文》：「倫、輩也。一曰：道也。」段注：「軍發車百兩爲輩，引
伸之同類之次曰輩。《論語》"言中倫。"包注"倫、道也，理也。"
按粗言之曰道，精言之曰理。凡注家訓倫爲理者，皆與訓道者無二。」

34) 《說文》：「繂、素屬。从素率聲。」段注：「素當作索，索，繩索也。
字或作繂，〈采菽〉毛傳曰"紼、繂也"。謂麻繩也。今說文訛作素
屬，乃不可通矣。」

35) 《說文》：「番、獸足謂之番。从采，田象其掌。」按蹯即番之後起字。

36) 《說文》：「跋、蹎也。」

37) 《說文》：「列、分解也。」段注：「列之本義爲分解，故其字從刀，
引伸爲行列之義。」

38) 《說文》：「裂、繒餘也。」段注：「引伸爲分散殘餘之偁。」

39) 《說文》：「厲、旱石也。」

40) 《說文》：「暱、日近也。」

41) 《說文》：「尼、從後近之。」段注：「尼訓近，故古以爲親暱字。」

第六章　訓詁之條例

第一節　聲訓條例

一、聲義同源：

　　未有文字之先，即有聲音，以聲音表意義，凡是此義，即以此音表之，故聲與義同源。因此聲義同源乃聲訓條例之基本理論，聲義同源之說，段玉裁於《說文解字‧注》中首先提出。《說文》：「禛、吕眞受福也。从示眞聲。」段注：「此亦當云从示从眞、眞亦聲，不言者省也。聲與義同原，故諧聲之偏旁多與字義相近，此會意形聲兩兼之字致多也。《說文》或偁其會意，略其形聲，或偁其形聲，略其會意，雖則渻文，實欲互見，不知，則此聲與義隔。」聲義所以同源者，因造字之次第，有義而後有音，有音而後有形，音必先乎形，音必承乎義也。《說文》：「坤、地也，易之卦也，从土申，土位在申也。」段注：「故文字之始作也，有義而後有音，有音而後有形，音必先乎形。」《說文》：「詞、意內而言外也。从司言。」段注：「意者、文字之義也，言者，文字之聲也。詞者文字形聲之合也。凡許之說形說聲，皆言外也。有義而後有聲，有聲而後有形，造字之本也。形在而聲在焉，形聲在而義在焉，六藝之學也。」段玉裁在此發明造字與識字之程序正好相反，而也提示吾人聲與義之關係正好相因之道理。其後黃承吉於《字詁義府合按後序》中云：「蓋聲起於義，義根於聲，其源出於天地之至簡極紛，其究發爲口舌之萬殊一本，要之，非聲音不足以爲訓詁。」陳澧在《東塾讀書記》中亦云：「孔沖遠云：“言者意之聲，書者言之記。”此二語尤能達其妙旨，蓋天下事物之象，人目見之，則心有意；意欲達之，則口有聲；意者象乎事物而構之者，聲者象乎意而宣之者也。」劉師培《左盦外集•物名溯源》云：「夫名起于言，惟有此物乃有此稱，惟有此義，乃有此音，蓋舍實則無以爲名也，故欲考物名之起源，當先審其音，蓋字音既同，則物類雖殊，而狀態形質，大抵不遠。」所以如此者，乃因未有文字之先，先有語言，語言由聲音而表達，故未有文字之前，同義之詞多以同音表達，此實爲聲義同源之基本原理也。聲義同源不僅爲探討字根之基本理論，亦探討語言之基本理論，就訓詁學而言，聲訓之基本理論亦出于此，學者不可不知也。

二、凡字之義，必得諸字之聲：

段玉裁注《說文解字》時，於發揮聲義關係，頗多建樹。茲據其說，而加以申說，段氏以爲聲與義既同源，則聲同者義必相同，足見聲與義是未嘗相離。聲與義既表裏相依，則造字之後，字之意義，必然寓之於聲。

《說文》：「鏓、鎗鏓也。从金悤聲。一曰大鑿中木也。」段注：「中木也，各本作平木者。《玉篇》《廣韻》竟作平木器，今正，鑿非平木之器。馬融〈長笛賦〉：“鏓硐隤墜。”李注云：“《說文》曰：鏓、大鑿中木也。”然則以木通其中，皆曰鏓也。今按中讀去聲，許正謂大鑿入木曰鏓，與種植舂杵聲義皆略同。《詩》曰：“鑿冰沖沖。”《傳》曰：“沖沖、鑿冰之意。”今四川富順縣邛州鑿鹽井數十丈，口徑不及尺，以鐵爲杵架，高絙而鑿之，俗稱中井，中讀平聲，其實當作此鏦字。囪者多孔，蔥者空中，聰者耳順，義皆相類。凡字之義必得諸字之聲者如此。《釋名》曰：“輮言輻輮入轂中也。”輮入正鏦入之訛。」

段氏舉出鏦、中、蔥、囪、聰等字，意義都近“中通”，推之於“種植”之“種”，“舂杵”之“舂”，意義亦略近“中通”。此即意謂不論字形如何分歧不一，而其字之義得之於字之聲則一。

其後黃承吉《夢陔堂文集・字義起於右旁之聲說》一文，推演尤爲詳盡。黃氏云：

> 凡字皆起於聲，任舉一字，聞其聲即已通知其義。是以古書凡同聲之字，但舉其右旁之綱之聲，不必拘於左旁之目之迹，而皆可通用，並有不必舉其右旁爲聲之本字，而任舉其同聲之字，即可用爲同義者。蓋凡字之同聲者，皆爲同義，聲在是則義在是，是以義起於聲。

黃氏正從“義起於聲”，以證明“同聲者皆同義”，又從“同聲同義”以證明“凡字皆起於聲”及“聞其聲即已通知其義”之理。

劉師培《左盦集》卷四有〈字義起於字音說〉一文，推闡尤爲詳盡，茲錄於後：

字義起於字音，楊泉〈物理論〉述叕字已著其端，迄於宋代，若王觀國（見學林），張世南（見遊宦記聞•九），王聖美（見夢溪筆談十四引），均標斯旨，嗣趙撝謙所著書亦以聲為主（見麓堂詩話），近儒錢溉亭氏欲析《說文》系以聲，嗣焦氏說易，陳氏、姚氏、朱氏治《說文》，均師其例，黃春谷氏《夢陔堂集》詮發尤詳，謂同聲之字，僅舉右旁之聲，不必拘左旁之跡，皆可通用，此匪諸家臆說也。古無文字，先有語言，造字之次，獨體先而合體後，即《說文•序》所謂其後形聲相益也。古人觀察事物，以義象區不以質體別，復援義象製名，故數物義象相同，命名亦同，及本語言製文字，即以名物之音為字音，故義象既同，所從之聲亦同，所從之聲既同，在偏旁未益以前，僅為一字，即假所從得聲之字以為用。

又曰：

古代字均獨體，後聖繼作，益以所從之形，而合體之字成，然造字之始，既以聲寄義，故兩字所從之聲同，則字義同，即匪相同，亦可互用，如太師盧豆，邵洛即昭格，盂鼎妹辰即妹晨是也。六藝舊文，周秦古籍，同聲之字，互相同用，以佑代祐，以維代惟，委佗猶之委蛇，橫被猶之廣被，均其例也。義為前儒所已述，茲不贅陳。周秦以下，文尚駢詞，兩字同聲，其用即同，如絪縕見於《周易》，〈思玄賦〉用之則為烟熅，猗狨見于《禮運》，〈江賦〉用之則爲翻飜，嘽嘌見于《埤倉》，〈洞簫賦〉用之則爲悼憀，均其證也。此例既明，則知文字之義象均屬於聲，而六書諧聲之字必兼有義。惟彙舉諧聲之字，以聲爲綱，即所從之聲以窮造字最先之誼，則凡姚朱諸家所未言，不難悉窺其蘊也。

又曰：

字義起於字音，非惟古文可證也。試觀古人名物，凡義象相同，所從之聲亦同，則以造字之初，重義略形，故數字同從一聲者，即該於所從得聲之字，不必物各一字也。及增益偏旁，物各一字，其義仍寄於字聲，故所從之聲同，則所取之義亦同。如從叚、從开、從勞、從戉、從京之字均有大義，從叕、從屈之字均有短義，從少、從令、從刀、從宛、從蔑之字均有小義，具見於錢氏《方言疏證》，而王氏《廣雅疏證》詮發尤詳，彙而觀之，則知古人制字，字義即寄於所從之聲，就聲求義，而隱誼畢呈。如《説文》禛字下云："以眞受福也。從示眞聲。"蓋從眞得義，斯從眞得聲也。禷字下云："以事類祭天神也。從示類聲。"蓋從類得義，斯從類得聲也。若是之屬，不勝悉舉。又祠字下云："春祭曰祠，品物少多文詞也。從示司聲。"蓋從詞得義，即從詞得聲。從司聲者，即從詞省聲也。與叢、聚也，取聲；殆、枯也，古聲同例。亦於《説文》爲數見，則諧聲之字必兼有義，音義相兼，不必盡屬於形聲兼會意之字矣。若所從之聲與所取之義不符，則所從得聲之字，必與所從得義之字，聲近義同。如神字下云：“天神引出萬物者也。從示申聲。”申引音義相同，從申得聲猶之從引也。祇字下云：“地祇提出萬物者也。從示氏聲。”氏提音義相同，從氏得聲猶之從提省聲作是也。祊字下云：“門內祭先祖所以旁皇也。從示彭聲。”彭旁音義相同，從彭得聲猶之從旁也。故或體作祊。由是而推，驚訓爲駭，警儆訓爲戒，均從敬聲，則以敬亟雙聲，古文敬亟爲一字，字從敬聲，猶之從亟得聲也。擪訓一指按，懕訓爲安，均從厭聲，則以安厭雙聲，安音轉厭，從厭得聲，仍取安義也。阞爲地理，從阜力聲，泐爲水石之理，朸爲木之理，均從阞聲，則以理力雙聲，理音轉力，從力得聲，仍取理義也。斐爲分別文，從文非聲，剨爲大目，從目非聲，腓爲脛腨，從肉非聲，則以非與分、肥及方，均一聲之轉，斐從非聲，猶之從分，剨腓從非聲，猶之從肥從旁也。蓋一物數名，一義數字，均由轉音而生，故字可通用，《說文》一書亦恒假轉音之字爲本字，即諧聲之字所從之聲，亦不必皆本字，其與訓釋之詞同字者，其本字也。其與訓釋之詞異字而音義相符者，則假用轉音之字，或同韻之字也。近儒於古字音訓之例，詮發至詳，然諧聲之字音所由起，由於所從之聲，則本字與訓詞音近者，由於所從得聲之字與訓詞音近也。古字音近義通，恒相互用，故字從與訓詞音近之字得聲，猶之以訓詞之字爲聲，此則近儒言音訓者所未析也。即此而類求之，則諧聲之字所從之音，不復兼意者鮮矣。

劉師培〈字義起於字音說〉一文，歸納其所舉證據，約有十類。①前人之右文說。②形聲字先有聲符，故義寓於聲。③殷周吉金文字，恒省偏旁，《說文》所載古文亦然，足見義寓於聲。④周秦古籍同聲之字，相互通用，即爲音近義通之證。⑤駢詞兩字之同聲者，不拘形體，其用即同。⑥造字之初，重義略形，故同從一聲，取義即同。⑦字從某得義，斯從某得聲。⑧《說文》聲訓字，音義多相兼。⑨《說文》讀與某同之字，聲同者義亦相通。⑩形聲字所從之聲，不必皆本字，而訓釋字中有音義相符者，爲音近相假借，故諧聲字中，不兼意者極鮮。

三、凡从某聲，皆有某意：

聲既與義同源，而凡字之義又得之於字之聲，聲由義發，故凡從某聲皆有某義。段玉裁於《說文》注中發揮殆盡。茲錄於後：

《說文》：「鰕、鰕魚也。從魚、叚聲。」段注：「凡叚聲如瑕、鰕、騢等皆有赤色，古亦用鰕爲雲蝦字。」

《說文》：「翑、羽曲也。從羽、句聲。」段注：「凡句者皆訓曲。」

《說文》：「朐、脯挺也。從肉、句聲。」段注：「凡從句之字皆曲物，故皆入句部，朐之直多曲少，故釋爲脯挺，但云句聲也，云句聲，則亦形聲包會意。」

《說文》：「藟、艸也。從艸、畾聲。」段注：「凡字從畾聲者，皆有鬱積之意。」

《說文》：「瓃、玉器也。从玉、畾聲。」段注：「凡从畾字，皆形聲包會意。」

《說文》：「詖、辨論也。从言、皮聲。」段注：「凡从皮之字，皆有分析之意。」

《說文》：「奠、賦事也。从業、八，八亦聲。讀若頒。一曰：讀若非。」段注：「凡从非之字，皆有分背之意。」

《說文》：「斐、分別文也。从文、非聲。」段注：「析言之，則爲分別之文，以字从非知之也。」

《說文》：「園、回也。从囗、云聲。」段注：「凡从云之字，皆有回轉之意。」

《說文》：「甬、艸木華甬甬然也。」段注：「凡从甬聲之字皆興起意。」

《說文》：「夗、轉臥也。」段注：「凡夗聲、宛聲字皆取委曲意。」

《說文》：「衿、交衽也。从衣、金聲。」段注：「凡金聲、今聲之字，皆有禁制之義。」

《說文》：「襛、衣厚皃。从衣、農聲。」段注：「凡農聲之字皆訓厚。醲、酒厚，濃、露多也。引申爲凡多厚之稱。」

《說文》：「濃、露多也。从水、農聲。」段注：「按酉部曰：醲、厚酒也。衣部曰：襛、衣厚皃。凡農聲之字皆訓厚。」

《說文》：「娠、女妊身動也。」段注：「凡从辰之字皆有動意，震、振是也。」

《說文》：「埤、增也。从土、卑聲。」段注：「凡从曾之字皆取加高之意，凡从卑之字皆取自卑加高之意。」

《說文》：「軍、圜圍也。」段注：「於字形得圜義，於字音得圍義。凡渾、輝、煇等軍聲之字，皆兼取其義。」

《說文》：「陘、山絕坎也。」段注：「凡巠聲之字，皆訓直而長者。」

《說文》：「侊、小皃。」段注：「凡光聲之字多訓光大，無訓小者。」

《說文》：「烗、盛火也。」段注：「凡言盛之字从多。」

《說文》：「奓、有大慶也。」段注：「凡从多之字訓大，釋言曰：庶、侈也。是其義。」

《說文》：「兀、高而上平也。」段注：「凡从兀聲之字，多取孤高之意。」

《說文》：「袗、襌衣也。一曰盛服。」段注：「㐱本訓稠髮，凡㐱聲之字多爲濃重。」

《說文》：「芋、大葉實根駭人，故謂之芋也。」段注：「口部曰：吁、驚也，毛傳曰：訏、大也。凡于聲字多訓大。」

《說文》：「齮、齧也。」段注：「按凡从奇之字多訓偏，如掎訓偏引，齮訓側齧。」

《說文》：「鼖、大鼓謂之鼖。」段注：「凡賁聲字多訓大。如毛傳云：墳、大防也，頒、大首也，汾、大也皆是，卉聲與賁聲一也。」

四、凡同音多同義：

凡從某聲既有某義，則進一層推論，就得出凡同音多同義概括性條例。

《說文》：「誓、悲聲也。从言、斯省聲。」段注：「斯、析也；澌、水索也。凡同聲多同義。」

段氏"凡同聲多同義"之說，已非僅針對从"斯"得聲之字而言，而是針對所有形聲字中同聲符之字而言矣。因此在"晤"篆下注云：「晤者启之明也，心部之悟，寢部之寤，皆訓覺，覺亦明也。同聲之義必相近。」又在"歟"篆下云：「如趣爲安行，駪爲馬行疾而徐，音同義相近也。今用爲語末之辭，亦取安舒之意，通作與，《論語》與與如也。」上述諸例，似段氏所言同聲多同義，若僅指字根之相同，其實不然，段氏所謂同音，不限於字根，實已包含語根在內。其"欽"篆下注云：

> 欽、歆、欲、歡皆雙聲疊韻字，皆謂虛而能受也。

非常明顯，段氏所謂"同音"非指字根可見矣。在"袢"篆下注云：

> 日部曰："普、日無色也。"袢讀若普，則音義皆同。女部曰："姅、婦人污也。"義亦相近。

所舉袢、普、姅諸字音同義近，可見不拘於字形但求之於聲。如"妭"篆下注：「此與姝音義皆同。」可知段氏所謂"同音"，實是包含語根在內。關於同音多同義，王力《中國語言學史》，予以極高之評價。王氏云：

文字本來只是語言的代用品，文字如果脫離了有聲語言的關係，那麼就失去了文字的性質。但是古代的文字學家們並不懂這個道理，彷彿文字是直接表示概念的；同一個概念必須有固定的寫法。意符似乎是很重要的東西；一字如果不具備某種意符，彷彿就不能代表某種概念。這種重形不重音的觀點，控制著一千七百年的中國文字學。直到段玉裁、王念孫才衝破了這個藩籬。文字既是代表有聲語言的，同音的字就有同義的可能；不但同聲符，不同意符的字可以同義；甚至意符、聲符都不同，只要音同或音近，也還可能是同義的。這樣，古代經史子集許多難懂的字都講清楚了。這是訓詁上的革命，段、王等人把訓詁推進到嶄新的一個歷史階段，他們的貢獻是很大的。

五、形聲多兼會意：

同聲之字既多同義，則形聲字之聲符相同者，自然具有其聲符所含之意義。如前所謂"凡字從句聲多有曲義"。形聲字聲符兼義之說，在前人謂之右文說。右文說最早之歷史，可朔原至晉楊泉《物理論》，不過《物理論》早已亡佚，《藝文類聚》人部引其述䢍字一條云：

在金曰堅，在草木曰緊，在人曰賢。

堅緊二字在《說文》臤部，是會意字，而賢字在貝部，从貝
臤聲。堅緊从臤，與賢从臤聲含義相通，可見形聲字聲中寓義。

宋代王聖美作《字解》，今亦不傳。沈括《夢溪筆談》嘗引
一則云：

> 王聖美治字學，演其義以爲右文，古之字書，皆從左文，
> 凡字，其類在左，其義在右，如木類，其左皆從木，所謂
> 右文者，如戔、小也。水之小者曰淺，金之小者曰錢，歹
> 而小者曰殘，貝之小者曰賤，如此之類，皆以戔爲義也。

南宋高宗時，王觀國在《學林》卷十云：

> 盧者字母也。加金則爲鑪，加火則爲爐，加瓦則爲甗，加
> 目則爲矑，加黑則爲黸。凡省文者，省其所加之偏旁，但
> 用字母則眾義該矣。亦如田者，字母也，或爲畋獵之畋，
> 或爲佃田之佃，若用省文，惟以田字該之，他皆類此。

至寧宗時，又有張世南著《游宦紀聞》，其卷九云：

> 自《說文》以字畫左旁爲類，而《玉篇》從之，不知右旁
> 亦多以類相從，如戔有淺小之義，故水可涉者爲淺，疾而
> 有所不足者爲殘，貨而不足貴重者爲賤，木而輕薄者爲棧。
> 青字有精明之義，故日之無障蔽者爲晴，水之無渾濁者爲
> 清，目之能明見者爲睛，米之去麤皮者爲精，凡此皆可類

求，聊述兩端，以見其凡。

元戴侗著《六書故》，雖不盡以發揮“右文”說爲標的，然卻有極多說法實貫穿“右文”之精神，其《六書通釋》云：

> 六書推類而用之，其義最精。昏本爲日之昏，心目之昏猶日之昏也，或加心與目焉。嫁娶者必以昏時，故因謂之昏，或加女焉。熏本爲煙火之熏，日之將入，其色亦然，故謂之熏黃，或加日焉。帛色之赤黑者亦然，故謂之熏，或加糸與衣焉。夫豈不欲人之易也哉？而反使學者昧于本義。故言婚者不知其爲昏時，言日曛者不知其爲熏黃，言纁者不知其爲赤黑。它如屬疾之屬別作癘，則無以知其爲危屬之疾；屬鬼之屬別作魑，則無以知其爲凶屬之鬼。夢厭之厭別作魘，則無以知其由於氣之厭塞。邑且之邑別作癄，則無以知其由於氣之邑底。永歌之永作詠，則無以知其聲猶水之衍永。璀粲之粲別作璨，則無以知其色猶米之精粲。惟《國語》、《史記》、《漢書》傳寫者希，故古字猶有不改者，後人類聚爲《班馬字類》、《漢韻》等書，不過以資寄字，初未得其要領也。

戴氏提出“類推而用之”之方法，即用聲符原來意義爲綱，推求其衍生詞之意義，於右文說之理論又向前推進一層。

清代段玉裁出，乃正式提出“形聲多兼會意”之理論。

《說文》：「犨、牛息聲，从牛雔聲。」段注：「凡形聲多兼會意，雔从言，故牛息聲之字從之。」

《說文》：「池、陂也。从水、也聲。」段注：「凡形聲之字多含會意。」

《說文》：「票、火飛也。从火𠧪。」段注：「凡从票之字多取會意。」

《說文》：「薾、華盛。从艸、爾聲。」段注：「此以形聲見會意，薾爲華盛，瀰爲水盛。」

《說文》：「鑋、剄也。从金、𡍴聲。」段注：「此形聲中有會意也。堅者土之𡍴，緊者絲之𡍴，鑋者金之𡍴，彼二字之入𡍴部，會意中有形聲也。」

《說文》：「朸、木之理也。从木、力聲。」段注：「以形聲包會意也。阞下曰地理，朸下曰木理，泐下曰水理，皆從力，力者筋也，人身之理也。」

對右文說不盡以爲然者，則章太炎先生，其《文始敘例•略例庚》中云：

> 昔王子韶創作右文，以爲字从某聲便得某義，若句部有鉤、笱，𡍴部有緊、堅，丩部有糾、茻，辰部有𧘈、觬，及諸會意形聲相兼之字，信多合者。然一致相衡，即令形聲攝于會意。夫同音之字非止一二，取義于彼見形于此者，往往而有。若 "農" 聲之字，多訓厚大，然 "農" 無厚義；"支" 聲之字多訓傾邪，然 "支" 無傾邪義。蓋同韻同紐者，別有所受，非可望形爲論。況復旁轉、對轉，音理多

涂；雙聲馳驟，其流無限；而欲于形內牽之，斯子韶所以
爲荊舒之徒，張有沾沾，猶能破其疑滯。今者小學大明，
豈可隨流波蕩？《文始》所說亦有尃取本聲者。無過十之
一二。深懼學者或有錮駬，復衍右文之緒，則六書殘而爲
五，特詮同異，以詒方來。

　　章氏肯定形聲兼會意爲右文說之可取者，但反對右文說受文
字形體之拘牽，因爲聲符之中，常有"取義于彼見形于此者"，
即聲符假借之情形。章氏對右文說之批評，可謂切中要害。其後
黃侃在研究《說文》之條例中，將章氏此意，發揮更爲透徹。黃
氏說：

　　凡形聲字之正例，必兼會意。凡形聲字無義可說者，可以
　　假借義說之。如《說文》：『禧、禮吉也。从示、喜聲。
　　禛、以眞受福也。从示、眞聲。祿、福也。从示、彔聲。』
　　禧、禛二字聲皆兼義，但祿訓福而从彔聲。彔無福義，蓋
　　鹿之假借也。蓋上古之時，畋獵爲生，鹿肉美而性馴，行
　　獵而遇鹿則爲福矣。其字本當作禄，从鹿作禄，亦猶从羊
　　作祥。造字者借彔爲鹿，遂書作祿矣。《說文》从鹿之字
　　多或从彔。例如：『麓、守山林吏也。从林、鹿聲。古文
　　从彔作菉。漉、浚也。从水、鹿聲。或从彔作淥。睩、目
　　睩謹也。从目、彔聲。讀若鹿。』皆其證也。

又曰：

> 凡形聲字以聲命名者，僅取其聲。如駕鵝，雞、鴨之類。
> 章太炎先生云："以音爲表，惟鳥爲眾"是也。

黃先生聲母假借之說出，於右文之疑慮，乃可徹底廓清矣。

　　至於對右文說作全面整理者，則爲章氏弟子沈兼士，其《右文說在訓詁學上之沿革及其推闡》一文，乃一篇關於右文說之總結性文章。沈氏將訓詁分爲客觀與主觀兩種。沈氏說：「前者爲凡以通語釋古語或方言，如《爾雅》之屬是也；後者爲訓詁家本個人之觀察，用聲訓之法，以一音近之字抽繹某一事物之義象，如《白虎通》、《釋名》之屬是也。」沈氏透過全面批評前人右文說，以補充發展右文說之理論。沈氏說：

> 茲將自宋以來諸家右文之說下一總評，藉以說明余之意見：
> (1)　自來諸家所論，多不知從此種學說之歷史上著眼觀察其作者何代，述者何人，徒憑一己一時之見聞，騰諸口說，詡爲發明，實即古人陳說，第有詳略之不同，絕少實質之差別，此爲學說不易進步之最要原因。
> (2)　諸家所說，或偏重理論，或僅述現象，或執偏以該全，或舍本而逐末，若夫具歷史眼光，用科學方法，以爲綜合歸納之研究者，殊不多覯。
> (3)　夫右文之字，變衍多途，有同聲之字而所衍之義頗岐別者。如"非"聲字多有分背義，而"菲""翡""痱"等字又有赤義。"吾"聲字多有明義，而"齬""語"（論難）"敔""圄""齬"等字又有逆止義。其故蓋由於單

音之語，一音素孕含之義不一而足，諸家於此輒謂“凡从某聲，皆有某義”，不加分析，率爾牽合，執其一而忽其餘矣。

(4) 上文所舉聲母“非”訓“違”，其形爲“从飛下翅，取相背”，故其右文爲分背義，此聲母與形聲字意義相應者。至“非”之右文又得赤義，則僅借“非”以表音，非本字也。又“吾”之右文爲“逆止”義，或借爲“午”字，至又有明義，則其本字不可得而碻知矣。諸家於此又多胡嚨言之，莫爲別白。

(5) 又有義本同源，衍爲別派。如“皮”之右文有：(一)分析義如“詖”“簸”“破”諸字；(二)加被義如“彼”“鞁”“皮”“帔”“被”諸字；(三)傾斜義如“頗”“越”“跛”“波”“披”“陂”“坡”諸字。求其引申之迹，則“加被”“分析”應先由皮得義。再由分析而得傾斜義矣。又如“支”之右文先由“支”得岐別義如“芰”“跂”“敲”“翄”“枝”“岐”諸字，再由岐別義引申而得傾斜義如“攲”“頍”“支”諸字，諸家於此率多未能求其原委。

(6) 復有同一義象之語，而所用之聲母頗岐別者。蓋文字孳乳，多由音衍，形體異同，未可執著。故音素同而音符雖異亦得相通，如“與”“余”“予”之右文均有寬緩義，“今”“禁”之右文均有含蘊義。豈徒同音，聲轉亦然，“尼”聲字有止義，“刃”聲字亦有止義，如“仞”“訒”“忍”“紉”“軔”是也。“釁”聲字亦有赤義（釁古音如門），“㒼”聲字亦有赤義，如“璊”“璊”“𥉮”是也。如此之類，爲右文中最繁複困難之點，儻忽諸而不顧，非離其宗，則絕其脈，而語勢流衍之經界慢矣。諸家多取同聲母字以爲之說，未爲澈底之論也。

(7) 訓詁家利用右文以求語言之分化，訓詁之系統，固爲必要。然形聲字于盡屬右文，其理至明，其事至顯，而自來傾信右文之說者，每喜抹殺聲母無義之形聲字，一切以右文說之，過猶不絕，此章氏之所以發"六書殘而爲五"之歎也。

(8) 《說文》本爲一家之言，其說字形字義，未必盡與古契。自宋以來，小學既定一尊於《說文》。及清而還，訓詁家更尊其說解以爲皆本義，殊爲偏見。今欲右文，固不能不本諸《說文》，然亦宜旁參古訓，鈎通音理，以求其縱橫旁達之勢。諸家多囿於《說文》，其所得似未爲圓滿。

沈氏於自古以來之右文學說，分析可謂全面，批評亦頗爲中肯。沈氏經過研究之後認爲：

治右文之說者——㈠於音符字須先審明其音素，不應拘泥於字形。㈡於音素須先分析其含義，不當牽合於一說。

最後沈氏認爲右文說有兩大功用：

第一、可以利用右文以比較字義：

茲錄其中一條以見其凡：

《説文》：「眽、目財視也。」財當作袤。《説文•目部》，「眽、目財視也。」段注：「財當依《廣韻》作邪，邪當作袤。此與《辰部》覒音義皆同。財視非其訓也。辰者，水之袤流別也。」又《糸部》「脈、散絲也。」段注：「水之袤流別曰辰，別水曰派，血理之分曰脈，散絲曰脈。」桂馥《説文義證》：「《釋詁》：覒、相也。郭注：覒謂相視也。馥疑財爲相之誤。」兼士按桂説不及段説得以聲爲義理。

沈氏結論云：「綜觀前例，知用此法可以㈠訂正古書之違誤。㈡判斷異訓之得失。㈢發現許書説解非盡爲語言本來之意義。三者於訓詁學之貢獻極大。

第二、應用右文以探尋語根：

沈氏以爲推尋語根最合理之方法即爲右文，因而利用右文探尋語根，分爲五項，茲錄於後：

(1)　中國古字雖已由意符變爲音符，然所謂音符者，別無拼音字母，祇以固有之意符字借來比擬聲音，音托於是，義亦寄於是。是故中國之語根，不能不在此等音符中求之。

(2)　中國語根之形式，既如上説，則其語詞之分化，自亦有其特別之方法，於音方面：或仍爲單音綴，而有雙聲疊韻之轉變，或加爲複音綴，非附加語詞，即增一語尾。於形方面：或加一區別語詞意義之偏旁，或連書二字爲一語詞。其類別可分爲四類：

①語根之外增加形旁而音不變者。如于與竽，非與扉之

類是也。

②語根之外增加形旁而音由雙聲疊韻轉移者。如禺與偶，林與禁之類是也。

③由一語根分化他義而以另一雙聲疊韻之字表之者。如"天""頂""題"是也。

④由單音語根變爲複音語詞者。如天變爲天然，支變爲支離之類是也。

(3) 語根之分化語詞，與本義之與引申義不同。後者以形不變爲原則（包括四聲別義法在內），前者則以形變爲原則。

(4) 語根之分化語詞，與轉注字不同。後者因音變其形，義固相同也。前者則以意義之轉變爲前題。

(5) 語根之分化語詞，雖與形聲有關，而不能謂即是一事。形聲爲演繹的，而推尋語源爲歸納的。

此外，沈氏尙提到幾點說：

①音符不盡爲語根，即主諧字不皆爲語根，被諧字不皆爲語詞。

②同一主諧之音符，有在此形聲字爲語根而在彼形聲字非語根者。

③本音符非語根，別有一與此音符同音之字以爲此語詞之語根者。

④同一語根，有時用多數音符表之者。

⑤語根之於語詞，有不取音符與形聲之關係，而別以一音近字爲之者。

　　從以上五點，可知沈兼士所謂語根，已幾乎超出右文，而純就聲韻以推其語根，可謂爲右文說之擴大。右文只是字根，而沈氏語根除包括右文外，尙擴大爲具聲韻同源之語詞。既對前人右文說予以批評與整理，而又有自己之語根見解，在訓詁學上應是有其貢獻。

六、推求同源字：

　　從形聲多兼會意說，再推進一層，自然就由語根而及於同源字與同源詞矣。

　　㈠　同源字之定義：

　　凡音義近，音近義同，或義近音同之字，謂之同源字。同源字常以某一槪念爲中心，而以語音之細微差別，表示相近或相關之若干槪念。例如：

　　　小犬爲狗，小熊、小虎爲豿，小馬爲駒，小羊爲羔。
　　　草木缺水爲枯，江河缺水爲涸，爲竭，人缺水欲飮爲渴。
　　　遏止爲遏，字亦作閼，音轉爲按；遏水堤壩叫堨，音轉爲堰。遏與塞義近，塞則不流，故水不流通爲淤，血不流通爲瘀。遏與抑義近，故音轉爲抑、爲壓。

　　同源字之來源有三：

　　第一、來自詞之古今分化。某些同源字原始本係一詞，後來隨語言發展分化爲兩個以上之讀音，產生意義上細微差別，一般用不同之字形以表示之。此類新派生之字即爲同源字。例如：

> "皮"乃生在人與動物體上者，"被"爲覆蓋在人體之上者，"被"之動詞爲"披"，指覆蓋在肩背上。"帔"乃古代披在肩上之服飾。
>
> "暗"爲日無光，"闇"亦指暗，但多用於抽象意義"糊塗"。"陰"爲山之北，即太陽所照不到之處。"霒"爲天陰，通作陰，"蔭"爲草陰地，亦指樹陰。引申爲庇蔭，字亦作"廕"。

第二、來源於方言之差異：例如：

> 《方言》卷三：「凡草木刺人，北燕朝鮮之間謂之茦，自關而西謂之刺。」
>
> 《説文》：「堨、秦謂阬爲堨。」

第三、分別字爲同源字：例如：

> 背東西之"背"，後寫作"揹"；嘗味之"嘗"，後寫作"嚐"；阻擋之"擋"本作"當"；祡祭之"祡"本作"柴"；懈怠之"懈"本作"解"；存殁之"殁"本作"沒"，後另造"歿"字。

下列三種情形非同源字：①聲音無關之同義詞。②通假字。③異體字。至於判斷同源字可根據㈠古代訓詁之訓釋：

其互訓者：

《說文》：「趨、走也；走、趨也。」

《說文》：「顛、頂也；頂、顛也。」

其同訓者：

《說文》：「省、視也；相、視也。」

《說文》：「國、邦也；或、邦也。」

其通訓者：

《說文》：「柴、燒柴焚燎以祭天神。」柴、柴音同。

《說文》：「漁、捕魚也。」漁、魚音同。

其聲訓者：

《易•震卦》鄭注：「驚之爲言警戒也。」

《漢書•藝文志》注：「詠者、永也。永、長也，歌所以長言之。」

言亦聲者：

《說文》：「婢、女之卑者也。从女、从卑，卑亦聲。」婢、卑同源。

《說文》：「憼、敬也。从心、从敬，敬亦聲。」憼、敬同源。

據右文者：

《說文》：「詁、訓故言也。从言、古聲。」詁、古同源。

《說文》：「髦、髮也。从髟、从毛。」髦、毛同源。

㈡　從音韻方面掌握同源字：

吾人分析古韻爲十二類三十二部，上古聲母爲二十二單聲母及其與《廣韻》各韻及聲母之關係，就足以助吾人推定是否同源字。因爲同源字有一重要條件，乃讀音相同或相近，而其讀音須以周秦古音爲依據。因爲同源字之形成，極大多數爲上古時代之事。

如職部：特〔dˊek〕：直〔dˊiek〕。

同源字不但要韻部相同，而聲母亦要相同。如果韻部有變，亦應在通轉與旁轉之範圍；如果聲母有變，則最少當同一發音部位。

㈢　從詞義方面掌握同源字：

〈一〉實同一詞：

①《說文》分爲兩字，而實同詞。例如：

欺：諅	忌：諅	窺：闚	屚：漏	皎：皦
佼：姣	韜：弢	叫：嘂	彧：郁	盰：眠
鷹：雁	往：迋	翫：玩	嚴：嚴	滄：滄

②《說文》所收字與後出字實同一詞。例如：

荼：茶	區：甌	悤：怱	曳：拽	愒：憩

③分別字。例如：

沽：酤　　雕：彫：琱　　和：龢　　戰：顫

④《說文》未收之分別字。例如：

伯：霸（五伯：五霸）　　歷：曆　　禽：擒　　徹：澈
閣：擱

〈二〉同義詞：
　①完全同義：

熙：熹	待：俟	乃：而	止：已	茲：此
斯：是	謀：謨	改：革	志：識	能：耐
存：在	蹄：蹢	蹪：踢	題：定	於：于
抒：紓	胥：須	撫：拊	迓：迎	奢：侈
姣：嬌	琱：琢	疇：孰	極：窮

　　此處所謂同義乃指此詞之某一意義與彼詞之某一意義相同，
並非此詞與彼詞所有意義均相同。
　②微有區別：

跽、宜腰跪。：跪、先跪後拜。
旗、繡熊虎之旗。：旂、繡交龍之旗。

〈三〉各種關係配合而成：

在同源字中某些字本非同源詞，然其詞義因種種關係，令人可知爲同出一源，大約有下諸種關係配合而成茲分述之。

①凡借物成事，所借之物乃工具者。例如：

右、右手。：佑、用右手助人。

左、左手。：佐、用左手助人。

柴、木柴。：祡、燒柴祭天。

腋、夾肢窩。：掖、把人胳膊放在自己腋下攙著走。

硯、硯臺。：研、用硯臺磨。

筭、籌碼。：算、用籌碼計算。

②對象。例如：

耳、耳朵。：刵、割耳朵。：珥、耳墜子。

古、古代的。：詁、解釋古語。

魚、魚類。：漁、捕魚。

柄、把子。：秉、握住把子。

臭、氣味。：嗅、用鼻子辨別氣味。

③性質。例如：

卑、卑賤。：婢、卑賤的婦女。

挺、直的。：脡、直的乾肉。

并、并列。：骿、并脅。：駢、并駕之兩馬。

宜、應該。：義、應該作之事。

瑱、塞。：瑱、用來塞耳之玉器。

④共性。例如：

崖、山邊。：涯、水邊。

枯、草木缺水。：涸、江河缺水。

耦、兩人共耕。：偶、兩人在一起。配偶。

住、人停留。：駐、馬停留。

招、以手招。：召、以口招。

饑、穀不熟。：饉、菜不熟。

濃、水厚。：膿、汁厚。：醲、酒厚。：襛、衣厚。：穠、花木厚。

⑤特指。例如：

紆、彎曲。：迂、走彎路。

倍、加倍。：培、加土。

夏、大。：廈、大屋。

構、搭架。：篝、烘衣架。

取、取得。：娶、取妻。

少、年輕。：叔、兄弟中之年輕者。

孔、孔洞。：好、璧孔。

⑥行為者，受事者。例如：

沽、買賣。：賈、買賣人。
率、率領。：帥、率領全軍之人。
輔、輔佐。：傅、輔佐帝王、太子者。
咽、咽喉。：噎、食物蔽塞咽喉。

⑦抽象。例如：

寤、睡醒。：悟、覺醒。
扶、攙扶。：輔、扶助、幫助。
相、視。：省、內視、反省。
捧、雙手捧著。：奉、奉承、供奉。

⑧因果。例如：

知、知識。：智、多知。
逋、奴隸或罪犯逃亡。：捕、把逃亡之人捉回來。
照、太陽照耀。：昭、明亮。
窈、深。：幽、暗。
造、創造、製造。：就、造就。
陳、陳列。：陣、軍隊的行列。

⑨現象。例如：

踞、蹲，箕踞。：倨、沒有禮貌。

瞿、驚視貌。：懼、害怕。

伏、臥倒。：服、降服。

⑩原料。例如：

紫、紫色。：茈、茈草，可染紫。

旄、用氂牛尾裝飾之旗子。：氂、氂牛。

屋、用帷幄做成之住所。：幄、帷幄。

⑪比喻，委婉語。例如：

趾、腳。：址、地基，墻腳。

枝、樹枝。：肢、四肢，肢體。

解、解結。：懈、鬆懈，不緊張。

張、張弓，張開。：脹、膨脹，體積增大。：漲、水漲。

隕、從高處摔下來。：殞、死亡。

徂、往。：殂、死亡。

⑫形似。例如：

領、脖子。：嶺、山之脖子。

井、水井。：阱、陷井。

箱、車箱。：廂、東西廂似車箱。

　　囪、烟囪。：窗、天窗似烟囪。

　　根、樹根。：跟、腳跟似樹根。

⑬數目。例如：

　　三、數目。：驂、駕三馬。

　　四、數目。：駟、四馬。

　　五、數目。：伍、戶口五家爲伍，軍隊五人爲伍。

　　十、數目。：什、十倍，軍隊十人爲什。

　　兩、雙。：輛、車有兩輪，故以輛爲量詞。

⑭色彩。例如：

　　綦、青黑色。：騏、青黑色之馬。

　　鐵、黑金。：驖、馬如鐵赤黑色。

　　黸、黑色。：旅、旅弓，黑弓。

　　皓、白。：縞、白繒。

⑮使動。例如：

　　貣、借入。：貸、借出，使貣。

　　賒、賒入。：賖、賒出，使賒。

　　買、買入。：賣、賣出，使買。

　　糴、買米。：糶、賣米，使糴。

受、接受。：授、授予，使接受。

入、進入。：納，使入。

以上各類例子，均錄之於王力《同源字典》。王力以爲 "同源字的研究，可以認爲新訓詁學。" 因爲根據同源詞之研究，詞彙有系統性；研究同源詞，可更準確理解詞義。

第二節　義訓條例

所謂義訓，乃直接解釋詞之含義。朱宗萊《文字學形義篇》曰：「義訓者，訓詁之常法，通異言，辨名物，前人所以詔後，後人所以識古，胥賴乎此。其法或直言其義，或陳說其事，或以狹義釋廣義，或以虛義釋實義，或遞相爲訓，或增字以釋。要其爲析疑解紛一也。」

一、同義詞之訓釋：

〔一〕直接訓釋例：即用一義同或義近詞直接解釋另一詞，此爲訓詁最常用之方法。

《爾雅‧釋言》：「遜、遯也。」

「宅、居也。」

「愧、慙也。」

「聘、問也。」

「宵、夜也。」

《說文》：「奉、承也。」

「共、同也。」

「反、覆也。」

「及、逮也。」

「叔、拾也。」

〔二〕互相爲訓例：乃以同義詞互相訓釋。

《爾雅•釋言》：「宮謂之室，室謂之宮。」

《說文》：「茅、菅也。」「菅、茅也。」

　　　　「棟、極也。」「極、棟也。」

　　　　「國、邦也。」「邦、國也。」

　　　　「謹、譁也。」「譁、謹也。」

　　　　「改、更也。」「更、改也。」

〔三〕遞相爲訓例：以同義詞遞相解釋。

《爾雅•釋言》：「煽、熾也。」「熾、盛也。」

　　　　　　　「速、徵也。」「徵、召也。」

《說文》：「祿、福也。」「福、備也。」「備、具也。」

　　　　「論、議也。」「議、語也。」

〔四〕集比爲訓例：用一詞以解若干義同義近之詞。

《爾雅•釋詁》：「遹、遵、率、循、由、從、自也。」

此條若分而釋之，則可作下列之型式。

「遹、自也。」

「遵、自也。」

「率、自也。」

「循、自也。」

「由、自也。」

「從、自也。」

此種訓釋法古人用之極廣，隨舉可證。

《詩·小雅·伐木》：「相彼鳥矣。」鄭箋：「相、視也。」

《詩·小雅·瞻彼洛矣》：「瞻彼洛矣。」鄭箋：「瞻、視也。」

《詩·小雅·大東》：「監亦有光。」鄭箋：「監、視也。」

《詩·小雅·大明》：「上帝臨汝。」鄭箋：「臨、視也。」

若集比爲訓，則可作下列型式。

「相、瞻、監、臨、視也。」

〔五〕相反爲訓例：反訓是指用反義詞解釋詞義之訓詁。

《爾雅·釋詁下》：「治、肆、古、故也。」；「肆、故、今也。」郭璞注：「肆既爲故，又爲今。今亦爲故，故亦爲今，此義相反而兼通者。」

《爾雅·釋詁下》：「徂、在、存也。」郭璞注：「以徂爲存，猶以亂爲治，以囊爲曏，以故爲今。此皆訓詁義有反復旁通，美惡不嫌同名。」按《爾雅·釋詁上》云：「徂、往也。」“往”“存”二義相反，同爲“徂”之義。《爾雅·釋詁下》云：「在、終也。」“終”“存”二義相反，同爲“在”之義。《爾雅·釋詁下》又云：「曩、久也。」郝懿行《義疏》：「曩者，《釋言》云：“曏也。”《說文》云：“曏、不久也。”」曩有“久”與

"不久" 二義。

《方言·卷二》：「逞、苦、了、快也。自山而東或曰逞，楚曰苦，秦曰了。」郭璞注：「苦而快者，猶以臭爲香，亂爲治，徂爲存，此訓義之反復用之是也。」

申小龍《中國語言學·反思與前瞻》第三章前景廣闊的詞匯語義研究談及義位研究云：

> 蔣紹愚用義位理論研究了反訓現象。他指出 "臭" 統指氣味，它包括兩個位義：(1)臭氣。(2)香氣。在不同的語境中，或以統指氣味的上位義出現，或以其中一個下位義出現。由於上古 "臭" 在特定語境下顯示出來的下位義 "臭氣" 到後來成爲 "臭" 的固定詞義，人們習慣於這點以後，又回過頭去看上古 "其臭如蘭" 的例子，就覺得這裏表示香氣的意義和 "臭" 的固有意義（臭氣）相反，於是就説是 "相反爲訓" 了。實際上是把不同歷史平面的語言現象看作一個平面而產生的錯覺。

又云：

> 張世祿還進一步指出，矛盾對立的事物，雙方處於一個統一體中是互相依存的，所以反映這種關係的相對或相反的意義，也必定是互相關係的。矛盾對立的事物，又在一定條件之下各向著相反的方面轉化，反映這種轉化的過種，詞義發展就出現以 "亂" 訓 "治"，以 "故" 訓 "今" 的

反訓現象。同源詞族中也就會有意義相反或相對的詞，如
"腹"、"背"同源，"夫"、"婦"同源，"消"、"息"
同源，"本"、"末"同源，"頂"、"底"同源，"天"、
"地"同源，這些有趣而又有深刻理據的語音現象，爲漢
語語詞的訓釋，提供了一個個音義相關的釋義場和系統的
詞義框架。

二、訂定界說：

此與訓詁方式中之義界相通。凡訓詁方式中所論及 "就其形
狀、顏色、性質、質料、功用、位置、時間、對象、反面、關係、
比較兩詞、比方而釋之" 各端，均可列入爲訂定界說之例子。

因爲訂定界說是以定義說明之方式來加說明，此一方式，適
用於專門術語與名稱，此一術語與名稱，古今並無相應之詞語，
不能用同義詞互相訓釋之方式以訓釋，而需要對所表示之概念進
行說明。揭示概念即下定義，對事物進行敘述、介紹即爲說明。

《老子》第一章：「道可道，非常道。」

任繼愈云：

《老子》書中的 "道" 是不能用文字或語言表達的、神祕
的精神本體。它是萬物的本源。它是微妙的、玄虛的，不
具有任何質的規定性，不能用正常的方法去認識它。《老

子》書中第一次提出“道”這個哲學概念。過去的“道”字的用法都與老子的哲學意義的“道”不同。所以老子首先說明他所謂“道”與一般習慣用法不同。老子的“道”有兩個意思：㈠有時是指精神的實體。㈡更多的場合下是指萬物變化發展的規律。

茲再舉若干定義式界說例以明之：

《漢書・杜欽傳》：「臣者，君之耳目也。」

《儀禮・士喪禮》：「乃赴于君。」注：「臣、君之股肱耳目。」

《禮記・禮運》：「仕于公曰臣。」

《周禮・太宰》：「臣、妾，男女貧賤之稱。」

《書・費誓》鄭注：「臣、妾，廝役之屬也。」

《詩・正月》箋：「人之尊卑有十等。」疏：「臣則事人之稱，無定名也。」

《禮記・少儀》：「臣則左之。」注：「臣謂囚俘。」

《禮記・少儀》：「臣則左之。」疏：「臣謂征伐所獲民虜者也。」

上述八則有關“臣”之界說，悉出自經傳注疏，可分三類，一則說明臣與君之關係，一則說明臣之社會地位，一則說明臣之早期來源。可見古人所作義界，皆從具體之語言環境出發，對概念所反映之對象之某種屬性作一概括，因而在不同之語言環境中，臣之釋義乃有若干區別。

再以“仁”之一詞為例，在先秦學說中，純粹根據自己思想觀點加以發揮，“仁”作爲一普通語詞，大約相等於“良心”或“良知”。《說文》「仁、親也。从人、从二。」就是此種意義，因爲二人相處能各本良心，乃能相親。其後解釋“仁”之各種說法，或言其何以達到“仁”之境界，如《論語・顏淵》：「克己復禮爲仁。」或指何種狀態謂之“仁”。如《管子・戒》：「以德予人者謂之仁。」《韓非子・詭使》：「寬惠行德謂之仁。」《周書・本典》：「與民利者仁也。」或言如何做方可稱“仁”，《管子・小問》：「非其所欲，勿施於人，仁也。」《大戴禮記・衛將軍文子》：「恕則仁也。」《呂氏春秋・當務》：「分均、仁也。」《荀子・非十二子》：「貴賢、仁也；賤不肖、仁也。」《孟子・滕文公》：「爲天下得人者謂之仁。」可見古人之解釋，完全隨文發揮，亦即隨文釋義之謂也。

三、相近相關概念比較法：

在義訓之過程，要作適當之解釋，因爲相關相近之事物甚多，而表示事物之詞匯亦極多。某些詞是乃大同小異，某些詞則屬中有別，其相關或相近之程度不一。某些爲十分極近之同義詞或近義詞，某些只是性質屬性有一定聯系之相關詞，某些本義與另一詞無涉，而引申義則有一定聯系，甚至同義或近義。此一類詞之解釋，由於詞本身常爲同類或相近者同出，因此注家常爲注一詞而同時注另一詞甚至於數詞，使被注字成爲一組相比較之概念，於比較中顯現出同異，而重點則在辨異。

常見之型式。如：

《詩・邶風・匏有苦葉》傳：「飛曰雌雄，走曰牝牡。」

《詩・衛風・氓》傳：「龜曰卜，蓍曰筮。」

《詩・陳風・澤陂》傳：「自目曰涕，自鼻曰泗。」

《詩・小雅・雨無正》傳：「穀不熟曰饑，蔬不熟曰饉。」

《詩・大雅・江漢》釋文：「以車曰傳，以馬曰遽。」

《詩・魯頌・閟宮》傳：「先種曰稙，後種曰稺。」

第三節 形訓條例

形訓乃字義存於字形，就字形以得字義之訓詁方法。《說文解字》一書大抵皆依形立訓，以字形之構造以說解字義。故《說文解字》實爲形書，其闡明形義關係之條例如下：

一、凡某之屬皆从某：

許慎《說文解字》將九千三百五十三文，別爲五百四十部，每部各立一部首，而同部之字，歸於同一部首。許氏云：「凡某之屬皆从某。」《說文解字・序》云：「今敘篆文，合吕古籀，博采通人，至於小大，信而有證，稽譔其說。將以理群類，解謬誤，曉學者，達神恉，分別部居，不相雜廁也。」段玉裁注云：「許君以爲音生於義，義箸於形，聖人之造字，有義以有音，有音以有形，學者之識字，必審形以知音，審音以知義，聖人造字，實自像形始，故合所有之字，分別其部爲五百四十，每部各建一首，而同首者則曰『凡某之屬皆从某。』於是形立而音義易明，凡字必有所屬之首，五百四十字，可以統攝天下古今之字，此前古未有之書，許君之所獨創，若網在綱，如裘挈領，討原以納流，執要以說詳。與《史籀篇》、《倉頡篇》、《凡將篇》亂雜無章之體例，不可以道里計。顏黃門曰：『其書檃栝有條例，剖析窮根原。』不信其說，則冥冥不知一點一畫有何意焉，此最爲知許者矣。蓋舉一形以統衆形，所謂檃栝有條例也；就形以說音義，所謂剖析窮根源也。」

《說文》：「一、惟初大極，道立於一，造分天地，化成萬物。凡一之屬皆从一。」段注云：「凡云凡某之屬皆从某者，自序所謂分別部居，不相雜廁也。」

《說文》：「瑱、以玉充耳也。从玉、眞聲。」段注：「《詩‧毛傳》曰：『瑱、塞耳也。』又曰：『充耳謂之瑱，天子玉瑱，諸侯以石。』按瑱不皆以玉，許專云以玉者，爲其字从玉也。凡字从某爲某之屬，許君必言其故。」

《說文》玉部末文百二十四，重十七下。段注云：「按自璙以下，皆玉名也，瓚者用玉之等級也，璧至瑞皆言玉之成瑞器者也，璬珩玦珥至瑵皆以玉爲飾也，玼至瑕皆言玉色也，玲已下六文玉聲也，瑦至玖石之次玉者也，珷至碔石之似玉者也，琨珉瑤石之美者也，玓至聊皆珠類也，琀璗二文送死玉也，靈異類而同玉色者，靈謂能用玉之巫也。通乎《說文》之條理次第，斯可以治小學。」

凡《說文》从某之屬，許君必言其所以从之之故。

《說文》：「庶、屋下衆也。从广炗。炗、古文光字。」段注：「諸家皆曰："庶、衆也。"許獨云"屋下衆"者，以其字从广也。《釋言》曰："庶、侈也。"侈、鄭箋作姼，此引伸之義，又引伸之《釋言》曰："庶、幸也。"《詩‧素冠‧傳》同，又《釋言》曰：「庶幾、尚也。」」

庶字之義諸家雖釋爲「衆」，而許則釋爲「屋下衆」者，以其字從「广」故云「屋下」也，從「㙤」則取「衆盛」意也。

《說文》：「滄、寒也。從仌、倉聲。」段注：「仌者、寒之象也。故訓寒之字皆從仌。」

《說文》：「冠、絭也。所以絭髮，弁冕之總名也。從冖元、元亦聲。冠有法制，故從寸。」段注：「古凡法度之字多從寸者。」

《說文》：「𦣞、廣頤也。從臣、巳聲。𦣞、古文𦣞從戶。」段注：「按此古文從戶，疑當作從尸，凡人體字多從尸，不當從戶也。」

《說文》：「惲、憂兒。從心、員聲。」段注：「以下惲字廿二見，併上文四見，各本皆作憂，淺人用俗行字改之也。許造此書，依形立解，斷非此形彼義，牛頭馬脯，以自爲矛盾者。惲者愁也，憂者和行也。如今本則此二十餘篆，將訓爲和行乎！他書可用叚借，許自爲書，不可用叚者。」

根據段氏所云凡某之屬皆從某，必有所指，則瞭解了五百四十部首之造字本義，則對從此部首而來之字，其意義均可得到理解。

《說文》：「欠、張口气悟也。象气從儿上出之形。」張口气悟就是張口出氣之意，瞭解「欠」字之本義，則《說文》：「歡、喜樂也。」、「欣、笑喜也。」、「歌、詠也。」、「歍、口气引也。」、「歊、心有所惡若吐也。」、「歘、吹也。」、「歁、吟也。謂情有所悅吟歎而歌詠。」、「吹、出气也。」、「欥、吹也。」、「歔、溫吹也。」、「歟、吹气也。」、「歇、息也。」、「欸、訾也。」、「歃、欲得也。」、「歐、吐也。」、「歔、欷也。」、「欷、歔也。」、「欬、屰气也。」「㳄、慕欲口液也。」

《說文》：「斤、斫木斧也。」知"斤"為斫木斧，則於《說文》：「斧、所以斫也。」、「斨、方銎斧也。」、「斫、擊也。」、「斮、斫斸、所以斫也。」、「斲、斫也。」、「釤、劑斷也。」、「所、伐木聲也。」、「斯、析也。」、「斮、斬也。」、「斷、截也。」、「新、取木也。」、「斬、截也。从車斤。斬法車裂也。」

《說文》：「示、天垂象見吉凶，所以示人也。从二、三垂、日月星也。觀乎天文㠯察時變，示、神事也。」因為示是神事，所以一切與神有關之字，多从示以表神事。故《說文》：「禮、履也，所以事神致福也。」、「禧、禮吉也。」、「禛、以眞受福也。」、「祿、福也。」、「祥、福也。」、「福、備也。」、「齋、戒絜也。」、「祭、祭祀也。从示㠯手持肉。」、「祀、祭無巳也。」、「祡、燒柴尞祭天也。」、「禷、㠯事類祭天神。」、「祖、始廟也。」、「祊、門內祭先祖所旁皇也。」、「祰、告祭也。」、「祠、春祭曰祠。品物少多文辭也。」、「礿、夏祭也。」、「禘、諦祭也。」、「祫、大合祭先祖親疏遠近也。」、「祼、灌祭也。」、「祓、除惡祭也。」、「祈、求福也。」、「禱、告事求福也。」、「禳、磔禳、祀除癘殃也。」、「禬、會福祭也。」、「禪、祭天也。」、「禡、祀也。」、「祳、社肉盛之以蜃故謂之祳，天子所以親遺同姓。」、「禂、師行所止，恐有慢其神，下而祀之曰禂。」、「禍、禱牲馬祭也。」、「禡、道上祭。」、「祲、精气感祥。」、「禍、害也，神不福也。」、「祟、神禍也。」

《說文》：「行、人之步趨也。」此字原爲十字街頭，十字街爲人所行，故引申爲步趨。《說文》：「術、邑中道也。」、「街、四通道也。」、「衢、四達謂之衢。」、「衝、通道也。」、「衕、通街也。」以上諸字之義皆从十字街得義。「衖、衖衖、行皃。」、「衍、行喜皃。」、「衒、行且賣也。」此諸字皆從步趨得義。

二、凡會意必以所重為主：

會意之字从二文以上會意，而此諸文之中，其義實有偏重，所偏重之字義，乃會意字入部之標準。

《說文》：「鉤、曲鉤也。从金句、句亦聲。」段注：「鉤鑲、吳鉤、釣鉤皆金爲之，故从金。按句之屬三字，皆會意兼形聲，不入手竹金部者，會意合二字爲一字，必以所重爲主，三字皆重句，故入句部。」

《說文》：「糾、繩三合也。从糸丩、丩亦聲。」段注：「按丩之屬二字，不入蚤糸部者，說與句部同。」

《說文》：「堅、土剛也。从臤土。」段注：「按緊堅不入糸土部者，說見句丩部下。」

《說文·序》云：「會意者、比類合誼，以見指撝，武信是也。」段注：「有似形聲而實會意者，如拘鉤笱皆在句部，不在手竹金部，莽莫葬不入艸日死部，莽糾不入蚤糸部之類是也。」

《說文》：「脈、血理分衺行體中者，从辰从血。」段注：

「不入血部者，重辰也。辰亦聲。」、「覗、衺視也。从辰从見。」段注：「覗不入見部者，重辰也。」

《說文》：「吁、驚語也。从口亏、亏亦聲。」段注：「按亏有大義，故从亏之字多訓大者，芌下云"大葉實根駭人"，"吁"訓"驚語"，故从亏。口亏者驚意，此篆重以亏會意，故不入口部，如句丩屬字之例，後人又於口部增吁，解云"驚也"，宜刪。」

三、於形得義：

於形得義者，謂於字形即可知其字之義也。如：

《說文》：「食、人米也。从皂人聲。或說人皂也。」段注：「此九字當作从亼皂三字，經淺人竄改，不可通，皂者、穀之馨香也。其字从亼皂，故其義曰人米，此於形得義之例。」

《說文》：「覝、面見人也。从面見，見亦聲。」段注：「此以形爲義之例。」

《說文》：「北、乖也。从二人相背。」段注：「乖者戾也。此於其形得其義也。」

《說文》：「県、到首也。賈侍中說：此斷首到縣県字。」段注：「不言从到首者，形見於義。如珏下不言从二玉也。」

《說文》：「㹜、兩犬相齧也。从二犬。」段注：「義見於形也。」

《說文》：「臭、大白也。从大白。」段注：「全書之例，於形得義之字，不可勝計。臭以白大會意，則訓之曰大白也。……不入白部者重人也。」

《說文》：「珏、二玉相合爲一珏。」段注：「不言从二玉者，義在於形，形見於義也。」

　　《說文》：「林、二水也。」段注：「即形而義在焉。」

　　《說文》：「鱻、二魚也。」段注：「此即形爲義，故不言從二魚，二魚重而不並，《易》所謂貫魚也。魚行必相隨也。」

　　《說文》：「斦、二斤也。闕。」段注：「二斤也，言形而義在其中。」

四、凡言物之盛者，皆三合其文：

　　因爲三可代表盛多之意，故造字時，凡表達某一種殷盛衆多之義者，則以同一文而三疊或三重之，以表達殷盛衆多之義。段玉裁於《說文解字》注中，多有發揮，今引據其說以明之。

　　《說文》：「晶、精光也。從三日。」段注：「凡言物之盛，皆三其文。日可三者，所謂絫日也。」

　　《說文》：「焱、火華也。從三火。」段注：「凡物盛則三之。」

　　《說文》：「灥、三泉也。闕。」段注：「凡積三爲一者，皆謂其多也。不言從三泉者，不待言也。」

　　《說文》：「羴、羊臭也。從三羊。」段注：「臭者气之通於鼻者也，羊多則气羴，故從三羊。」

　　《說文》：「雥、群鳥也。從三隹。」段雖無注，可以類推，故列於此。

　　《說文》：「惢、心疑也。從三心。」段注：「今俗謂疑爲多心。會意。」

　　《說文》：「众、衆立也。從三人。」段注：「會意。國語曰：人三爲衆。」

《說文》：「磊、衆石皃。从三石。」段注：「石三爲磊，猶人三衆，磊之言絫也。」

《說文》：「品、衆庶也。从三口。」段注：「人三爲衆，故從三口。」

《說文》：「蟲、有足謂之蟲，無足謂之豸。从三虫。」段注：「人三爲衆，虫三爲蟲。蟲猶衆也。」

《說文》：「驫、衆馬也。从三馬。」段注：「《廣雅》曰：『驫驫。走皃也。』〈吳都賦〉：『驫駥飍矞』善曰：『衆馬走皃也。』」

《說文》：「麤、行超遠也。从三鹿。」段注：「鹿善驚躍，故从三鹿 。引伸之爲鹵莽之稱。……三鹿齊跳 ，行超遠之意。《字統》云：『警防也，鹿之性相背而食，慮人獸之害也。故从三鹿。』」

《說文》：「㲜、疾也。从三兔。」段注：「與三馬、三鹿、三犬、三羊、三魚取意同。兔善走，三之則更疾。」

《說文》：「猋、犬走皃。从三犬。」段注：「引伸爲凡走之偁。〈九歌〉"猋遠舉兮雲中。"王注："猋、去疾皃。"此與驫、麤、㲜同意。」

《說文》：「鱻、新魚精也。从三魚。不變魚也。」段注：「此釋从三魚之意，謂不變其生新也。他部如驫、麤、猋等皆謂其生者，鱻則謂其死者，死而生新自若，故曰不變。」

《說文》：「譶、疾言也。从三言，讀若沓。」段注：「《文選•琴賦》：『紛𧩩譶以流漫。』注：『𧩩譶、聲多也。』」

《說文》：「垚、土高皃。从三土。」

《說文》：「劦、同力也。从三力。《山海經》曰：『惟號之山，其風若劦。』」段注：「許意蓋謂其風如并力而起。」

《說文》：「轟、轟轟、群車聲也。从三車。」

第七章　訓詁之術語

第一節　解釋之術語

一、某也。

　　“也”爲語氣詞，有幫助判斷之作用，在古漢語中，判斷句往往不用繫詞，而以“也”字煞句，以助判斷。故“也”字乃有判定某詞語具有某種意義之作用。其基本型式爲“某、某也”。此種型式，用途甚多。茲分述於後：

　　【一】用來以同義詞相訓釋。例如：

《說文》：「元、始也。」

　　　　　「佳、善也。」

　　　　　「何、儋也。」

　　　　　「叢、聚也。」

　　　　　「反、覆也。」

　　【二】用來推因。例如：

《說文》：「天、顛也。」

　　　　　「門、聞也。」

　　　　　「戶、護也。」

　　　　　「尾、微也。」

「髮、拔也。」

【三】有時用“也”字助判斷，常見「某、甲也，乙也。」
之型式，凡用此種型式，則因被解詞之意義較寬，用一詞釋之而
意有不盡，故須用兩個以上意義相關而側重不同之詞以釋之，方
足全面而準確解釋所釋之詞。例如：

《禮記・郊特牲》：「嘏、長也，大也。」

《周禮・天官・太宰》：「掌建邦之六典。」鄭玄注：「典、
常也，經也，法也。」

《漢書・地理志》：「或以訞逆亡道，家屬徙焉。」顏師古
注：「訞、亂也，惑也。」又：「自全晉時，患其剽悍。」顏師
古注：「剽、急也，輕也。」

【四】有時看見「甲、乙也；丙、丁也。」此種型式，則是
連續分別解釋不同之詞。例如：

《禮記・樂記》：「韶、繼也；夏、大也。」又：「《詩》
云：『誘民孔易』鄭玄注：『誘、進也；孔、甚也。』」

《漢書・地理志》：「敦煌郡。」顏師古引應劭曰：『敦、
大也；煌、盛也。』」

【五】此種型式，往往可以刪除中間出現之“也”字，只留
其最後之“也”字。其型式為：「甲、乙；丙、丁；戊、己也。」
例如：

《詩・周南・卷耳》：「嗟我懷人，寘彼周行。」毛傳：

「懷、思；寬、寘；行、列也。」

【六】若有數詞意義相同或相近，而加以總釋。則以「甲、乙、丙、丁、戊也」之型式釋之。例如：

《爾雅・釋詁》：「林、烝、天、帝、皇、王、后、辟、公、侯、君也。」又：「如、適、之、嫁、徂、逝、往也。」又：「賚、貢、錫、畀、予、貺、賜也。」又：「怡、懌、悅、欣、衍、喜、愉、豫、愷、康、妉、般、樂也。」又：「靖、惟、漠、圖、詢、度、咨、諏、究、如、慮、謨、猷、肇、基、訪、謀也。」

此種型式，多見於雅學書。用來解釋之詞與被釋詞之間，乃同訓之關係。

二、某者，某也。

"也"字常與"者"字配合使用，而當"者"與"也"配合使用時，"者"亦為語氣詞。表示提頓，有提請注意並停頓之作用。在古漢語中，"者"字常置於主語之後，與煞尾之"也"字配合，構成判斷句之典型格式。

【一】基本型式「甲者，乙也。」用此類型式時，表示為判斷句式。例如：

《易・序卦》：「艮者，止也。」「恒者，久也。」

《穀梁傳・宣公十五年》：「初者，始也。」又《桓公三年》：「既者，盡也。」

【二】變式爲「甲也者，乙也。」“者”前加一“也”字，表示語氣之舒緩、頓宕。前“也”表提頓，後“也”表判斷，此其異也。例如：

《禮記‧中庸》：「中也者，天下之大本也；和也者，天下之達道也。」

《禮記‧郊特牲》：「首也者，直也。」「身也者，父母之遺體也。」

【三】當分別解釋不同之詞時，則出之以「甲者，乙也；丙者，丁也。」型式。例如：

《易‧繫辭》：「隼者，禽也；弓矢者，器也。」

【四】以兩詞從不同層面釋一詞，則以「甲者，乙也，丙也。」之型式出之。例如：

《文選‧班固‧典引》李善注引蔡邕曰：「典者，常也，法也。引者，伸也，長也。」

三、曰、爲。

“曰”與“爲”此種術語，原皆爲動詞，相當現代漢語之“叫”或“叫作”。其共同特點：㈠以下定義或說明爲釋。㈡被釋詞在術語之後。其基本型式爲「甲曰乙」或「甲爲乙」。例如：

《詩‧周南‧關雎》：「在河之洲。」毛傳：「水中可居者曰洲。」

《詩‧魏風‧伐檀》：「河水清且漣漪。」毛傳：「風行水成文曰漣。」

《詩‧小雅‧小旻》：「不敢暴虎，不敢馮河。」毛傳：「徒涉曰馮河，徒搏曰暴虎。」

《漢書‧高帝紀》：「嘗息大澤之陂，夢與神遇。」顏師古注：「蓄水曰陂，蓋於澤隄陂塘之上休息而寢寐也。遇，會也，不期而會曰遇。」

以上皆“曰”字例，其言“為”者如下諸例：

《詩‧魏風‧伐檀》：「胡取禾三百囷兮。」毛傳：「圓者為囷。」

《詩‧小雅‧正月》：「燎于方揚。」鄭箋：「火田為燎。」

“曰”與“為”分別連用，往往含有對一組意義相關或相近之詞作比較意義之作用。例如：

《詩‧陳風‧澤陂》：「涕泗滂沱。」毛傳：「自目曰涕，自鼻曰泗。」

《詩‧小雅‧雨無正》：「降喪饑饉。」毛傳：「穀不熟曰饑，蔬不熟曰饉。」

《漢書‧高帝紀》：「美須髯。」顏師古注：「在頤曰須，在頰曰髯。」

《水經注‧渭水》：「秦名天子冢曰山，漢曰陵，故通曰山陵矣。」

《說文》：「言、直言曰言，論難曰語。」

以上言“曰”字例，其言“為”字例如下：

《詩‧小雅‧巧言》：「既微且尰。」毛傳：「骭瘍為微，腫足為尰。」

《爾雅・釋天》：「日出而風爲暴，風而雨土爲霾，陰而風爲曀。」

《說文》：「蕑、菡蕑，扶渠華，未發爲菡蕑，已發爲夫容。」

四、謂、謂之、之謂。

【一】謂：

凡用“謂”爲術語，或以狹義釋廣義，或以直義釋曲義，或以分名釋別名。謂大致相當今語“指”或“指的是”。可以解釋單詞，亦可串講句意。

1. 釋詞時，以具體釋抽象，以直義曲義，指出某詞在上下文中之具體意義。其基本型式爲「甲、謂乙也。」“謂”前之“甲”，乃所釋之對象。例如：

《論語・子路》：「必也正名乎！」鄭玄注：「正名，謂正書字也。古曰名，今曰字。」

《禮記・樂記》：「鐘聲鏗，鏗以立號，號以立橫，橫以立武。君子聽鐘聲則思武臣。」鄭玄注：「橫、充也，謂氣作充滿也。」

《漢書・高帝紀》：「朕親被堅執銳。」顏師古注：「被堅，謂甲冑也。執銳，謂利兵也。」

其以狹義釋廣義者，如：

《詩・魏風・伐檀》：「彼君子兮，不素飧兮。」毛傳：「飧、謂黍稷也。」

其以分名釋總名者，如：

《周禮・天官》鄭注：「長謂公卿大夫王子弟食采邑者。」

2. 用於串講句意，基本型式相同。

《詩・鄘風・墻有茨》：「中冓之言，不可道也。」毛傳：「中冓，內冓也。」鄭箋：「內冓之言，謂宮中所冓成頑與夫人淫昏之語。」

3. 另一種「謂甲曰乙」之型式，往往用於方言詞間對譯，"曰" 字後乃所釋詞。例如：

《說文》：「咦、南陽謂大呼曰咦。」

　　又：「詑、沇州謂欺曰詑。」

　　又：「惏、河北謂貪曰惏。」

將 "謂" 易作 "名"，"曰" 易作 "為"，作用相同。如：

《說文》：「尌、尌尌，盛也。汝南名蠶盛曰尌。」

　　又：「霣、齊人謂雷為霣。」

【二】謂之：

"謂之" 意思說 "稱它作"，亦可釋為 "叫作"。基本型式是「甲，謂之乙。」"謂之" 與 "謂" 之區別："謂" 被解詞在述語之前，"謂之" 被解詞在述語之後。"謂" 常用於釋某一語詞之意義，"謂之" 除釋某一語詞之意義外，尚有分析某一組意義相關或相近之詞，以區別其異同。茲分述其用法於後：

1. 釋某一詞之意義者，如：

《孟子・滕文公上》：「教人以善謂之忠。」

《禮記・曲禮上》：「博聞強志而讓，敦善行而不怠，謂之君子。」

《詩・小雅・巧言》：「彼何人斯，居河之麋。」毛傳：「水草交謂之麋。」

2. 分析一組詞義相關或相近者，比較其異同。如：

《莊子‧駢拇》：「彼其所殉仁義也，則俗謂之君子；其所殉貨財也，則俗謂之小人。」

《韓非子‧解老》：「目不能決黑白之色則謂之盲，耳不能別清濁之聲則謂之聾，心不能審得失之地則謂之狂。」

《禮記‧王制》：「少而無父者謂之孤，老而無子者謂之獨，老而無妻者謂之矜，老而無夫者謂之寡。」

其實此即辨析詞義，故訓詁書中用之極夥。如：

《爾雅‧釋器》：「鼎絕大謂之鼐，圜弇上謂之鼒，附耳短謂之釴，款足者謂之鬲。」

又：「金謂之鏤，木謂之刻，骨謂之切，象謂之磋，玉謂之琢。」

《說文》：「冂、邑外謂之郊，郊外謂之野，野外謂之林，林外謂之冂。」

又：「籥、三孔龠也。大者謂之笙，其中謂之籟，小者謂之箹。」

【三】之謂：

“之謂”一語之基本型式爲「甲之謂乙。」通常不在訓詁專著中出現，因爲“之”字之作用，非如“謂之”以“之”字爲代詞，而僅用以取消句子獨立性之結構助詞。故只配合其他句子或句子成分出現於典籍正文。如：

《左傳‧哀公十六年》：「周仁之謂信，率義之謂勇。」

《孟子‧滕文公下》：「富貴不能淫，貧賤不能移，威武不能屈，此之謂大丈夫。」

《荀子‧不苟》：「禮義之謂治，非禮義之謂聖。」

五、言、此言、言此、以言：

"言"作爲訓詁術語，與"謂"略似，但用"言"時，有推衍其意義之作用。故較"謂"用途廣泛。可用來解釋詞、詞組、句子，甚至可以爲篇章。解釋之內容，包括語詞在句中之具體義、譬喻義、言外之意，以及句子之大意與含意。相當於今語之"說"。其基本型式爲「甲言乙也。」

【一】解釋詞或詞組在句中之具體意義者，如：

《漢書‧高帝紀》：「天下既安，豪傑有功者封侯，新立，未能盡圖其功。」顏師古注：「新立，言新即帝位也。圖謂謀而賞之。」

《漢書‧地理志》：「匈歸都尉治塞外匈歸障。」顏師古注：「匈歸者，言匈奴歸附。」

《文選‧賈誼‧過秦論》：「嘗以十倍之地，百萬之衆，叩關而攻秦。」李善注：「叩或爲仰，言秦地高，故曰仰攻之。」

【二】解釋詞或詞組之譬喻義者，如：

《詩‧曹風‧蜉蝣》：「蜉蝣掘閱，麻衣如雪。」毛傳：「如雪，言鮮潔。」

《詩‧鄘風‧君子偕老》：「鬒髮如雲，不屑髢也。」毛傳：「如雲，言美長也。」

《詩・小雅・正月》：「瞻彼中林，侯薪侯蒸。」毛傳：「薪蒸，言似是而非。」鄭箋：「林中大木之處而維有薪、蒸爾，喻朝庭宜有賢者而但聚小人。」

【三】解釋詞或詞組言外之意者，如：

《詩・邶風・谷風》：「凡民有喪，匍匐救之。」鄭箋：「匍匐，言盡力也。」

《詩・曹風・侯人》：「彼其之子，不稱其服。」鄭箋：「不稱者，言德薄而服尊。」

《文選・賈誼・過秦論》：「始皇之心，自以爲關中之固，金城千里。」李善注：「金城，言堅也。」

《文選・枚乘・七發》：「小飯大歠，如湯沃雪。」李善注：「沃雪，言易也。」

【四】如果所解釋之詞，文字太長，則以“此”代替，基型爲「此言乙也。」此種型式，主要用來點明句子或篇章之含意。如：

《詩・小雅・無羊》：「麾之以肱，畢來既升。」毛傳：「肱，臂也；升，入牢也。」鄭箋：「此言擾馴從人意也。」

有時亦用來串講句子大意。如：

《詩・小雅・無羊》：「爾牧來思，以薪以蒸。以雌以雄。」鄭箋：「此言牧人有餘力則取薪蒸，捕禽獸以來歸也。」

【五】有時在“言”之前加一“以”字，變成「甲，以言乙也。」之型式。主要用以點明詞或詞組在句子中之含意。如：

《詩·邶風·靜女》：「靜女其姝，俟我于城隅。」毛傳：「城隅，以言高而不可逾。」

《詩·小雅·無羊》：「爾牧來思，矜矜兢兢。不騫不崩。」毛傳：「騫、虧也；崩、群疾也。矜矜兢兢，以言堅強也。」

【六】所解釋之對象"甲"可省略，成爲「言乙也」之型式。以解釋詞或詞組在句中之具體意義。如：

《漢書·高帝紀》：「取上素所不快。」顏師古注：「言有舊嫌者也。」

《文選·枚乘·七發》：「前似飛鳥。」李善注：「《黃子》曰："駿馬有晨風、黃鵠。" 皆取鳥名馬，言走疾若飛也。」

此種型式亦可以釋古今之異語。如：

《文選·賈誼·過秦論》：「鋤耰棘矜，非銛於鉤戟長鎩也。」李善注：「言鋤柄及戟槿也。」

此種型式常大量用於串講句子大意或點明句子大意。其串講句子大意者，如：

《漢書·高帝紀》：「地分已定，而位號比似，亡上下之分。」顏師古注：「言大王與臣等並稱王，是爲比類相似，無尊卑之差別也。」

《文選·賈誼·弔屈原文》：「歷九州而相其君兮，何必懷此都也。」李善注：「言知時之亂，當歷九州相賢君而事之，何必思此都而遭放逐。」

其用於點明句子含意者，如：

《詩•小雅•無羊》：「誰謂爾無羊，三百維群。誰謂爾無牛，九十其犉。」鄭箋：「言其多也。」

《文選•賈誼•過秦論》：「此四君者，皆明智而忠信，寬厚而愛人，尊賢而重士，約從離橫。」李善注：「言諸侯結約爲從，欲以分離秦橫也。」

【七】言亦可置於解釋對象之前，成爲「言甲者，乙也。」之型式。此一型式主要用來點明詞或詞組之修辭意義或言外之意。點明其修辭意義者，如：

《詩•鄭風•谷風》：「就其深也，方之舟之。就其淺也，泳之游之。」鄭箋：「言深淺者，喻君子之家事無難易，吾皆爲之。」

《漢書•高帝紀》：「是日，車駕西都長安。」顏師古注：「凡言車駕者，謂天子乘車而行，不敢指斥也。」

點明言外之意者，如：

《詩•邶風•谷風》：「黽勉同心，不宜有怒。」毛傳：「言黽勉者，思與君子同心也。」

【八】此種型式之“甲”亦可以此代替，而成「言此者，乙也。」之型式。主要用途用以點明句子之含意。如：

《詩•小雅•無羊》：「或降于阿。或飲于池。或寢或訛。」鄭箋：「言此者，美其無所驚畏也。」

《詩•小雅•無羊》：「爾牧來思，何蓑何笠，或負其餱。」鄭箋：「言此者，美牧人寒暑飲食有備。」

六、之言、之為言：

段玉裁《說文解字》注於「祼、灌祭也」下云：「《大宗伯·玉人》字作果，或作祼，注兩言祼之言灌，凡云之言者，皆通其音義以為詁訓，非如讀為之易其字，讀如之定其音。如〈載師〉『載之言事』，〈族師〉『師之言帥』，〈禮衣〉『禮之言亶』，〈翣柳〉『柳之言聚』，〈副編次〉『副之言覆』，〈禋祀〉『禋之言煙』，〈卝人〉『卝之言礦』皆是，未嘗曰禋即讀煙，副即讀覆也。以是言之，祼之音本讀如果，卝之音本為卵，讀如鯤，與灌礦為雙聲，後人竟讀灌讀礦，全失鄭意。」段氏〈周禮漢讀考〉云：「凡云之言者，皆就其雙聲疊韻以得其轉注假借之用。卝本古文卵字，古音如關，亦如鯤，引伸為總角卝兮之卝，又假借為金玉璞之礦，皆於其雙聲求之也，讀《周禮》者徑謂卝即礦字則非矣。」此二術語，其基本型式為「甲之言乙也。」、「甲之為言乙也。」「之言」驟看與「之謂」似同，實際上相差極大，「之謂」僅用於義訓，「之言」與「之為言」則為"推因"之術語，釋詞與所釋詞之間，具有某種聲韻關係。

其屬於推因求原者，如：

《詩·大雅·常武》：「既敬既戒。」鄭箋：「敬之言警也。」

《儀禮·燕禮》：「主人酌膳。」鄭注：「膳之言善也。」

《禮記·曲禮下》：「納于天子曰備百姓。」鄭注：「姓之言生也。」

《禮記·禮器》：「賓客之交義也。」鄭注：「義之言宜也。」

《禮記·祭統》：「作率慶士。」鄭注：「士之言事也。」

其就本音本義以轉其義者，如：

《儀禮・鄉飲酒義》：「主人實觶酬賓。」鄭注：「酬之言
周也。」

《儀禮・士喪禮》：「鬠笄用桑。」鄭注：「桑之爲言喪也。」

《周禮・春官・大師》：「教六師曰賦。」鄭注：「賦之言
鋪也。」

《禮記・曲禮下》：「不饒富。」鄭注：「富之言備也。」

《禮記・明堂位》：「天子皋門。」鄭注：「皋之爲言高也。」

七、猶：

猶意謂 "等於" 或 "等於說"。其基本型式爲「甲猶乙也。」
段玉裁在《說文解字》注中於「讎、猶應也。」下注云：「心部
曰：『應、當也。』讎者，以言對之，《詩》云：『無言不讎』
是也。引申之爲物價之讎，《詩》：『賈用不讎』，高祖飲酒，
讎數倍是也。又引申之爲讎怨，《詩》：『不我能慉，反以我爲
讎』，《周禮》：『父之讎』、『兄弟之讎』是也。人部曰：
『仇、讎也。』仇、讎本皆兼善惡言之，後乃專謂怨爲讎矣。凡
漢人作注云 "猶" 者，皆義隔而通之，如《公》《穀》皆云：『孫
猶孫也』，謂此子 "孫" 字同孫遁之 "孫"。〈鄭風〉傳：『漂
猶吹也』，謂漂本訓浮，因吹而浮，故同首章之 "吹"。凡鄭君、
高誘等每言 "猶" 者皆同此。許造《說文》不比注經傳，故徑說
字義不言 "猶"。惟『㸤』字下云：『䀠、猶齊也。』此因 "䀠"
之本義 "極巧視之"，於『㸤』從 "䀠" 義隔，故通之曰 "猶齊"。
此以 "應" 釋 "讎" 甚明，不當曰 "猶應"。蓋淺人但知讎爲怨

詞，以爲不切，故加之耳。然則『爾』字下云：『麗爾、猶靡麗也。』此 "猶" 亦可刪與？曰：此則通古今之語示人，麗爾，古語；靡麗，今語。〈魏風〉傳：『糾糾、猶繚繚』、『摻摻、猶纖纖』之例也。」

段氏以爲用猶乃義隔而通之，實極爲正確。今分析其用途，約有下列諸端：

【一】以義相近之詞解釋。如：

《詩・召南・采蘩》：「于以采蘩。」鄭箋：「于以、猶往以也。」

《詩・豳風・鴟鴞》：「鴟鴞鴟鴞，既取我子，無取我室。」鄭箋：「室、猶巢也。」孔穎達正義：「人居謂之室，鳥居謂之巢。故云 "室、猶巢也。"」

《漢書・高帝紀》：「吳，古之建國也，日者荊王兼有其地。」顏師古注：「日者猶往日也。」

《文選・賈誼・過秦論》：「然秦以區區之地致萬乘之權，招八州而朝同列，百有餘年矣。」李善注引鄧展曰：「招、猶舉也。」

《文選・賈誼・弔屈原文》：「襲九淵之神龍兮，沕深潛以自珍。」李善注引《音義》曰：「襲、覆也，猶言察也。」

【二】以引伸義解釋。如：

《詩・唐風・葛生》：「冬之夜，夏之日，百歲之後，歸于其室。」毛傳：「室、猶居也。」鄭箋：「室、猶冢壙。」

《左傳·莊公十年》：「肉食者謀之，又何間焉。」杜預注：「間、猶與也。」

《孟子·梁惠王上》：「老吾老以及人之老，幼吾幼以及人之幼。」趙岐注：「老、猶敬也；幼、猶愛也。」

《漢書·高帝紀》：「以魏萬戶封生。」顏師古注：「生、猶言先生也。」

《文選·枚乘·七發》：「於是澡槩胸中，洒練五藏。」李善注：「毛萇《詩》傳曰：『溉、滌也。』槩與溉同。練、猶汰也。」

【三】以今語釋古語。如：

《詩·魏風·葛屨》：「糾糾葛屨，可以履霜。」毛傳：「糾糾、猶繚繚也。」孔穎達正義：「糾糾為葛屨之狀，當為稀疏之貌，故云“猶繚繚也。”」

《詩·魏風·葛屨》：「摻摻女手，可以縫裳。」毛傳：「摻摻、猶纖纖也。」孔穎達正義：「摻摻為女手之狀，則為纖細之貌，故云“猶纖纖也”。」

《詩·陳風·澤陂》：「寤寐無為，中心悁悁。」毛傳：「悁悁、猶悒悒也。」

《荀子·勸學》：「于越九貉之子，生而同聲，長而異俗，教使之然也。」楊倞注：「于越、猶言吳越也。」

《楚辭·九歌·雲中君》：「龍駕兮帝服，聊翱游兮周章。」王逸注：「周章、猶周流也。」

【四】以本字釋借字。如：

《禮記・月令》：「有不戒其容止者。」鄭注：「容止，猶動靜也。」朱駿聲以爲動爲本字，容爲借字。

《文選・枚乘・七發》：「浩唐之心。」李善注：「唐、猶蕩也。」蕩爲本字，唐爲借字。

【五】以今字釋古字。如：

《詩・小雅・鹿鳴》：「皇皇者華，于彼原隰。」毛傳：「皇皇、猶煌煌也。」

【六】以譬喻釋之。如：

《文選・枚乘・七發》：「於是背秋涉冬，使琴摯斫斬以爲琴。」李善注：「鄭玄《論語》注：『師摯、魯太師也。』以其工琴，謂之琴摯，猶京房善《易》，謂之《易》京。」

【七】以推求事物得名之原。如：

《周禮・天官・酒正》：「辨五齊之名，一曰泛齊，二曰醴齊，三曰盎齊，四曰緹齊，五曰沈齊。」鄭注曰：「醴、猶體也，成而汁滓相將，如今恬酒矣。盎猶翁也，成而翁翁然葱白色，如今酇白矣。」

《周禮・春官・筮人》：「九筮之名，一曰巫更，二曰巫咸。」鄭玄注：「咸猶僉也，謂筮衆心歡不也。」

八、貌、狀、然：

　　用貌作爲訓詁術語，意思像白話文中"……的樣子。"主要用在說明人或事物之形態狀貌。"貌"所解釋之詞重點爲動詞或形容詞。基本型式爲「甲、乙貌。」或作「甲、乙貌也」、「甲、乙之貌」、「甲、乙之貌也。」如：

　　《詩・邶風・谷風》：「行道遲遲。」毛傳：「遲遲、舒行貌。」

　　《楚辭・九章・懷沙》：「眴兮杳杳，孔靜幽默。」王逸注：「眴、視貌也。杳杳、深冥貌也。」

　　《詩・衛風・氓》：「氓之蚩蚩，抱布貿絲。」毛傳：「蚩蚩、敦厚之貌。」

　　《文選・枚乘・七發》：「沌沌渾渾，狀如奔馬。」李善注：「沌沌渾渾、波相隨之貌也。」

　　偶然亦用"狀"字，在須連用"貌"字之場合，爲避免重複，故"貌""狀"相互使用。如：

　　《詩・魏風・葛屨》：「摻摻女手，可以縫裳。」毛傳：「摻摻、猶纖纖也。」孔穎達正義：「摻摻爲女手之狀，則爲纖細之貌，故云"猶纖纖"。」

　　《詩・邶風・谷風》：「有洸有潰，既詒我肄。」毛傳：「洸洸、武也。潰潰、怒也。」鄭箋：「詒、遺也。君子洸洸然、潰潰然，無溫潤之色，而盡遺我勞苦之事，欲窮困我。」《釋文》：「《韓詩》云：潰潰、不善之貌。」《詩・大雅・江漢》：「武夫洸洸。」毛傳：「洸洸、武貌。」由毛傳與釋文用"貌"，而鄭箋用"然"觀之，可知"貌"亦可用"然"代之。意義無絲毫之差別。

九、屬與別：

屬與別是以總名釋別名之術語，屬重其同，別重其異。《說文解字》：「莪、莪蒿也。蒿屬。」段注：「凡言屬則別在其中，故鄭注《周禮》，每言屬別。」又屬字下注云：「凡異而同者曰屬。鄭注〈司徒·序官〉云：『州黨族閭比者，鄉之屬別。』注〈司市〉云：『介次，市亭之屬別小者也。』凡言屬而別在其中，如秔曰稻屬、秏曰稻屬是也。言別而屬在其中，如稗曰禾別是也。」又鶤字下注曰：「按《說文》或言屬，或言別，言屬而別在焉，言別而屬在焉。」秔字下注云：「凡言屬者，以屬見別也。言別者，以別見屬也。重其同則言屬，秔爲稻屬是也；重其異則言別，稗爲禾別是也。《周禮》注曰：『州、黨、族、閭、比、鄉之屬別。介次、市亭之屬別小者。』屬別並言，分合並見也。」

下爲言 "屬" 強調其同之例：

《說文解字》：「蔓、葛屬。从草、曼聲。」

又：「秏、稻屬。从禾、毛聲。」

下爲言別強調其異之例：

《說文解字》：「稗、禾別也。从禾、卑聲。」

十、某之稱、某之名、某之辭：

其基本型式爲「甲、乙之稱」，或簡爲「甲、乙稱」，省去之字。「甲、乙之名」，「甲、乙之辭」。

此類型式，主要用來解釋各類實詞，而所釋者爲名詞。如：《周禮·天官·序官》：「內饔。」鄭注：「割亨煎和之稱。」

　　《漢書•高帝紀》：「今上尊太公曰太上皇。」顏師古注：「太上、極尊之稱也。皇、君也。天子之父，故號曰皇。不預治國，故不言帝也。」

　　《文選•枚乘•七發》：「趙女侍前，齊姬奉後。」李善注：「如淳《漢書》注曰：『姬、衆妾之總稱也。』」

　　《周禮•天官•序官》：「內豎。」鄭注：「豎、未冠者之官名。」

　　《文選•枚乘•七發》：「秋黃之蘇，白露之茹。」李善注：「茹、菜之總名也。」

　　《儀禮•士冠禮》：「願吾子教之也。」鄭注：「吾子，相親之辭。」

十一、名某為某、某稱某：

　　其基本型式為「名甲為乙」或「名甲曰乙」，「甲稱乙」。其例如下：

　　《周禮•夏官•序官》：「司爟。」鄭玄注：「今燕俗名湯熱為爟。」

　　《水經注•渭水》：「秦名天子冢曰山。」

　　《楚辭•九章•哀郢》：「皇天之不純命兮。」王逸注：「德美大稱皇天。」

　　此一型式中之“甲”為用來解釋之詞，“乙”為所釋詞。

十二、某聲、某之聲：

　　此用來解釋象聲詞。例如：

《詩・周南・葛覃》：「其鳴喈喈。」毛傳：「和聲之遠聞也。」

《詩・魏風・伐檀》：「坎坎伐檀兮。」毛傳：「坎坎、伐檀聲。」

《文選・枚乘・七發》：「混混庉庉，聲如雷鼓。」李善注：「混混庉庉，波浪之聲也。」

十三、所以：

此爲解釋方式、處所、工具等名詞意義之術語。其本型式爲「甲、所以乙也。」“甲”爲所欲釋之詞，“乙”爲用來解釋之詞。例如：

《禮記・月令》：「擇吉日，大合樂。」鄭注：「大合樂者，所以助陽達物，風化天下也。」按此釋方式。

《禮記・月令》：「省囹圄。」鄭注：「囹圄、所以禁係者，若今別獄矣。」按此釋處所。

《說文》：「梳、所以理髮也。」按此釋工具。

十四、斥：

此一術語相當今語之“指”，常用來說明詞語之大意或言外之意。其基本型式爲「甲斥乙也。」例如：

《詩・魏風・伐檀》：「彼君子兮，不素餐兮。」鄭箋：「彼君子者，斥伐檀之人，仕有功，乃肯受祿。」按此說明句子之含意。

《詩・魏風・碩鼠》：「碩鼠碩鼠，無食我黍。」鄭箋：

「碩、大也。大鼠大鼠者，斥其君也。」按此說明句子之言外之意。

十五、亦：

此術語之作用爲以同義詞或近義詞相釋。其基本型式爲「甲、亦乙也。」例如：

《詩・王風・中谷有蓷》：「遇人之艱難矣。」毛傳：「艱、亦難也。」孔穎達正義：「艱難合二字一義，古人屬辭，一字未盡，重一字以足之。」

《周禮・天官・大宰》：「以安邦國，以寧萬民，以懷賓客。」鄭注：「懷、亦安也。」

《周禮・天官・大宰》：「六典治邦國，八法治官府，八則治都鄙。」鄭注：「則、亦法也。」

十六、統言（渾言）、析言：

統言又名渾言，即籠統或含渾解說，析言乃分析說明。此爲解釋近義詞之術語，經常配合使用，當配合使用時，其作用在於辨析同義詞、近義詞之間細微差別。例如：

《說文》：「珧、蜃甲也，所以飾物也。」段注：「〈釋器〉曰：『以蜃者謂之珧。』按《爾雅》：『蜃小者、珧。』《東山經》：『嶧皋之水多蜃珧。』傳曰：『蜃、蚌屬。珧、玉珧，亦蚌屬。』然則蜃、珧二物也。許云一物者，據《爾雅》言之。凡物統言不分，析言有別。」

《說文》：「祥、福也。」段注：「凡統言則災亦謂之祥，析言則善者謂之祥。」

《說文》：「齋、戒潔也。」段注：「〈祭統〉曰：『齋之為言齊也，齊不齊以致齊者也。』齋、戒或析言，如七日戒，三日齋是。此以戒訓齋者，統言則不別也。」

《說文》：「行、人之步趨也。」段注：「步、行也；趨、走也。二者一徐一疾，皆謂之行，統言之也。《爾雅》：『室中謂之時，堂上謂之行，堂下謂之步，門外謂之趨，中庭謂之走，大路謂之奔。』析言之也。」

《說文》：「刻、鏤也。」段注：「〈釋器〉曰：『金謂之鏤，木謂之刻。』此析言之，統言則刻亦鏤也。」

以下為渾言與析言之例：

《說文》：「走、趨也。」段注：「《釋名》曰：『徐行曰步，疾行曰趨，疾趨曰走。』此析言之，許渾言不別也。」

《說文》：「奔、走也。」段注：「走者，趨也。〈釋宮〉曰：『室中謂之時，堂上謂之行，堂下謂之步，門外謂之趨，中庭謂之走，大路謂之奔。』此析言之耳。渾言之則奔走趨不別也。」

十七、某與某古字通、某與某古通用字。

此兩種型式或用以說明異體字，或用以說明同源字，或用以說明假借關係。

說明異體字者，如：

《文選・枚乘・七發》：「紛屯澹淡，嘘唏煩酲。」李善注：「紛屯澹淡，憒毷煩悶之貌也。嘘與歔古字通。」

《文選・枚乘・七發》：「向虛壑兮背槁槐。」李善注：「藁與槁古字通。」

說明同源詞者，如：

《漢書·高祖紀》：「亦視項羽無東意。」顏師古注：「如淳曰：『視音示。』師古曰：『言令羽知漢王更無東出之意也。《漢書》多以視爲示，古通用字。』

說明假借關係者，如：

《詩·大雅·文王》：「陳錫哉周。」毛傳：「哉、載。」孔穎達正義：「哉與載古字通用。」

十八、某古某字。

此一型式用於以異體字相釋。例如：

《漢書·高帝紀》：「乃吕竹皮爲冠。」顏師古注：「吕、古以字。」

《漢書·地理志下》：「故其分墜小。」顏師古注：「墜、古地字。」

亦以區別字相釋。例如：

《史記·秦始皇本紀》：「普天之下，摶心揖志。」司馬貞索隱：「摶、古專字。《左傳》：『如琴瑟之專一。』揖、音集。」

《漢書·西域傳》：「縣度。」顏師古注：「縣繩而度也。縣、古懸字耳。」

亦以同源詞相釋。例如：

《詩·小雅·鹿鳴》：「視民不恌。」毛傳：「恌、愉也。」鄭箋：「視、古示字也。」孔穎達正義：「古之字，以目視物，以物示人，同作視字。後世而作字異，目視物作示旁見，示人物作單示字。由是，經傳之中，視與示字多相雜亂。此云視民不恌，

謂以先王之德音示下民，當作小示字，而作視字，是其與古今字
異義殊，故鄭辨之：『視、古示字也。』……言古視字之義，
正與今之示字同，言今之字異於古也。《士昏禮》曰：『視諸衿
鞶。』注云：『示之以衿鞶者，皆託戒使識之也。視乃正字，今
文作示，俗誤行之。』言示之以衿鞶亦宜作示，而古文《儀禮》
作視字，於今文視作示字。鄭以見示字合於今世示人物之字，死
人以爲示是視非，故辨之云：『視乃正字。』」

亦以本字釋借字。例如：

《漢書•西域傳》：「太子蚤死。」顏師古注：「蚤、古早
字。」

十九、古今字。

凡言古今字者，非如今之區別字同義之古今字，乃指古通用
字，亦即同源字。而古今字有三類。

【一】凡言古今字者，主謂同音，而古用彼，今用此；異字
異形且異義。例如：

《說文》：「余、語之舒也。」段玉裁注：「《左氏傳》：
『小白余敢貪天子之命，無下拜。』此正詞之舒。亏部曰：『亏、
於也。象气之舒亏。』然則余、亏異字而同音義。〈釋詁〉云：
『余、我也。』『余、身也。』孫炎曰：『余、舒遲之身也。』
然則余之引伸訓爲我，《詩》《書》用予不用余，《左傳》用余
不用予。〈曲禮下〉篇『朝諸侯，分職、授政、任功，曰：予一
人。』注云：『〈覲禮〉曰："伯父寔來，余一人嘉之，"』余予古

今字。』凡言古今字者，主謂同音，而古用彼，今用此；異字，若《禮經》古文用余一人；《禮記》用予一人。余予本異字異義，非謂予余本即一字也。」

【二】古人用某，今人用某，亦謂之古今字。例如：

《說文》：「 述、循也。」段玉裁注 ：「 古文多假借遹爲之，如《書》『祗遹乃文考』，《詩》『遹駿有聲』、『遹追來孝』。〈釋言〉、毛傳皆曰：『遹、述也』是也。孫炎曰：『遹古述字。』蓋古文多以遹爲述，故孫炎云爾。謂今人用述，古人用遹也。凡言古今字者視此。」

【三】時代不同，隨時異用，亦謂之古今字。例如：

《說文》：「誼、人所宜也。」段玉裁注：「《周禮‧肆師》注：『故書儀爲義。』鄭司農云：『義讀爲儀，古者書儀但爲義，今時所謂義爲誼。』按此則誼義古今字，周時作誼，漢時作義，皆今之仁義字也。其威儀字則周時作義，漢時作儀。凡讀經傳者，不可不知古今字，古今無定時，周爲古，則漢爲今，漢爲古，則晉、宋爲今，隨時異用者謂之古今字，非如今人所言古文、籀文爲古字，小篆、隸書爲今字也。」

二十、或曰（或說）、一曰（一說）。

訓詁術語中，對於有參考價值之異說，往往予以保留，以資參考，則出或曰、一曰之例。或曰又名或說，一曰又名一說。

用或曰之例者，如：

《詩・小雅・天保》：「俾爾單厚，何福不除。」毛傳：「俾、使；單、信也；或曰：單、厚也，除、開也。」

《漢書・地理志下》：「北隙烏丸、夫餘。」顏師古注引如淳曰：「有怨隙也。或曰：隙、際也。」

用一曰之例者，如：

《漢書・高帝紀》：「貫高等謀逆發覺，逮捕高等。」顏師古注：「逮捕、謂事相連及者皆捕之也。一曰：在道守禁，相屬不絕，若今之傳送囚耳。」

《漢書・西域傳》：「多玉石。」顏師古注：「玉石、石之璞也。一曰：石之似玉也。」

用或說之例者，如：

《文選・枚乘・七發》：「鐘岱之牡，齒至之車。」李善注：「《漢書》曰：『趙地，鐘岱石比，迫近胡寇。』如淳曰：『鐘所在未聞。石、山險之限，在上黨曲陽。』《呂氏春秋》曰：『代、故馬郡，宜馬。』齒至之車，未詳。或說曰：《公羊傳》曰：『先軫謂晉侯曰："君馬齒至矣。"』言以齒至馬駕車也。《戰國策》曰：『驥之齒至矣，服檻車而上太行也。』」

用一說之例者，如：

《漢書・高帝紀》：「夏四月，諸侯罷戲下，各就國。」顏師古注：「戲謂軍之旌麾也，音許宜反，亦讀曰麾。先是，諸侯從項羽入關者，各帥其軍，聽命於羽，今既受封爵，各使就國，故總言罷戲下也。一說云：時從項羽在戲水之上，故言罷戲下。此說非也。項羽見高祖於鴻門，已過戲矣。又入秦燒秦宮室，不復在戲也。《漢書》通以戲爲麾字，義見〈竇田灌韓傳〉。」

第二節　注音兼釋義之術語

一、讀為、讀曰。

段玉裁〈周禮漢讀考序〉云：「漢人作注，於字發疑正讀，其例有三：一曰讀如讀若，二曰讀為讀曰，三曰當為。讀如讀若者，擬其音也，古無反語，故為比方之詞；讀為讀曰者，易其字也，易之以音相近之字，故為變化之詞。比方主乎同，音同而義可推也；變化主乎異，字異而義憭然也。」《說文》：「讀、籀書也。」段注：「漢儒注經，斷其章句為讀，如《周禮》注鄭司農讀火絕之，《儀禮》注舊讀昆弟在下，舊讀合大夫之妾為君之庶子，女子子嫁者，未嫁者是也。擬其音曰讀，凡言讀如、讀若皆是也，易其字以釋其義曰讀，凡言讀為、讀曰、當為皆是也。」

使用此兩術語時，乃以注音而破假借字，即段氏所謂易字。古人易字約有三項內容：一以本字釋借字。二以改變一字原來讀音，以表示意義之改變。三改正形誤之字。使用讀為讀曰之基本型式為「甲讀為乙」或「甲讀曰乙」，甲為被釋詞，為假借字；乙為解詞，為本字。

讀為之例如下：

《詩・衛風・氓》：「隰則有泮。」鄭箋：「泮讀為畔，畔、涯也。」

《詩・小雅・斯干》：「似續妣祖。」鄭箋：「似讀為巳午之巳，巳續妣祖者，謂巳成其宮廟也。妣、先妣姜嫄也。祖、先

祖也。」孔穎達正義：「箋以似續同義，不須重文，故似讀爲巳
午之巳，巳與午比辰，故連言之。直讀爲巳，不云字誤，則古者
似巳字同。"於穆不已"，師徒異讀，是字同之驗也。《周禮》：
左宗廟在雉門外之左門當午地，則廟當巳地也。謂既在巳地而續
立其妣祖之廟，然後營宮室，故云"謂巳成其宮廟也"。」

《周禮・地官・均人》：「均人掌均地政。」鄭注：「政讀
爲征，謂地守、地職之稅也。」賈公彥疏：「鄭破政爲征者，以
經政是政教之政，非征稅之征，故破之也。」

讀曰之例如下：

《禮記・樂記》：「禮減而進，以進爲文；樂盈而反，以反
爲文，禮減而不進則銷，樂盈而不反則放。故禮有報而樂有反。
禮得報則樂，樂得其反則安。」鄭注：「進謂自勉強也，反謂自
抑止也。文，猶美也，善也。放，淫聲樂不能止也。報讀爲褒，
猶進也。」

《漢書・高帝紀》：「公巨能入乎？」顏師古注：「巨讀曰
詎，詎，猶豈也。」

《漢書・西域傳》：「罷弊所恃以事無用。」顏師古曰：「罷
讀爲疲。所恃，謂中國之人也。無用，謂遠方蠻夷之國。」

二、讀若、讀如：

讀若、讀如二術語主要用途爲擬其音，即爲漢字注音。此一
注音方法，爲反切未出現時之主要注音法。其基本型式爲「甲讀
若乙」，或「甲讀如乙」。

讀若之例如下：

《儀禮・聘禮》：「車秉有五籔。」鄭玄注：「籔、讀若"不數"之數。」

《說文》：「亼、三合也。从入一，象三合之形。讀若集。」

《說文》：「屮、艸木初生也。象丨出形，有枝莖也。古文或以爲艸字。讀若徹。」

讀如之例如下：

《詩・鄭風・大叔于田》：「叔善射忌，又良御忌。」鄭箋：「忌、讀如"彼己之子"之己。」

《周禮・春官・甸祝》：「禂牲禂馬。」鄭注：「禂、讀如"伏誅"之誅。」

《禮記・少儀》：「祭祀之美，齊齊皇皇。」鄭玄注：「皇讀如"歸往"之往。」

三、讀與某同：

段玉裁云：「凡言"讀與某同"者，亦即"讀若某"也。」其例如下：

《說文》：「玐、石之似玉者，从玉，厶聲。讀與私同。」

《說文》：「範、範軷也。从車笵省聲。讀與犯同。」

《漢書・高帝紀》：「陛下嫚而侮人。」顏師古注：「嫚、易也，讀與慢同。」

第三節　說明詞例之術語

一、對文、散文：

(1) 對文獨用之例：

對文又叫對言、并言、相對爲文，指處於同一語法上兩個以上之詞、詞組或句子。利用對文可以考察詞義並進行校勘。

① 利用對文以考察詞義者如：

王念孫《讀書雜志・八之五・持養》：

《荀子・議兵》：「高爵豐祿，以持養之。」楊注曰：「持此以養之也。」念孫案：持養之字平列，持亦養也。非持此以養之之謂。《臣道》篇云：「偷合苟容以持祿養交而已耳。」《管子・明法》篇云：「小臣持祿養交。」《晏子春秋・問》篇云：「仕者持祿，游者養交。」皆以持祿養交對文。《荀子・正論》篇又以“持老”“養衰”對文，故《呂氏春秋・異用》篇：「仁人之得飴以養疾持老也。」高注曰：「持、亦養也。」（今本持誤作侍）又《勸學》篇云：「除其害者以持養之。」《榮祿》篇云：「以相群居，以相持養。」《墨子・天志》篇云：「內有以息飢食勞，持養其萬民。」《非命》篇云：「上以事天鬼，下以持養百姓。」（今本持誤作侍。）《呂氏春秋・長見》篇云：「侯伯善持養。」吾意亦皆以“持養”對文。

王念孫《讀書雜志•志餘上•目大運寸》：

《莊子•山木》：「莊子遊乎雕陵之樊，睹一異鵲，自南方來者，翼廣七尺，目大運寸。」司馬彪曰：「運寸、可回一寸也。」念孫案：司馬以運爲轉運之運，非也。運寸與廣七尺相對爲文，廣爲橫，則運爲從也。目大運寸猶言目大徑寸耳。《越語》：「勾踐之地廣運百里。」韋注曰：「東西爲廣，南北爲運。」是運爲從也。《西山經》曰：「是山也，廣員百里。」員與運同。

② 利用對文以校古書傳寫錯誤之例：
王念孫《讀書雜志•九之五•蝮蛇》：

《淮南子•覽冥》：「當此之時，禽獸蝮蛇無不匿其爪牙，藏其螫毒。」念孫案："蝮蛇"本作"虫蛇"，此後人妄改之也。"禽獸""虫蛇"相對爲文，所包者甚廣。改虫蛇爲蝮蛇，則舉一漏百，且與禽獸二字不類矣。《文子•精誠》篇正作"禽獸虫蛇。"《韓子•五蠹》篇亦云：「人民不勝禽獸虫蛇。」

王念孫《讀書雜志•九之十三•溺死》：

《淮南子•氾論》：「直躬，其父攘羊而子證之，尾生與婦人期而死之，直而證父，信而溺死，雖有直信，孰能貴

之。」念孫案："信而溺死"本作"信而死女"，言信而
爲女死，今本死女作溺死者誤也。"直而證父"、"信而
死女"相對爲文，且"女"與"父"爲韻，若作溺死，則
文既不對，而韻又不諧矣。

③　利用對文以校原書衍文之例：
王念孫《讀書雜志・九之二・以睹其易也》：

《淮南子・俶眞》：「莫窺形於生鐵，而窺形於明鏡者，
以睹其易也。」念孫案："以睹其易也"，以下本無"睹"
字，"以其靜也"、"以其易也"相對爲文，則不當有
"睹"字。

王念孫《讀書雜志・九之九・不可同群》：

《淮南子・主術》：「夫鳥獸之不可同群者，其類異也。
虎鹿之不同游者，力不敵也。」念孫案："不可同群"，
"可"字後人所加，"鳥獸不同群"、"虎鹿不同游"相
對爲文，則上句內不當有可字。

④　利用對文以校原文脫文之例：
王念孫《讀書雜志・八之八・少不諷》：

《荀子・大略》：「少不諷，壯不論議。」念孫案："少

不諷"當從《大戴記》作"少不諷誦"。"諷誦"與"論議"對文，少一誦字，則文不足意矣。

王引之《經義述聞·卷八·民之財》：

《周禮·天官·玉府》：「三歲則大計群吏之治，以知民之財器械之數，以知田野夫家六畜之數，以知山林川澤之數。」引之案：賈疏釋經曰："以知民之財用器械之數者，民之財用謂幣帛多少。"則所據經文，"財"下有"用"字，"財用"、"器械"相對成文。

⑤　利用對文以校原文顛倒之例：
王念孫《讀書雜志·八之八·愛下民》：

《荀子·成相》：「上能尊主，愛下民。」念孫案："愛下民"當作"下愛民"，與"上能尊主"對文。《不苟》《臣道》二篇并云："上則能尊君，下則能愛民。"是其證。

王念孫《讀書雜志·九之十八·良馬》：

《淮南子·人間》：「家富良馬，其子好騎，墮而折其髀。」念孫案："良馬"本作"馬良"，與"家富"相對爲文。

⑥　利用對文校勘原文及考校詞義之例：

王念孫《讀書雜志・八之二・然不然》：

《荀子・儒效》：「不恤是非，然不然之情。」引之曰：
"然不然"本作"然不"，即然否也。《哀公》篇：「情
性者，所以理然不取舍也。」是其證。"取舍"與"然不"
對文，"是非"與"然不"亦對文，後人不知"不"爲
"否"之借字，故又加"然"字耳。《性惡》篇：「不恤
是非然不然之情。」誤與此同。

王念孫《讀書雜志・九之九・其主言可行》：

《淮南子・主術》：「明主之聽於群臣，其計乃可用不羞
其位，其主言可行不責其辯。」念孫案：此當作"其言而
可行不責其辯"。"其計乃可用"、"其言而可行"相對
爲文，"乃""而"皆如也。

⑦　利用對文瞭解正確句讀之例：

王念孫《讀書雜志・八之三・無宜而有用爲人數也》：

《荀子・富國》：「萬物同宇而異體，無宜而有用爲人，
數也。」念孫案："無宜而有用爲人"爲一句，"數也"
爲一句。"爲"讀曰"于"（爲、于二字古同聲而通用，
說見《釋詞》"爲"字下），言萬物于人雖無一定之宜，

而皆有用于人，數也。"數也"云者，猶言道固然也（《呂氏春秋•壅塞》篇："寡不勝眾，數也。"高注："數、道數也。"）"數也"與下文"生也"對文。楊以"爲人數也"四字連讀而下屬爲義，故失之。

(2) 對文、散文併舉之例：

對文與散文亦配合使用，此時，"對文"指處於同一語法地位或同樣語法作用之近義詞。"散文"指意義相關之近義詞而未用於相對待之地位，而僅用於一方面或單方面說之情況。因此前人常謂"對文則異，散文則通。"其實異是異其別義，通則通其共義。例如《說文》：「鹵、西方鹹地也。从西、囗象鹽形。安定有鹵縣，東方謂之斥，西方謂之鹵。」段玉裁注：「《禹貢》"青州海濱廣斥"，謂東方也。安定有鹵縣，謂西方也。太史公曰："山東食海鹽，山西食鹽鹵。"然對文則分析，散文則不拘。」配合使用之"對文"與"散文"，與配合使用之"統言""析言"在作用上性質相近，亦均用於比較近義詞之異同。如果說"對文""散文"與"統言""析言"有差別，前者就近義詞使用說，側重於分析近義詞使用中之情況；後者就近義詞分析說，側重於近義詞作理論說明。

關於此數種術語，羅邦柱所主編《古漢語知識辭典》，曾作彙釋，茲錄於後，以資參考：

【渾言】亦稱"統言"、"通言"、"散言"、"散文"。與"析言"相對。指語言運用中不計同義詞之間的差別而籠統稱說的一種方式。例如《說文解字•鳥部》：「鳥、長尾禽總名也。」

段玉裁注：「短尾名隹，長尾名鳥，析言則然，渾言則不別也。」意謂 "鳥" 和 "隹"，統而言之意義相同，析而言之意義有別。訓詁實踐中，"渾言" 常與 "析言" 對用來說明某些詞義訓釋所以不同的原因。如《說文解字·走部》：「走、趨也。」段玉裁注：「《釋名》："徐行曰步，疾行曰趨，疾趨曰走。" 此析言之。許渾言不別也。」

【析言】亦稱 "對言"、"對文"。與 "渾言" 相對。指語言運用中著眼於同義詞之間差別析而言之。

【散言】與 "對言" 相對，即 "渾言"。例如清馬瑞辰《毛詩傳箋通釋》卷二十：「"出此三物。" 傳："民不相信，則盟詛之。" 瑞辰按：毛傳通言 "盟詛" 者，"盟" 與 "詛" 亦散言則通，對言則異也。」意謂毛傳 "盟詛" 籠統而言，意義無別，都是 "盟誓" 的意思。

【對言】(1)與 "散言" 相對。即 "析言"。例見 "散言" 條。參見 "析言" 條。(2)即 "對文"。例如清阮元《揅經室集》一集卷一：「《左傳》："度山林，鳩藪澤。" "鳩" 與 "度" 對言，"鳩" 乃 "𪀚" 之訛，"𪀚" 即 "度" 也。度、以繩尺爲度數也。」

【散文】與 "對文" 相對。即 "渾言"。例如清馬瑞辰《毛詩傳箋通釋》卷二十：「《周官·大司樂》注："倍文曰諷，以聲節之曰誦。" 此對文則異也。《說文》："諷、誦也。" 此散文則通也。」意即析言之，"諷" 是背誦的意思，"誦" 是朗讀的意思，二者意義有別。統而言之，兩字意相同，即都可以表示 "背誦、朗讀" 的意思。參見 "渾言" 條。

【對文】⑴與"散文"相對。即"析言"。參見"散文"、"析言"條。⑵指在平行的相同語言結構中處於對應位置上的詞語。有時亦稱"對言"。這些位置相對應的詞語，在意義上往往相同、相近、或相反。例如《禮記·樂記》：「兵革不試，五刑不用。」"試"與"用"對文，意義相同。又《荀子·天論》：「天行有常，不爲堯存，不爲桀亡；應之以治則吉，應之以亂則凶。」"存"和"亡"、"治"和"亂"、"吉"和"凶"都是意義相反的對文。這是廣義的對文。參見"對言"條。狹義的對文則僅指其中詞義相反的一類。至於其中詞義相同或相近的對文，有人歸入"互文"也有人另稱"變文"。

【通言】即"渾言"。例如《禮記·曲禮下》：「生曰父，曰母，曰妻；死曰考，曰妣，曰嬪。」孔穎達正義：「此生死異稱，出《爾雅》文，言其別於生時耳，若通而言之亦通也。」意即"父"和"考"、"母"和"妣"、"妻"和"嬪"析而言之，生死有別；統而言之，意義相通。參見"渾言"條。

【統言】與"析言"相對。即"渾言"。例如《說文解字·牙部》：「牙，壯齒也。」段玉裁注：「統言之皆稱齒稱牙。析言之，則當脣者稱齒，後在輔車者稱牙，牙較大於齒。」意即"牙"和"齒"籠統稱說，意義相同；析而言之，則意義有別。參見"渾言"條。

"對文""散文"配合使用之例如下：

《毛詩·序》：「情發於聲，聲成文謂之音。」孔穎達正義：「此言聲成文謂之音，則聲與音別。《樂記》注："雜比曰音，單出曰聲。」《記》又云：「審聲以知音，審音以知樂。」則聲、音、樂三者不同矣。以聲變乃成音，音和乃成樂，故別爲三名。對文則別，散則可通。季札見歌秦曰：「此之謂夏聲。」《公羊傳》云：「十一而稅，頌聲作。」聲即音也。下云：「治世之音。」音即樂也。是聲與音、樂名得相通也。《樂記》子夏對魏文侯云：「君之所問者樂也，所好者音也！夫樂者與音相近而不同。」又以音、樂爲異者，以文侯問古樂、新樂，二者同呼爲樂，謂其樂、音同也。子夏以古樂順於民而當於神，與天下同樂，故定爲樂名。新樂淫於色而害於德，直申說其音而已，故變言溺音，以曉文侯耳。音樂非爲異也。《樂記》云：「淫樂慝禮。」子夏亦云：「古樂之發，新樂之發。」是鄭衛之音亦爲樂也。」

《左傳·昭公十六年》：「宣子有環，其一在鄭商，宣子謁諸鄭伯，子產弗與，曰：「非官府之守器也，寡君不知。」子太叔、子羽謂子產曰：「韓子亦無幾求，晉國亦未可以貳，晉國、韓子不可偷也。若屬有讒人交鬥其間，鬼神而助之，以興其凶怒，悔之何及？吾子何愛於一環，其以取憎於大國也，盍求而與之！」子產曰：「吾非偷晉而有二心，將終事之，是以弗與，忠信故也。僑聞：君子非無賄之難立，而無令名之患。僑聞：爲國非不能事大字小之難，無禮以定其位之患。夫大國之人，令於小國，而皆獲其求，將何以給之，一共一否，爲罪滋大，大國之求，無禮以斥之，何饜之有，吾且爲鄙邑，則失位矣。若韓子奉命以使而求玉焉，貪淫甚矣，獨非罪乎！出一玉以起二罪，吾又失位，且吾以玉賈罪，不亦銳乎！韓子買諸賈人，既成賈矣，商人曰：「必告君大夫。」韓子請諸子產曰：「起請夫環，執政弗義，弗敢復也。今買諸商人，商人曰：‘必以聞。’敢以爲請。”子產對曰：
“昔我先君桓公與商人皆出自周，庸次比耦，以艾殺此地，斬之
蓬蒿藜藋而共處之，世有盟誓，以相信也。曰：‘爾無我叛，我
無強賈，毋或匄奪，爾有利市寶賄，我勿與知。’恃此質誓，故
能相保，以至于今，今吾子以好來辱，而謂敝邑強奪商人，是教
敝邑背盟誓也，毋乃不可乎！吾子得玉而失諸侯，必不爲也。若
大國令而共無藝，鄭、鄙邑也，亦弗爲也。僑若獻玉，不知所成，
敢私布之。”韓子辭玉，曰：“起不敏，敢求玉以徼二罪，敢辭
之。”」孔穎達正義：「賈人即商人也。行曰商，坐曰賈。對文
雖別，散則不殊。故商賈并言之。」

　　蕭璋〈關于訓詁的兩個問題〉按語云：「《墨子·貴義》所
謂“商人之四方”；《國語·越語》所謂“賈人夏則資皮，冬則
資舟，水則資車，以待乏也”，就是“行曰商，坐曰賈”的意思。
兩者雖有“行”“坐”之別，但不是本質的，本質的是孔穎達在
《左傳》其他疏文中所說的“同是販賣”。“販賣”是“商”
“賈”的共義。《左傳》正是在偏重這個共義上“商”“賈”并
言，使讀者知道文中“賈人”“商人”互相通用是爲了避免用字
重複，其實是指同一個人。」

　　《詩·齊風·南山》：「雄狐綏綏。」孔穎達正義：「對文
則飛曰雌雄，走曰牝牡；散則可以相通，《牧誓》曰：“牝雞之
晨”，飛得稱牝，明走得稱雄。《左傳·僖公十五年》稱秦伯伐
晉，筮之，遇《蠱》，其繇辭曰：“獲其雄狐”，亦謂牡爲雄，與
此同也。」賈公彥也說：「《爾雅》：‘飛曰雄雌，走曰牝牡’，
亦是對文。按《詩》云：‘雄狐綏綏’走亦曰雄。《尚書》云：

‘牝雞之晨’，飛亦曰牝，并是散文通義。」

　　蕭璋曰：「“雌雄”與“牝牡”雖有一指“飛禽”一指“走獸”之異，但它們都有共義，就，是“牡”與“雄”和“牝”與“雌”都分別表示現在說的“公”（雄性的）和“母”（雌性的）的意思。這就是它們可以通用的根據。我們可以看到在談人和獸的性別問題上。《荀子》《墨子》對“人”都稱“男女”，對“獸”《荀子》只稱“牝牡”，《墨子》則“牝牡雌雄”并稱，也是偏重在共義上的。」

　　(3)　散文獨用之例：

　　　　《周禮・冬官・考工記・匠人》：「室中度以几，堂上度以筵，宮中度以尋，野度以步，涂度以軌。」賈公彥疏：「宮猶室、室猶宮者，是散文宮、室通也。」

二、互文、互言、互辭、互體、互其文、互以見義、　錯見互足：

　　此類術語乃古書注解中參互見義例最常見之術語，賈公彥於《儀禮》疏中下定義云：「凡言互文者，是兩物各舉一邊而省文，故云互文。」質言之，乃敘述兩件事物或一件事物兩方面所用之詞，乃互相補充之關係。例如《毛詩序》：「故正得失，動天地，感鬼神，莫近於《詩》。」孔穎達正義：「由《詩》為樂章之故，正人得失之行，變動天地之靈，感致鬼神之意，無有近於詩者，……天地云動，鬼神云感，互言耳。」“動”由“感”補充，“感”由“動”補充。

(1) 用互文之例：

《周禮・天官・大府》：「大府掌九貢九賦九功之貳，以受其貨賄之入，頒其賄于受用之府。」鄭玄注：「九功謂九職也。受藏之府若內府也，受用之府若職府也，凡貨賄皆藏以給用耳。良者以給王之用，其餘以給國之用。或言"受藏"，或言"受用"又雜言"貨""賄"皆互文。」賈公彥疏：「金玉曰貨，布帛曰賄，……"凡貨賄皆藏以給用者耳"者，鄭欲以藏、用互文。貨言"藏"者，以其善物，賄言"用"者，以其賤物。其實皆藏皆用，故言"凡貨賄皆藏以給用耳"。云"或言受藏，或言受用，又雜言貨、賄，皆互文"者，言"受藏"謂內府，言"受用"為職內，皆藏以給用。言藏亦用，言用亦藏，是互文也。"雜言貨、賄"者，言貨兼有賄，言賄亦兼有貨，亦是互文。但二者善惡不同，故別言之耳。」

(2) 用互言之例：

《禮記・樂記》：「食三老、五更于大學。」鄭注：「三老、五更互言之耳。皆老人更知三德五事者也。」相傳古代天子設三老五更之位，以養老人。故言"三老"便兼"五更"之意，言"五更"便兼"三老"之意。

(3) 用互辭之例：

《穀梁傳・隱公元年》：「公何以不言即位？成公志也。焉成之？言君之不取為公也。君之不取為公，何也？將以讓桓也。」范寧注：「公、君也。上言君下言公，互辭。」

(4)　用互其文之例：

《國語‧楚語下》：「天子禘郊之事，必自射其牲，王后必自舂其粢。諸侯宗廟之事，……夫人必自舂其盛。」韋昭注：「粢、器實也。在器曰盛，上言粢，此言盛，互其文也。」

(5)　用互以見義之例：

《周禮‧夏官‧校人》：「凡大祭祀，朝覲、會同，毛馬而頒之。」鄭注：「毛馬、齊其色也。頒、授當乘之。」又「凡軍事，物馬而頒之。」鄭注：「物馬，齊其力。」賈公彥疏：「上朝會言"毛馬"，鄭云："齊其色"；此軍事言"物馬"，鄭云"齊其力"。物即是色，而云"齊力"，當與上文互以見義，欲見皆有力有色也。」

(6)　用錯見互足之例：

《說文》：「廬、寄也。秋冬去，春夏居。从广、盧聲。」又：「廛、二畝半也，一家之居。从广、里、八、土。」段玉裁注：「合《漢食貨志》、《公羊傳》何注、《詩‧南山》箋、《孟子‧梁惠王》篇趙注，知古者在野曰廬，在邑曰里，各二畝半。趙注尤明。里即廛也。……《遂人》："夫一廛。"先鄭云："廛居也。"後鄭云："廛、城邑之居。"《載師》："以廛里任中國之地。"後鄭云："廛里者，若今之邑居。廛、民居之區域也。里、居也。"毛鄭皆未明言二畝半，要其意同也。許於"廬"不曰二畝半，於"廛"曰二畝半，以錯見互足。」

三、謰語（連語）、連文（聯文）、重言、重文、迭字、重語：

(1) 謰語（連語）：

謰語又作連語，即所謂聯綿字。明方以智《通雅·釋詁》：「謰語者，雙聲相轉而語謰謱也。《新書》有連語，依許氏加言焉。」即因兩詞之間音節有聯綿不可分割之關係，而且是由於雙聲或疊韻者。例如：

《通雅六·釋詁·謰語》：「逍遙，古作消搖、捎搖。消搖，又作須臾。　《詩》：“河上乎逍遙。”《檀弓》：“負手曳杖，消搖于門。”《東平王蒼傳》：“消搖仿佯。”《漢書》消搖即逍遙，又讀須臾。蓋古音搖臾扰揄兩借。如《詩》：“或舂或揄。”揄亦為尤，是也。《毗曇》云：“一晝夜共三十須臾。”臾之本義，《說文》曰：“束縛捽抴為臾，從申從乙。”《後漢方術傳序》有武王《須臾》一卷，言立成法也。徐曰：“逍遙，《字林》所加，泥《說文》耳。”鬱儀曰：“古趙即逍。”京山引《太玄·翁首》：“雖欲捎搖，天不之茲。”注作逍遙。智按：《考工》“捎溝”注：捎讀如桑螵蛸之蛸，可證。消搖者，輕轉其音也，飄然悠揚，則轉為飄搖之聲；招指動搖，則轉為招搖之聲。」

又：「旁薄，一作旁礴、盤礴、旁魄。　《莊子》：“旁礴。”《太玄·中首》：“昆侖天之氣，旁礴地之形。”又賦：“旁薄群生。”相如《封禪書》：“旁魄四塞。”又《畫史》：“解衣盤礴。”」

又：「酩酊，一作茗艼、茗仃。　《晉山簡傳》作“酩酊”，

《世說》作“茗苨”，升菴引簡文帝曰：“劉尹茗汀有實理。”」

(2)　連文（聯文）：

連文又作聯文，乃指同義詞重複，重複後，意義仍與單詞相同。例如：

《爾雅·釋詁》：「林、烝、君也。」郝懿行《義疏》：「林亦盛大之詞，與烝同意，《故平都相蔣君碑》云：“於穆林烝。”以二字連文，其義與單文同也。」

(3)　重言、重文、疊字、重語：

重、疊同義，言、文、字、語意亦相通，皆指相同之字疊用而已。方以智《通雅九·釋詁·重言》：「升菴《駢字》，其孫鳳亭較刻之；蘇石水《韻輯》，與方轂城《問奇廣》，取其同聲而鈔之，未有所發明是正也。古人多通，而疊聲形容尤通，此其重言之原原乎！」疊音詞多數爲形容詞與象聲詞。如《爾雅·釋訓》：「明明、斤斤，察也。」明明、斤斤爲形容詞，意爲明察；《詩·商頌·烈祖》：「嗟嗟烈祖。」鄭玄箋：「重言嗟嗟，美歎之聲。」《爾雅》《廣雅》之《釋訓》篇，此類重言之詞，最爲繁多。茲舉例於後：

《爾雅·釋訓》：「悠悠、洋洋，思也。」郝懿行《義疏》：「悠者，《釋詁》云“思也”。重文亦然，故《詩·巧言》箋：“悠悠，思也。”洋者，《釋詁》云“多也”。重文借爲多思貌也，故《中庸》注：“洋洋，人想思其傍偟之貌。”邢疏引《詩》“中心養養”，養養，猶洋洋也。」

《爾雅・釋訓》：「綽綽、爰爰，緩也。」郭璞注：「皆寬緩也，悠悠、偁偁、丕丕、簡簡、存存、懋懋、庸庸、綽綽盡重語。」

《廣雅・釋訓》：「遼遼、遙遙、邈邈、眇眇，遠也。」王念孫疏證：「《楚辭・九歎》云：“山脩遠其遼遼兮。”昭二十五年《左傳》云：“遠哉遙遙。”卷一云：“邈，遠也。”重言之則曰邈邈。《楚辭・離騷》：“神高馳之邈邈。”王逸注云：“邈邈，遠貌。”《大雅・瞻卬》篇：“藐藐昊天。”藐與邈同。……《釋言》云：“眇，莫也。”重言之則曰眇眇。《楚辭・九章》云：“路眇眇之默默。”《管子・內業》篇云：“渺渺乎如窮無極。”渺與眇同。眇眇猶邈邈也耳。」

第四節　用以校勘之術語

一、今文、古文：

後漢鄭玄糅合今古文以解經，於今古文有異之處，用古文則注明今作某，用今文則注明古文作某。例如：

《儀禮・士冠禮》：「服纁服。」鄭注：「今文纁皆作熏。」

《儀禮・聘禮》：「車秉有五籔。」鄭注：「今文籔或為逾。」

《儀禮・士相見禮》：「毋改。」鄭注：「古文毋作无。」

《禮記・射儀》：「揚觶。」鄭注：「今文《禮》揚皆作騰。」

《禮記・少儀》：「僎爵。」鄭注：「古文《禮》僎皆作遵。」

二、故書：

《周禮》僅有古文而無今文，但所傳者有通行本與舊本之殊，鄭玄將舊本稱故書，其注《周禮》時，若舊本與通行本有異，則注明故書作某。例如：

《周禮·天官·大宰》：「嬪貢。」鄭注：「嬪、故書作賓。」

《周禮·冬官·考工記·鮑人》：「察其線。」鄭注：「故書線或作綜。」

三、或為、或作、一作、一本作、本作、本又作、本亦作、本或作、某本作、各本作、某書作：

此類術語皆用來說明各種版本在文字方面之異文，古人注釋，注前往往採各種版本加以校對，擇其善者而從之，而於其異文亦不埋沒，於注釋中保存。

① 用或為之例：

《周禮·夏官·職方氏》：「其澤藪曰弦蒲。」鄭玄注引鄭眾說：「弦、或為汧；蒲、或為浦。」

《文選·枚乘·七發》：「從客猗靡，消息陰陽。」李善注：「消、滅也；息、生也。林木茂盛，隨風披靡，故或陰或陽也。……消息、或為須臾也。」

② 用或作之例：

《禮記·聘儀》：「溫潤而澤。」鄭注：「潤、或作濡。」

《漢書・高帝紀》：「不如更遣長者扶義而西。」顏師古注：
「扶、助也，以義自助也。扶字或作杖。杖亦倚任之意。」

③ 用一作之例：

《史記・秦始皇本紀》：「三十二年，始皇之碣石，使燕人
盧生求羨門、高誓，刻碣石門。」裴駰《集解》引徐廣曰：「門、
一作盟。」

《史記・秦楚之際月表》：「墮壞名城，銷鋒鏑，鉏豪桀，
維萬世之安。」裴駰《集解》引徐廣曰：「鏑、一作鍉。」

④ 用一本作之例：

《易・乾・文言》：「處終而能全其終。」《釋文》：「能
全、一本作能令。」

⑤ 用本作之例：

《禮記・檀弓下》：「追然如不勝衣。」《釋文》：「追、
本作退。」

⑥ 用本又作之例：

《易・繫辭下》：「來者信也。」《釋文》：「信也、本又
作伸。」

⑦ 用本亦作之例：

《易・序卦》：「比必有所畜。」《釋文》：「所畜、本亦

作蓄。」

⑧　用本或作之例：

《易·說卦》：「幽贊於神明而生蓍。」《釋文》：「幽贊、本或作讚。」

⑨　用各本作之例：

《說文》：「玽、玽瓅，明珠光也。」段玉裁注：「光、各本作色。」

⑩　用某書作之例：

《文選·賈誼·弔屈原文》：「賢聖逆曳兮，方正倒植。」李善注：「植、《史記》作值。」

四、脫（奪）：

脫又稱奪，指原書因輾轉抄刊而脫落字句。例如：

王念孫《讀書雜志·八之三·王者之政也》：

> 《荀子·王制》：「王者之政也。」念孫案：「王者」上當有「是」字。「是王者之政也」乃總承上文之詞。下文「是王者之人也」、「是王者之制也」、「是王者之論也」，皆與此文同一例。今本脫"是"字。

王念孫《讀書雜志·九之七·脫三字》：

《淮南子•精神》：「是故，肺主目，腎主鼻，膽主口，肝主耳。」念孫案：《文子》作：「肝主目，腎主耳，脾主舌，肺主鼻，膽主口。」說肝、腎、肺所主與此互異而多「脾主舌」一句。案此言五藏之主五官，不當獨缺脾與舌。下文「膽爲雲，肺爲氣，脾爲風，腎爲雨，肝爲雷。」即承此文言之，則此當有脾主舌一句，但未知次於何句之下耳。《白虎通》亦曰脾系於舌。

王念孫《讀書雜志•九之九•民之化也》：

《淮南子•主術》：「故民之化也，不從其所言而從其所行。」念孫案：「民之化也」本作「民之化上也」，下句「其」字正指「上」而言。脫「上」則義不相屬。《文子•精誠》篇正作「民之化上」。

五、衍：

指原書因輾轉抄刊誤增之字句。例如：
王念孫《讀書雜志•八之三•中庸民》：

《管子•白心》：「是以聖人之治也，靜身以待之，物至而名自治之。」引之曰：「名自」二字因下文「正名自治」而衍，「物至而治之」謂事來而後理之也。尹注以循名責實解之，則所見本已衍「名自」二字。

王念孫《讀書雜志・九之十六・魂曰無有何得而聞也》：

《淮南子・説山》：「魄問於魂曰：“道何以爲體？”曰：
“以無有爲體。”魄曰：“無有有形乎？”魂曰：“無有
何得而聞也”，魂曰：“吾直有所遇之耳。”」念孫案：
「何得而聞也」上，本有「魄曰：“無有”」四字。魄問
魂曰「無有何得而聞也」，故魂答曰「吾直有所遇之耳。」
今本脱此四字，則義不可通（此因兩“魄曰無有”相亂而
脱其一）。《藝文類聚・靈異部下》、《太平御覽・妖異
部一》，所引并有此四字。又下文：「魄曰：“吾聞得之
矣。”」」「聞」字涉上文而衍。

六、當為、當作：

段玉裁〈周禮漢讀考序〉云：「當爲者，定爲字之誤、聲之
誤而改其字也，爲救正之詞，形近而訛，謂之字之誤，聲近而訛，
謂之聲之誤，字誤聲誤而正之，皆謂之當爲，凡言當爲者，直斥
其誤。」又《周禮漢讀考》云：「凡易字之例，於其音之同部或
相近而易之曰讀爲；其音無關涉而改易字之誤，則曰當爲，或音
可相關，而義絕無關者，定爲聲之誤，則亦曰當爲。」當爲亦曰當
作，皆爲校正原書文字形體之誤，形近而誤，謂之“字之誤”，
聲近而誤，謂之“聲之誤”。字誤、聲誤而改正之，即出當爲、
當作之例。

① 用當為之例：

《周禮‧天官‧典婦》：「凡授嬪婦功、及秋獻功，辨其良苦，比其大小而賈之。」鄭注：「授、當為受，聲之誤也。」

《周禮‧天官‧典絲》：「則受良功而藏之。」鄭注：「良、當為苦，字之誤。」

《禮記‧學記》：「兌命曰。」鄭注：「兌、當為說，字之誤也。」

《禮記‧樂記》：「石聲磬。」鄭注：「石聲磬，當為罄，字之誤也。」

《禮記‧緇衣》：「資冬祈寒。」鄭注：「資、當為至，聲之誤也。」

《文選‧枚乘‧七發》：「黃池紆曲。」李善注：「黃、當為湟。湟、城池也。」

《文選‧枚乘‧七發》：「雜裾垂髾，目窕心與。」李善注：「司馬彪《子虛賦》注曰：『髾、燕尾也。』窕、當為挑。《史記》曰：『目挑心招。』《漢書》注曰：『挑、嬈也。』」

② 用當作之例：

《詩‧邶風‧雄雉》：「我之懷矣，自詒伊阻。」毛傳：「詒、遺。」鄭箋：「伊、當作緊。緊、猶是也。」

《詩‧小雅‧鹿鳴》：「人之好我，示我周行。」鄭箋：「示、當作寘。寘、置也。周行、周之列位也。好、猶善也。人有以德善我者，我則置之周之列位，言己維賢是用。」

《周禮‧天官‧夏采》：「乘車建綏。」鄭注：「綏者當作綾，字之誤也。綾以旄牛尾爲之，綴於橦上，所謂旄注于干首者。」

　　聲之誤則近於假借，故當作、當爲亦用來破假借字。例如：

　　《詩・小雅・常棣》：「常棣之華，鄂不韡韡。」鄭箋：「承華者曰鄂。不、當作柎。柎、鄂足也。……古聲不、柎同。」

【附錄一】

＜今本廣韻切語下字表＞

〔一〕通攝：

上平一東	上聲一董	去聲一送	入聲一屋	開合等第
①紅公東	動孔董蠓揔	弄貢送凍	谷祿木卜	開口一等
②弓宮戎融中終隆		衆鳳仲	六竹䕽宿逐菊	開口三等
上平二冬	上聲（湩）	去聲二宋	入聲二沃	開合等第
冬宗	湩䍶	統宋綜	酷沃毒篤	合口一等
上平三鍾	上聲二腫	去聲三用	入聲三燭	開合等第
容鍾封凶庸恭	隴踵奉冗悚拱勇冢	頌用	欲玉蜀錄曲足	合口三等

〔二〕江攝：

上平四江	上聲三講	去聲四絳	入聲四覺	開合等第
雙江	項講傋	巷絳降	岳角覺	開口二等

〔三〕止攝：

上平五支	上聲四紙		去聲五寘	開合等第
①移支知離羈宜奇	氏紙帋此是爾侈爾綺倚彼靡弛婢俾		避義智寄賜豉企	開口三等
②爲規垂隨隋危吹	委詭累捶毀髓		睡僞瑞累恚	合口三等
上平六脂	上聲五旨	去聲六至		開合等第
①夷脂飢肌私資尼悲眉	雉矢履几姊視鄙美	利至器二冀四自寐祕媚備		開口三等
②追隹遺維綏	洧軌癸水誄壘	愧醉遂位類萃季悸		合口三等
上平七之	上聲六止	去聲七志	開合等第	
而之其茲持甾	市止里理己士史紀擬	吏置記志	開口三等	
上平八微	上聲七尾	去聲八未	開合等第	
①希衣依	豈狶	豙既	開口三等	
②非歸微韋	匪尾鬼偉	沸胃貴味未畏	合口三等	

〔四〕遇攝：

上平九魚	上聲八語	去聲九御		開合等第

居魚諸余蒩	巨舉呂與渚許	倨御慮恕署去據預助洳	開口三等
上平十虞	上聲九麌	去聲十遇	開合等第
俱朱于兪逾隅芻輸誅夫無	矩庾甫雨武主羽禹	具遇句戍注	合口三等
上平十一模	上聲十姥	去聲十一暮	開合等第
胡吳乎烏都孤姑吾	補魯古戶杜	故暮誤祚路	合口一等

〔五〕 蟹攝：

上平十二齊	上聲十一薺	去聲十二霽	開合等第
①奚兮稽雞迷低	禮啓米弟	計詣戾	開口四等
②攜圭		桂惠	合口四等
③觿栘			開口三等
		去聲十三祭	開合等第
		①例制祭罽憩袂獘蔽	開口三等
		②銳歲芮衛稅	合口三等

【註】 按本韻有「𡏮、丘吠切」「猭、呼吠切」，吠在二十一廢，且《王一》、《王二》、《唐韻》祭韻皆無此二字，蓋廢韻之增加字而誤入本韻者，本韻當刪，或併入廢韻。

		去聲十四泰	開合等第
		①蓋帶太大艾貝	開口一等
		②外會最	合口一等
上平十三佳	上聲十二蟹	去聲十五卦	開合等第
①膎佳	買蟹	隘賣懈	開口二等
②蛙媧緺	（買）夥柺	（賣）卦	合口二等

【註】 ①上聲柺、乖買切，此以脣音開口字切喉牙音合字也。
②去聲卦、古賣切，此以脣音開口字切喉牙音合字也。

上平十四皆	上聲十三駭	去聲十六怪	開合等第
①諧皆	楷駭	界拜介戒	開口二等
②懷乖准		壞怪	合口二等

		去聲十七夬	開合等第
		①夬話快邁	合口二等
		②喝犗	開口二等
上平十五灰	上聲十四賄	去聲十八隊	開合等第
恢回杯灰	罪賄猥	對眛佩內隊績妹輩	合口一等
上平十六咍	上聲十五海	去聲十九代	開合等第
來哀開哉才	改亥愷宰紿乃在	耐代漑概愛	開口一等
		去聲二十廢	開合等第
		①刈	開口三等
		②肺廢穢	合口三等

~~~~~~

〔六〕　臻攝：

上平十七眞	上聲十六軫	去聲二十一震	入聲五質	開合等第
①鄰珍眞人賓	忍軫引盡腎緊	刃晉振覲遴印	日質一七悉吉栗畢必叱	開口三等
②巾銀	敏		乙筆密	開口三等
上平十八諄	上聲十七準	去聲二十二稕	入聲六術	開合等第
倫綸勻迍脣旬遵	尹準允殞	閏峻順	聿血律	合口三等
上平十九臻	上聲（騰）	去聲（齔）	入聲七櫛	開合等第
詵臻	騰	齔	瑟櫛	開口二等
上平二十文	上聲十八吻	去聲二十三問	入聲八物	開合等第
分云文	粉吻	運問	弗勿物	合口三等
上平二十一欣	上聲十九隱	去聲二十四焮	入聲九迄	開合等第
斤欣	謹隱	靳焮	訖迄乞	開口三等
上平二十三魂	上聲二十一混	去聲二十六慁	入聲十一沒	開合等第
昆渾奔尊魂	本忖損袞	困悶寸	勃骨忽沒	合口一等
上平二十四痕	上聲二十二很	去聲二十七恨	入聲（麧）	開合等第
恩痕根	墾很	艮恨	麧	開口一等

~~~~~~

〔七〕山攝：

上平二十二元	上聲二十阮	去聲二十五願	入聲十月	開合等第
①軒言	幰偃	建堰	歇謁竭訐	開口三等
②袁元煩	遠阮晚	怨願販万	厥越伐月發	合口三等

上平二十五寒	上聲二十三旱	去聲二十八翰	入聲十二曷	開合等第
安寒干	笴旱但	旰旦按案贊	葛割達曷	開口一等
上平二十六桓	上聲二十四緩	去聲二十九換	入聲十三末	開合等第
官丸端潘	管緩滿纂卵伴	玩筭貫亂換段半漫喚	撥活末括栝	合口一等
上平聲二十七刪	上聲二十五潸	去聲三十諫	入聲十四黠	開合等第
①姦顏班	板䐀	晏澗諫雁	八拔黠	開口二等
②還關	綰䘆	患慣	滑	合口二等
上平聲二十八山	上聲二十六產	去聲三十一襇	入聲十五鎋	開合等第
①閒閑山	簡限	莧襇	瞎轄鎋	開口二等
②頑鰥		(辨)幻	刮頒	合口二等

【註】 ①上平二十八山韻，《切三》此韻「有頑、吳鰥切」一音，今據補。

②去聲三十一襇韻，幻、胡辨切，此以脣音開口字切喉牙音合口字也。

下平聲一先	上聲二十七銑	去聲三十二霰	入聲十六屑	開合等第
①前先煙賢田年顛堅	典殄繭峴	佃甸練電麵	結屑蔑	開口四等
②玄涓	畎泫	縣絢	決穴	合口四等
下平聲二仙	上聲二十八獮	去聲三十三線		
①然仙連延乾焉	淺演善展輦翦蹇免辨	箭膳戰扇賤線面碾變卞彥		
②緣泉全專宣川員權圓攣	兗緬轉篆	掾眷絹倦卷戀釧囀		
入聲十七薛	開合等第			
列薛熱滅別竭	開口三等			
雪悅絕劣爇輟	合口三等			

〔八〕 效攝：

下平聲三蕭	上聲二十九篠	去聲三十四嘯	開合等第
彫聊蕭堯幺	鳥了晶皎	弔嘯叫	開口四等
下平聲四宵	上聲三十小	去聲三十五笑	開合等第
邀宵霄焦消遙招昭嬌喬鑣瀌	兆小少沼夭矯表	妙少照笑廟肖召要	開口三等
下平聲五肴	上聲三十一巧	去聲三十六效	開合等第
茅肴交嘲	絞巧鮑爪	教孝貌稍	開口二等
下平聲六豪	上聲三十二皓	去聲三十七號	開合等第

刀勞牢遭曹毛袍褒　　老浩皓早道抱　　　到導報耗　　　　開口一等

~~~~~~

〔九〕　果攝：

下平聲七歌	上聲三十三哿	去聲三十八箇		開合等第
俄何歌	我可	賀箇佐个邏		開口一等
下平聲八戈	上聲三十四果	去聲三十九過		開合等第
①禾戈波和婆	火果	臥過貨唾		合口一等
②迦伽				開口三等
③靴胆䏰				合口三等

~~~~~~

〔十〕　假攝：

下平聲九麻	上聲三十五馬	去聲四十禡		開合等第
①霞加牙巴	下疋雅賈	駕訝嫁亞		開口二等
②花華瓜	瓦寡	化吳		合口二等
③遮車奢邪嗟賒	也者野冶姐	夜謝		開口三等

~~~~~~

〔十一〕　宕攝：

下平聲十陽	上聲三十六養	去聲四十一漾	入聲十八藥	開合等第
①章羊張良陽莊	兩獎丈掌養	亮讓漾向	灼勺若藥約略爵雀瘧	開口三等
②方王	往昉	況放妄	縛钁籰	合口三等
下平十一唐	上聲三十七蕩	去聲四十二宕	入聲十九鐸	開合等第
①郎當岡剛旁	朗黨	浪宕謗	落各博	開口一等
②光黃	晃廣	曠	郭穫	合口一等

~~~~~~

〔十二〕　梗攝：

下平十二庚	上聲三十八梗	去聲四十三映	入聲二十陌	開合等第
①行庚盲	杏梗猛（打冷）	孟更	白格陌伯	開口二等
②橫	礦	蝗橫	虢	合口二等
③驚卿京兵明	影景丙	敬慶病命	逆劇戟郤	開口三等
④榮兄	永憬	詠		合口三等
下平聲十三耕	上聲三十九耿	去聲四十四諍	入聲二十一麥	開合等第
①莖耕萌	幸耿	迸諍爭	厄戹革核摘責麥	開口二等

②宏			獲摑	合口二等
下平聲十四清	上聲四十靜	去聲四十五勁	入聲二十二昔	開合等第
①情盈成征貞并	郢整靜井	正政鄭令姓盛	積昔益跡易辟亦隻石炙	開口三等
②傾營	頃潁		役	合口三等
下平十五青	上聲四十一迥	去聲四十六徑	入聲二十三錫	開合等第
①經靈丁刑	頂挺鼎醒湼到	定佞徑	擊歷狄激	開口四等
②扃螢	迥潁		鶪闃狊	合口四等

〔十三〕　曾攝：

下平十六蒸	上聲四十二拯	去聲四十七證	入聲二十四職	開合等第
仍陵膺冰蒸乘矜兢升	拯庱	應證孕甋媵	①翼力直即職極側逼	開口三等
			②域淢	合口三等
下平十七登	上聲四十三等	去聲四十八嶝	入聲二十五德	開合等第
①滕登增棱崩恒朋	肯等	鄧亙隥贈	則德得北墨勒黑	開口一等
②肱弘			國或	合口一等

〔十四〕　流攝：

下平十八尤	上聲四十四有	去聲四十九宥	開合等第
求由周秋流鳩州尤謀浮	久柳有九酉否婦	救祐副就僦富呪又溜	開口三等
下平十九侯	上聲四十五厚	去聲五十候	開合等第
鉤侯婁	口厚垢后斗苟	遘候豆奏漏	開口一等
下平二十幽	上聲四十六黝	去聲五十一幼	開合等第
蚪幽烋彪	糾黝	謬幼	開口三等

〔十五〕　深攝：

下平二十一侵	上聲四十七寢	去聲五十二沁入聲二十六緝
林尋深任針心淫金吟今簪	稔甚朕荏枕凜飲錦紞	鴆禁任蕈譖　入執立及急汲戢汁
開合等第		
開口三等		

〔十六〕　咸攝：

下平聲二十二覃	上聲四十八感	去聲五十三勘	入聲二十七合	開合等第

含男南	禫感唵	紺暗	閣沓合荅	開口一等
下平聲二十三談	上聲四十九敢	去聲五十四闞	入聲二十八盍	開口等第
甘三酣談	覽敢	濫瞰覽暫	臘盍榼	開口一等
下平聲二十四鹽	上聲五十琰	去聲五十五豔	入聲二十九葉	開合等第
廉鹽占炎淹	冉斂琰染漸檢險奄俺	贍豔窆驗	涉葉攝輒接	開口三等
下平二十五添	上聲五十一忝	去聲五十六㮇	入聲三十怗	開合等第
兼甜	玷忝簟	念店	協頰愜牒	開口四等
下平二十六咸	上聲五十三豏	去聲五十八陷	入聲三十一洽	開合等第
讒咸	斬減豏	韽陷賺	夾洽	開口二等
下平二十七銜	上聲五十四檻	去聲五十九鑑	入聲三十二狎	開合等第
監銜	黤檻	懺鑒鑑	甲狎図	開口二等
下平二十八嚴	上聲五十二儼	去聲五十七釅	入聲三十三業	開合等第
驗嚴	掩广	釅欠劍	怯業劫	開口三等
下平二十九凡	上聲五十五范	去聲六十梵	入聲三十四乏	開合等第
芝凡	錽范犯	泛梵	法乏	合口三等

【附錄二】

<古韻三十二部之諧聲表>

　　自段玉裁作《六書音均表》，以諧聲系統分部，始明確指出
「同諧聲者必同部」之理，其後諸家莫不踵事增華，於諧聲系統，
益爲精密。諧聲字與古韻部關係之密切，原爲不爭之事實，而「同
諧聲必同部」之理，又可執簡御繁，實亦無可置疑。然文字之始
作，實遠出三百篇之前，時代既有參差，語音不能無變，則諧聲
系統與《詩經》韻語有不合者，亦勢所不免。今爲諧聲表，凡諧
聲字與《詩經》韻語有相齟齬者，則仍本之於《詩經》，稽之於
《廣韻》，以定其部分，而不全以諧聲爲據。例如 “儺” 字從難
聲，依諧聲在元部，而《詩·衛風·竹竿》以韻 “左、瑳”，《廣
韻》入歌韻，則以 “儺” 併入歌部。 “怛” 從旦聲，原在元部，
《詩·小雅·甫田》以韻 “桀”，《廣韻》在曷韻，故以之併入
月部。今決定某一具體字之歸部，皆據此定之。如此處理，一則
可與《詩經》韻母系統無相違背，減少例外之合韻；二則可見彼
此韻部之關聯，以明聲韻之變遷。所爲諧聲表兼承段、孔二氏之
例，表其最初聲母，但以《詩經》入韻字爲主。其得聲難明者，
則於字下分別注明。

　　今爲明其諧聲張本，每部諧聲表皆先出《詩經》韻字表，然
後再列諧聲表：

第一部歌部

《詩經》韻字表：

皮、紽、蛇、沱、過、歌、爲、何、離、施、河、儀、它、珈、

佗、宜、猗、瑳、磨、阿、蔍、左、儺、羅、罹、吪、嗟、加、

吹、和、我、多、池、陂、荷、縭、嘉、錡、鯊、椅、莪、駕、

馳、破、羆、訛、瘥、他、扡、禍、可、議、俄、傞、峨、賀、

佐、罝、犧、差、娑、那、地、瓦。

諧聲偏旁表：

皮聲	它聲	咼聲	乙聲	哥聲	爲聲	可聲	离聲	也聲
我聲	義聲	加聲	多聲	宜聲	奇聲	麻聲	广聲	左聲
差聲	儺聲	羅聲	罹聲	垂聲	七聲	化聲	吹聲	禾聲
沙聲	罷聲	罝聲	羲聲	那聲	瓦聲	隋聲	坐聲	果聲
朵聲	貲聲	崔聲	惢聲	臥聲	戈聲	贏聲	屮聲	叵聲
羇聲	蟲聲	乂聲	麗聲	些聲	徙聲	戲聲	虧聲	危聲

　　上列諧聲偏旁變入《廣韻》支紙寘、歌哿箇、戈果過、麻馬

禡。

第二部月部

《詩經》韻字表：

掇、捋、蕨、惙、說、伐、茷、敗、愒、拜、脫、悅、吠、闊、

厲、揭、藒、邁、衛、害、逝、活、濊、發、孽、揭、桀、帶、

月、佸、括、渴、葛、艾、歲、達、闕、闥、怛、外、泄、蹶、

肺、晢、偈、闋、雪、役、茷、烈、晣、嘅、舌、秣、愒、瘵、

撮、髮、蠆、世、拔、兌、軷、撥、奪、傑、茷、越、截、斾、

鉞、曷、蘗、滅、威、勘、枂 、嘮。

諧聲偏旁表：

叕聲　㕚聲　厥聲　兌聲　伐聲　犮聲　敗聲　愒聲　拜聲

吠聲　活聲　昏聲（昏隸變作舌）羍聲（羍从卥省聲）蕫聲1)

衛聲　聿聲　害聲2)折聲　歲聲　發聲　丏聲　曷聲　辥聲

桀聲　厲聲3)帶聲　月聲　乂聲　圶聲（圶隸變作幸）欮聲

怛聲4)外聲　世聲　市聲　雪聲（雪从彗省聲5)役聲　列聲

舌聲（與从昏隸變之舌異）末聲　祭聲　最聲　蠆聲6)喙聲

大聲　丿聲　戉聲　截聲7)威聲　泰聲　太聲　貝聲　敗聲

會聲　夬聲　叡聲　最聲　贅聲　毳聲　砅聲　巜聲　介聲

摯聲　制聲　𥰲聲　祭聲　屰聲　埶聲　竄聲　戌聲　絕聲

剡聲　孑聲　孓聲　省聲　陛聲　臬聲　奇聲　夕聲　少聲

劣聲　弼聲　別聲　㸚聲　苩聲　奪聲　粵聲　日聲　啟聲

刷聲　殺聲　罰聲　刺聲　戳聲　脆聲　叡聲　俏聲　裔聲

敗聲　曺聲　昳聲　彗聲　勻聲　熱聲

　　上列諧聲偏旁變入《廣韻》祭、泰、怪、夬、廢、月、曷、末、鎋、黠、屑、薛。

~~~~~~

【附註】

1)《說文》：「蕫、毒蟲也。象形。」按此字丑芥切，字林他割切，玄應他達切，古音皆在月部。《說文》：「邁、遠行也。从辵、萬聲。薑、邁或从蕫。」按邁在月部，萬在元部，邁字或體作薑，从蕫聲。疑邁當从蕫聲，非萬聲也。《說文》：「萬、蟲也。从内、象形。」萬、無販切，古音在元部。

2)《說文》：「害、傷也。从宀口，言从家起也，丰聲。」按當增丰聲一偏旁入月部。

3)《說文》：「厲、旱石也。从厂、蠆省聲。厲或不省。」屬力制切，古音在月部，蠆亦在月部。

4)《說文》：「怛、憯也。从心、旦聲。」按此字得案切又當割切，當以得案切旦聲爲元部，而以當割切怛聲爲月部字，怛字《詩》兩見皆在月部，無入元部者。

5)《說文》：「雪、冰雨說物也。从雨彗聲。」相絕切，古音在月部。《說文》：「彗、埽竹也。从又持甡。篲、彗或从竹。𦼲、古文彗从竹習。」彗、祥歲切。彗聲在月部，雪聲亦爲月部字。

6)按《說文》丑芥切之蠆，俗或作蠆。蠆即蠆字。《說文》另有蠣字云：「蠣、蚌屬，似螊而大，出海中，今民食之。从虫萬聲。讀若賴。」力制切，亦在月部，疑此字亦當从蠆聲。蠣今讀與厲同，厲即从蠆聲可證。

7)截《說文》作戳，云：「戳、斷也。从戈雀聲。」此字昨結切，當在月部。

~~~~~~

第三部元部

《詩經》韻字表：

轉、卷、選、雁、旦、泮、干、言、泉、歎、變、管、展、袢、顔、媛、反、遠、僩、咺、諼、澗、寬、垣、關、漣、遷、怨、岸、宴、晏、乾、嘆、難、館、粲、園、檀、慢、罕、彦、爛、餐、壃、阪、薄、願、澳、藚、還、閒、肩、儇、屮、見、弁、髡、貫、亂、閑、塵、狟、旃、然、焉、菅、卷、悁、冠、欒、傅、踐、原、衍、憚、癉、汕、衍、安、軒、憲、山、旛、霰、樊、燔、獻、羨、偄、翰、繁、爐、鍛、殘、綣、諫、管、亶、顔、悹、蕃、宣、番、丸、虔、挺、騧、鮮、筵、嫄、苑、燠。

諧聲偏旁表：

叀聲	專聲	卷聲	巽聲	雁聲	旦聲	半聲	干聲	辛聲
言聲	泉聲	縊聲	官聲	琵聲	展聲	爰聲	反聲	袁聲
閒聲	亘聲	間聲	莧聲	寬聲	絲聲1)聯聲	連聲	罷聲	
夗聲	宛聲	冤聲	晏聲	安聲	難聲2)扟聲	臤聲	奴聲	
亶聲	曼聲	柬聲	闌聲3)柬聲	吅聲	單聲	原聲	奐聲	
厂聲	产聲	彥聲	燕聲	㬎聲	縣聲	姦聲	宦聲	睘聲
肩聲	屮聲	卵聲	見聲	弁聲	冊聲	喬聲	閑聲	塵聲
丹聲	然聲	焉聲	根聲	善聲	昌聲	冠聲	开聲	曹聲
建聲	看聲	侃聲	鹽聲	耑聲	短聲	般聲	戔聲	衍聲
山聲	憲聲	番聲	散聲	柀聲	獻聲	次聲	丸聲	虔聲
繁聲	段聲	延聲	鮮聲	完聲4)元聲	寒聲	塞聲	騫聲	
繭聲	门聲	采聲	縣聲	邊聲	面聲	片聲	煩聲	祟聲
贊聲	筭聲	算聲	祘聲	爨聲	羴聲	扇聲	刪聲	幻聲
穿聲	斷聲	雋聲	全聲	前聲	薦聲	喬聲	亂聲	く聲
合聲	班聲	辡聲	犬聲	屛聲	件聲	舛聲	虔聲	麤聲
㔾聲	蠻聲	閔聲	象聲	妟聲	便聲			

　　以上諧聲偏旁變入《廣韻》元阮願、寒旱翰、桓緩換、刪潸諫、山產襉、仙獮線、先銑霰。

~~~~~~

【附註】

1)《說文》：「䋤、織以絲丗杼也。从絲省、丗聲。丗、古文卯字。」按䋤古還切，古音在元部。

2)《說文》：「歎、吟也。謂情有所悅吟歎而歌詠。从欠鸛省聲。」又：「鸛、鸛鳥也。从鳥堇聲。難、鸛或从隹。」又：「堇、黏土也。从黃省从土。」按堇巨斤切，古音在諄部，難那干切，古音在元部。

3)《說文》：「闌、門遮也。从門柬聲。」洛干切，古音在元部。

4)《說文》：「完、全也。从宀元聲。」完胡官切，在元部，凡元聲字皆在此部。

~~~~~~

第四部脂部

《詩經》韻字表：

萋、喈、體、死、薺、弟、沛、禰、姊、指、禮、妻、姨、脂、
蝤、犀、眉、淒、夷、濟、瀰、偕、比、伎、遲、飢、躋、薺、
師、祁、鱧、旨、矢、兕、醴、麋、七、砥、履、視、涕、穉、
穧、茨、鴟、階、秭、妣、紕、坻、邇、美、湄、坻、几、泥、
毗、迷、屎、資、階、底、棟、濟、尸、鄙、祗、膍。

諧聲偏旁表：

妻聲	皆聲	豊聲	死聲	齊聲	弟聲	宋聲	亼聲	爾聲
旨聲	耆聲	夷聲	厶聲	眉聲	比聲	次聲	二聲	几聲
耆聲	師聲	示聲	矢聲	兕聲	米聲	匕聲	履聲	氐聲
美聲	尼聲	尸聲	毘聲	禾聲	卟聲	伊聲	犀聲	屖聲
豸聲	黹聲	豕聲	示聲	黎聲	燊聲			

　　以上諧聲偏旁變入《廣韻》脂旨至、紙、齊薺霽、皆駭怪。

第五部質部

《詩經》韻字表：

實、室、袺、襭、肄、棄、七、吉、暬、嚏、日、栗、漆、瑟、
疾、穴、即、耋、慄、韠、結、一、垤、窒、至、恤、徹、逸、
血、穟、利、瑟、設、抑、秩、匹、密、戾、挃、櫛、替、畀、

屈、肆、巇、四、閟、節、翳、惠。

諧聲偏旁表：

質聲	實聲	至聲	吉聲	肆聲	棄聲	七聲	壹聲	疐聲
日聲	栗聲	桼聲	瑟聲	乙聲	抑聲	必聲	宓聲	悉聲
疾聲	穴聲	八聲	旮聲	屑聲	卪聲	即聲	畢聲	一聲
血聲	徹聲	逸聲	惠聲	利聲	設聲	閉聲	戴聲	銍聲
頁聲	自聲	計聲	失聲	匹聲	密聲	戾聲	節聲	替聲
界聲	屈聲	肆聲	四聲	翳聲	蔑聲	丿聲		

　　以上諧聲偏旁變入《廣韻》至、霽、怪、質、櫛、黠、鎋、屑、薛、職。

第六部眞部

《詩經》韻字表：

蓁、人、蘋、濱、淵、身、洵、信、薪、榛、苓、天、零、田、千、姻、命、申、仁、溱、顚、令、粼、巔、鄰、年、駰、均、詢、親、電、臻、陳、駟、鳶、臣、賢、盡、引、旬、賓、矜、玄、民、新、堅、鈞、旬、塡、泯、盡、頻、神、典、祵、倩、胤。

諧聲偏旁表：

秦聲	人聲	頻聲	賓聲	𠕍聲	身聲	旬聲	信聲	新聲
辛聲	令聲	天聲	田聲	千聲	因聲	令聲	命聲	申聲
電聲	仁聲	眞聲	囟聲	粦聲	年聲	勻聲	陳聲	扁聲
鳶聲	臣聲	臤聲	堅聲	賢聲	妻聲	盡聲1)	引聲	矜聲
典聲	堊聲	倩聲	胤聲	民聲	玄聲	丏聲	寅聲	印聲

晉聲　㚃聲　疢聲　藺聲　燊聲

以上諧聲偏旁變入《廣韻》眞軫震、諄準稕、臻、先銑霰、仙獮線、庚梗映、清靜勁、青迥徑。

~~~~~~

【附註】

1)《說文》：「盡、器中空也。从皿㶳聲。」又：「㶳、火之餘也。从火聿省。（據段注改）」按當增㶳聲一諧聲偏旁，凡㶳聲字當入此部。

~~~~~~

第七部微部

《詩經》韻字表：

歸、衣、嵬、隤、罍、懷、纍、綏、微、飛、靁、違、畿、頎、畏、晞、崔、唯、悲、火、葦、枚、騑、依、霏、薇、威、罪、頹、遺、摧、幾、尾、豈、藟、回、壞、推、雷、燬、煒、維、哀、腓、惟、騤、追、闈、葵、萎。

諧聲偏旁表：

𠂤聲　追聲　歸聲1)衣聲　鬼聲　貴聲　畾聲　靁聲　褱聲

妥聲　綏聲　𢼸聲　微聲2)飛聲　韋聲　囗聲　纍聲　壘聲

衰聲　肥聲　乖聲　虫聲　虺聲　卉聲　臾聲　遺聲　幾聲

頎聲3)畏聲　希聲　隹聲　崔聲　隼聲　水聲　非聲　火聲

枚聲4)威聲　癸聲5)哀聲　罪聲　頹聲　尾聲　豈聲　回聲

毀聲　委聲　開聲　妃聲　累聲

以上諧聲偏旁變入《廣韻》脂旨至、支紙寘、微尾未、皆駭怪、灰賄隊、咍海代。

~~~~~~
~~~~~~

【附註】

1)《說文》：「歸、女嫁也。从止婦省，𠂤聲。」歸从𠂤聲，古音在微部，當增𠂤聲一諧聲偏旁，歸、追皆从得聲。

2)《說文》：「微、隱行也。从彳散聲。」又：「散、眇也。从人从攴，豈省聲。」按微从散聲，散又从豈聲，則散聲、豈聲古音皆在微部，按當增散聲一諧聲偏旁。

3)《說文》：「頎、頭佳貌。从頁斤聲。」頎渠希切，詩韻在微部，斤在諄部。

4)《說文》：「枚、榦也。從木支，可爲杖也。」

5)《說文》：「癸、冬時水土平，可揆度也。」癸、居誄切，當在微部，王力併入脂部者，殆見＜大雅・板＞五章癸與懠毗迷尸屎資師等脂部韻故也。

~~~~~~

第八部沒部

《詩經》韻字表：

墍、謂、出、卒、述、遂、悸、棣、檖、醉、瘁、蔚、律、弗、愛、沒、對、妹、渭、季、匱、類、位、溉、懟、內、寐、僾、逮、隧、悖、穟、茀、仡、忽、拂、退。

諧聲偏旁表：

旡聲	既聲1)	胃聲	出聲	卒聲	率聲	兀聲	喬聲	由聲
㐱聲	尤聲	豙聲	骨聲	帥聲	鬱聲	季聲	隶聲	冑聲
𦎫聲	祟聲	由聲	尉聲	器聲	配聲	冀聲	耒聲	叔聲
弗聲	愛聲	𨳿聲	沒聲2)	對聲	貴聲	頪聲3)	位聲	內聲
孛聲	退聲	未聲	乞聲	勿聲	突聲	聿聲	律聲	

　　以上諧聲偏旁變入《廣韻》至、未、霽、隊、代、術、物、

迄、沒。

【附註】

1)《說文》：「既、小食也。从皀、旡聲。」凡旡聲字當入沒部，按當增旡聲一諧聲偏旁。

2)《說文》：「沒、湛也。从水叒聲。」又：「叒、入水有所取也。从又在回下。」叒莫勃切，古音在沒部。凡从叒聲者皆然。按當增叒聲一諧聲偏旁。

3)《說文》：「類、種類相似，唯犬爲甚，从犬頪聲。」又：「頪、難曉也。从頁米。」頪、盧對切，頪字當入沒部。按當增頪聲一諧聲偏旁。

第九部諄部

《詩經》韻字表：

詵、振、緡、孫、門、殷、貧、艱、洒、浼、殄、奔、君、隕、濆、昆、聞、嚏、璊、順、問、雲、存、巾、員、鰥、輪、淪、困、鶉、飧、勤、閔、晨、煇、旂、群、惇、先、墐、忍、云、雰、芹、慍、靁、熏、欣、芬、訓、川、焚、遯、耘、畛、敦、焞、盼、慇、壺、純、近、錞、訊、塵。

諧聲偏旁表：

先聲	辰聲	昏聲	孫聲	門聲	殷聲	分聲	堇聲	西聲
免聲	参聲	奔聲	君聲	員聲	昆聲	亯聲（亯聲隸變作享）		
丙聲	云聲	雲聲	存聲	眾聲	鰥聲1)	侖聲	困聲	飧聲
文聲	軍聲	斤聲	刃聲	盈聲	靁聲	熏聲	川聲	焚聲
豚聲	燅聲	兀聲	壺聲	屯聲	春聲	塵聲	臀聲	困聲
龀聲	閏聲	巾聲	筋聲	蚰聲	尊聲	肙聲	盾聲	乎聲

ㄣ聲　丨聲　本聲　允聲　艮聲　奮聲　胤聲　糞聲　貢聲
吻聲　尹聲

以上諧聲偏旁變入《廣韻》微尾未、齊薺霽、灰賄隊、眞軫
震、諄準稕、魂混慁、痕很恨、山產襉、先銑霰、仙獼線。

~~~~~~

【附註】
1)《說文》：「鯿、鯿魚也。從魚眔聲。」鯿古頑切，古音在諄部。《說
　　文》：「眔、目相及也。從目隶省。」眔、徒合切，古音在緝部。疑
　　此字有諄、緝二部之音，諄部宜增眔聲一諧聲偏旁。

~~~~~~

第十部支部
《詩經》韻字表：

支、觽、知、斯、枝、提、伎、雌、箎、卑、氐、圭、攜、祇、
解、柴。

諧聲偏旁表：

支聲　嶲聲　知聲　斯聲　是聲　此聲　虒聲　卑聲　ㄟ聲
氏聲　圭聲　解聲　只聲　兮聲　厄聲　兒聲　規聲　醯聲
乖聲　系聲　奚聲　启聲　弭聲　芈聲

以上諧聲偏旁變入《廣韻》支紙寘、齊薺霽、佳蟹卦。

第十一部錫部
《詩經》韻字表：

適、益、謫、簀、錫、璧、甓、鷁、惕、鵙、績、帝、易、辟、
剔、刺、狄、蹐、脊、蝪、髢、摘、晳、厄、褐。

諧聲偏旁表：

商聲	適聲	益聲	責聲	易聲	辟聲	鬲聲	臭聲	帝聲
束聲	刺聲	狄聲	脊聲	厄聲	析聲	髟聲	畫聲	辰聲
糸聲	尼聲	秝聲	麻聲	歷聲	彳聲	冊聲	觳聲	冂聲
役聲	覡聲	買聲	鷹聲	鬩聲	躑聲	擲聲	鴂聲	迹聲

　　　以上諧聲偏旁變入《廣韻》寘、霽、卦、陌、麥、昔、錫。

第十二部耕部

《詩經》韻字表：

縈、成、丁、城、定、姓、盈、鳴、旌、青、瑩、星、清、聲、庭、名、正、甥、菁、罶、苹、笙、平、寧、生、嚶、聘、驚、征、楹、冥、醒、政、領、程、經、聽、爭、潁、屏、營、楨、靈、涇、馨、刑、傾、姓、嬴、霆、禎、敬。

諧聲偏旁表：

熒聲1)	成聲	丁聲	定聲	生聲	盈聲	鳴聲	青聲	星聲
殸聲	廷聲	名聲	正聲	平聲	寧聲	照聲	嬰聲	冂聲
回聲	敬聲	冥聲	呈聲	領聲2)	甹聲	巠聲	壬聲	爭聲
頃聲	潁聲	穎聲	頴聲	幸聲	省聲	开聲	幷聲	屏聲3)
刑聲	形聲	貞聲	霝聲	𠙵聲	靈聲	嬴聲	井聲	贏聲
晶聲	觲聲	鼎聲	耿聲	臾聲	騂聲			

　　　以上諧聲偏旁變入《廣韻》庚梗敬、耕靜勁、青迥徑。

~~~~~~

【附註】

1)《說文》：「縈、收卷也。从糸、熒省聲。」又：「瑩、玉色也。从玉、熒省聲。」又：「營、帀居也。从宮，熒省聲。」又：「熒、屋下鐙燭之光也。从焱冂。」

2)《說文》：「領、項也。从頁、令聲。」按令聲在眞部，今以領聲屬耕部。

3)《說文》：「屏、屏蔽也。从尸、并聲。」《說文》：「并、相从也。从从、开聲。」屏必郢切，并府盈切古音在耕部。《說文》：「开、平也，象二干對冓，上平也。」开古賢切，古音在元部。按當立开聲一根，屏刑形鈃等字从之，古音在耕部。疑开形本具元、耕二部之音。

4)《說文》：「刑、剄也，从刀、开聲。」「荆、罰辠也。从刀井，井亦聲。」二字皆戶經切，古音在耕部。凡井聲字皆然，按當增井聲一諧聲偏旁。

~~~~~~

第十三部魚部

《詩經》韻字表：

俎、瘏、痛、吁、華、家、楚、馬、筥、釜、下、女、處、渚、
與、車、葭、犯、虞、羽、野、雨、舞、俁、虎、組、邪、且、
狐、烏、虛、旟、都、五、予、瓜、琚、甫、蒲、許、滸、父、
顧、武、舉、所、蘇、閭、荼、蓲、娛、乎、著、素、圖、瞿、
鱮、岵、鼠、黍、怙、苦、禦、渠、餘、輿、鼓、夏、栩、紵、
語、股、宇、戶、壺、苴、樗、夫、圃、稼、據、租、胡、瑕、
鹽、絡、圖、蕷、苧、湑、酤、暇、固、除、故、居、塗、書、
寫、旅、午、虁、寡、牙、祖、堵、去、芋、魚、旟、輔、徒、
辜、鋪、土、沮、幠、怒、舍、肝、暑、廬、菹、處、祜、黼、
紓、呼、呱、脯、豫、圉、助、茹、胥、訏、嘑、譽、舒、舖、
緒、虜、浦、稌、瞽、虞、豭、補、據、泇、瞿、椐、訏、瑳、
呼、賦、禡、膴。

諧聲偏旁表：

且聲	盧聲	助聲	者聲	甫聲	于聲	華聲	家聲	疋聲
楚聲1)	胥聲	馬聲	居聲	呂聲	父聲	布聲	専聲	下聲
麤聲	及聲	巫聲	凵聲	去聲	鹵聲	兆聲	普聲	女聲
与聲	與聲2)	処聲	處聲3)	車聲	叚聲	巴聲	吳聲	虞聲
羽聲	予聲	雨聲	土聲	戶聲	雇聲	所聲	蠱聲	亞聲
賈聲	步聲	互聲	社聲	兔聲	初聲	毋聲	古聲	奴聲
舞聲	虍聲	虎聲	虛聲	虜聲	虖聲	乎聲	牙聲	瓜聲
烏聲	於聲	五聲	吾聲	午聲	武聲	穌聲	素聲	眲聲
瞿聲4)	鼠聲	黍聲	禹聲	巨聲	余聲	舁聲	輿聲5)	鼓聲
夏聲	宁聲	股聲6)	壺聲	夫聲	圖聲	書聲	旅聲	寡聲
魚聲	魯聲	徒聲	舍聲	虘聲	盧聲7)	寫聲	羖聲8)	圉聲
虞聲9)	虞聲	豪聲	如聲	斝聲	賦聲	無聲	无聲	

　　以上諧聲偏旁變入《廣韻》魚語御、虞麌遇、模姥暮、麻馬禡。

~~~~~~

【附註】

1)《說文》：「楚、叢木。一名荊也。從林、疋聲。」疋聲字在魚部，按
　　當增疋聲一諧聲偏旁。

2)《說文》：「與、黨與也。从舁与。」與余呂切，古音在魚部。

3)《說文》：「処、止也。从夂几，夂得几而止也。處、或从虍聲。」處
　　从虍聲，則處字當分立二聲，処聲、虍聲古音皆在魚部。

4)《說文》：「瞿、雁隼之視也。从隹眲，眲亦聲。」瞿九遇切，古音在
　　魚部，按當增眲聲一諧聲偏旁。

5)《說文》：「輿、車輿也。从車、舁聲。」輿以諸切，古音在魚部，舁
　　聲亦在魚部，按當增舁聲一諧聲偏旁。

6)《說文》：「股、髀也。从肉、殳聲。」股公戶切，古音在魚部，而殳聲則在侯部，故股聲應與殳聲分列魚侯二部。

7)《說文》：「盧、飯器也。从皿虍聲。」盧洛乎切，古音在魚部。又：「虍、乕也。从由虍聲。讀若盧同。」虍洛乎切，古音在魚部，當列虍聲一諧聲偏旁。

8)《說文》：「羖、夏羊牡曰羖。从羊殳聲。」羖公戶切，古音在魚部，殳聲在侯部，故羖聲與殳聲當分列魚侯二部。

9)《說文》：「虡、鐘鼓之柎也。飾爲猛獸，从虍由丱象形，其下足。鐻、虡或从金豦。𧆨、篆文虡。」虡聲外當列虍聲，古音均在魚部。

~~~~~~

第十四部鐸部

《詩經》韻字表：

莫、濩、綌、斁、露、夜、蓆、作、射、御、落、若、薄、鞹、夕、碩、獲、澤、戟、穫、貉、駱、度、奕、舄、繹、宅、石、錯、藿、客、閣、橐、惡、蹐、炙、庶、格、酢、白、赫、廓、臄、咢、懌、貊、隙、籍、柞、雒、樂、博、逆、諾、柏、尺、昔、恪、愬、路、柘。

諧聲偏旁表：

莫聲　虁聲1)谷聲2)睪聲　席聲3)乍聲　射聲　卸聲　亦聲

夜聲4)薄聲5)郭聲　夕聲　石聲　戟聲　各聲　客聲　若聲

度聲　舄聲　毛聲　宅聲　昔聲　霍聲　炙聲　庶聲　白聲

赫聲　赤聲　百聲　叡聲　𡼥聲6)博聲　逆聲　屰聲　朔聲

咢聲　隻聲　尺聲　𡧪聲　霏聲　走聲　㟜聲　豐聲　索聲

冗聲　貌聲　惡聲　博聲

以上諧聲偏旁變入《廣韻》御·遇、暮、禡、藥、鐸、陌、麥、昔。

~~~~~~

【附註】

1)《說文》：「叜、規叜，商也。从又持隹。一日：視遠皃。一日：叜、
　度也。覛、叜或从尋，尋亦度也。」叜乙虢切，古音在鐸部。

2)《說文》：「谷、口上阿也。从口上象其理。」按谷聲其虐切，與屋部
　古祿切谷聲異。

3)《說文》：「席，藉也。禮天子諸侯席有黼繡純飾，从巾，庶省聲。」
　席祥易切，古音在鐸部，庶聲亦在鐸部。

4)《說文》：「夜、舍也。天下休舍。从夕、亦省聲。」夜羊謝切，古音
　在鐸部。

5)《說文》：「薄、林薄也。一日蠶薄。从艸、溥聲。」薄旁各切，古音
　在鐸部。《說文》：「溥、大也。从水、尃聲。」又：「尃、布也。
　从寸、甫聲。」按甫聲、尃聲、溥聲皆在魚部，薄聲、博聲在鐸部。

6)《說文》：「叡、溝也。从叔、从谷。讀若郝。壑、叡或从土。」壑呼
　各切，古音在鐸部。

~~~~~~

第十五部陽部

《詩經》韻字表：

筐、行、岡、黃、觥、傷、荒、將、廣、泳、永、方、陽、遑、
裳、亡、頏、良、忘、鏜、兵、臧、涼、雱、景、養、襄、詳、
長、唐、鄉、姜、上、彊、兄、堂、京、桑、螽、狂、湯、杭、
望、梁、簧、房、牆、揚、彭、英、翔、昌、瀼、明、光、狼、
蹌、霜、嘗、常、楊、蒼、央、防、魴、牂、煌、稂、庚、牀、
場、饗、羊、疆、皇、享、剛、爽、藏、貺、章、衡、瑲、珩、
祥、牀、璋、王、痒、向、盟、漿、箱、傍、仰、掌、亨、祊、
慶、梁、倉、泱、怲、抗、張、讓、商、仇、喪、綱、康、糧、

囊、卬、卿、螗、羹、往、競、梗、粻、鏘、錫、洸、喤、穰、
鵼、香、洋、腸。

諧聲偏旁表：

坒聲	匚聲1)	尫聲	行聲	岡聲	光聲	黃聲	廣聲	易聲
亢聲	爿聲	永聲	皇聲	亡聲	良聲	喪聲	強聲	量聲
网聲	罔聲	囧聲	象聲	皿聲	並聲	弜聲	向聲	尚聲
兵聲	臧聲	京聲	羊聲	襄聲	長聲	庚聲	唐聲	康聲
皀聲	鄉聲	卿聲	畺聲	兄聲	桑聲	秉聲	丈聲	杏聲
上聲	詰聲	競聲	鬯聲	竟聲	匠聲	狂聲2)	亢聲	望聲3)
刃聲	刱聲	梁聲4)	彭聲	央聲	昌聲	明聲	倉聲	相聲
享聲	王聲	爽聲	衡聲5)	章聲	商聲	卬聲	慶聲	丙聲
亯聲	囊聲	艸聲	葬聲	网聲	羹聲	往聲6)	更聲	香聲
匚聲	方聲							

　　以上諧聲偏旁變入《廣韻》陽養漾、唐蕩宕、庚梗映。

~~~~~~

【附註】
1) 《說文》：「匚、飲器笘也。从匚、坒聲。」去王切，古音在陽部。《說
　文》：「坒、艸木妄生也。从之在土上。讀若皇。」戶光切，古音在
　陽部。當增坒聲一諧聲偏旁。
2) 《說文》：「狂、狾犬也。从犬、坒聲。」巨王切，古音在陽部。
3) 《說文》：「望、月滿與日相望以朝君也。从月、从壬，壬、朝廷也。」
　無放切，古音在陽部。
4) 《說文》：「梁、水橋也。从木、从水，刃聲。」呂張切，古音在陽部。
　　《說文》：「刃、傷也。从刃、从一。創，或从刀倉聲。」楚良切，
　古音在陽部。當增刃聲一諧聲偏旁。
5) 《說文》：「衡、牛觸橫大木。从角大，行聲。」戶庚切，古音在陽部。
6) 《說文》：「往、之也。从彳，坒聲。」于兩切，古音在陽部。

~~~~~~

第十六部侯部

《詩經》韻字表：

蔞、駒、笱、後、姝、隅、躕、驅、侯、叟、濡、渝、樞、榆、
婁、愉、剟、逅、株、咮、媾、濡、諏、豆、飫、孺、枸、楰、
耇、餱、具、瘉、口、愈、侮、主、醹、斗、厚、愚、漏、覯、
后、趣、揄、務、畢、附、垢。

諧聲偏旁表：

蔞聲	句聲1)	後聲	朱聲	禺聲	豆聲	尌聲	廚聲2)	區聲
侯聲	几聲	叟聲	需聲	俞聲	剟聲	兜聲	頪聲	須聲
丶聲	主聲	乳聲	走聲	戍聲	扁聲	漏聲	寇聲	后聲
菁聲	取聲	豆聲	飫聲	臾聲	具聲	口聲	侮聲	斗聲
厚聲	敄聲	務聲	畢聲	付聲	晝聲	鬥聲	陋聲	奏聲

以上諧聲偏旁變入《廣韻》侯厚候、虞麌遇。

~~~~~~

【附註】

1)《說文》：「句、曲也。从口、丩聲。」古侯切，古音在侯部。《說文》：
  「丩，相糾繚也。一曰：瓜瓠結丩起。象形。」居虯切，古音在幽部。

2)《說文》：「廚、庖屋也。从广、尌聲。」直誅切，古音在侯部。《說
  文》：「尌、立也。从豆从寸持之也。讀若駐。」常句切，古音在侯
  部。當增尌聲一諧聲偏旁。

~~~~~~

第十七部屋部

《詩經》韻字表：

谷、木、角、族、屋、獄、足、楸、鹿、束、玉、讀、辱、曲、
賣、穀、祿、粟、僕、椓、獨、卜、濁、霂、渥、續、欲、局、

沐、裕、屬。

諧聲偏旁表：

谷聲　木聲　角聲　族聲　屋聲　獄聲　足聲　欶聲　束聲

鹿聲　玉聲　讀聲　玨聲　賣聲　辱聲　曲聲　穀聲　殼聲

彔聲　粟聲　業聲　豕聲　蜀聲　沐聲　卜聲　局聲　屬聲

禿聲　丁聲

　　以上諧聲偏變入《廣韻》候、遇、屋、燭、覺。

~~~~~~

【附註】

1)《說文》：「僕、給事者。从人从業，業亦聲。」蒲沃切，古音在屋部。

　　《說文》：「業、瀆業也。从丵、从廾，廾亦聲。」蒲沃切。古音在
　　屋部。當增業聲一諧聲偏旁。

~~~~~~

第十八部東部

《詩經》韻字表：

僮、公、墉、訟、從、縫、總、東、同、蓬、猶、封、庸、容、

罿、凶、聰、控、送、松、龍、充、童、丰、巷、雙、功、濛、

顒、攻、龐、饔、傭、訩、誦、邦、邛、共、雝、重、恫、恭、

衝、樅、鏞、鐘、麗、逢、豐、幪、唪、江、蒙、厖、勇、動、

竦。

諧聲偏旁表：

童聲　重聲　東聲　公聲　翁聲　庸聲　甬聲　用聲　從聲

从聲　工聲　空聲　恩聲　囪聲　叢聲　茸聲　舂聲　嵩聲

尨聲　厖聲　孔聲　冗聲　廾聲　弄聲　豕聲　蒙聲　同聲

封聲　容聲　凶聲　送聲　松聲　龐聲　龍聲　充聲　丰聲

邦聲1)夆聲　逢聲　豐聲　巷聲　共聲　雙聲　顒聲2)雍聲

雝聲　邕聲　奉聲　竦聲3)靯聲

　　以上諧聲偏旁變入《廣韻》東董送、鍾腫用、江講絳。

~~~~~~

【附註】

1)《說文》：「邦、國也。从邑、丰聲。」博江切，古音在東部。《說文》：
　　「丰、艸盛丰丰也。从生上下達也。」敷容切，古音在東部，當增丰
　　聲一諧聲偏旁。

2)《說文》：「顒、大頭也。从頁、禺聲。」魚容切，古音在東部。按顒
　　从禺聲，而禺聲在侯部。

3)《說文》：「竦、敬也。从立从束，束、自申束也。」息拱切，古音在
　　東部。

~~~~~~

第十九部宵部

《詩經》韻字表：

藻、潦、悄、小、少、摽、夭、勞、旄、郊、敖、驕、鑣、朝、

刀、桃、瑤、苗、搖、消、麃、喬、遙、漂、要、倒、召、忉、

殽、謠、號、巢、苕、飄、嘌、弔、膏、蒿、昭、佻、儦、旐、

囂、熬、毛、肯、鷮、教、瀌、燎、寮、笑、藐、芼、沼、炤、

盜、毣、到、皎、僚、蔞、譙、翹、曉、悢、紹、趙、叴、照。

諧聲偏旁表：

桑聲　寮聲　肖聲　小聲　少聲　票聲　夭聲　勞聲1)毛聲

交聲　敖聲　喬聲　麃聲　朝聲　苗聲　要聲　到聲　召聲

刀聲　肴聲　號聲　号聲　巢聲　弔聲　高聲　兆聲　囂聲

膋聲2)敎聲　笑聲　堯聲　盜聲　焦聲　恼聲3)呶聲4)杲聲

苗聲　爻聲　垚聲　梟聲　猋聲　喬聲　鼂聲　料聲　夭聲

表聲　受聲　皀聲　扁聲　淼聲　杳聲　窅聲　皛聲　幽聲

鬧聲　顥聲　杲聲　卒聲

　　以上諧聲偏旁變入《廣韻》蕭篠嘯、宵小笑、肴巧效、豪皓
號。

~~~~~~

【附註】

1)《說文》：「勞、刻也。从力、熒省，熒、火燒冂也。」魯刀切，古音
　在宵部。

2)《說文》：「膋、牛腸脂也。从肉、尞聲。膋、膋或从勞省聲。」洛蕭
　切，古音在宵部。

3)《說文》：「恼、亂也。从心、奴聲。」女交切，古音在宵部。奴聲在
　魚部，而恼聲在宵部。

4)《說文》：「呶、讙聲也。从口、奴聲。」女交切，古音在宵部。奴聲
　在魚部，而呶聲在宵部。

~~~~~~

第二十部藥部

《詩經》韻字表：

籥、翟、爵、綽、較、謔、虐、樂、藥、鑿、襮、沃、櫟、駮、

罩、的、濯、鬻、躍、蹻、熇、削、溺、藐、暴、焯、曜。

諧聲偏旁表：

龠聲　翟聲　爵聲　卓聲　較聲1)虐聲　樂聲　鑿聲　暴聲

沃聲2)駮聲3)鬻聲4)蹻聲5)削聲6)弱聲　勺聲　兒聲　貌聲

貈聲　藐聲7)芍聲　隺聲　敫聲　儵聲　雀聲　尿聲

以上諧聲偏旁變入《廣韻》笑、效、號、覺、藥、鐸。

~~~~~~

【附註】

1）《說文》無較字，《廣韻聲系》交聲，古岳切又古孝切，按交聲在宵部，較聲在藥部。

2）《說文》：「沃、溉灌也。从水、芙聲。」烏酷切，隸作沃。《說文》：「芙、艸也。味苦，江南食之以下气。从艸、夭聲。」烏酷切。按夭聲在宵部，芙聲、沃聲在藥部。

3）《說文》：「駮、駮獸，如馬倨牙，食虎豹。从馬、交聲。」北角切，按交聲在宵部，駮聲在藥部。

4）《說文》：「鶮、鳥白肥澤㹲。从羽、高聲。」胡角切，高聲在宵部，鶮聲在藥部。

5）《說文》：「蹻、舉足小高也。从足、喬聲。」丘消切，大徐居勺切，按喬聲在宵部，蹻聲在藥部。按蹻字《廣韻》共有五音，下平四宵巨嬌切，又去遙切；上聲三十小居夭切；入聲十八藥居勺切，又其虐切。疑蹻字本有宵部與藥部二部之音。在《詩經》中與宵部相韻者為宵部字，與藥部相韻者為藥部字。

6）《說文》：「削、鞞也。从刀、肖聲。」息約切，按肖聲在宵部，削聲在藥部。

7）《說文》：「藐、茈艸也。从艸、貌聲。」莫覺切。段注：「古多借用為眇字，如說大人則藐之，及凡言藐藐者皆是。」《說文》：「皃、頌儀也。从儿、白象面形。貌、皃或从頁豹省聲。貌、籒文皃从豸。」莫教切。《說文》：「豹、似虎圜文，从豸、勺聲。」北教切。《說文》：「勺、枓也，所以挹取也，象形，中有實，與包同意。」時灼切。按藐說文作藐，从艸、貌聲，貌、籒文作貌，是藐藐一字。藐貌豹皆从勺聲，貌或作皃，則當增勺聲、皃聲二諧聲偏旁。

~~~~~~

第二十一部幽部

《詩經》韻字表：

鳩、洲、述、流、求、逑、仇、休、昴、裯、猶、包、誘、舟、
憂、遊、冒、好、報、手、老、軌、牡、游、救、讎、售、漕、
悠、埽、道、醜、潈、蕭、秋、造、狩、酒、鵃、首、阜、飍、
瀟、膠、瘳、茂、慆、栲、杻、考、保、聊、條、褒、究、周、
收、輈、袍、矛、簋、飽、缶、翻、苃、椒、皓、劉、受、慆、
棗、稻、壽、茅、絢、韭、銶、遒、裒、舅、咎、柔、草、橐、
醻、浮、擣、昊、鼛、妯、戊、禱、苞、卯、阜、莠、觫、幽、
炮、罶、臭、孚、秀、曹、牢、匏、酋、寶、騷、孝、鳥、蓼、
茆、囚、搜、球、旒、脩、翏、陶、俅、糾、蜩、朽、調、樕、
蹂、叟。

諧聲偏旁表：

九聲	州聲	求聲	流聲	逑聲1)	休聲	卯聲	周聲	酋聲
包聲	秀聲	舟聲	悬聲	憂聲	髟聲	勹聲	采聲	彪聲
卤聲	麂聲	牟聲	蒐聲	燹聲	冄聲	奅聲	爪聲	汙聲
斿聲	游聲	冒聲	好聲	報聲	軌聲2)	牡聲3)	讎聲4)	雔聲
售聲	曹聲	攸聲	埽聲	道聲5)	酉聲	蕭聲6)	秋聲7)	熊聲
造聲8)	守聲	酒聲	牟聲	首聲	阜聲	壽聲	翏聲	戊聲
舀聲	考聲	丑聲	保聲	冄聲	褒聲	丩聲	收聲9)	包聲
矛聲	簋聲	缶聲	椒聲10)	皓聲11)	劉聲	受聲	叉聲	
蚤聲	棗聲	匋聲	韭聲	裒聲12)	臼聲	咎聲	早聲	孚聲
昊聲	由聲	阜聲	幽聲	丝聲	留聲	臭聲	秀聲	曹聲
牢聲	孝聲	鳥聲	囚聲	叟聲	旒聲13)	丂聲	柔聲	手聲
老聲	帚聲	柔聲	肘聲	艸聲	齐聲	牖聲	曰聲	冃聲
討聲	幼聲	獸聲	叚聲	皋聲	卣聲	幺聲		

以上諧聲偏旁變入《廣韻》脂旨至、蕭篠嘯、宵小笑、肴巧效、豪晧號、尤有宥、侯厚候、幽黝幼。

~~~~~~

【附註】

1)《說文》：「馗、九達道也。似龜背，故謂之馗。从九首。逵、馗或从辵坴，馗、高也，故从坴。」渠追切，馗逵古音皆在幽部。

2)《說文》：「軌、車徹也。从車、九聲。」居洧切，古音在幽部。

3)《說文》：「牡、畜父也。从牛、土聲。」莫厚切，按土聲在魚部，牡聲在幽部。

4)《說文》：「讎、猶應也。从言，雔聲。」市流切。《說文》：「雔、雙鳥也。从二隹。讀若醻。」市流切。按讎、雔古音皆在幽部。當增雔聲一諧聲偏旁。

5)《說文》：「道、所行道也。从辵首。」徒皓切，古音在幽部。

6)《說文》：「蕭、艾蒿也。从艸、肅聲。」蘇彫切。按肅聲在覺部，蕭聲在幽部。

7)《說文》：「秋、禾穀熟也。从禾、龝省聲。穐、籀文不省。」《說文》：「龝、灼龜不兆也。从龜火。春秋傳曰：卜戰龜龝不兆。讀若焦。」即消切，古音在幽部。當增龝聲一諧聲偏旁。

8)《說文》：「造、就也。从辵、告聲。」七到切。按告聲在覺部，造聲在幽部。

9)《說文》：「收、捕也。从攴、丩聲。」式州切，古音在幽部。當增丩聲一諧聲偏旁。

10)《說文》無椒字，《廣韻聲系》以爲从叔聲，並云：「即消切，木名。《爾雅》云：檓、大椒。又椒樧醜，莍，莍實也。應劭《漢官儀》曰：皇后稱椒房，以椒塗壁，取其溫也。又山巓，亦姓，楚有大夫椒舉。茮、上同。」《說文》：「茮、茮莍也。从艸、尗聲。」子寮切。按尗叔在覺部，茮椒在幽部。

11)《說文》：「晧、日出皃。从日、告聲。」胡老切。按告聲在覺部，晧聲在幽部。

12)《說文》無裊字當从臼得聲，臼在幽部，故當增臼聲一諧聲偏旁。

13)《說文》：「游、旌旗之流也。从㫃、汓聲，遊、古文游。」以周切，古音在幽部。段注云：「流、宋刊本皆同，《集韻》《類篇》乃作㳙，俗字耳。……此字省作㳦，俗作㳙。」按段注則㳙者乃流與游之俗字，當增汙聲、游聲二諧聲偏旁。

~~~~~~

第二十二部覺部

《詩經》韻字表：

鞠、覆、育、毒、祝、六、告、陸、軸、宿、鞠、菊、篤、燠、奧、菽、復、畜、腹、奧、蹙、戚、俶、迪、蕭、穆、夙、歗、淑、覺、繡、鵠。

諧聲偏旁表：

竹聲	敊聲	鞠聲1)	复聲	復聲2)	育聲	毒聲	祝聲	六聲
告聲	奎聲	軸聲3)	佋聲	宿聲	目聲	鬻聲	粥聲	就聲
昱聲	穆聲	迪聲	滌聲	菊聲	篤聲4)	奧聲	叔聲	尗聲
逐聲	畜聲	戚聲5)	迪聲6)	蕭聲	翏聲	臼聲	學聲	覺聲7)
孰聲	肉聲	夙聲						

　　以上諧聲偏旁變入《廣韻》嘯、號、宥、屋、沃、覺、錫。

~~~~~~

【附註】

1) 《說文》：「鞠、窮治辠人也。从羍人言，竹聲。敊或省言。」居六切，古音在覺部。段注：「按此字隸作鞠，經典從之。」按段注則當補竹聲、敊聲二諧聲偏旁。

2) 《說文》：「復、往來也。从彳、复聲。」房六切，古音在覺部。按當補复聲一諧聲偏旁。

3) 《說文》：「軸、所以持輪也。从車、由聲。」直六切，古音在覺部。按由聲在幽部，軸聲在覺部。

4) 《說文》：「篤、馬行頓遲也。从馬、竹聲。」多壽切，古音在覺部。

5) 《說文》：「戚、戉也。从戉、尗聲。」倉歷切，古音在覺部，當增尗
   聲一諧聲偏旁。

6) 《說文》：「迪、道也。从辵、由聲。」徒歷切，按由聲在幽部，迪聲
   在覺部。

7) 《說文》：「覺、悟也。从見、學省聲。」古岳切。《說文》：「斅、
   覺悟也。从教冂，冂、尙矇也。臼聲。學、篆文斅省。」胡覺切。古
   音在覺部。按當補臼聲、學聲二諧聲偏旁。

~~~~~~

第二十三部冬部

《詩經》韻字表：

中、宮、蟲、螽、忡、降、仲、宋、冬、窮、躬、戎、漦、宗、
崇、沖、終、濃。

諧聲偏旁表：

中聲　宮聲　蟲聲　冬聲　夅聲　降聲1)宋聲　躬聲　衆聲
宗聲　戎聲　農聲　彤聲

　　　以上諧聲偏旁變入《廣韻》東送、冬宋、江講絳。

~~~~~~

【附註】

1) 《說文》：「降、下也。从自、夅聲。」古巷切。《說文》：「夅、服
   也。从夂夆相承不敢並也。」下江切，古音在冬部。按當補夅聲一諧
   聲偏旁。

~~~~~~

第二十四部之部

　《詩經》韻字表：

采、友、否、母、有、趾、子、沚、事、哉、汜、以、悔、李、

裏、已、絲、治、試、霾、來、思、久、耳、淇、謀、齒、止、
俟、尤、蚩、丘、期、媒、右、玖、塒、涘、里、杞、洧、士、
晦、喜、佩、畝、鋂、偲、屺、梅、裘、鯉、騏、耔、狸、疚、
時、臺、萊、基、己、載、芑、海、殆、仕、矣、痗、使、負、
似、梓、在、袘、詩、之、恥、恃、紀、起、秄、薿、敏、能、
怠、婦、秠、茲、饎、舊、忌、宰、理、誨、寺、駓、佁、貽、
侑、又、鮪、紑、基、牛、鬴、俶、郵、龜。

諧聲偏旁表：

釆聲	友聲	不聲	否聲1)	母聲	又聲	有聲2)	止聲	子聲
事聲	才聲	戋聲	哉聲3)	載聲	巳聲	以聲	每聲	李聲
里聲	已聲	己聲	絲聲	㠯聲	台聲	矣聲	尤聲	貍聲
來聲	思聲	久聲	耳聲	其聲	箕聲	某聲	㞢聲	之聲
寺聲	時聲	丘聲	右聲4)	臣聲	疒聲	釐聲	而聲	丌聲
牛聲	災聲	甾聲	辭聲	司聲	灰聲	亥聲	喜聲	佩聲
畝聲	裘聲5)	臺聲	士聲	史聲	吏聲	負聲	梓聲	宰聲
在聲	恥聲	疑聲	敏聲6)	能聲	婦聲	丕聲	茲聲	舊聲7)
郵聲	龜聲	𠚖聲	再聲	乃聲	音聲			

　　以上諧聲偏旁變入《廣韻》脂旨至、之止志、皆駭怪、灰賄隊、咍海代、尤有宥、侯厚候、軫。

~~~~~~

【附註】
1)《說文》：「否、不也。从口不，不亦聲。」方久切，古音在之部。
2)《說文》：「有、不宜有也。从月又聲。」云九切，又聲、有聲皆在古
　　韻之部。
3)《說文》：「哉、言之閒也。从口、戋聲。」將來切。《說文》：「戋、

傷也。从戈、才聲。」祖才切。才聲、𢦏聲、哉聲古音皆在之部，當
補才聲、𢦏聲二諧聲偏旁。

4)《說文》：「右、助也。从口又。」于救切。古音在之部。

5)《說文》：「裘、皮衣也。从衣象形。求、古文裘。」巨鳩切。按求聲
在幽部，裘聲在之部。

6)《說文》：「敏、疾也。从攴、每聲。」眉殞切。古音在之部。

7)《說文》：「舊、雎舊，舊留也。从萑、臼聲。」巨救切，按臼聲在幽
部，舊聲在之部。

~~~~~~

第二十五部職部

《詩經》韻字表：

得、服、側、革、緎、食、息、特、愿、麥、北、弋、極、德、
國、飾、力、直、克、襋、棘、輻、稑、億、翼、稷、域、忒、
福、戒、試、奭、菖、富、異、蟻、勑、惑、螣、賊、黑、曀、
色、則、式、匐、嶷、背、識、織、鹹、熾、飭、備、淢、牧、
意、亟、囿、伏、塞、𦜕。

諧聲偏旁表：

㝵聲　尋聲　得聲1)及聲　則聲　革聲　或聲　食聲　飾聲2)

飭聲3)息聲　特聲4)愿聲　麥聲　北聲　弋聲　亟聲　悥聲

力聲　直聲　克聲　棘聲　畐聲　嗇聲　稑聲5)意聲　翼聲

㚟聲　稷聲6)戒聲　式聲　皕聲　奭聲7)異聲　勑聲8)或聲9)

黑聲　墨聲　匿聲　色聲　嶷聲10)賊聲　葡聲　𢧵聲　備聲11)

牧聲　囿聲12)伏聲　螣聲　塞聲　圣聲　珊聲　仄聲　矢聲

敕聲　茍聲　毒聲　郁聲

　　以上諧聲偏旁變入《廣韻》志、怪、隊、宥、屋、麥、昔、

職、德。

~~~~~~

【附註】

1) 《說文》：「得、行有所导也。从彳、导聲。导、古文省彳。」多則切，按當補导聲、导聲二諧聲偏旁。

2) 《說文》：「飾、㕞也。从巾、从人、从食聲。」賞職切，古音在職部。

3) 《說文》：「飭、致臤也。从人力，食聲。」恥力切，古音在職部。

4) 《說文》：「特、特牛也。从牛、寺聲。」徒得切，按寺聲在之部，特聲在職部。

5) 《說文》：「穡、穀可收曰穡，从禾、嗇聲。」所力切。按當增嗇聲一諧聲偏旁。

6) 《說文》：「稷、穧也。从禾、畟聲。」子力切，按當增畟聲一諧聲偏旁。

7) 《說文》：「奭、盛也。从大、从皕，皕亦聲。」詩亦切，古音在職部，按當增皕聲一諧聲偏旁。

8) 《說文》：「勑、勞也。从力、來聲。」洛代切，按來在之部，勑在職部。

9) 《說文》：「淢、水流皃。从巜、或聲。」于逼切，古音在職部。

10) 《說文》：「嶷、九嶷山也。从山、疑聲。」語其切，按《廣韻》嶷魚力切，訓岐嶷，引《詩》「克岐克嶷。」疑聲在之部，嶷聲據《廣韻》入職部。

11) 《說文》：「備、慎也。从人、葡聲。」平祕切，古音在職部，按當增葡聲一諧聲偏旁。

12) 《說文》：「囿、苑有垣也。从囗、有聲。」于救切，按有聲在之部，囿聲在職部。

~~~~~~

第二十六部蒸部

《詩經》韻字表：

蒸、繩、掤、弓、夢、憎、升、朋、興、陵、增、恒、崩、承、懲、蒸、雄、兢、肱、勝、騰、冰、隒、登、馮、烝、膺、縢、乘、弘、贈。

諧聲偏旁表：

薔聲　薨聲1)蠅聲　繩聲　朋聲　弓聲　夢聲　曾聲　升聲
興聲　夌聲　恒聲2)承聲　徵聲　丞聲　烝聲3)玄聲　雄聲
肱聲　兢聲　弃聲　朕聲　勝聲4)騰聲　冰聲　隒聲5)登聲
夊聲　馮聲6)雁聲　膺聲7)鷹聲　縢聲　乘聲　弘聲　凝聲
冉聲　稱聲　凭聲　仍聲　肯聲　孕聲

以上諧聲偏旁變入《廣韻》蒸拯證、登等嶝、東送。

~~~~~~

【附註】

1)《說文》：「薨、公侯殘也。从死、薔省聲。」呼肱切，古音在蒸部，當增薔聲一諧聲偏旁。

2)《說文》：「恒、常也。从心舟在二之間上下，心以舟施恒也。」《廣韻》胡登切，古音在蒸部。

3)《說文》：「烝、火氣上行也。从火、丞聲。」煮仍切，按當增丞聲一諧聲偏旁。

4)《說文》：「勝、任也。从力、朕聲。」識蒸切。按當增朕聲一諧聲偏旁。

5)《說文》：「隒、築牆聲也。从自、耎聲。」如乘切，按耎聲在元部，隒聲在蒸部。

6)《說文》：「馮、馬行疾也。从馬、夊聲。」皮冰切。按當增夊聲一諧聲偏旁。

7)《說文》：「膺、匈也。从肉、雁聲。」於陵切。《說文》：「雁、雝鳥也。从隹、从人。瘖省聲。」按瘖聲在侵部，雁聲在蒸部。當增雁聲一諧聲偏旁。

~~~~~~

第二十七部緝部

《詩經》韻字表：

揖、蟄、及、泣、濕、合、軜、邑、隰、翕、濈、集、楫、輯、

洽、急、入。

諧聲偏旁表：

咠聲　執聲　及聲　立聲　㬻聲　濕聲1)合聲　軜聲2)邑聲

隰聲3)集聲　急聲　入聲　十聲　亼聲　習聲　廿聲　卒聲

皀聲　龖聲　眔聲　沓聲　疊聲　丗聲　雥聲　澀聲

　　以上諧聲偏旁變入《廣韻》緝、合、洽。

~~~~~~

【附註】

1)《說文》：「濕、濕水出東郡東武門入海，从水㬻聲。」它合切。《說
　文》：「㬻、眾微杪也。从日中視絲。古文㠯為顯字。或曰眾口皃。
　讀若唫唫。或以為繭，繭者，絮中往往有小繭也。」按㬻字有呼典、
　古典、巨錦、五合四音，分屬元、侵、緝三部，而濕字僅入緝部。當
　增㬻聲一諧聲偏旁。

2)《說文》：「軜、驂馬內轡系在前者。从車內聲。」奴荅切，按內在沒
　部，軜在緝部。

3)《說文》：「隰、阪下溼也。从𨸏、㬻聲。」似入切。按㬻在元、侵、
　緝三部，而隰在緝部。

~~~~~~

第二十八部侵部

《詩經》韻字表：

林、心、三、今、風、音、南、甚、耽、衿、欽、駸、芩、琴、

湛、骙、諗、錦、甚、僭、煁、男、深、黮、琛、金、枕、簟、

寢、歆、慘、陰、飲、諶、臨。

諧聲偏旁表：

林聲　心聲　三聲　今聲　琴聲　凡聲　風聲1)音聲　南聲

甚聲　尤聲　金聲　旡聲　兓聲　鸞聲2)彡聲　參聲　衫聲

壬聲　众聲　羊聲　稟聲　審聲　闖聲　淫聲　朁聲3)侵聲4)

念聲　男聲　突聲　罙聲　深聲5)覃聲　會聲　飲聲　品聲

臨聲6)咸聲

　　以上諧聲偏旁變入《廣韻》侵寢沁、覃感勘、談、鹽琰豔、

添忝桥、東送。

~~~~~~

【附註】

1)《說文》：「風、八風也。……从虫、凡聲。」方戎切。古音在侵部。
　　按當增凡聲一諧聲偏旁。

2)《說文》：「鸞、大驙也。从鬲、兓聲。」才林切。按當增兓聲一諧聲
　　偏旁。

3)《說文》：「朁、曾也。从曰、兓聲。」七感切。古音在侵部。

4)《說文》：「侵、漸進也。从人又持帚，若埽之進。又、手也。」七林
　　切，古音在侵部。

5)《說文》：「深、深水出桂陽南平西入營道，从水罙聲。」式針切。《說
　　文》：「罙、深也。一曰竈突。从穴火求省。」式針切，按罙聲、深
　　聲皆在侵部，當增罙聲罙聲二諧聲偏旁。

6)《說文》：「臨、監也。从臥、品聲。」力尋切，按當增品聲一諧聲偏
　　旁。

~~~~~~

第二十九部帖部

《詩經》韻字表：

葉、涉、韘、捷。

諧聲偏旁表：

帀聲　盇聲　夾聲　耴聲　枼聲　聑聲　聶聲　品聲　涉聲

聿聲　疌聲　図聲　籋聲　燮聲　怗聲1)乏聲　法聲

　　以上諧聲偏旁變入《廣韻》怗、合、洽、葉、業、乏。

~~~~~~

【附註】

1)《說文》無怗字，《廣韻聲系》以爲从占聲。按占聲在添部，怗聲在怗
　　部。

~~~~~~

第三十部添部

《詩經》韻字表：

涵、讒、苕。

諧聲偏旁表：

忝聲1)占聲　兼聲　廉聲　欠聲　冄聲　冉聲　弇聲　马聲

圅聲　函聲　召聲　奄聲　恔聲　鐵聲　僉聲　贛聲　染聲

甜聲　閃聲　丙聲　銛聲　凵聲　毚聲　貶聲　导聲

　　以上諧聲偏旁變入《廣韻》添忝桥、覃感勘、咸豏陷、鹽琰
豔、嚴儼釅、凡范梵。

~~~~~~

【附註】

1)《說文》：「忝、辱也。从心、天聲。」他玷切，按天聲在眞部，忝聲
　　在添部。

~~~~~~

第三十一部盍部

《詩經》韻字表：

甲、業。

諧聲偏旁表：

盍聲　劫聲　曷聲　鼁聲　甲聲　戶聲1)壓聲2)妾聲　怯聲3)

耷聲　業聲

　　　以上諧聲偏旁變入《廣韻》盍、狎、葉、業。

~~~~~~

【附註】

1)《說文》：「戶、閉也。从戶、劫省聲。」口盍切。劫聲、戶聲古音在
　　盍部。

2)《說文》：「壓、壞也。一曰：窅補也。从土、厭聲。」烏狎切。按厭
　　聲在談部，壓聲在盍部。」

3)《說文》：「狂、多畏也。从犬、去聲。怯、杜林說：狂从心。」去劫
　　切，按去聲在魚部，怯聲在盍部。

~~~~~~

第三十二部談部

《詩經》韻字表：

檻、菼、敢、巖、瞻、惔、談、斬、監、甘、餤、藍、襜、詹、

儼、嚴、濫。

諧聲偏旁表：

炎聲　詹聲　甘聲　猒聲　厭聲　監聲　覽聲　敢聲1)厱聲

嚴聲2)巖聲　鹽聲　斬聲　銜聲　焱聲　毚聲

　　　以上諧聲偏旁變入《廣韻》談敢闞、銜檻鑑、鹽琰豔、嚴儼

釅。

~~~~~~

【附註】

1)《說文》：「叡、進取也。从叕、古聲。敢、籀文叡。」古覽切，古聲在魚部，敢聲在談部。

2)《說文》：「嚴、教命急也。从叩、厰聲。」語杴切，《說文》：「厰、崟也。一曰地名。从厂、敢聲。」語音切。敢聲、厰聲、嚴聲古音皆在談部。

國家圖書館出版品預行編目資料

訓詁學　（上冊）

陳新雄著. –初版. – 臺北市：臺灣學生，
1994
冊；公分

ISBN 978-957-15-0655-5 (平裝)

1. 訓詁

802.1　　　　　　　　　　　　　　83009071

訓　詁　學（上冊）

著　作　者：陳　　　新　　　雄
出　版　者：臺　灣　學　生　書　局　有　限　公　司
發　行　人：楊　　　　雲　　　　龍
發　行　所：臺　灣　學　生　書　局　有　限　公　司
　　　　　　臺北市和平東路一段七十五巷十一號
　　　　　　郵　政　劃　撥　帳　號：00024668
　　　　　　電　話：(02)23928185
　　　　　　傳　眞：(02)23928105
　　　　　　E-mail：student.book@msa.hinet.net
　　　　　　http：//www.studentbook.com.tw
本書局登
記證字號：行政院新聞局局版北市業字第玖捌壹號

印　刷　所：長　欣　印　刷　企　業　社
　　　　　　新北市中和區永和路三六三巷四二號
　　　　　　電　話：(02)22268853

定價：新臺幣三五○元

西元一九九四年九月初版
西元二○一二年九月四刷

臺灣 學生書局 出版

中國語文叢刊